치유와 성장을 위한 소설교육론

치유와 성장을 위한 소설교육론

초판 인쇄 2021년 2월 24일
초판 발행 2021년 3월 3일

지은이 박수현
펴낸이 박찬익
편집장 한병순
책임편집 유동근
펴낸곳 ㈜박이정 **주소** 경기도 하남시 조정대로45 미사센텀비즈 7층 F749호
전화 031)792-1193, 1195 **팩스** 02)928-4683 **홈페이지** www.pjbook.com
이메일 pijbook@naver.com **등록** 2014년 8월 22일 제2020-000029호

ISBN 979-11-5848-613-6 93800

* 책값은 뒤표지에 있습니다.

박수현 지음

치유와 성장을 위한
소설교육론

(주)박이정

책머리에

태어나서 처음 읽은 소설이 무엇이었는지 기억나지 않는다. 솜사탕처럼 달달하고 매혹적이었던 계몽사와 금성출판사의 세계문학전집만이 어렴풋이 기억난다. 처음으로 읽은 어른들의 소설은 뚜렷하게 기억난다. 박경리의 『토지』였다. 중학교 1학년 겨울방학이었다. 내용을 다 이해하지 못했지만, 며칠 밤을 새울 만큼 제대로 홀렸다. 그때부터 소설병에 걸렸다. 중학 시절은 이병주의 『지리산』과 『바람과 구름과 비』, 황석영의 『장길산』, 김주영의 『객주』, 이문열의 많은 소설들과 함께 흘러갔다. 이후 손에서 소설을 놓지 않은 세월이 어언 삼십 여 년이다. 그동안 소설가의 꿈을 꾸다가 좌절했고, 문학평론가로 활동했으며, 대학에서 소설을 가르치는 선생이 되었다.

그렇게 오랫동안 소설을 읽으면서 얻은 가장 좋은 것이 무엇인가? 누군가 이렇게 묻는다면 나는 주저 없이 대답할 수 있다. 마음을 다스리는 능력이라고. 스스로 마음을 치유하며 정신적으로 성장했던 경험이라고. 이 귀중한 경험은 수십 년 세월의 갈피갈피마다 스며 있다. 아무런 재주도 없고 세상살이에 부적격인 것만 같아서 자존감이 한없이 추락했던 청춘의 어느 날, 내가 누구인지 아무도 알려주지 않아서 혼란스러웠던 어느 날, 풍문과 달리 가혹하기만 한 연애의 현실에 땅을 쳤던 어느 날, 이외에도 혼자 힘으로 도무지 감당할 수 없는 고통들로 잠 못 이루던 헤아릴 수 없는 날에 소설은 내게로 왔다. 나는 소설을 읽으며 고통의 보편성을 느끼고, 내 마음을 통찰하고 객관화하면서 아픔을 치유하고 조금씩 성장했다. 하긴 지금도 그렇다. 가령 젊음을 잃고 육체적 쇠약을 실감하면서 밀려드는 슬픔, 지난 날 무엇을 둘러쌌던 휘황찬란한 빛의 스러짐을 목도하며 엄습하는 허무, 야만적인 힘의 논리에 맹목적인 사회에서 자의반 타의반으로 내몰려진 고독 앞에서, 나는 소설을 읽으며 마음을 다스린다.

이렇게 좋은 것을 청소년들과 나눌 수 없을까? 나의 황홀하고 뿌듯했던 경험과 문학교육을 접목할 수 없을까? 이 책은 이 질문에서부터 비롯되었다. 답은 간단했다. 왜 안 되겠는가? 그때부터 나는 청소년의 심리 치유와 정신적 성장을 위한 문학교육 논문들을 쓰기 시작했다. 그것들을 모아서 이 책을 낸다. 문학교육이 청소년의 심리 치유와 정신적 성장을 견인해야 한다는 생각은 이 책에 실린 열 편의 논문의 대전제다. 기존의 어법으로 바꾸어 말한다면, 이 책은 '자아 성찰'에 관련한 문학교육의 개선 방안에 대한 연구라고도 할 수 있다. 고등학교 문학 교과서의 자아 성찰 단원을 검토한 논문이 이 책의 첫 머리에 놓인 것도 이 때문이다.

독자의 편의를 위해 이 책에서 제안한 문학교육의 몇 가지 특징을 소개한다. 앞서 말했듯 문학교육이 청소년의 현실과 깊게 교감하면서 심리 치유와 정신적 성장에 기여해야 한다는 대전제는 이 책의 첫 번째 특징이다. 이에 나는 작품에서 청소년의 현실과 연결 고리를 찾는 작업에 우선적인 관심을 기울였다. 지금까지 문학교육의 거점으로 애용되었던 문학사나 문학이론은 이 책의 관심사가 아니다. 또한 이 책은 심리학을 비롯한 인문학을 문학교육의 장에 적극적으로 도입하기를 제안한다. 말하자면 융합적 문학교육의 이상을 지지하고 그 가능성을 타진한다. 융합적 문학교육의 가치는 현 교육과정에서도 옹호되지만 아직 그 가능성은 폭넓게 제시되지 않았다. 한편 이 책은 경직된 문학적 도덕주의에 반대하며 비도덕을 경유한 문학교육의 도덕적 효과에 주목한다. 교과서적으로 모범적인 소설보다 극단의 고통을 그린 소설의 치유 효과가 크다고 생각하기에 파격적인 제재의 선택을 주저하지 않았다.

이 책의 관심사는 교육 방법보다 교육 내용이다. 내가 보기에 교육 방법에 관해서는 새롭게 말할 것이 한정된 반면, 교육 내용은 상상력을 발휘할 여지를 풍부하게 마련한다. 이는 지금 교육 내용 자체가 획기적으로 변해야 한다는 현실에 대한 진단을 바꾸어 쓴 말이다. I부에는 문학 교과서를 분석하고 문학교육의 방향을 제시하는 글들을 수록했다. 이 장은 문학교육의 현실을 진단하며 나름대로 정립한 문학교육의 원칙을 밝히는 총론이라 할 수 있다. II부에는 치유를 위한 소설교육의 원리를 정리하고 그 구체적인 방안을 제안하는 글들을 모았다. 이는 교과서 바깥의 소설을 제재로 발굴한 사례들이기도 하다. III부는 교과서 수록 소설들을 재조명한 글들로 채워졌다. 이 글들은 교과서의 교육 방식을 고찰하고, 심리 치유와 정신적 성장을 유인하는 교육 내용을 제안하기 위해 작품을 재해석한다.

문학교육에 관한 첫 책을 내면서 문학이 무엇인지 처음으로 가르쳐주신 이남호 선생님을 떠올리지 않을 수 없다. 이 책의 맨 밑바닥에 흐르는 문학관 혹은 문학교육관은 모두 선생님께 배운 것이다. 실은 소설을 통해 마음을 관리하는 법 자체를 그 분께 배웠다. 이 책이 선생님께 작은 보람이 되기를 바란다면 무망한 일이겠으나, 깊은 곳에서 우러나온 존경과 감사만은 드리고 싶다. 이제는 아버지이자 오랜 친구 같은 윤석달 선생님, 나이 듦의 슬픔과 허무와 고독을 함께 통과하고 있을 6인회와 고려대의 선후배님들, 소설 이상으로 위로와 힘을 주신 공주대의 착한 여교수님들께 이 자리를 빌어 고백한다. 당신들 덕분에 행복합니다.

2021년 눈 녹는 소리를 들으며
박수현

목차

III부
교육적 정전의 재발견

일러두기
본문의 표기는 한글 맞춤법을 따르되, 인용문의 경우 원전의 표기를 그대로 옮겨 썼다.

I부

문학 교과서 고찰과
소설교육의 방향

도덕과 문학교육
-2011 개정 교육과정에 따른 고등학교 문학 교과서 고찰-

1. 머리말

문학교육의 지향점에 관한 다양한 견해 중에서, 학생들의 내면적 성장에 조력하자는 문학교육의 이상은 간과되어서는 안 될 가치이다. 자라나는 세대를 위한 문학교육은 문학사적 지식 전달이나 작품의 미시적·형식적 분석에 머물러서는 곤란하다. 학생들의 현실적인 삶의 제문제와 소통하는 문학 읽기, 청소년의 실제적인 고민과 연계된 제재를 통해 교감을 유도하고 마음과 삶에 대한 통찰력을 함양하는 문학 읽기 방법을 교육하면 좋을 것이다. 이는 문학수업이 학생들의 문학적 체험과 현실적 체험의 연속성을 교육적으로 고려해야 하고, 내면화 과정의 충실도를 높이는 쪽으로 개선되어야 한다는 고전적인 견해[1]와도 먼 자리에 있지 않다. 문학교육은 문학적 지식의 축적이 아니라 문학 능력의 개발과 신장을 지향해야 하며, 도구적 지식 습득을 뛰어 넘어 문학

---

[1] 구인환 외,『문학교육론』, 삼지원, 2007, 223면 참조.

적 자기 성찰 능력을 기르게 해야 한다는 원론적 견해[2] 역시 같은 맥락에 놓인다. 실상 문학적 지식의 전수보다는 학생들의 내면적 교감을 유도하고 학습자의 요구에 호응하려는 문학교육관은 점차 폭넓은 동의를 얻고 있다.[3]

학생들의 현실적인 생각/느낌과 교감하고, 고민과 소통하며, 심적 문제에 관한 통찰력을 배양하는 문학교육은 추구할 만한 가치이다. 특히 질풍노도의 시기를 거치는 고등학생들에게 이러한 문학교육은 내면적 성장에 유효하고 심리적 안정에 기여할 수 있다. 학습자인 고등학생이라는 위치의 특이성은 이러한 문학교육의 긴요성을 더욱 정당화한다. 고등학생들은 '나는 누구인가?'하는 근본적이고도 어려운 질문에 항상 직면하는데, 자아정체감과 자존감 확립은 청소년기의 발달 과업 중 가장 중요한 것으로 알려져 있다. 이때 이 과업을 성취하지 못하면 만성적 열등감에 시달리기도 하며, 이는 각종 정신질환의 원인이 된다.[4] 청소년은 다른 사람의 눈에 띄고 싶은 욕망을 강하게 느끼고, 자기비판과 자기도취를 자주 오가면서 자기에게 지대한 관심을 쏟는데, 이러한 자아중심성이 제대로 순화되지 않을 때 심한 경우 우울증과 정서 불안을 야기하기도 한다.[5] 고등학생들은 다른 사람들로부터

---

2 김대행 외, 『문학교육원론』, 서울대학교출판문화원, 2013, 439면 참조.

3 2009 개정 교육과정에 비해, 2012 고시 국어과 교육과정의 교수·학습 방법에서는 인성 교육과 관련된 항목을 새로 도입하고, 인성 발달과 관련 있는 작품을 선정하도록 새롭게 강조하기도 했다.(박기범, 「고등학교 문학 교과서의 현대소설 제재 분석-2012 고시 교육 과정에 따른 검정 교과서를 중심으로」, 『한국언어문학』 89, 한국언어문학회, 2014, 196면 참조.) 이 역시 본 논문에서 주목하는 문학교육의 이상이 폭넓게 수용될 수 있는 환경이 조성되고 있음을 보여준다.

4 정옥분, 『청년발달의 이해』, 학지사, 2003, 149-161면 참조.

5 위의 책, 129-132면 참조.

인정과 사랑을 받고 싶은 욕구를 그 어느 때보다 치열하게 느끼고 또래 집단에서의 인기에 과도하게 집착하기도 한다.[6] 한편 고등학생들이 거치는 청년 초기 사춘기는 부모와의 갈등이 극대화되는 시기이기도 하다.[7]

고등학생들은 자아정체성에 대해 고민하면서, 자신의 성격, 적성, 자질, 매력, 인기도, 꿈, 진로 등 모든 것에 관해 질문을 던진다. 이에 대한 대답을 쉽게 찾을 수 없을 때 그들은 방황에 빠져든다. 그때까지 당연하다고 믿어 왔던 윤리적 가치를 심각하게 의심하면서 가치관의 혼란을 겪기도 하며, 부모님의 과잉 기대로 만만치 않은 스트레스에 시달리기도 한다. 왕따와 학교 폭력은 이미 심각한 사회 문제가 되었다. 이전과 달리 자유로워진 이성교제 문화로 인해, 연애와 성(性) 문제 역시 그들의 심정에 파문을 일으킨다. 각종 정서적 문제가 원활하게 해결되지 않을 때 청소년은 심각한 심적 고통을 겪는데, 불행한 경우 이는 각종 정신질환으로 이어지며, 최악의 경우 자살의 동기를 제공하기도 한다. 이렇게 극도로 예민하고 흔들리는 시기를 통과 중인 고등학생들을 정서적으로 보살필 필요가 절실하며, 이에 문학교육이 기여할 바가 있다고 생각된다. 단지 '바르게 살아라'는 도덕 원칙을 주입하는 것이 아니라 그들의 실제 고민과 심적 고통에 교감을 유도하고, 내면적 통찰력을 함양하는 문학교육의 필요성은 여기에서 파생된다. 고등학생들이 문학을 그저 성적을 위해 억지로 공부해야 할 과목, 또는 자신의 삶과 유리된 '공자님 말씀'의 모음집이 아닌, 자신의 심적

---

6   위의 책, 267면 참조.
7   위의 책, 239면 참조.

고통을 위로하며 내적 통찰력 계발을 매개하는 친구로 인식한다면, 이는 학생들의 정신 건강과 내면적 성장에 유용할 것이다.

이 논문은 고등학교 문학 교과서의 〈문학과 자아〉 단원을 집중적으로 고찰하고자 한다. "교과서는 교육과정과 함께 교육이라는 제도의 외연을 보여주는 명료하고 고정된 실체"[8]이거니와, 현행 문학교육의 지향과 철학을 드러내는 가장 좋은 자료이다. 교과서에서 상기 논의한 문학교육의 이상과 가장 근접한 맥락에서 구상된 단원은 〈문학과 자아〉 단원이다.[9] 이는 학생의 실제 삶과 진솔하게 대화를 나누며 학생들의 내면적 성장에 기여하자는 문학교육적 가치에 가장 충실한 단원이라고 할 수 있다. 이는 학생들의 자기 이해를 적극적으로 반영하는 문학교육, 즉 자기의 취미, 호오 판단, 심미적 가치관 등으로부터 문학을 바라보는 행위를 적극화하는 문학교육,[10] '나(I-ness)'를 중심으로 문학을 이해할 수 있게 학습자의 실생활이나 관심사 또는 현재성과 밀착해서 구성하는 문학교육[11]의 이상에 가장 가까운 단원이다. 따라서 〈

---

8 김창원, 「문학 교과서 개발에 대한 비판적 점검-제7차 고등학교 「문학」 교과서를 예로 들어」, 『문학교육학』 11, 한국문학교육학회, 2003, 45면. 또한 "교과서는 교육 공동체의 철학을 반영하고, 학교 교육의 표준을 제시하며, 교육과정과 교실을 매개하는 역할을 한다. 특히 수업과 평가에서 교과서의 역할은 절대적이다. 교사와 학습자는 교과서를 매개로 의사소통하고, 학습도 교과서의 내용 범위 안에서 이루어지게 된다."(위의 글, 45면.)

9 2011 개정 국어과 교육과정에 따르면 문학 과목의 내용 체계는 〈문학의 수용과 생산〉, 〈한국 문학의 범위와 역사〉, 〈문학과 삶〉으로 구성되는데, 이 중 문학과 학생의 내적 교감을 중시하는 것은 〈문학과 삶〉으로서, 이는 〈문학과 자아〉, 〈문학과 사고〉, 〈문학과 삶의 다양성〉, 〈문학과 공동체〉 등으로 나뉜다. 이 중 〈문학과 자아〉 단원의 내용 성취기준은 '작품의 이해와 감상의 결과를 자신의 삶과 관련하여 내면화한다'는 것이다.(교육과학기술부, 『국어과 교육과정: 교육과학기술부 고시 제2012-14호 [별책5]』, 135-139면 참조.)

10 김대행 외, 앞의 책, 414면 참조.

11 위의 책, 375면 참조.

문학과 자아〉 단원의 고찰을 통해서 현재 학생들의 자아 성찰과 내면
적 성장을 위한 문학교육이 어떻게 구현되는지 그 현황을 파악할 수
있을 것이다. 이에 이 논문은 현행 2011 개정 교육과정에 따른 10종
문학 교과서를 대상으로, 특히 〈문학과 자아〉 단원에 주목하고자 한
다.[12]

이 논문은 〈문학과 자아〉 단원의 제재, 해제, 학습활동을 중심으로
현행 문학교육의 지향을 논구하고자 한다. 문학 교과서는 다른 과목에
비해 텍스트 자체의 비중이 매우 높으며, 교과서 '집필'보다 제재 '선정'
의 의미가 강하기에,[13] '어떤 제재가 선정되었나' 하는 문제는 교과서
연구에서 중핵적인 사안이다. 학습활동 또한 교과서 분석에서 구심적
인 문제인데, 학습활동을 구성하는 방식이나 양상은 저자가 문학교육
을 통해 달성하고자 하는 바와 직접적으로 연관되고, 저자의 문학교육

---

12 2014학년도 입학 학생들부터 2011 개정 문학 교과서를 사용한다. 일반적으로 고등학생
들은 2·3학년 때 문학 과목을 배우게 되므로, 올해가 예의 문학 교과서가 사용되는 첫해
가 될 가능성이 높다. 이 논문에서 분석한 교과서들은 다음과 같다. '출판사(대표 저자)' 형
식으로 가나다 순으로 제시한다. 두산동아(김창원), 미래엔(윤여탁), 비상교과서(우한용),
비상교육(한철우), 좋은책 신사고(이숭원), 지학사(권영민), 창비(박종호), 천재교과서(정
재찬), 천재교육(김윤식), 해냄에듀(조정래). 검정을 통과한 11종 중 상문연구사(김대용)
은 실제로 유통되지 않기 때문에 연구대상에서 제외했다. 사실 2011 개정 국어과 교육과
정이라는 명칭은 공식적인 용어가 아니다. 당국의 공식 명칭은 '2009 개정에 따른 국어과
교육과정'이다. 그러나 총론, 각론, 교과서까지 달라진 교육과정을 굳이 '2009 개정'으로
명명하는 것의 온당성에 관해 문제 제기가 있었으며, 무엇보다 2009 교육과정과의 혼동을
피할 필요성이 있으므로, 현재 2011 개정 교육과정 또는 2011 교육과정이라는 명칭이 통
용되고 있다.(정현숙, 「2011 개정 국어과 교육과정에 따른 문학 영역과 교과서의 양상-고
등학교 〈국어〉 I II 교과서에 수록된 현대소설을 중심으로」, 『돈암어문학』 27, 돈암어문
학회, 2014, 313면 참조.) 이 논문 역시 이에 따르고자 한다.

13 김창원, 「문학교육의 성격과 문학 교과서의 지향-제7차 고등학교 「문학」 교과서의 점검과
논의」, 『국어교육학연구』 27, 국어교육학회, 2006, 197면 참조.

관을 그 이면에 은닉하고 있기 때문이다.[14] 한편 각 문학 교과서는 〈작품 갈무리〉, 〈한 걸음 더〉, 〈감상을 마치며〉 등 다양한 제목 아래 작품 해제에 해당하는 지면을 마련하는데, 이 논문은 이 해제에도 주목하려고 한다. 해제는 교과서 저자들이 작품을 통해 학생들에게 전달하고자 하는 핵심적인 메시지를 담고 있기 때문에, 이 역시 현재 통용되는 문학교육의 지향점을 단적으로 드러낸다.

2011 개정 교육과정에 따른 고등학교 문학 교과서에 관한 연구로 한정할 때, 연구사는 풍부한 편이 아니다. 본격 학술논의로서 문학 교과서에 실린 현대소설 제재의 현황과 성격을 개괄적으로 소개한 연구[15]와 고전소설 제재에 주목한 연구[16]를 제외하고는 주로 교육대학원 석사논문의 형태로 제출되었다. 이들은 시조의 교육적 가치[17], 고전소설 교육[18], 문학사 교육[19], 자아 성찰 교육 내용[20]에 주목한다. 이 중 본 논문의 문제의식과 유사한 맥락에 놓인 논의로 김민아의 것이 유일한데, 그는 문학 교과서의 자아 성찰 단원에 주목하여, 제재와 학습활동의 양상을 파악하고 개선 방안을 제언한다. 구체적으로 제재 선정에

---

14 위의 글, 200면 참조.
15 박기범, 앞의 글.
16 최호석, 「고전소설 교육의 소통을 위한 제언-2011 개정 국어과 교육과정에 따른 『문학』 교과서의 제 문제」, 『한어문교육』 30, 한국언어문학교육학회, 2014.
17 천도현, 「시조의 교육적 가치 활용 양상에 대한 연구-2011 개정 교육과정 〈문학〉 교과서의 '학습 활동'을 중심으로」, 연세대 교육대학원 석사논문, 2014.
18 강선영, 「고소설 교육의 문제점과 개선방향 연구-2011 개정 교육과정에 따른 고등학교 〈문학〉 교과서를 중심으로」, 연세대 교육대학원 석사논문, 2015.
19 최유진, 「고등학교 문학 교과서의 문학사 교육 연구-단원 구성 및 학습활동을 중심으로」, 이화여대 교육대학원 석사논문, 2014.
20 김민아, 「문학 과목의 자아 성찰 교육 내용 연구-고등학교 문학 교과서의 제재와 학습 활동 분석을 중심으로」, 이화여대 교육대학원 석사논문, 2014.

서 청소년의 인간관계 성찰에 적합한 텍스트를 선정하고 내용의 긍정성을 강화하며 폭넓은 공감을 위해서 상황의 유사성을 확대할 것을 제안한다. 청소년의 인간관계 성찰에 적합한 텍스트 선정과 공감의 확대 문제에 관해서 본 논문은 대체적으로 동의하나, 선행연구와 다른 시각에서 보다 본격적이고 심층적으로 접근하고자 한다. 무엇보다 본 논문은 이 선행연구에서 논의되지 않은 많은 사실들에 주목하려고 한다. 특히 내용의 긍정성을 강화하자는 선행연구의 시각과는 완전히 다른 입장을 취할 것이다.[21]

2. 현실과 유리된 제재

이 장에서는 문학 교과서의 〈문학과 자아〉 단원의 제재와 주제를 살펴보려고 한다. 교육과정에 제시된 〈문학과 자아〉 단원이 실제 교과서에서 어떤 단원명 아래 구현되었는지, 어떤 제재를 선택했는지, 그 주제는 무엇인지 정리하면 다음과 같다. 여기에서 주제는 각 작품에 따른 '해제'의 내용을 요약한 것인데, 해제는 교과서 필진의 교육 철학을 근간으로 하여 집필된 것이므로, 해제에 적시된 주제는 현행 문학교육의 지향과 주안점을 단적으로 드러내리라고 생각된다.

---

21 참고로 2011 개정 교육과정에 따른 고등학교 국어 교과서에 관한 연구로 다음이 있다. 이호형, 「2011 개정 국어과 교육과정의 비판적 이해와 교과서 구현 방안-국어 Ⅰ · Ⅱ를 중심으로」, 『한국문학연구』 42, 동국대 한국문학연구소, 2012; 정현숙, 앞의 글. 이들 선행연구는 본 논문의 방향과 다른 관점에서 논의를 펼친다.

표: 현행 문학 교과서의 〈문학과 자아〉 단원의 제재와 주제

출판사	단원명	작가와 작품	주제
두산 동아	V.문학과 삶 1. 문학과 자아	윤동주, 참회록	식민지 시대 지식인의 무기력함과 욕되게 살아 온 자신의 삶에 대한 성찰
		권근, 주옹설	쉽고 편한 것이 좋은 것이 아니라는 인식/편한 것만 찾고 환란을 생각하지 않아서 자신의 욕 심으로 끝을 맺는 사람들에 대한 질타
		파울루 코엘류, 연금술사	꿈을 실현하기 위해 사는 사람과 꿈을 간직함 으로써 살아가는 힘을 얻는 사람의 차이와 상 호 이해
미래엔	V. 문학과 성찰 1. 문학과 자아	함형수, 해바라기의 비명	죽음이라는 가상 상황을 통해 자신의 삶에 대 해 성찰
		신경숙, 엄마를 부탁해	엄마와 함께 했던 삶에 대해 성찰하며 엄마에 대한 바람직한 태도 생각
비상 교과서	6. 문학과 자아 01 문학과 내면화	신경림, 동해 바다	타인에게 엄격하고 옹졸했던 자신의 삶을 반성 하고 넓고 포용력 있는 사람이 되기를 바람
		김동리, 역마	운명을 거스르려는 인간의 노력의 보잘 것 없 음
		안병욱, 고독을 그리워 하며	인간에게 자기 성찰의 시간이 필요하나, 그렇 다고 고독 속으로 침잠하는 태도는 바람직하지 않다는 인식
비상 교육	III. 문학과 삶 1. 문학과 나 (1) 문학 작품의 내면화	프로스트, 가 보지 못한 길	선택의 과정에서 느끼는 아쉬움과 그 선택에 책임지는 삶의 자세의 중요성
		피천득, 은전 한 닢	인간의 소망의 끈질김
좋은책 신사고	III. 문학과 삶 1. 자아와 세계	강은교, 우리가 물이 되어	모든 존재에 생명의 윤기를 돌게 하는 매개체 인 물, 조화와 융합을 상징하는 물의 자세
		양귀자, 비 오는 날이 면 가리봉동에 가야 한다	대립에서 소통으로 변화하는 인물의 관계/빈부 격차로 유발되는 사회적 고통에 대한 인식과 소시민적 태도에 대한 반성
		법정, 거꾸로 보기	선입견이나 고정 관념에서 벗어나 친숙한 대상 을 새롭게 뒤집어 보는 시각의 가치

출판사	단원명	작가와 작품	주제
좋은책 신사고	III. 문학과 삶 1. 자아와 세계	장 아누이, 안티고네	개인의 정의를 지키려는 인물과 국가의 법령을 수호하려는 인물의 대결을 통해 인간의 갈등을 이해하고 타인과 소통하는 여러 가지 방법에 대한 생각
지학사	5. 문학과 나의 삶 [1] 문학의 가치와 내면화	김영랑, 모란이 피기까지는	삶의 보람은 짧고 허망하고, 허망한 소망 때문 에 오랜 세월 기대와 슬픔 속에서 보내나, 소멸 은 재생으로 이어지기에 다시 보람을 기다리는 마음
		법정, 무소유	인간의 고통과 번뇌는 소유에 대한 집착에서 비롯하며, 소유욕을 버리면 마음의 평정과 자 유를 얻을 수 있다는 인식
		황순원, 너와 나만의 시간	극한 상황에 처한 인물들의 생존 의지와 인간 애를 통한 인간 존재의 의미 성찰
창비	IV. 문학과 삶 1. 문학과 성찰	박성우, 아직은 연두	'연두'가 상징하는 시기의 긍정적인 가치와 가 능성
		고정희, 상한 영혼을 위하여	고통을 견디어 낸다면 고통을 함께 할 '손'이 올 것이라는 믿음 즉 낙관적인 현실 인식을 통 한 고통 극복의 의지
		권정생, 열여섯 살의 겨울	어린 시절 도덕적 갈등 상황과 선택의 과정을 고백함으로써 순수한 마음을 잃지 않기 위해 끊임없이 자기 성찰
천재 교과서	III. 문학과 삶 1. 문학과 개인 (1) 문학적 가치의 내면화	백석, 흰 바람벽이 있어	자신의 지난날에 대한 성찰을 통해 지금의 어 려운 현실을 긍정적으로 수용
		권근, 주옹설	자기 삶이 변화에 적응할 수 있도록 중심을 흐 트러뜨리지 말아야 한다는 인식
천재 교육	IV. 문학과 공동체의 삶 1. 문학과 삶의 다양성 (1) 자아 성찰	윤동주, 쉽게 씌어진 시	삶의 목표를 점검함으로써 바르게 살고자 하는 자아 성찰의 가치
		김창흡, 낙치설	이 빠진 것을 계기로 노인으로서 분수를 지키 겠다고 다짐하는 모습을 통해 불편함을 긍정적 으로 받아들이는 삶의 자세를 보여줌

출판사	단원명	작가와 작품	주제
해냄 에듀	Ⅲ. 문학과 함께하는 삶 1. 문학과 나 (1) 문학과 자아	곽재구, 새벽 편지	인생은 고통을 통해 배우는 과정이고 인간은 고통으로써 자신을 성찰하고 성장할 수 있다는 인식
		이태준, 달밤	인간적인 정이 사라져 가는 각박한 세태에 모 자란 인간에 대한 애정과 연민

위에서 확인할 수 있듯이, 현행 문학 교과서의 〈문학과 자아〉 단원
에는 고등학생의 현실적인 교감을 유도할 만한 제재가 극히 드물다.
가령 머리말에서 논했듯 실제 고등학생은 부모님의 지나친 기대에 따
른 부담감, 왕따에 대한 두려움, 자아정체성 혼란, 심지어 연애 문제로
까지 고민하고 있는데, 교과서는 청소년의 현실적인 문제를 본격적으
로 천착한 제재를 다루지 않는다. 학생의 교감을 유도할 가장 좋은 제
재는 고등학생의 시각에서 자신의 문제를 진술하게 토로하는 글이지
만, 이런 제재의 발굴이 현실적으로 불가능하다면, 성인 저자가 청소
년 문제를 진지하게 다룬 글이라도 선정하면 좋을 듯하다. 그런데 전
자의 경우는커녕 후자의 경우도 거의 전무하다. 교과서는 선택에 책임
지라거나(「가 보지 못한 길」), 순수한 마음을 잃지 말라거나(「열여섯 살의 겨
울」), 삶의 목표를 점검함으로써 바르게 살라는(「쉽게 씌어진 시」) 등 다분
히 상식에 가까운 도덕을 설파하고 당위적 도덕을 명령하는 데 머무르
고 있다. 이런 주제 혹은 제재들이 청소년의 교감을 적극적으로 유도
할 수 있을지 의문이다. 과거 제7차 고등학교 문학 교과서에 대한 연
구에서 "학생들이 '문학' 과목을 싫어하는/어려워하는/재미없어하는
제일 큰 이유는 그 텍스트들이 자신들의 정서나 삶과 다르기 때문이"[22]
라는 의견이 제출되었는데, 10년 가까이 지난 현재에도 이 문제는 개
선되지 않았다고 보인다.

더구나 몇몇 제제는 성인 그것도 상당히 노숙한 성인의 감수성에 적합하다. 권근의 「주옹설」, 안병욱의 「고독을 그리워하며」, 법정의 「무소유」, 김창흡의 「낙치설」 등이 그 사례인데, 수필에 해당하는 이 글들은 노년에 가까운 저자들에 의해서 집필되었다. 수필이 저자의 생각과 느낌을 직설적으로 드러낸다는 점을 고려할 때, 노년 저자들의 수필에 어떤 내용이 담겨 있을지는 능히 짐작 가능하다. 실제로 쉽고 편한 것이 좋은 것이 아니라는 인식(「주옹설」), 인간에게 자기 성찰의 시간이 필요하나 그렇다고 고독 속으로 침잠하는 태도는 바람직하지 않다는 인식(「고독을 그리워하며」), 인간의 고통과 번뇌는 소유에 대한 집착에서 비롯되므로 소유욕을 버리면 마음의 평정과 자유를 얻을 수 있다는 인식(「무소유」), 이 빠진 것을 계기로 노인으로서 분수를 지키겠다는 다짐(「낙치설」) 등 하나같이 노숙한 성인에게 설득력을 가지는 주제들이다. 이들 제재는 노숙한 성인의 감수성에 보다 호소하는 것으로서, 고등학생들의 현실적인 교감을 유도하기에는 미흡하다고 보인다.

한편 주목해야 할 사실은 도덕적이고 교훈적인 주제를 다룬 제재가 대거 선정되었다는 점이다. 가령 엄마를 대하는 바람직한 태도를 생각하고(『엄마를 부탁해』), 타인에게 옹졸했던 삶을 반성하며 포용력을 기르기를 다짐한다거나(「동해 바다」), 인간관계에서 대립을 극복하고 소통을 지향하며(「비 오는 날이면 가리봉동에 가야 한다」), 낙관적인 현실 인식을 통해서 고통 극복의 의지를 다지고(「상한 영혼을 위하여」), 모자란 인간에 대한 애정과 연민을 강조하는(「달밤」) 등 도덕적이고 교훈적인 주제가 예의 단원의 주류를 형성한다. 이는 교과서의 강력한 도덕 지향성을 보

---

22 김창원, 「문학교육의 성격과 문학 교과서의 지향」, 198면.

여준다. 이 단원의 내용 성취기준은 "작품의 이해와 감상의 결과를 자신의 삶과 관련하여 내면화한다"[23]는 것인데, 내면화는 도덕의 내면화를 지칭하는 것으로 보인다. 학생들의 현실적인 심리적 난관에 대한 이해와 삶에 대한 심도 깊은 통찰을 내면화하는 것이 아니라 단지 '바르게 살자'는 당위를 내면화하는 것이 교과서의 지향이라고 보이는데, 바로 이 문제가 앞으로 집중적으로 논구될 사안이다.

3. 도덕적 해석 강박

실제로 많은 문학작품은 표면적으로는 도덕적이지 않다. 도덕적이지 않음으로써 궁극의 도덕을 지향하는 아이러니가 문학의 본질에 가깝다 할 수 있는데 교과서는 표피적이고 단순한 도덕을 추구한다는 점에서 문학의 본질에서 살짝 비껴난다. 교과서의 도덕 지향성은 두 가지 양태로 나타난다. 도덕적 교훈을 부각한 작품을 편향적으로 선정한 경우와 도덕을 주제화하지 않은 작품을 애써 도덕적으로 해석한 경우이다. 전자는 제재 선정과 후자는 해석의 시각과 연관된다. 전자는 제재의 편중으로 귀결되면서 학생들로부터 다양한 문학 감상의 기회를 앗아가는 것으로 보인다. 그런데 그보다 더 큰 문제는 후자 즉 도덕적 교훈을 내포하지 않는 제재마저도 도덕적으로 해석하는 교과서만의 시각이다. 이는 가히 도덕적 강박으로까지 보인다. 앞장에서 제재 선정 경향을 분석하면서 전자의 경우를 살펴보았으므로, 이 장에서는 후자

---

23   교육과학기술부, 앞의 책, 138면.

의 경우 즉 교과서 특유의 도덕적 강박으로 인해 과도한 도덕적 해석이 전개되는 양상을 해제와 학습활동을 통해서 고찰하고, 그것이 학생들에게 미칠 영향을 집중적으로 논구하고자 한다.

장 아누이의 「안티고네」는 원전인 소포클레스의 고전적 비극 「안티고네」와 마찬가지로, 비극임에 틀림없다. 이는 전형적인 비극이라는 점에서 본질적인 의미의 문학교육에 상당히 적합한 제재이다. 그러나 교과서 특유의 강박으로 인해 작품의 의미는 굴절되고 변형된다. 오이디푸스의 사후 두 아들은 왕이 되기 위해서 전쟁을 벌이다가 모두 죽는다. 그 중 큰아들 폴리네이케스는 테베의 반역자로서, 이후 왕이 된 크레온은 시체의 매장을 금지하는데, 폴리네이케스의 누이인 안티고네는 오빠를 사랑하는 마음에 매장을 고집한다. 이에 크레온과 안티고네 사이에 격렬한 대립이 발생하는데, 교과서는 이 대립이 극단으로 치닫는 장면을 수록한다. 이 작품의 교육 방식을 고찰하기 위해서 해제와 학습활동을 살펴본다.

(가) 여기서 개인의 정의를 지키려고 한 안티고네와 국가의 법령을 지키려고 하는 크레온의 대결이 발생한다. 장 아누이는 이 두 인물의 대립을 선과 악의 대결이 아니라 두 정당한 자아의 대결로 구성했다. 크레온은 자신의 직분에 충실하기 위해 왕의 명령을 수행하려는 것이고, 안티고네는 소녀처럼 순수한 마음으로 자신이 옳다고 믿는 것을 가로막는 제도에 저항하는 것이다. 안티고네는 현실과 타협하여 가족의 도리를 저버리는 것보다는 죽음을 택한다. 모든 타협을 거부하고 완강하게 죽음을 선택하는 안티고네의 자세도 그렇게 바람직하다고는 볼 수 없다. 우리는 이 작품을 통하여 인간의 갈등을 이해하고 타인과

소통할 수 있는 여러 가지 방법에 대해 생각해 볼 수 있다.(「안티고네」, 좋은책 신사고, 361, 해제)[24]

㈏ 다음을 중심으로 두 인물의 말하기 방식과 태도를 비판적으로 평가해 보고, 두 인물이 원활하게 소통하기 위한 바람직한 태도에 대해 생각해 보자.(「안티고네」, 좋은책 신사고, 358, 활동)

㈐ 다음 활동을 통해 타인의 가치관을 이해하고 타인과 소통하는 바람직한 방법에 대해 생각해 보자.(「안티고네」, 좋은책 신사고, 359, 활동)

㈎는 이 작품의 해제로서, "개인의 정의를 지키려고 한 안티고네와 국가의 법령을 지키려고 하는 크레온의 대결"에 주목하여, 이것이 "선과 악의 대결이 아니라 두 정당한 자아의 대결"이라고 설명한다. 크레온은 국가의 대의를 지키기 위해 사적 정리에 눈감고, 안티고네는 "소녀처럼 순수한 마음으로 자신이 옳다고 믿는 것을 가로막는 제도에 저항"한다는 것이다. 여기까지는 충분히 타당한 해석이다. 그런데 해제는 마지막에서 "타협을 거부하고 완강하게 죽음을 선택하는 안티고네의 자세도 그렇게 바람직하"지 않으며, 이 작품을 통해 "타인과 소통할 수 있는 여러 가지 방법에 대해 생각해 볼 수 있다"고 설명한다. 이 마지막 문장으로 인해 작품의 의미는 타인과 잘 소통할 수 있는 방법을 생각하게 유도하는 것으로 정리되고 결정된다. 해제는 교훈적인 메

---

24 이하 교과서에서 인용할 때 인용문 말미 괄호 안에 작품명, 출판사, 인용면수를 밝히기로 한다. 특히 해제의 경우 괄호 안 마지막 부분에 '해제'로, 학습활동은 '활동'으로 표기한다.

시지로 결론을 맺으면서 작품의 가치를 교훈 전달의 매개로 협소하게 고정시킨다.

　교과서는 안티고네의 자세를 바람직하지 못하다고 규정하는데, 이는 재고를 요한다. 혈육에 대한 정리에 충실하기를 간절히 원하지만, 그것을 도저히 허용하지 않는 세상의 벽을 넘지 못하고 죽음까지 불사한 안티고네의 태도는 비극성의 극단을 보여준다. 독자는 여기에서 개인적 진실을 수호하려는 순결한 의지와 그것을 가로막는 세상 법칙의 타협 불가능성을 확인하면서 형언할 수 없는 비장미를 느끼게 된다. 독자가 여기에서 불쾌감을 느끼지 않는 이유는 양자의 타협 불가능성이 인생의 본색에 보다 가깝고, 삶이 늘 화해와 일치로 충일된 것이 아니라는 사실을 알기 때문이다. 삶의 균열과 불일치를 극단적으로 묘파하면서 삶의 본질에 대한 성찰을 이끈다는 것이 이 작품의 미덕이다. 따라서 안티고네의 태도는 '바람직하다/아니다'라는 판단을 허용하지 아니한다. 독자는 안티고네의 태도를 단순한 도덕에 기반한 판단 준거를 넘어선 곳에서 해석해야 한다. 해제는 작품을 충실히 해석하다가도, 결론적으로 안티고네의 태도가 고집스럽기 때문에 바람직하지 않다는 판단을 학생들에게 유도하는데, 이는 문학교육의 지향점을 단순한 도덕의 주입으로 설정하는 오래된 이데올로기 혹은 강박의 잔재라고 보인다. 작품에서 두드러지는 비극성을 있는 그대로 가르치지 못하고, 그에 따른 인생의 참모습에 대한 성찰을 이끌어내지 못하며, 일반적인 도덕의 주입으로 문학교육을 귀결 짓는 것이다.

　문학교육이 궁극적으로 상투적인 도덕의 주입을 지향하는 현장은 (나), (다)에 제시한 학습활동에서 더욱 확실하게 확인할 수 있다. (나)는 안티고네와 크레온이 고집스럽게 자기주장을 펼치며 대립하는 장면을 제시하면서 그들의 말하기 방식을 비판하고 바람직한 소통 방식을 생각하라고 요구한다. (다)의 학습활동도 재차 "타인의 가치관을 이해하고 타인과 소통하는 바람직한 방법"을 생각하도록 요청한다. 이 학습활동들은 학생들이 고집을 꺾고 상대방 입장에서 이해하는 말하기 방식을 체득하는 것이 작품의 교육 목표라는 전제를 함유한다. 이러한 학습활동에 대한 모범답안으로 타인의 입장에서 바라보고 자신의 의사를 양보하면서 타인과의 거리를 좁혀가자는 상투적인 교훈 이상의 것이 나오기 힘들다. 이런 학습활동 구성은 도덕적 교훈을 작품에서 취해야 할 가장 중요한 것으로 상정하는 문학교육관을 반영한다고 보인다.

독자들은 이 작품에서 국가의 안위를 수호하기 위해서 개인적 진실에 눈감을 수밖에 없는 크레온과 그보다는 개인적 진실에 순수하게 충실하려는 안티고네 사이에서 발생한 해결 불가능한 갈등을 목도하면서 인생의 비극성을 절감하고 카타르시스를 느끼면 된다.[25] 이때 작가의 의도는 '해결 불가능'함을 보이는 것이다. 그래서 이 작품이 전형적인 비극인 것이다. 이 작품의 의도는 "두 정당한 자아의 대결"을 통해, 도저히 소통 불가능하고 화해 불가능한 상황도 있고, 그것은 각자의

---

25 여기에서 비극에 대한 고전적인 견해를 참조해 본다. 아리스토텔레스에 따르면, 비극은 공포와 연민의 감정을 불러일으키는 사건의 모방이다. 연민은 인물이 부당하게 불행에 빠지는 것에서 유발되며, 공포는 우리 자신과 비슷한 자가 불행해지는 것을 볼 때 환기된다. 연민과 공포에서 오는 쾌감이 비극에 고유한 쾌감이다.(아리스토텔레스, 『정치학/시학』, 나종일·천병희 역, 삼성출판사, 1995, 352-365면 참조.) 이처럼 비극에 대한 고전적이고 본질적인 규정에서 도덕적 교훈에 대한 고려는 찾을 수 없다. 중요한 것은 불행 자체이며, 이는 비극 특유의 쾌감을 야기한다. 불행을 불행 자체로 수용하는 것에 비극의 의의가 있다.

진실이 모두 진정성을 함유하기에 그러하며, 그러한 불일치가 세계의 본질이라는 사실을 보여줌으로써 삶의 비극성을 부각하고 독자에게 카타르시스를 제공하는 것이다. 바람직한 소통 방법에 대한 도덕적인 교훈을 설파하는 것이 이 작품의 목적이 아니다.

독자인 고등학생 역시 살아가면서 해결 불가능한 갈등 상황은 얼마든지 만날 수 있다. 가령 그들은 비일비재하게 부모, 친구, 연인과 크고 작은 갈등 상황에 놓인다. 학생들은 그때마다 쉬운 해결책을 발견하기는 어렵고, 해결의 어려움을 연달아 겪다 보면 심각한 절망에 빠지기도 한다. 절망은 자신이 도덕적으로 갈등을 해결하는 데 무능하다는 자책, 자신이 비도덕적이라는 자책으로 심화될 수 있다. 이런 고등학생에게 바람직하게 그리고 도덕적으로 갈등을 해결해야 한다는 당위적 명령을 주입하는 것이 유용할지 의문이다. 그보다는 고등학생이 인생에는 원래 해결 불가능한 갈등 상황도 있다는 진실을 알고 인정하며 그 비극성과 더불어 살 길을 모색한다면 차라리 위안을 얻을 수 있을 것이다. 모든 갈등이 바람직한 방법을 통해 해결될 수 있다는 낙관은 해결 불가능한 갈등으로 고통을 겪는 학생에게 '도덕적 소외감'만을 야기할 수 있다. 모든 사람이 바람직하게 갈등을 쉽게 해결하는데 자신만 그렇지 못하다는 도덕적 소외감으로 고통을 심화할 수 있다는 것이다.[26]

---

26 당위적 도덕의 지나친 주입은 오히려 학생의 자책을 심화시켜 정신 건강을 훼손할 수 있다. 비슷한 상황에 놓인 어린이의 심리에 대해 베텔하임은 다음과 같이 설명한다. 부모들은 세상의 많은 악의 근원이 우리 자신에게 내재한다는 사실을 어린이에게 알리고 싶어 하지 않는다. 모든 인간은 본질적으로 착하다고만 가르치려고 한다. 그러나 어린이들은 자신이 항상 착하지는 않다는 사실을 알며, 또 비록 착한 행동을 하더라도 마음속은 종

학생들은 갈등을 '쉽게 해결되는 것'으로 보는 것보다 '원래 어려운 것'으로 보아야 심적 고통을 덜 수 있다. 문학은 도덕적이기 어려움 혹은 '도덕의 난국'을 보임으로써 쉽사리 도덕 군자가 되지 못해 고통받는 사람들을 위로한다. 쉬운 일을 나만 못한다고 생각하는 것보다 원래 그 일은 어렵다고 생각하는 편이 정신적 안위를 유지하는 데 좋다. 이것이 문학작품이 즐겨 묘파하는 도덕적 난국의 교육적 효과라고 생각된다. 한편 자신뿐만 아니라 많은 사람이 도덕적으로 완전하기 어렵다는 발견, 이를 '도덕적 불완전함의 공감대'라고 부를 수 있을지 모르겠다. 이 도덕적 불완전함의 공감대는 독자들에게 위안을 준다. 모든 사람이 완전한 가운데 자신만 불완전하다는 자각에서 오는 도덕적 소외감과 자책에서 해방시켜 주기 때문일 것이다. 예의 도덕적 소외감은 종종 더 큰 절망으로 유도한다. 따라서 갈등의 손쉬운 해결에 대한 낙관보다는 갈등의 해결 불가능성을 보여주는 작품이 문학적으로 높은 평가를 받을 수 있었으며, 지금까지 명작이라 일컬어지는 작품은 이 비극적 정황을 외면하지 않았다. 이 비극성을 있는 그대로 교육하면 학생들의 정신적 성숙에 더 유용하리라고 생각된다.[27]

한편 이 작품에서 독자는 크레온의 내적 갈등에 주목할 수도 있다.

종 그렇지 않다는 것까지 안다. "이런 점은 부모가 가르쳐 준 것과는 모순이 되며, 따라서 어린이는 자신을 괴물처럼 느낄 수도 있다."(브루노 베텔하임, 『옛이야기의 매력 1』, 김옥순·주옥 역, 시공주니어, 2014, 19면 참조.)

27 이런 면에서 "현실의 '악과 어둠에 대한 앎을 넓혀가는 것은 현실을 보다 잘 보려는 노력이"되며, "현실의 부정성을 담으면서 동시에 삶의 근원적 에너지가 될 수도 있는 '어둠'에 대한 이해는 삶과 인간 내면을 깊이 보게 해주며 생기를" 불러일으킬 수 있다는 연구자의 견해는 경청할 만하다.(조혜숙, 「문학교육과 '선악'의 문제에 관한 연구」, 고려대 박사논문, 2013, 90면.)

크레온은 내심으로는 조카 폴리케이네스의 시신을 방치하고 싶지도 안티고네를 제지하고 싶지도 않다. 즉 혈육에 대한 애정을 그 역시 진솔하게 느끼면서도, 국가의 제도를 수호하기 위해서 어쩔 수 없이 악역을 수행한다. 독자들은 일면 악인인 크레온의 복잡한 심경을 이해하면서 생의 모순과 아이러니를 성찰하고, 어찌할 수 없는 진퇴양난의 운명이 인간에게 주어질 수 있다는 사실을 인식할 수 있다. 삶이 그렇게 단선적인 도덕만으로 운행되지 않는다는 사실을 통찰할 수 있다는 것이다. 이렇게 선과 악이 뒤얽혀 요동치는 모순된 현실에 대한 인식은 문학의 본질에 가깝기[28] 때문에 진정한 문학교육은 이를 조명해야 할 것이다. 문학교육의 차원을 떠나서, 청소년의 인성 교육적 고려에서도 모순에 대한 이해를 증진하는 교육은 유용하다. 한쪽에는 선인 것이 다른 쪽에는 악이 되는 경우, 즉 선악 판단이 어려운 모순된 상황에 놓이는 경우는 살면서 허다하고, 고등학생이라고 그 딜레마를 피해갈 수 있는 것은 아니다. 이때 단선적인 도덕의 세계에 갇힌 청소년이라면 모순된 상황에서 극심한 혼란을 느끼겠지만, 생의 모순과 딜레마를 배운 청소년이라면 의연하게 대처할 수 있다.[29] 단선적인 도덕보다

---

28 모레티에 따르면 법은 규칙의 확고한 확실성을 바라며, 변화무쌍하고 요동치는 의심들을 원하지 않는다. 법의 세계는 행동의 방식을 분석하는 데 무관심하고, 행동 방식을 판단하고 그것을 금지하는 데 관심이 있다. 사법적인 정신구조는 서사적인 것, 소설적인 것과 가장 거리가 멀다. 법의 이데올로기에 따라 정의의 문화를 강조할수록 최악의 소설이 탄생한다.(프랑코 모레티, 『세상의 이치』, 성은애 역, 문학동네, 2008, 388-389면 참조.)

29 베텔하임에 따르면, 어른들과 마찬가지로 어린이들은 쉽게 모순된 감정의 소용돌이에 휘말린다. 어른들이 이를 추스리는 능력을 가진 것에 비해, 어린이는 양면적인 감정에 압도되어 버린다. 자기 마음속에 사랑과 미움, 욕망과 공포 등이 뒤섞여 있다는 사실은 어린이로서는 도저히 이해 못할 혼돈이다. 어린이는 착하고 순종적인 감정과 못되고 반항적인 느낌이 동시에 드는 것을 감당할 수가 없다.(베텔하임, 앞의 책, 122-123면 참조.) 이는 청

는 생의 아이러니와 모순을 정직하게 교육하는 것이 청소년의 정신적 안녕과 성숙에 유용하다고 생각하는 이유가 여기에 있다.

그러나 살펴보았듯 현행 문학교육은 비극성의 극치를 보여주는 작품조차 도덕의식 강화를 위해 전유한다. 〈문학과 자아〉 단원 수록 제재 중 「안티고네」만큼 문학의 본질을 교육하고 학생의 내면적 성장을 돕는 데 적합한 제재도 따로 없다. 전술했듯 이 작품은 생의 비극성과 모순을 어느 작품보다도 중층적이고 역동적으로 보여주기 때문이다. 그런 면에서 이 제재 선정은 교과서 저자의 탁월한 선택이다. 그런데 이렇게 특별한 제재의 교육 방식마저도 도덕의식 강화로 귀결되는 장면은 교과서의 도덕적 강박을 여실히 드러낸다. 이는 교과서 집필 환경 상 어쩔 수 없는 문제이기는 해도[30] 향후 개선의 여지마저 포기해서는 안 되리라고 본다. 도덕의식 강화를 지향하는 문학교육은 작품 감상의 방법을 교훈 찾기로, 문학의 의의를 도덕성 신장으로 협소하게 제한할 여지가 있다.[31] 이러한 문학교육은 자칫, 청소년에게 문학을 생의 제 문제와 연결고리를 지니지 않는 공소한 '공자님 말씀'으로 인식

소년의 경우에도 적용되는데, 청소년 역시 아직 이분법적인 도덕률의 세계에 갇혀 살며, 분열적이고 양가적인 정서를 능숙하게 처리하지 못하고 종종 그 앞에서 혼란을 느끼기 때문이다. 이때 청소년에게 이분법적 도덕률을 강조하는 것은 오히려 내면적 성장을 방해할 수 있다.

30 김창원은 '가장 좋은' 교과서가 아니라 '가장 무난한' 교과서가 나오게 되는 이유를 검정 제도에서 찾는다. 높은 경쟁률의 검정을 통과하고 채택 경쟁에서 이길 수 있는가 하는 문제를 고려하면서 대동소이한/무난한 교과서가 탄생한다는 것이다.(김창원, 「문학 교과서 개발에 대한 비판적 점검」, 54면 참조.)

31 실제로 대학에서 다년간 문학교육을 수행한 필자의 입장에서, 이런 도덕적 문학관에 사로잡힌 학생들을 너무나 자주 목도했는데, 이 도덕주의적 문학관은 더 깊고 풍부한 문학의 세계로의 진입을 가로막는 가장 큰 장애물이었다. 이에 대한 아쉬움이 이 논문 집필의 원동력이 되기도 했다.

시킬 우려가 있다. 이 공자님 말씀은 상식적으로 익히 아는 윤리적 강령들의 재판이라, 학생들에게 그다지 흥미를 불러일으키지 못할 뿐만 아니라, 교감을 유도할 수도 삶에 대한 이해의 지평을 넓힐 수도 없다. 문학교육의 결과 그야말로 '교과서적인 도덕'의 재확인에 머무른다면 이는 청소년들에게 문학을 멀리 하는 계기로 작동할 수 있다.

권정생의 「열여섯 살의 겨울」은 작가가 "힘겹게 보냈던 자신의 어린 시절을 회상하면서 그 시절에 겪었던 도덕적 갈등 상황과 이에 대한 선택의 과정을 솔직하게 고백한 작품"(「열여섯 살의 겨울」, 창비, 283, 해제) 이다. "나"는 어릴 적 가게에서 점원으로 일했는데, 주인은 손님들에게 고구마의 무게를 속이면서 돈을 벌었다. 이에 "나"는 처음에 당황했으나 결국 주인의 옳지 않은 돈 벌기 방식에 결탁한다. 이후 "나"는 개인적 이득을 취하기 위해서 주인을 속이는 일도 마다하지 않게 된다. 결말에서 "나"는 이 행동을 반성하지만, 결국 주인 몰래 숨겨둔 돈을 주인에게 반환하지 않고 어머니를 위해서 사용한다. 이 작품이 교육되는 방식을 살펴보면 다음과 같다.

'열여섯 살의 겨울'은 힘겹게 보냈던 자신의 어린 시절을 회상하면서 그 시절에 겪었던 도덕적 갈등 상황과 이에 대한 선택의 과정을 솔직하게 고백한 작품이다. 작가는 평생 동안 부와 명예를 추구하지 않았고, 죽은 뒤에도 자신이 모아 놓은 재산을 어린이들을 위해 사용할 것을 당부했을 정도로 순수하고 아름다운 마음을 지녔다. 이처럼 순수한 마음을 잃지 않기 위해 끊임없이 자신을 성찰했던 작가의 모습은 현대인들에게 바람직한 삶의 가치가 무엇인지 일깨워 준다.(「열여섯 살의 겨울」, 창비, 283, 해제)

이 작품에서 중요한 것은 "도덕적 갈등 상황"이다. 해제는 여기까지는 타당하게 설명하지만, 이후 작가의 도덕성을 찬미하면서 "순수한 마음을 잃지 않기 위해 끊임없이 자신을 성찰했던 작가의 모습은 현대인들에게 바람직한 삶의 가치가 무엇인지 일깨워 준다"며 결론을 짓는다. 작가가 도덕적 갈등 상황을 솔직하게 고백했다는 진술과 작가의 미덕을 예찬하는 진술 사이에는 논리적 비약이 존재한다. 또한 순수를 보존하기 위해서 끊임없이 자아를 성찰했던 작가의 태도를 배우라는 것이 결론인데, 이는 작가의 도덕성에서 교훈을 얻으라는 진술과 다르지 않다. 그러나 이 작품이 과연 작가의 도덕성을 부각하는가. 이 문제는 재고를 요한다.

작가는 이 작품에서 "도덕적 갈등 상황"에 포커스를 맞춘다. 작가의 분신인 "나"는 내내 주인의 부도덕함에 결탁했으며, 그 잘못을 뼈저리게 깨달은 후에도 결말에서 몰래 감춘 돈을 주인에게 돌려주지 않고 자기 가족을 위해 써 버렸다. 작품은 '선(善)의 체화'로 귀결되는 것이 아니라 '선의 어려움'으로 귀결되는 것이다. 작가의 의도는 자신의 순결함을 과시하려는 것이 아니고 일반적으로 알려진 도덕을 지키기가 현실에서 얼마나 어려운지를 보여주는 것이었다. 이러한 갈등 상황은 현실적으로 충분히 교감을 살 만하다. 고등학생들만 하더라도 주입된 도덕과 판이하게 다른 실제 상황에 당황하고 혼란스러워 하는 경우는 허다하다. 이런 상황에서 선악의 기준 자체를 회의하면서 가치관의 아노미에 빠지기도 한다. 예의 작품을 통해서 이러한 고등학생의 현실적 고민 즉 주입된 도덕을 수호하기 어려운 상황과 그에 따른 갈등을 발견하고 성찰하게 한다면 오히려 청소년의 내면적 성숙에 좋지 않을까 한다.

학생들은 도덕 수호의 어려움을 이야기하면서 역설적으로 도덕을 수호할 힘을 얻을 수 있다. 가령 어떤 학생이 공부에 어려움을 겪는다고 가정할 때, 그에게는 공부 열심히 하라고 당위적으로 명령하는 것보다는 왜 공부가 어려운지 토로하고 문제에 대한 통찰력을 기르게 하는 것이 도움이 된다. 마찬가지로 진정으로 "문학을 통하여 윤리적 또는 도덕적 가치를 자신의 것으로 내면화하여 학습자 스스로가 도덕적인 인간으로 살아가는 주체로 성장할 수 있"[32]게 한다는 문학교육의 이상에 충실하자면, 당위적 도덕을 주입하기보다는 그렇게 살기 어려움을 성찰하고 그 와중에서 바르게 살 힘을 기르게 해야 한다. 성찰 이전에 당위를 전면화하는 방식으로 도덕을 강요하는 것은 효과적이지 않으며, "훈계와 우격다짐, 논증, 정보 제공, 그리고 지식 전수"와 같은 직접적 도덕 교육은 삶에 대한 통찰력을 제고하고 정서적 문제의 해결을 돕는 데 한계를 지닌다.[33] 이는 전술했듯, 세상이 도덕적으로 완전한 가운데 자신만 불완전하다는 소외감을 유발하는 것보다, 도덕적 난국을 보이고 도덕적 불완전함의 공감대를 형성하는 편이 청소년의 정신적 성장에 유용하기 때문이기도 하다. 많은 문학작품이 도덕적으로 살기의 어려움을 서술하는 데 기나긴 지면을 할애하는 이유가 여기에 있다. 도덕적 갈등에 대한 진술한 천착 없이, 도덕 수호의 어려움에 대한 본격적인 성찰 없이 순수하게 살자는 당위만을 외친다면 이는 공허한 도덕 교육으로 흐를 우려가 있다.[34] 이는 피상적 도덕의 논리이

---

32 김대행 외, 앞의 책, 207면.

33 조혜숙, 앞의 글, 101면 참조.

34 조혜숙에 따르면, 좋은 문학은 악과 어둠이 우리 안에 있는 것임을 일깨워 준다. 독자는 자기 안의 악과 부정성을 잘 이해하면서 선한 행동을 하는 데 강한 내적 기준이 필요함을

지 내면적 성장을 위한 문학교육의 논리가 아니다.

윤동주의 「쉽게 씌어진 시」는 청년의 솔직한 내적 고뇌를 표출한다. 시적 화자는 부모님이 고생해서 마련해 준 학비를 받아 강의를 들으러 가면서, 자신이 과연 무엇을 하고 있는지 회한을 느끼고, 쉽게 시를 쓴다는 사실을 부끄러워한다. 이 시는 학생들의 교감을 살 수 있는데, 청소년 시절 누구나 자신을 한없이 왜소하게 느끼고 부끄러워할 수 있기 때문이다. 머리말에서 논했듯 청소년들은 종종 자신이 현재 무엇을 하고 있는지 앞으로 무엇을 해야 할지 알 수 없어서 위축된다. 이 시에 대한 해제는 다음과 같다.

> 이 시의 핵심은 자아 성찰인데, 두 가지로 나누어 살필 수 있다. 먼저 화자는 자신이 바라는 것이 무엇인지, 곧 삶의 목표가 무엇인지를 스스로에게 묻는다. 답을 내놓지는 못하지만 그 물음은 그가 계속해서 삶의 목표를 점검함으로써 바르게 살고자 하는 태도를 지닌 인물임을 보여 준다.(「쉽게 씌어진 시」, 천재교육, 341, 해제)

해제는 "계속해서 삶의 목표를 점검함으로써 바르게 살고자 하는 태도"를 상찬하면서 자아 성찰과 바르게 살기의 가치를 강조한다. 여기에서 강조점은 후자에 놓여 있다. 자아 성찰은 바르게 살기 위한 자아 성찰인 것이다. 이 작품의 교육 방향 역시 '바르게 살기'로 귀결된다. 화자는 자아를 성찰하면서 자신의 초라함에 다분히 괴로워하는데,

---

알게 된다. 내적 통제가 가능하려면 자신의 어둠을 이해해야 한다.(위의 글, 102면 참조.) 이 논의에 본 논문은 강력한 동의를 표명한다.

해제는 자아 성찰에 따르는 고통보다는 바르게 살고자 하는 의지를 보다 강조한다. 과연 시인이 바르게 살자는 의지에 초점을 맞추며 창작했는지 의문이다. 무엇보다 시적 화자의 진솔한 내면적 고통은 고등학생의 보편적 심리와 강력한 공감대를 형성할 수 있는데, 이 점이 문학교육에서 간과되는 현상은 아쉬운 일이 아닐 수 없다.

현실의 고등학생은 시적 화자와 마찬가지로, 삶의 목표를 알 수 없고 하루하루 무의미하게 산다고 자각하며 답답해 할 수 있다. 또한 하고 싶은 일이 무엇인지, 자기 자신이 누구인지 몰라 괴로워할 수 있다. 이는 잘 알려진 '자아정체성 혼란'으로서, 청소년의 최대 고민이라고도 할 수 있다. 그러면서 청소년은 시적 화자처럼 초라함, 즉 자아의 위축을 경험하기도 한다. 자아의 위축은 자칫 우울증을 유발할 수 있는 위험한 심태이지만, 한편 청소년에게 상당히 보편적인 심태이기도 하다. 차라리 시적 화자의 심리를 이해시키면서 고등학생 자신의 현실적인 고민을 돌아보게 하고, 그것이 발달심리학적으로 필연적으로 거치는 통과의례임을 통찰하게 하면 더 좋을 것이다. 이때 자아정체성 혼란에 대한 심리학적 이해를 드높이는 쪽으로 교육이 이루어진다면 더 좋다.

자아정체성 혼란에 따르는 심적 고통은 죄악이 아니고 자연스러운 것이다. 도덕적 교훈을 부각하는 문학교육은 자연스러운 심적 고통마저 죄악으로 인식시킬 여지가 있다. 이는 물론 청소년의 정신적 안녕에 좋지 않다. 전술한 도덕적 소외감을 유발하면서 이중의 고통을 초래할 수 있기 때문이다. 고통을 인정하고 긍정적으로 파악하는 가운데 고통에 대한 이해를 제고하는 것이 고통을 극복할 길을 마련한다. 이런 식으로 고통 혹은 부정성의 전면화를 통한 역설적 치유는 문학의 귀중한 가치이자 기능이다.[35] 그런데 현행 문학교육은 자아 성찰에 따르는 현실적인 고통과 그 세부적인 형국을 간과하고, 바르게 살자는 추상적인 구호만을 남긴다. 고통에 대한 인식 과정을 생략하고 바르게 살자는 교훈으로 직결되는 교육은 결국 문학과 현실의 괴리를 심화시키며, 청소년의 정신적 성장에 별다른 도움을 주지 못한다.

4. 교훈, 바람직함, 깨달음, 긍정성

어떤 저작에서 빈번하게 반복적으로 등장하는 상투어는 저자들이 가장 소중하게 여기는 가치를 암시하며, 저자들의 이데올로기적 지향을 드러낸다.[36] 교과서의 상투어 역시 문학교육의 지향에 대한 저자들의 신념을 담고 있다. 특히 해제와 학습활동은 전술했듯 교과서의 문학교육 방향을 직접적으로 드러내므로 해제와 학습활동에 쓰인 상투어는 교과서 저자들의 지향점을 선명하게 보여줄 것이다. 이 장에서는 교과

---

35 베텔하임에 따르면, 신화는 주제를 엄숙한 방식으로 제시한다. 신화의 정신적 힘은 평범한 인간에게는 부담스러운 초인적인 영웅의 형태로 존재하고 경험된다. 평범한 인간이 그런 영웅처럼 되려고 노력할수록, 자신이 열등하다는 감정만 절실히 느낀다. 그에 반해 옛이야기는 인물, 사건, 내적 갈등을 구현하고 보여주고 그것을 풀 수 있는 방법을 제시하는데, 그들을 단순하고 소박한 방법으로 제시하여 독자에게 아무런 부담도 주지 않는다. 옛이야기는 특정한 방식으로 행동해야 한다는 부담을 주지 않고 열등감을 유발하지도 않으며 안도감을 준다.(베텔하임, 앞의 책, 44면 참조.) 이렇게 영웅적·초인적인 정신을 강조하는 것은 어린이나 청소년의 정신 건강에 좋지 않고 오히려 열등감만 불러일으키기 쉽다. 반영웅적 정서, 즉 자아의 위축과 같은 초라한 정서를 긍정하고 인정하며 그에 대한 이해를 드높임으로써 자존감을 고양하는 편이 내면적 성숙에 좋다.
36 박수현, 『망탈리테의 구속 혹은 1970년대 문학의 모태』, 소명출판, 2014, 43-44면 참조.

서의 해제와 학습활동을 중심으로 상투어를 발굴하고, 그것에 내재된 문학교육적 이데올로기의 한 단면을 고찰하고자 한다. '교훈', '바람직한', '깨달음', '긍정성' 등의 어휘가 매우 빈번하고도 반복적으로 상용되는데, 이들이 바로 상투어라고 할 수 있다.

'주옹설'을 감상하고 얻은 자신의 생각을 확장하여 자신이 일상생활에서 주변 사람을 통해 깨달았던 경험을 글로 써 보고, 친구들과 공유해 보자. (중략) 그 경험을 통해 얻은 **교훈**이 무엇인지 적도록 한다.[37] (「주옹설」, 두산동아, 384, 활동)

이처럼 '주옹설'은 역설적 발상 속에서 삶에 대한 깊이 있는 통찰을 통해 삶에 대한 **교훈**을 드러내고 있다.(「주옹설」, 두산동아, 385, 해제)

작가가 경험을 통해 얻은 **교훈**을 다음과 같이 정리해 보자.(「거꾸로 보기」, 좋은책 신사고, 347, 활동)

권근의 「주옹설」과 법정의 「거꾸로 보기」에 따른 학습활동에서 각각 "경험을 통해 얻은 교훈"이라는 말이 공통적으로 사용된다. 이는 문학교육의 궁극은 교훈을 전달하는 것이라는 이데올로기를 담지한다. 뿐만 아니라, 이는 사람은 경험을 통해서 교훈을 얻어야 하고 교훈 습득이 삶의 주요한 의의이자 가치라는 인생론적 이데올로기 역시 내포한다. 이는 문학의 사회교화적 기능을 중시하는 전래의 문학관의 발

---

37 이하 인용문에서 굵게 강조한 부분은 필자에 의한 것이다.

로로서, 유교 사상을 그 근저에 거느린다. 문학의 가치가 훈계와 교훈이라는 발상은 우리나라 고래의 성리학적 문인관에서 비롯되었는데, 그 원류는 상당히 오래 전으로 거슬러 올라간다.[38] 이러한 교훈 지향적 문학교육관은 문학이 도덕 교육의 도구로 사용되어야 한다는 이데올로기와 쉽사리 결탁한다.[39] 주목해야 할 점은 현재 문단에서 교훈 지향적 문학관이 거의 소멸되었는데도 문학교육만은 아직 여기에 고착되어 있다는 사실이다. 문학 교과서의 문학관이 학생들의 실제 현실과 유리되었을 뿐만 아니라 현재 문학 장에서 통용되는 문학관과도 멀리 떨어진 곳에서 고고하게 운행하는 사실은 아쉬운 일이 아닐 수 없다.

'바람직한 태도', '바람직한 자세', '바람직한 방법' 또한 학습활동에서 애용되는 상투어들이다.

'연금술사'와 윗글을 바탕으로 하여 타자와 더불어 살기 위해 갖추어야 할 **바람직한 태도**는 무엇일지 말해 보자.(『연금술사』, 두산동아, 392, 활동)

---

38 기원전 10세기부터 7세기까지의 중국 시들을 정선한 『시경』의 대부분의 시들은 백성을 선도하며 위정자의 잘못을 풍자하는 내용으로서, 시의 사회교화성을 지향한다. 이처럼 중국의 고전적인 시론은 풍속 교화와 권선징악을 이상으로 삼는다. 이런 문학적 지향은 우리의 고전시론과 문학관에도 큰 영향을 끼쳤다. 최자는 『보한집』에서 문학의 재도적(載道的) 기능을 강조하며, 서거정은 『동인시화』에서 시가 "세상의 교화"와 밀접한 관련을 맺는다고 말한다. 조위와 유몽인 역시 사회교화성을 열렬히 옹호한다. 시의 사회교화적 기능에 대한 유교적 견해는 19세기를 전후하여 더욱 현실적인 경향을 띠게 된다. 실학자 정약용은 "선을 권장하고 악을 징계하는 뜻이 없는 것은 시가 아니"라고 말하면서 시의 사회교화적 기능을 강조한다.(이선영 편, 『문학비평의 방법과 실제』, 삼지원, 2011, 67-69면 참조.)
39 문학교육을 "편리한 도덕 교육의 수단으로 사용하는 경향"(김정우, 「고등학교 문학 과목 교육과정의 내용과 구조」, 『국어교육』 131, 한국어교육학회, 2010, 205면)에 대한 비판이 오래 전부터 존재하기는 했지만, 현행 문학 교과서에서도 이 문제점은 사라지지 않고 있다.

이 시와 다음의 시를 참고하여 자신이 생각하는 **바람직한 삶의 자세**를 비유적으로 표현해 보자.(「우리가 물이 되어」, 좋은책 신사고, 326, 활동)

다음을 중심으로 두 인물의 말하기 방식과 태도를 비판적으로 평가해 보고, 두 인물이 원활하게 소통하기 위한 **바람직한 태도**에 대해 생각해 보자.(「안티고네」, 좋은책 신사고, 358, 활동)

다음 활동을 통해 타인의 가치관을 이해하고 타인과 소통하는 **바람직한 방법**에 대해 생각해 보자.(「안티고네」, 좋은책 신사고, 359, 활동)

이 작품을 감상할 때에는 엄마와 함께했던 삶을 성찰해 보고 우리가 엄마에 대해 지녀야 할 **바람직한 태도**가 무엇인지 생각해 볼 필요가 있다.(『엄마를 부탁해』, 미래엔, 335, 해제)

위는 '바람직한'이라는 어휘가 상투어로 쓰인 사례이다. 위 학습활동이나 해제는 각각 학생들에게 "타자와 더불어 살기 위해 갖추어야 할 바람직한 태도", "자신이 생각하는 바람직한 삶의 자세", "두 인물이 원활하게 소통하기 위한 바람직한 태도", "타인과 소통하는 바람직한 방법", "엄마에 대해 지녀야 할 바람직한 태도"를 생각하라고 요구한다. 여기에서 '바람직한'이라는 어휘 자체가 도덕 지향적 뉘앙스를 강하게 풍긴다. '바람직한'이라는 어휘는 '올바른'이라는 어의를 품고 있고, 지향해야 할 유일한 도덕이 선험적으로 존재한다는 전제를 함의한다. 바람직한 하나의 도덕이 '이미 결정된 것'으로 존재하기에 그것을 준수하라는 당위는 이의(異議)를 허용하지 않는다. '바람직한'이라는 어사는 도덕의 유일성 혹은 동일성에 대한 신념을 내장한다.

바람직한 자세에 대해 생각하라는 주문은 윤리적 당위에 대해서 고찰하라는 의미를 지닌다. 그런데 윤리적 당위는 당위이기 때문에 보통 유일한 도덕을 지칭하며, 그에 대한 다양한 견해는 제출되기 어렵다. 예의 주문은 답이 이미 결정된 질문이나 다름없다. 가령 위의 학습활동에 대한 예상되는 답안은 '타자의 입장에서 타자의 마음을 잘 헤아리고 내 의사를 앞세우지 말아야 한다'라거나 '엄마도 한 인간임을 이해하며 엄마의 고통과 아픔을 고려해야 한다' 등의 범주를 벗어나기 어렵다. 즉 바람직함을 생각하라는 교과서의 요구는 선험적으로 규정된 도덕을 재확인하는 수준의 지적 활동만을 유도하는 데 그칠 수 있다. 문학교육이 학생들이 십여 년의 교육을 통해서 이미 들어 알고 체화한 교과서적 도덕을 재확인하는 수준에 멈출 수 있다는 것이다. 거칠게 말해 문학교육의 목적이 죽은 도덕의 주입이라면, 이는 문학의 더 다양한 가능성을 사상한다는 점에서 아쉽고, 역설적으로 도덕의식을 마비하는 결과까지 초래할 수 있다.[40] 앞서 논했듯 청소년에게는 상

---

40 김상봉에 따르면, 한국의 도덕교육을 치명적으로 병들게 하는 오해는 도덕적 강제의 본질과 관련해서 발생한다. 도덕은 언제나 당위 즉 명령법의 형태로 나타난다. 강제는 언제나 타자로부터 타자에게로 향한 것이요, 순수한 자기 관계에서는 결코 발생할 수 없다. 강제는 비동일성과 타자성의 산물이다. 도덕이 타율적인 법칙의 체계인 한에서, 사람들은 도덕적으로 산다는 것이 미리 규정되어 주어진 도덕적 규범과 법칙을 정확하게 지키는 것이라고 생각한다. 이는 도덕에 대한 결정적인 오해이다. 사람들은 도덕적인 법칙이 단지 법칙이라는 이유만으로 학생들을 도덕적으로 만들 수 있으리라고 믿는다. 그러나 도덕 법칙이 나 자신에 의해 정립되지 않을 때 그것은 외적 권위에 기대어 학생들에게 타율적으로 강요되는 강제에 지나지 않는다. 도덕이란 인간성의 근원적 자유의 표현이자 실현으로서 타율적 강제와는 양립할 수 없다. 교과서가 가르치는 바에 따르면, 갈등과 무질서는 가장 두려운 사회악이고 욕망은 억압되어야 하며, 차이는 동일성 앞에서 침묵해야 하고, 개인은 전체를 위해 언제라도 희생될 수 있어야 한다. 이는 "전체주의적 노예도덕"에 불과하

투적인 도덕을 재확인하는 문학교육이 아닌 자신의 내면과 소통하고 고민을 성찰하게 하는 문학교육이 더 유용해 보인다.

> 이 작품의 마지막 부분을 통해 **깨달은 바**를 친구들과 함께 이야기해 보자.(『연금술사』, 두산동아, 391, 활동)

> 이 글에서 글쓴이가 **깨달음**을 얻어 가는 과정을 다음과 같이 정리해 보자.(「무소유」, 지학사, 342, 활동)

> 이 글을 읽고 소유에 대해 새롭게 인식하거나 **깨닫게 된 점**이 있다면 무엇인지 말해 보자.(「무소유」, 지학사, 342, 활동)

> 이 작품의 "마주 잡을 손"과 '버팀목에 대하여'에 쓰인 "버팀목"의 의미를 비교해 보고, **깨닫게 된 삶의 가치**를 이야기해 보자.(「상한 영혼을 위하여」·「버팀목에 대하여」, 창비, 274, 해제)

위에서는 '깨달음'이라는 어휘가 상투어로 사용된다. 이는 문학교육이 깨달음을 지향해야 한다는 이데올로기가 내재된 상투어이다. 깨달음 즉 인식적 가치가 문학교육의 중대한 지향점인 것은 사실이지만, 고등학생에게는 시기상조적 요구일 수 있다. 일생에서 정서적으로 가장 혼란한 시기를 거치는 고등학생에게 깨달음을 강조하는 것은 성숙과 조숙을 강요하는 셈이 될 수 있다. 성숙과 조숙에 이르지 못하고 질

다.(김상봉, 『도덕교육의 파시즘-노예도덕을 넘어서』, 길, 2005, 143-152면 참조.)

풍노도의 한가운데를 통과하는 고등학생들은 이러한 강요에서 소외감을 느끼기 쉽다. 깨달음을 통한 성숙은 고등학생에게 아직 무리하거나 공소한 주문일 수 있다. 가령 법정의 「무소유」에 대해 교과서는 학생들에게 소유의 덧없음과 무소유의 가치를 '깨달으라고' 강요하는데, 이 강요된 '깨달음'이 학생들에게 공명을 얻을 수 있을지 의문스럽다. 경제적 독립 이전의 학생들은 지나친 욕망의 폐단을 '깨달을' 만큼 지나치게 욕망해보지 않았고, 더욱이 무소유의 가치를 '깨달을' 만큼 소유해 본 적도 없다. 「무소유」의 메시지는 성인들의 세계에서는 분명히 소중한 인식적 가치이고, 충분히 공감을 얻을 수 있다. 하지만 고등학생들에게는 자신의 현실과 유리된, 피상적인 도덕론 정도로 수용될 가능성이 높다. 고매한 정신적 경지를 깨달으라는 요구보다는 차라리 아직 고매하지 않아도 좋으니 자신의 혼란을 정직하게 인식하라는 주문이 더 유용할 것으로 보인다.

(가) 주 대위와 김 일등병의 모습에서 **긍정적인** 인간상을 찾을 수 있다면 어떤 점에서 그러한지 말해 보자.(「너와 나만의 시간」, 지학사, 350, 활동)

(나) 시적 화자는 흰 바람벽에 투사된 내면의 풍경을 통해 자신의 지난날을 성찰하면서, 지금의 어려운 현실을 **긍정적으로** 수용하고 있다.(「흰 바람벽이 있어」, 천재교과서, 343, 활동)

(다) 이 시에서 화자는 **낙관적인** 현실 인식을 바탕으로 하여 어둠 속에서 흔들리며 고통을 겪을지라도 그것을 극복하겠다는 강한 의지를 내보

이고 있다.(「상한 영혼을 위하여」, 창비, 275, 해제)

(라) '아직은 연두'는 '초록'이 되기 전의 '연두'가 지닌 특성과 **긍정적 가치를** 다양한 사물에 빗대어 감각적으로 형상화하고 있다. (중략) 이를 바탕으로 '연두'가 상징하는 시기의 **긍정적인 가치와 가능성**을 보여 주고, 독자가 자신의 삶을 성찰하고 더 나아가 존중할 수 있도록 이끌고 있다.(「아직은 연두」, 창비, 271, 해제)

위에서는 "긍정적"이라는 어휘가 상투어로 출현한다. 삶의 긍정성을 강조하는 것은 당연히 바람직하다. 그러나 그 역시 예기치 않은 그늘을 거느릴 수 있다. 당연히 바람직하게 여겨지는 상식은 당연하게 여겨지기 때문에 의외의 폐단을 낳기도 한다. 이른바 상식의 폭력이라 일컬을 수 있는 정황은 드물지 않게 존재한다. 좀 더 섬세하고 신중하게 고려된 문학교육을 구상하기 위해서 긍정성에 결박된 문학교육의 이면을 (라)의 경우를 중심으로 살펴보려고 한다.

박성우의 시 「아직은 연두」에 대한 해제는 시인이 "'연두'가 상징하는 시기의 긍정적인 가치와 가능성"을 보여줌으로써 "독자가 자신의 삶을 성찰하고 더 나아가 존중할 수 있도록 이끌고 있"다고 말한다. 그런데 막연히 청소년기가 긍정적인 가치를 지니고 있으니, 그 시절을 긍정적으로 인식하라는 주문이 현실적으로 교감을 얻을 수 있을지 의문이다. 청소년기가 비록 고통스럽더라도 그 고통이 성숙을 매개하므로 긍정적이라는 명제라면 차라리 설득력을 지닌다. 그런데 갓 태어난 연두, 아직 성숙하지 않은 연두가 그냥 아름다운 것처럼 청소년기가 마냥 아름답다는 논리는 단순하다. "아직은 풋내가 나"(「아직은 연두」,

창비, 269)기 때문에, 즉 어리고 미숙하기 때문에 그 자체로 아름답다는 논리는 아무래도 추상적이다. 이는 대표적인 순환논법으로서, 청소년에게 설득력을 가지기 어렵다고 보인다. 한편 연두처럼 때 묻지 않은 순수 그 자체에 머무른 청소년이 과연 얼마나 될지 또한 의문이다. 왕따, 자살, 부모님의 과잉 기대와 사교육으로 지칠 대로 지친 청소년을 과연 때 묻지 않은 연두로 지칭할 수 있을까. 이런 저런 문제로 상처받는 청소년은 예의 명제 앞에서 소외감과 당혹감을 느낄 수 있다. 그리고 그렇게 상처받은 청소년은 그렇지 않은 청소년에 비해 대다수이다. 전술했듯 도덕적 소외감은 고통을 배가한다.[41]

> 작가는 '성기'의 역마살을 없애기 위해 '옥화'가 기울였던 많은 노력들이 무의미해지는 과정을 통해, 운명을 거스르려는 인간의 노력이 보잘것없음을 보여 준다. 이를 통해 작가는 인간과 운명의 문제를 바탕으로 인간 구원의 주제를 형상화하고 있다.(「역마」, 비상교과서, 297, 해제)

긍정성에의 강박은 무리한 작품 해석을 낳는다. 위의 김동리의 소설 「역마」에 대한 해제는 "운명을 거스르려는 인간의 노력이 보잘것없

---

41 유사한 맥락에서 최미숙은 초등학교 교과서에는 밝고 긍정적인 내용만을 담아야 한다는 세간의 상식에 반대하여, 외로움, 서러움, 두려움 등 다소 어두운 정서를 담은 내용도 선정해야 한다고 제안한다. 인간에게 어두운 면이 존재하지 않는 것처럼 이야기하는 것은 현실적인 또 다른 정서를 무시한 채 특정 정서의 편식을 강요한다. 이러한 정서의 편식은 학생들로 하여금 현실 대응력을 잃어버리게 한다. 이 논의는 비록 초등학교 교과서를 대상으로 한 것이지만 고등학교 교육에서도 유의미하다.(최미숙, 「국어 교과서 제재 선정 및 수정 방안 연구-문학 제재를 중심으로」, 『독서연구』 5, 한국독서학회, 2000, 230-231면 참조.)

음"이라는 주제를 적절하게 설명한다. 그런데 바로 이어지는 "인간 구원의 주제를 형상화"한다는 문장은 어색하다. 두 문장 간의 논리적 비약도 상당하다. 해제는 운명 앞에서 인간의 노력이 보잘것없다는 인식이 어떻게 인간의 구원으로 직결되는지 설명하지 아니한다. 더욱이 해당 작품에는 인간 구원의 주제가 담겨 있지 않다고 생각된다. 주제는 말 그대로 '운명 앞에서의 인간의 무력함'이다. 그런데 이렇게 부정적인 뉘앙스로 문학교육이 귀결되어서는 안 된다는 강박 즉 긍정성에의 강박이 "인간 구원의 주제"라는 어색한 사족을 파생했다. "구원"이라는 긍정적인 의미로 작품 해석을 마무리해야 문학교육의 본령에 충실해진다는 강박의 발로인 셈이다.

앞서 「안티고네」의 경우에서 논했듯 인간은 부정성을 통해서 더 많이 배우고 성장할 수 있다. 표피적인 긍정성은 교감을 얻지 못할 뿐더러 도덕적 소외감을 야기할 수 있다. 독자는 부정성을 통해 현실을 폭넓게 이해할 수 있으며 부정성에 대한 응전의 힘을 기를 수 있고 선과 온전함을 꿈꿀 수 있다.[42] 문학은 표면적인 부정성/비도덕성에 천착하면서 궁극의 긍정성/도덕성에 이르고자 한다.[43] '도덕적이지 않음으로써 궁극의 도덕을 지향하는 아이러니가 문학의 본질'이라는 앞서의 언명은 이런 맥락에서 파생되었다. 진정한 긍정성을 교육하기 위해서는

---

42 조혜숙, 앞의 글, 118면 참조. 조혜숙의 논의에서의 '악'을 이 문장에서는 '부정성'으로 바꾸어 썼다.

43 "정신분석은, 삶의 부정적 본질 때문에 사람들이 파멸하거나 도피하지 않고, 삶의 부정적 본질을 자연스럽게 받아들일 수 있게 하기 위하여 창시되었다"(베텔하임, 앞의 책, 19면)는 언명은 문학의 경우에도 그대로 적용된다. 문학은 독자들이 삶의 부정적 본질을 인정하고 수용하며, 그것을 말살하지 않고 그것과 더불어 삶을 건강하게 꾸려가게 하기 위해서 부정성을 전면화한다.

부정성을 좀 더 치열하게 가르쳐야 한다. 그것은 학생들이 인식 지평을 넓히고 심리적으로 성장하는 데 궁극적으로 도움을 준다. 이는 학생들에게 문학이 진부한 '공자님 말씀'이 아니라 내 삶의 문제와 직결되고 내 현실적인 심리와 풍부하게 교감하며 내 고민 해결에 직접적으로 유용하다는 인식 또한 유발할 수 있다. 이는 문학 내용이 자기 체험으로 내면화될 때 삶에 대한 총체적 체험이 가능해지며, 문학교육은 체험의 심화와 확대에 기여해야 한다[44]는 문학교육의 고전적 이상에도 부응한다고 할 수 있다.

5. 추상적 자아 성찰

문학 교과서의 〈문학과 자아〉 단원의 중요한 학습목표 중 하나는 학생들의 자아 성찰 능력을 함양하는 것이다.[45] 실제로 〈문학과 자아〉 단원은 빈번하게 해제와 학습활동을 통해 학생들의 자아 성찰을 직접적으로 유도한다. 논의를 마무리하기 전에 이 장에서는 자아 성찰을 전면화한 제재와 자아 성찰을 명시적으로 요구하는 학습활동을 통해서 교과서에서 자아 성찰 교육이 어떻게 이루어지는지 그 양상을 짧게나마 살펴보고자 한다.

---

44 구인환 외, 앞의 책, 271-273면 참조.
45 가령 창비의 〈문학과 나〉 단원의 학습목표는 다음 두 가지이다. 첫째, 문학작품 속에 드러난 삶의 모습에 비추어 자신의 삶을 성찰할 수 있다. 둘째, 문학작품의 이해와 감상의 결과를 자신의 삶과 관련하여 내면화할 수 있다. 이러한 학습목표 구성은 모든 교과서에서 대동소이하다.

㈎ 자신의 삶을 성찰하는 것은 어떤 의미가 있는지 생각해 보자./'참회
록'의 시적 화자처럼 자신의 자아를 성찰하는 참회록을 작성해 보
자.(「참회록」, 두산동아, 379, 활동)

㈏ 이 시처럼 자신의 삶을 성찰하고, 나의 비명(碑銘)을 써 보자./이 시처
럼 주변의 일상적인 사물을 중심으로 자신의 삶을 성찰해 보자.(「해
바라기의 비명(碑銘)-청년 화가 L을 위하여」, 미래엔, 326-327, 활
동)

㈐ 이 시처럼 자신의 모습을 성찰하는 내용의 시를 다음 조건에 따라 써
보자./조건: 자기 성찰의 매개체를 사용할 것.(「흰 바람벽이 있어」, 천
재교과서, 345, 활동)

위는 각각 윤동주의 「참회록」, 함형수의 「해바라기의 비명(碑銘)」, 백
석의 「흰 바람벽이 있어」라는 시에 대한 학습활동이다. ㈎는 자신의
삶을 성찰하라고 요구하는데, "자아 성찰"이라는 행위 자체만 강조할
뿐 자아의 무엇을 어떻게 성찰하라는지 구체적인 세부 사항을 제시하
지 아니한다. 시의 내용도 그냥 자아를 성찰했다는 사실만을 보여준
다. ㈏와 ㈐는 보다 구체적인 정황을 제시한다. ㈏는 죽음이라는 가
상 상황에서, ㈐는 "흰 바람벽"과 같은 매개를 통해 자신의 지난날을
성찰하라고 주문한다. 여기에서 외적 정황을 조금 구체화했다 해서 자
아 성찰의 내용을 구체화한 것은 아니다. 시의 내용도 죽음을 앞둔 가
상 상황에서, 흰 바람벽과 같은 매개를 만나서 그저 막연하게 자아를
성찰했다는 것인데, 자아의 어떤 면을 어떻게 성찰했는지 보여주지 않

는다. 외적 정황이 구체화되었더라도, 자아 성찰의 내용은 막연하고 추상적인 수준에 머무른다.

〈문학과 자아〉 단원은 명시적으로 '자아 성찰'이라는 학습목표를 제시하는 바, 이 목표를 달성하기 위해서 자아 성찰 모티프를 내장한 제재를 선택한 것은 모범적인 결단이다. 그러나 안이한 결단이라는 의심 또한 피할 수 없다. 이 작품들에서 자아 성찰은 지나치게 추상적이고 포괄적이며 표피적인 의미망을 거느린다. 성찰할 그 무엇을 제시하지 않고 막연히 자아를 성찰하라는 형국이다. 좀 더 구체적인 정황, 즉 자아정체성 혼란, 진로 갈등, 타인에게 인정받으려는 욕망, 인간관계에서의 난관 등 현실적인 심리적 문제에 기반한 세부적이고 구체적인 항목을 제시하고 그에 관해 성찰하라는 학습활동을 구안하면 좋을 것이다. 가령 '자신의 정체성을 알 수 없어서 고민한 적이 있다면 이야기해 보자', '타인에게 인정받고 싶어서 고달팠던 경험에 대해 이야기해 보자', '자신이 잘 할 수 있는 일이 무엇인지 몰라서 답답한가?' 등 세부적이고 구체적인 학습활동을 구상할 수 있다.

문제는 제재의 장르적 특성에서 발생했을 수 있다. 제재로 사용된 시 자체가 이런 구체적인 학습활동을 구상하기에 적합하지 않다. 시는 장르의 특성상 압축적이고 함축적이기에 고민의 세부를 장황하게 담기 어렵다. 구체적인 심적 문제로 인한 갈등 과정을 소상하게 그려낸 제재를 선택할 필요성이 제기되는 바, 이런 면에서 시보다는 소설이 자아 성찰 단원의 제재로서 적합하다고 보인다. 소설은 인간의 심리적 난관을 가능한 소상히 그 기승전결을 구조화해서 보여주기 때문이다. 이때 제재 소설이 청소년의 현실적인 심리적 난관을 다룬다면 금상첨화이다.

문제는 이렇게 추상적이고 막연한 자아 성찰을 부각하는 제재가 〈문학과 자아〉 단원에서 차지하는 지면이 막대하다는 점이다. 미래엔, 천재교과서, 천재교육에서는 피상적인 자아 성찰을 유도하는 제재가 전체 〈문학과 자아〉 단원 제재 중 반을 차지하고, 두산동아에서는 3분의 1을 차지한다. 그렇지 않아도 〈문학과 자아〉 단원에 할당된 지면이 길지 않은데, 명목상의 자아 성찰을 강조하느라 좀 더 구체적이고 본격적인 성찰의 기회를 축소한다는 것은 아쉬운 일이 아닐 수 없다.

6. 맺음말

지금까지 이 논문은 2011 개정 교육과정에 따른 고등학교 문학 교과서의 〈문학과 자아〉 단원을 집중적으로 고찰하였다. 선정된 제재 중 고등학생의 현실적 문제와 소통할 만한 제재가 희소했으며, 성인의 감수성에 호소할 만한 제재가 더 많았다. 특히 대다수의 제재가 도덕적 교훈을 부각하는데, 이는 교과서의 도덕 지향성을 보여준다. 이때 도덕을 전면화하지 않은 작품마저도 도덕적으로 해석하는 교과서의 시각이 더 문제적이다. 가령 「안티고네」는 갈등 해결의 난항이나 선악이 뒤엉킨 생의 모순과 아이러니를 주제화하고, 그것을 있는 그대로 교육하면 학생들은 자신의 현실적인 내적 갈등과 삶에 대한 통찰을 심화할 수 있을 터이나, 교과서는 작품의 의미를 바람직한 소통 방식의 교육으로 협소하게 고정한다. 이러한 과도한 도덕 지향성은 학생들에게 도덕적 소외감을 야기하면서 문학을 현실과 유리된 '공자님 말씀'으로 인식시킬 우려가 있다. 「열여섯 살의 겨울」에 관해서도 교과서는 작가의 도덕성에서 교훈을 얻으라고 유도하는데, 실상 이 작품은 도덕적으로 살기의 어려움을 부각한다. 이에 도덕적 난국에 대한 성찰을 이끌어내는 편이 더 좋은 교육법이라고 보인다. 교과서는 「쉽게 씌어진 시」에서 바르게 살고자 하는 시인의 의지를 상찬하는데, 이보다는 자아 성찰에 따르는 괴로움을 구체적으로 발견하고 통찰하게 하는 편이 좋을 듯하다.

문학 교과서에는 교훈, 바람직함, 깨달음, 긍정성 등 어휘가 상투적으로 출현한다. 이 역시 교과서의 도덕 지향성을 보여주는데, 이는 장구한 세월 상식으로 통용되었던 문학의 사회교화성에 대한 신념에 그 뿌리를 둔다. 현재 문단에서 도덕 지향성이 거의 소멸된 상황에서도 문학교육만은 그것에 고착되어 있다. 문학교육이 선험적 도덕을 주입하는 데 머무른다면 역설적으로 학생들의 도덕의식을 약화할 수 있다. 교과서는 깨달음을 강조하면서 조숙을 강요하는 경향을 보이거니와, 이보다는 학생들의 현실적인 혼란을 정직하게 인식하도록 이끄는 편이 좋다. 교과서는 긍정성에의 강박을 노출하는 바, 이는 부정성을 통해서 삶에 대한 통찰을 심화하고 정신적 성장을 견인하는 문학의 본질적 가치를 간과한 면에서 아쉽다. 한편 교과서는 자아의 무엇을 어떻게 성찰하라는 구체적 내용을 생략하고 피상적이고 추상적인 자아 성찰 자체만을 유도한다. 이에 학생들의 현실적인 심리적 문제를 주제로 구체적이고 본격적인 자아 성찰 활동을 구안할 것을 제안한다.

문학은 본질적으로 학생들의 현실적인 고민과 교감하고 심적 문제에 대한 통찰력을 길러 주면서 그들을 위로하고 성장시키는 속 깊은 벗이 될 수 있으나, 문학교육은 그 가능성을 충분히 활용하지 못했다. 심지어 문학교육에 의해 문학이 딱딱한 도덕 교사의 이미지로 정위되기도 했다. 이 논문에서 제안한 문학교육의 지향점들은 현실적으로 당장 실현되기 힘들 것이다. 교육과정 자체가 경직된 도덕에 과도하게 고착되어 있고, 이 사정은 당분간 변하기 어려울 것이다. 그러나 학생들의 실제적인 제 문제와 소통하는 문학교육, 현실적인 심적 난관을 타파하는 데 도움을 주며 마음과 삶에 대한 통찰력을 함양하는 문학교육, 내면적 성장을 견인하는 문학교육의 이상은 포기될 수 없다. 이 이상은 정신적으로 가장 혼란스러운 시기를 거치는 고등학생들에게 문학이 실제로 조력할 바를 궁리하면서 파생되었다. 이러한 이상을 실현하기 위한 구체적인 문학교육 방안의 일부는 이 논문에서 제안했으나, 제재와 학습활동 등 세부적 사항의 보완이 요구되는 바, 이는 후속연구를 기약한다.

'문학의 본질' 교육에 관한 재고(再考)

-이장욱의 「고백의 제왕」과 한강의 『채식주의자』를 활용하여-

1. 머리말

2015 개정 국어과 교육과정은 2011 개정과 달리 문학 과목 내용 체계에 '문학의 본질' 영역을 추가하였다. 실은 엄밀한 의미에서 추가가 아니라 부활이다. 이 영역은 제7차부터 2015 개정까지 문학 과목에 지속적으로 등장하였다. '문학의 본질' 영역은 한때 '문학의 성격'이라는 명칭으로 변주되기도 하였으나, 양자의 세부 내용은 대동소이하다. 이것은 2011 개정에서 국어Ⅱ로 잠시 자리를 옮겼으나, 곧이어 2015 개정에서 문학 과목으로 재진입한 것이다. 아무튼 지난해 유포된 2015 개정 문학 교과서에서 '문학의 본질' 단원의 부활은 직전과 비교하여 눈에 띄는 변화라 할 수 있다. 이 논문은 2015 개정 문학 교과서에 구현된 '문학의 본질' 단원을 검토하고 그 개선의 방향을 제안하려고 한다.

문학 과목은 제5차 교육과정에서 독자적으로 신설되었고, 제6차에서 현재와 유사한 내용 체계의 틀을 형성했다. 제7차에서 정립된 내용 체계는 이후 큰 변화 없이 유지되었다. '문학의 본질' 영역은 각 교육과정에서 대동소이한 세부 내용을 거느린다.[1] 특히 문학의 본질로서 문학의 인지적 · 정의적 · 심미적 특성과 인식적 · 미적 · 윤리적 기능을 강조한 면에서 유사성은 두드러진다. 가령 제7차에서 '문학의 본질' 영역은 "문학이 인지적, 정의적, 심미적 복합 구조물임을 이해한다"와 "문학이 인식적, 미적, 윤리적, 기능이 있음을 이해한다"[2]는 영역별 내용을 거느린다. 이후 '문학의 본질' 영역은 2007 개정과 2009 개정에서 '문학의 성격' 영역으로 바뀌었고 2011 개정에서는 국어 II로 이동했는데, 그 각각에서 문학의 인지적 · 정의적 · 심미적 특성과 인식적 · 미적 · 윤리적 기능을 부각하는 세부 내용은 반복적으로 등장하며, 이는 제7차의 세부 내용을 거의 답습한 것으로 보인다.[3] 문학 과목에서 잠시 자취를 감추었던 '문학의 본질' 영역은 2015 개정에 이르러 문학 과목에 재진입했다. "문학이 인간과 세계에 대한 이해를 돕고, 삶의 의미를 깨닫게 하며, 정서적 · 미적으로 삶을 고양함을 이해한다"[4]는 유서

---

1 김정우, 「2015 국어과 교육과정의 선택과목 '문학'의 변화와 개선 방안」, 『문학교육학』 55, 한국문학교육학회, 2017, 55-59면 참조.

2 교육부, 『국어과 교육과정: 교육부 고시 제1997-15호 [별책5]』, 1997.

3 2007 개정에서 '문학의 성격' 영역은 세부 내용에서 문학의 개념으로 "문학이 인간의 인지적, 정의적, 심미적 활동의 산물이자 문화의 한 양식임을 이해한다"를 제시하고, 문학의 역할로서 "문학이 인간과 세계의 이해를 돕고, 삶의 의미를 깨닫게 하며, 정서적 · 미적으로 삶을 고양함을 이해한다"를 제시한다.(교육인적자원부, 『국어과 교육과정: 교육인적자원부 고시 제2007-79호 [별책05]』, 2007, 113면.) 이는 제7차의 '문학의 본질' 세부 내용과 대동소이하다. 2009 개정은 '문학의 성격'이라는 영역 아래 문학의 역할로서 "문학이 인간과 세계의 이해를 돕고, 삶의 의미를 깨닫게 하며, 정서적 · 미적으로 삶을 고양함을 이해한다"는 세부 내용을 제시한다.(교육과학기술부, 『교육과학기술부 고시 제2009-41호에 따른 고등학교 교육과정 해설 국어』, 2009, 241면.) 이때까지 문학 과목에서 운위되던 이 세부 내용은 2011 개정에서 국어 II로 이동하여 '문학의 효용과 문학 활동'이라는 영역 아래 자리한다.

4 교육부, 『국어과 교육과정: 교육부 고시 제2015-74호 [별책5]』, 2015, 124면.

깊은 성취기준과 함께 부활한 것이다.

이상에서 살펴보았듯이 '문학의 본질' 영역에 따르는 세부 내용 중 문학의 인지적 · 정의적 · 심미적 특성과 인식적 · 미적 · 윤리적 기능을 강조하는 관습은 유구하게 반복 · 계승되었다. 문학 과목 신설 이래 빈번했던 교육과정 개정 작업에도 불구하고 문학의 본질에 관한 견해가 사실상 개정 없이 전수된 사실은 아쉽기 그지없다. 이는 문학의 본질에 대한 공식적 규정에 관해 적극적인 반성이나 검토가 미비했다는 사실을 시사한다. 이는 일차적으로 교육과정 자체의 문제일 수 있다. "'돌고 도는' 교육과정의 문제점"[5]에 대해서는 여러 논자들이 간파하고 동의하는 바이거니와, "교육과정의 개정이란 혁명적인 변화를 기대하기 어"려우며, "기껏해야 총론 차원에서 강요된 구도를 존중하면서 모종의 한계를 극복하기 위한 노력의 소산일 따름"[6]이라는 의견이 그 대표적 사례이다. 이렇게 획일화되고 경직된 교육과정이 온존하는 한 향후 "국정화의 논리와 유사한 문학 교과서를 보게 될 가능성이 높다"[7]는 견해조차 과장이라고 보기 힘들다. 교육과정의 획일화 · 경직화의 문제점에 대해서는 다수의 동의가 이루어진 상황이나, 그 개선 방안 탐색은 요원한 실정이다.

특히 문학의 본질을 인식적 · 미적 · 윤리적 기능으로 정형화하는 관

---

5 김창원, 「2015 교육과정을 통해 본 국어과 교육과정 발전의 논제-영역과 내용 체계」, 『국어교육학연구』 51-1, 국어교육학회, 2016, 28면.

6 류수열, 「2015 개정 국어과 교육과정 문학 영역의 논리」, 『국어교육학연구』 51-1, 국어교육학회, 2016, 148면.

7 최지현, 「2015 개정 교육과정과 문학 교과서의 도전」, 『청람어문교육』 57, 청람어문교육학회, 2016, 69면.

습적 규정은 짧지 않은 기간 동안 그토록 잦은 교육과정 개정에도 불구하고 변함없이 반복·재생산되었다. 이 규정의 타당함에 대한 검토는 논외로 하더라도, 그 상투성이 일차적으로 문제적이다. 세월의 흐름에 따라 문학관이나 문학 현실은 변화하며, 그에 따라 문학교육의 목표나 방법도 갱신되어야 마땅하다. 이러한 변화와 무관하게 정형화된 문학의 본질에 대한 상투적 규정이 학생들에게 얼마나 호소력을 가질지 의문이다. 이제는 문학의 인식적·미적·윤리적 기능이라는 교과서적 규정에 대한 타당한 검토가 이루어져야 할 때이다. 이 논문은 유구하게 반복·계승되어온 문학의 본질에 대한 교과서식 규정에 의문을 제기하며 현실적인 시각에서 문학의 본질을 제시하고자 한다.

이 논문은 문학 특히 소설의 본질에 대해 근본적으로 새로운 방향에서 사유하고, 현실적으로 타당하고 학생들에게 호소력 짙은 소설의 본질을 도출하려고 한다. 특히 교과서식의 문학의 미적·윤리적 기능에 의문을 제기하며, 교과서가 고평하는 '바름'과 '아름다움'의 반대편에 놓인 가치 즉 비도덕과 추함이 문학의 본질을 형성하는 중핵적인 자질임을 보이고자 한다. 이때 실제 작품을 통해서 그것을 논증할 것인데, 이장욱의 단편소설 「고백의 제왕」과 한강의 연작소설 『채식주의자』를 텍스트로 활용하려고 한다. 두 작품에는 바르지도 아름답지도 않은 인물들이 등장하나, 이 인물들은 역설적으로 주변인들의 심리를 치유하거나, 은닉된 내면을 발견하게 이끈다. 이 인물들을 소설의 제유로 파악할 수 있거니와, 두 작품은 비도덕과 추함을 경유하여 독자를 심리 치유, 자아 성찰, 정신적 성장으로 이끄는 것이 문학의 본질적 기능이라는 사실을 보여준다.

2. '문학의 본질' 교육의 현장

2015 개정 교육과정에서 '문학의 본질' 영역은 "문학이 인간과 세계에 대한 이해를 돕고, 삶의 의미를 깨닫게 하며, 정서적·미적으로 삶을 고양함을 이해한다"[8]는 성취기준 [12문학01-01]에 따른다. 이 성취기준은 고등학교 문학 과목 15개의 성취기준들 중 맨 앞자리에 놓인다. 이는 문학교육이 '문학의 본질' 교육에서부터 시작해야 한다는 논리를 내포한다. 해설에 따르면, 이 성취기준은 "문학이 지니는 의의를 살펴보고" 문학 활동이 "삶에 어떻게 기여하는지를 이해하"[9]게 하기 위해 설정되었다. 즉 이 성취기준의 핵심은 문학의 의의와 기능에 대한 이해를 도모하는 것이다. 또한 해설에 따르면, "문학이 인간과 세계에 대한 이해를 돕는다는 것은 문학의 인식적 기능에 해당하며, 문학을 통해 삶의 의미를 깨닫게 된다는 것은 문학의 윤리적 기능에 해당한다. 또한 문학이 정서적·미적으로 삶을 고양한다는 것은 문학의 미적 기능이"[10]다. 여기에서 강조하는 것은 문학의 인식적·윤리적·미적 기능인데, 머리말에서 논한 바 문학의 기능에 대한 고전적인 규정이 2015 개정에서도 반복적으로 등장함을 알 수 있다.

수위를 차지하는 성취기준을 구현하는 단원인 만큼, 교과서도 '문학의 본질' 단원을 제일 첫머리에 배치한다. 문학의 의의와 기능에 대한 구체적인 설명은 각 교과서마다 대동소이하다. 일단 두 교과서에서 뽑

8　교육부, 『국어과 교육과정: 교육부 고시 제2015-74호 [별책5]』, 124면.
9　위의 책, 125면.
10　위의 책, 125면.

은 해설문을 보기로 한다.

(가) 인간이 보편적으로 추구하는 가치로 흔히 '진(眞)'과 '선(善)', 그리고 '미(美)'를 꼽습니다. '진'은 진리나 진실, '선'은 윤리적 당위, '미'는 아름다움을 뜻합니다. 인간의 삶에 대한 탐구를 주된 과제로 삼고 있는 문학에서 이 모든 가치를 질문의 대상으로 삼는 것은 지극히 당연합니다. 진과 선과 미는 문학에서 추구하는 본질적 가치로서, 모든 문학 작품은 진, 선, 미의 가치를 담고 있다 하겠습니다.

자연과 인간에 대한 인식의 힘에 의해 추구되는 '진'은 문학의 인식적 기능으로, 인간의 행동과 마음에 대한 윤리적 질문에서 비롯되는 '선'은 문학의 윤리적 기능으로, 인간이 지향하는 이상과 현실적 삶 사이의 긴장과 조화를 바탕으로 성립되는 '미'는 문학의 미적 기능으로 실현됩니다.[11]

(나) 인간을 이해하는 방편으로 지(知), 정(情), 의(意)를 드는 경우가 많다. 배움을 통해 지식을 넓히고 정서를 순화하며 도덕성을 갖추는 일이 그 예이다. 문학의 기능도 이러한 면에서 살펴볼 수 있으며, 이는 각각 문학의 인식적 기능·미적 기능·윤리적 기능으로 구현된다. 인식적 기능이란 작가가 던진 문제의식, 작품을 통한 간접 체험 등을 통해 보이는 것의 이면에 자리한 진리를 깨달을 수 있다는 뜻이고, 미적 기능은 작품의 내용이나 표현의 아름다움을 통해 감수성을 기르고 정서를 순화할 수 있다는 뜻이다. 또 윤리적 기능은 작품 속 인물의 태

---

11 류수열 외, 『고등학교 문학』, 금성출판사, 2019, 11면.

도나 삶의 방식을 검토함으로써 바른 생각과 태도를 갖추고 더불어 살아가는 힘을 기를 수 있다는 뜻이다.[12]

문학의 인식적 · 윤리적 · 미적 기능을 설명하기 위해서 (가)는 보편적 가치로 고전적으로 알려진 진(眞) · 선(善) · 미(美) 개념을 도입한다. 인식적 기능은 진에, 윤리적 기능은 선에, 미적 기능은 미에 대입하여 설명한다. 동일한 문학의 기능을 해설하기 위해서 (나)는 인간을 이해하는 방편인 지(知) · 정(情) · 의(意) 개념을 끌어와서 인식적 기능을 지에, 미적 기능을 정에, 윤리적 기능을 의에 대입한다. 이는 절묘한 대응구조이나, 한편 불편한 의심을 파생한다. 위에서 보듯 교과서에서 주창하는 문학의 기능은 진선미나 지정의 등 상식적 · 고전적 개념과 밀접히 연관된다. 고전적 개념은 대개 지당한 상식으로 보이지만 자칫 상투성에 떨어질 위험을 내포한다. "문학 작품을 학생들에게 「유용한」 것이 되게 하는 데 관심을 갖고 있는 교사들은 상투어나 판에 박힌 문구"에 대한 "유혹을 특히 조심해야"[13] 하거니와, 문학의 본질 교육이 이러한 상투성에 고착된 현장은 자못 아쉽다. 상투적인 진선미 · 지정의 개념에서 파생된 상투적인 인식적 · 윤리적 · 미적 기능은 그 구태의 연함도 문제지만, 각각의 기능 역시 그 타당성에 의문을 유발한다. 문학의 인식적 기능의 타당성에 관해서는 상당히 동의하지만, 윤리적 기

---

12 김창원 외, 『고등학교 문학』, 동아출판, 2019, 13면.

13 제임스 그리블, 『문학교육론』, 나병철 역, 문예출판사, 1988, 44면. 그리블은 또한 이렇게 말한다. "「경험」의 독특하게 개인적인 측면에 「진실」한 문학 작품의 이해와 감상을 전달할 때, 그 작품을 손쉽게 얻을 수 있는 「보다 친숙한 근사치」로 환원시키는 일을 피하는 것이 핵심적일 것이다."(위의 책, 44면.)

능과 미적 기능의 타당성에 대해서는 재고의 여지가 있다.

교과서에 따르면, 문학의 윤리적 기능은 "작품 속 인물의 태도나 삶의 방식을 검토함으로써 바른 생각과 태도를 갖추고 더불어 살아가는 힘을 기를 수 있"[14]게 한다. 이 설명은 "바른 생각과 태도"를 강조한다. '바름'은 문학 교과서의 작품해설이나 학습활동에 반복적으로 등장하는 상투적 개념이거니와, '바름'과 연계된 문학의 윤리적 기능을 '교과서식으로' 교육받은 학생들은 문학을 상투적인 도덕을 재확인하는 사례 정도로 오해할 수 있다. 문학 교과서의 과도한 도덕 지향성과 그 문제점을 지적한 선행연구들이 제출되었거니와, 학생이 문학에서 경직된 도덕원칙을 주입받으면 오히려 자신의 진실한 심적 고통에 대한 죄책감과 소외감을 느낀다. 자신의 현실적인 고민을 부도덕한 것으로 치부하면서 죄책감을 느끼고 아무도 자신의 고통을 이해하지 못할 것이라 여기며 소외감에 빠진다. 그러면서 문학을 자신의 삶과 관계없는 공자님 말씀 정도로 생각하기 쉽다.[15] 이는 문학 애호가 아닌 문학 혐오의 심성을 파생하는데, 결국 "자발적으로 문학을 향유할 수 있는 기반을 마련"[16]하자는 교육과정의 취지를 배반하는 결과를 낳는다.

교과서는 "작품의 내용이나 표현의 아름다움을 통해 감수성을 기르고 정서를 순화할 수 있다"[17]는 것을 문학의 미적 기능으로 설명한다.

---

14 김창원 외, 앞의 책, 13면.

15 박수현, 「도덕과 문학교육-2011 개정 교육과정에 따른 고등학교 문학 교과서 고찰」, 『어문론집』 64, 중앙어문학회, 2015; 박수현, 「청소년의 연애 심리 치유를 위한 문학교육 방안 연구」, 『한국어문교육』 25, 고려대 한국어문교육연구소, 2018 참조.

16 교육부, 『국어과 교육과정: 교육부 고시 제2015-74호 [별책5]』, 125면.

17 김창원 외, 앞의 책, 13면.

여기에서 핵심은 "아름다움"이라는 개념인데, 이렇게 아름다움을 강조하면 문학이 그저 곱고 예쁜 것이라는 오해를 파생한다. 이런 '교과서식의' 배움에 길들여진 학생은 얼핏 아름답지 못한 작중인물의 행위나 심리를 이해하지 못하고 단죄하기에 급급하다. 아름다운 것만이 문학은 아니다. 실제로 많은 훌륭한 문학작품은 기괴하고 추악한 인물과 심리를 즐겨 그린다. 그것이 인간과 삶의 본격적이고 궁극적인 진실을 담기에 적합하기 때문이다. 한편 아름다움에만 초점을 맞춘 감수성 계발과 정서 순화는 자칫 위선으로 흐를 수 있다. 이는 가령 가을 하늘의 아름다움에 경탄하는 정도가 문학의 일이라는 오해를 유발하는데, 그것은 문학의 일 중 아주 작은 부분일 뿐이다. 이런 오해는 다시, 쉽게 아름다움을 느끼는 능력이 문학적 능력이라는 오해를 파생하는데, 이는 현실에 진지하지 않은 감상벽 또는 '감성적인 척' 정도가 문학적 심성이라는 오해를 낳고, 이는 문학과 현실의 거리를 심화시킨다.

현행 문학교육은 '바름'과 '아름다움'이 문학의 핵심적 본질이라고 파악한다. 교육과정 역사를 돌이켜볼 때 이 이데올로기는 거의 강박으로까지 보인다. 하지만 진정으로 문학의 가치와 쓸모를 체험한 문학인들 혹은 문학 애호가치고 바름과 아름다움 강박에 동의하는 이는 거의 없을 것이다. '교과서식의' 바름과 아름다움은 문학의 본질에서 상당히 멀리 떨어진 자리에 놓인 개념이다.[18] 바름과 아름다움에 긴박된 문학

---

18 물론 궁극적인 바름과 아름다움, 즉 비도덕과 추함의 우여곡절과 여러 겹의 변증법적 지양 과정을 거쳐서 궁극적으로 도달하게 되는 바름과 아름다움이라면 문학의 본질이라고 해도 과히 틀리지 않다. 그러나 많은 교과서의 교육 방식과 그 결과 형성된 학생들의 문학관을 다년간 관찰한 결과, 교과서에서 강조하는 바름과 아름다움은 지극히 피상적이고 초보적인 국면에 머물러 있음을 확인했다. 이 논문에서 비판적으로 고찰하는 바름과 아름다

관은 문학이 비현실적 환상으로 유도하는 환각제 혹은 현실의 고통을 환상으로 위무하는 사탕 정도라고 파악한다. 두 경우 모두 현실의 고통에 대한 직시보다는 도피를 강조한다. 그런데 "대부분의 경우, 도피 기능은 인생의 잘못된 모습을 표현하는 글에서 나온다. 인물들을 가로막는 장애물들이 지나치게 단순화되어 있다. 문제 해결이 쉽게 되거나 진짜 어려운 문제는 없다는 것이 이러한 종류의 글이 독자에게 매력적인 이유가 된다."[19]

현실의 고통보다 가벼운 고통을 그리면서 손쉽게 바름 혹은 아름다움을 강조하는 문학 앞에서 독자는 우선 편안하지만, 그것은 달디 단 사탕이 주는 위로 이상의 것이 되지 못한다. 현실의 고통을 병에 비유하자면, 병의 치유를 위해서는 사탕보다는 쓴 약 혹은 아픈 주사가 더욱 긴요하다. 또한 치유에서 근본적이고 우선적인 것은 병에 대한 지식인데, 사탕으로 문제를 잠시 덮어두면 병에 대한 지식을 증진시킬 수 없을 뿐더러 알려는 욕구마저 무화시킨다. 얼핏 바르지 않고 아름답지 않더라도, 삶과 인간의 본질적 문제에 대한 발견과 통찰로 이끄는 쓰디 쓴 문학이 가치 있다고 생각하는 이유가 여기에 있다. 진짜 문제의 근본적인 해결을 위해서는 문제의 직시와 본격적인 통찰이 필요하거니와, 직시와 통찰로 이끄는 문학은 대개 바르지도 아름답지도 않다. 오히려 그것은 평균치 이상으로 비도덕적이고 추하기 마련이다. 후에 본격적으로 논하겠지만 문학은 사탕이 아니라 예방주사에

움은 궁극적 의미의 바름과 아름다움이 아니라 '교과서식의' 피상적이고 형식적인 그것이다.

19 루이스 로젠블랫, 『탐구로서의 문학』, 김혜리·엄해영 역, 한국문화사, 2006, 203면.

가깝다.

또한 이른바 달디 단 문학은 그저 "오락"일 뿐인데, "오락에서 현실로 돌아온 독자는 삶이 주는 좌절과 만족이 뒤섞인 복잡한 상황을 이해하고 극복하는 능력이 전보다 더 떨어지게 될 것이다. 이러한 소설은 풍성한 삶에 요구되는 활력의 수준이 실제 경우보다 낮다는 관념을 촉진한다."[20] 바르고 아름다운 문학은 현실적 삶의 극히 일부분만 조명할 뿐이다. 그러한 문학교육에 익숙해진 학생은 진정한 현실적 고통에 대한 대응력을 잃게 된다. 문학에서 삶은 바르고 아름답다고 배웠는데, 현실이 그 반대임을 목격한 학생은 당황할 수밖에 없다. 온실 속의 화초가 온실 바깥에서 무력해지는 것과 같다. 바르고 아름다운 문학은 실제 삶에 대응하기 위해 필요한 것이 아주 적다는 환상을 유발한다. 즉 최소한의 바름과 아름다움으로 세상을 헤쳐 나갈 수 있다는 안이한 오해를 유발한다. 실제 삶에 필요한 것은 이러한 환상과 오해 이상의 것이다.

3. 작품을 통해서 본 문학의 본질

그렇다면 문학의 본질은 무엇인가. 문학의 본질로서 무엇을 교육해야 하는가. 이 질문에 답하기 위해 다시 교과서식 문학의 본질 규정으로 돌아가 본다. 문학의 본질을 인식적 · 미적 · 윤리적 기능으로 정형화하는 규정은 학생의 실제 삶과 문학의 깊은 연관에 대한 고려를 삭제한

---

20 위의 책, 203면.

다. 이런 규정에 의해 문학의 본질을 교육받은 학생은 문학이 진지하며 숭고하고 거룩하지만, 자신의 삶과 그다지 관계없는 추상적인 무엇이라고 생각하기 쉽다. 문학교육이 학생의 실제 삶과 긴밀한 연관 아래 이루어져야 한다는 생각은 학계의 폭넓은 동의를 얻어서 이제는 거의 상식에 가까워졌거니와, 이러한 문제의식은 아직 문학교육학계에서만 떠돌 뿐 공식적인 문학의 본질 교육의 장에 충분히 반영되지 않은 것으로 보인다. 문학의 본질 교육은 우선 학생의 실제 삶 특히 내면적 삶과 문학의 깊은 연관을 부각하면 좋을 것이다.

요컨대 문학의 본질 교육은 추상적인 진선미·지정의가 아니라 생동하는 학생 자신에게로 초점을 이동하는 일에서부터 시작해야 한다. "특히 청소년 독자들을 위해서는, 자기 성찰과 인간에 관한 지식에 대한 욕구는 문학에 이르는 중요한 통로"[21]라는 견해에 이 논문은 강력하게 동의한다. 문학은 학생의 실제 삶과 무궁무진한 연결고리를 지닌 가운데, 자기 성찰과 인간 이해에 이바지한다. 특히 독자의 현실적인 고민과 소통하며 심적 고통을 위무하는 데 적극적으로 도움을 준다. 단적으로 문학은 독자의 정신적 성장과 심리 치유에 기여한다.[22] 여기에서 이 논문이 주목하는 바는 교과서식의 바름과 아름다움의 바깥에 놓인 문학작품의 기여도가 탁월하다는 것이다.

학생은 평균치를 초과한 극한의 고통을 그린 문학을 통해 자신의 심

---

21 위의 책, 52면.
22 이러한 생각은 필자의 지론이다. 필자는 이 지론에 바탕하여 다수의 연구물을 발표했고, 이 생각의 타당성에 관해서는 선행연구에서 이미 논했으므로 논의를 생략한다.(박수현, 「도덕과 문학교육」; 박수현, 「청소년의 연애 심리 치유를 위한 문학교육 방안 연구」 등 참조.)

적 고통이 그럭저럭 보편적이라는 안도감을 느끼면서 치유를 시작하고, 유난히 과민하여 정상의 궤도를 이탈한 인물을 통해 숨겨진 내면을 성찰할 수 있다. 여기에서 평범을 초과한 극한의 고통이나 과민하여 정상 궤도를 이탈한 정황은 결코 바르거나 아름답지 않다. 바름과 아름다움에서 한참 벗어났기에, 기존 문학교육 현장에서라면 거론되기도 힘들 정도다. 그러나 바로 그러하기에 독자의 심리 치유와 정신적 성장에 효과적으로 기여할 수 있다. 다음에서 비도덕과 추함을 경유하여 심리 치유와 내면적 성장으로 이끄는 문학의 기능을 실제 작품을 통해 살펴보고자 한다.

1) 평범을 초과한 고통의 치유력-「고백의 제왕」

이장욱의 단편소설 「고백의 제왕」에서 주인공 곽은 친구들 사이에서 이른바 왕따다. 그가 지나치게 불편한 고백을 일삼았기 때문이다. 그는 상식선에서 수용하기 어려운 기괴하고 참혹한 경험을 했노라고 부끄러움 없이 고백하곤 했다. 가령 중학교 삼학년 때 환갑 넘은 식당 아주머니와 첫 성경험을 했다거나, 어머니에게 폭력을 행사하던 아버지를 칼로 찔렀다거나, 누이동생을 사랑했다거나, 우울증에 시달리던 누이에게 죽어버리라고 말했으며 며칠 뒤 누이는 정말로 자살했다는 등 보통 사람들의 수용 수준을 초과하는 경험들을 고백했다. 고백의 수위는 점차 높아졌다. 친구들 모두가 좋아했던 가짜 대학생을 자퇴로 몰고 갔다는 고백에서부터 친구들은 점차 분노하기 시작했다. 급기야 모두의 사랑을 받던 J를 임신시켰으며, 낙태하러 병원에 동행했다는 고백에 친구들은 곽을 집단적으로 구타했고 모임에서 몰아냈다.

　흥미로운 것은 곽의 축출 이후 친구들의 반응이다. 애초 "묘한 불쾌감에 가까"[23](95)운 "동경과 혐오가 뒤섞인 다소 복잡한 감정"(95)을 느끼던 친구들은 곽을 모임에서 쫓아낸 이후 각기 개인적으로 그를 찾아 술자리를 가지곤 한다.

우리는 우리도 모르게 그의 고백에 이끌리고 있었는지도 몰랐다. 자기 자신에게 탐닉할 때 느껴지는 집중력으로 매번 곽의 이야기를 경청한 것은, 바로 우리였으니까 말이다. 이제 와서 고백하거니와, 나 역시 곽을 멀리하면서도 곽에게 이끌린 것은 사실이었다. 나는 그후로도 오랫동안 동아리 밖에서 곽을 만나 곽과 술을 마시고 곽의 이야기를 들었다. 아니 어쩌면 즐겼다고도 말할 수 있겠다. 나는 곽의 이야기를 듣고 나의 이야기를 지껄였다. 그것은 어린 시절의 이야기이기도 했고, 누군가에 대한 흠모나 적의이기도 했으며, 타인이 가진 허점에 대한 비루한 관심이기도 했다. 곽의 이야기는 건조하면서도 감상적이었고 잔인하면서도 달콤했는데, 그럴수록 나의 고백 역시 더욱 노골적이 되어갔다. 곽의 침묵이 나의 고백을 부추길 때, 나는 쾌감에 몸을 떨며 내 내밀한 모든 것을 곽에게 고백했던 것이다.

그런데 그게 나만 그런 것은 아닌 모양이었다. 곽은 우리에게서는 사라졌으되 우리 각자와는 개인적인 관계를 유지하고 있었다. 심지어 그날

---

23 이 절의 텍스트는 이장욱, 『고백의 제왕』(창비, 2010)이다. 이 절에서 이 텍스트에서 인용 시 인용문 말미 괄호 안에 인용 면수만을 표기한다. 필자는 이전에 「고백의 제왕」에 대한 짧은 계간평을 쓴 바 있다. 이번 논문은 곽을 소설의 제유로 보고 어떻게 그러한지 그 양상을 상세히 논한 점, 곽의 고백과 문학의 본질의 연관성을 포괄적으로 밝힌 점, 문학교육에서의 쓸모를 고려한 점, 치유의 기제를 구체적으로 논한 점 등 많은 부분에서 그 계간평과 차별성을 지닌다.(박수현, 「오묘하다, 오묘해!-이장욱·김숨·정미경·최인의 소설」, 『심연의 지도』, 21세기북스, 2013.)

곽에게 달려들었던 강과 H조차도 때때로 곽과 술잔을 기울였다는 것은 나중에 알았다. 곽에 대해서는 아무도 말하지 않았으나, 누구나 그의 고백을 듣고 그에게 고백을 하고 있는 꼴이었다.(104-105)

위에서 보듯 친구들은 곽을 혐오하고 경원하면서도 은밀히 찾아가서 그의 고백을 듣고 자신의 이야기를 고백한다. 이러한 기이한 이율배반은 자신보다 더 추악하고 불행하며 수치스러운 타인 앞에서 느끼는 안도감에서 비롯된 것으로 보인다. 사람들은 수치심 때문에 자신의 고통과 죄악을 쉽사리 꺼내어 놓지 않는다. 더욱이 상대의 고통이 자신의 것보다 미약할 때 수치심은 강화된다. 사람들은 상대가 자신의 고통을 이해하지 못하거나 단죄할 것이라고 믿어서 더욱 마음을 닫는다. 그들이 마음을 여는 것은 자기보다 더 극심한 고통과 불행을 겪은 사람 앞에서다. 상대의 고통이 자기의 것을 초과한다고 믿을 때, 사람들은 비로소 자신의 고통을 이야기한다. 그런데 이것은 치유의 단초이기도 하다. 치유는 우선 고통에 대해 이야기하며 공감을 구하고 얻을 때 시작되는데, 그것을 가능하게 하는 것이 마음을 열어도 좋다는 안도감이다. 그러고 보면 곽은 친구들의 고통을 치유하는 치유자이기도 하다. 스스로 병듦으로써 타인의 고통을 위무하는 치유자인 것이다. 여기에서 곽을 치유자로 자리매김하는 것은 상식을 초과한 고통과 불행과 수치이다.

중요한 것은 곽이 단지 기이하고 특이한 인물이 아니라 소설의 제유라는 사실이다. 이는 작가의 의도로 보인다. 작가는 "곽의 묘사가 자세하고 자연스러웠으며 무엇보다 생동감이 넘쳤"(87)고, "곽의 이야기가 너무 세세하고 적나라"(87)했다고 반복적으로 서술한다. "말을 하면서 '그'나 '그녀' 같은 문어체를 쓰는 사람은 곽이 처음"(90)이었다는 설정 역시 곽을 소설의 제유로 배치하려는 작가의 의도를 보여준다. 로베스삐에르가 단두대에 올라간 순간이나 히틀러와 에바 브라운이 자결하기 하루 전 올렸던 결혼식에 대해 곽이 지나치게 구체적으로 세세하게 이야기하는 장면 역시 〈곽=소설〉이라는 등식을 정당화한다. 마침내 한 친구는 곽을 "끊임없이 이야기를 지어내야 목숨을 부지할 수 있는"(106), "천일야화의 주인공"인 "셰헤라자데"라고 일컫는데, 여기에서 곽을 소설의 제유로 설정하려는 작가의 의도가 두드러진다. 곽이 소설이라면 친구들은 독자이다.

이는 소설의 본질 또는 기능에 관한 중요한 사실을 시사한다. 소설은 곽처럼, 보통 사람의 상식을 초과하는 고통을 전시함으로써 독자의 고통을 치유한다. 독자는 자신의 고통보다 더 극심한 고통을 소설에서 목도함으로써, 자신의 고통이 유난한 것이 아니라 그럭저럭 괜찮은 수준이며 다른 사람도 유사한 또는 그 이상의 고통을 겪고 있다는 사실을 깨닫고 고통의 보편성을 인식한다.[24] 독자는 모범답안으로 가득 찬 바르고 아름다운 이야기 앞에서는 자신만 모종의 고통을 겪는다고 오해해서 소외감을 느끼고, 그 고통이 도덕적으로 용인받지 못하리라고 짐작하면서 죄책감에 시달린다. 그러나 비도덕적이고 추하더라도 극한의 고통을 전시한 작품 앞에서 그런 소외감과 죄책감은 사라진

---

24 필자는 선행연구에서 심리 치유의 기제로 고통의 보편성 인식, 객관화, 통찰을 언급한 바 있다.(박수현, 「청소년의 연애 심리 치유를 위한 문학교육 방안 연구」 참조.) 이는 필자의 지론인 만큼 이번 연구에서도 예의 기제의 큰 골격은 부분적으로 공유되나, 논증의 장은 완연히 다르다. 이번 논문에서와 다른 각도에서의 치유의 원칙에 관한 논증은 위의 글 참조.

다. 자신보다 더 수치스럽고 고통스러운 작중인물 앞에서의 안도감은 마음을 연다. 안도감은 곧 독자에게 작중인물의 고통과 교감하면서 자신의 고통을 직시할 여지를 마련해준다. 고통의 소통은 치유의 시작이고, 그것을 가능하게 한 것은 안도감이며, 그것을 유발하는 것이 소설에 그려진 평균치 이상의 고통이다.

특히 청소년들은 자신이 비정상적이라고 생각하기 쉽다. 그들에게 정상적인 것에 대한 기준은 지나치게 높거나 경직되어 있다. 어린 시절 학교와 가정에서 보고 들은 대로의 교과서적인 도덕 기준은 이분법적이어서, 도덕의 동질성을 강요한다. 청소년은 선악의 경계가 모호하다거나 인간이 다소간 부도덕한 면을 지니는 모순적인 존재라는 식의 통합적 사고를 할 수 없다.[25] 선과 악의 뚜렷한 이분법이라는 고정관념을 아직 탈피하지 못한 청소년은 자신의 내면을 면밀히 검토하고 어지간하면 그것을 비정상적인 것으로 여긴다. 여기에서 죄의식과 불안이 탄생한다. 이러한 죄의식과 불안은 청소년에게 대단히 유해하다. 심한 경우 그것은 인격의 분열로까지 이어진다. 분열을 느끼는 청소년은 경직된 도덕 기준에 의해 설정한 '타인에게 칭찬받을 만한 모습'을 연기하면서 진짜 자기를 감추는 일을 반복한다.

이때 청소년이 소설을 통해서 자신이 죄의식을 느꼈던 감정이나 충동을 더 극단적으로 체험했던 인물을 목격하면, 그것이 보편적이고 자연스러운 것이라는 사실을 깨닫게 되고 자신이 비정상이라는 불안과 죄의식에서 해방된다.[26] 이것이 극단적인 감정이나 충동을 그린 소설

---

25 정옥분, 『성인·노인심리학』, 학지사, 2008, 152-155면 참조.

26 유사한 맥락에서 로젠블랫은 이렇게 논한다. "만약 청소년이 다른 사람들도 비슷한 감정

의 치유적 효과이다. 여기에서 소설에 그려진 감정이나 충동의 파격성이 청소년의 그것보다 더 큰 것일 때, 치유 효과가 탁월하다. 소설에 그려진 고통이 자신의 것보다 약할 때 청소년은 그것을 비웃지만, 자신의 고통을 압도하면 청소년은 충격과 더불어 자신의 고통이 그럭저럭 평범하다는 사실과 모든 인간이 유사한 고통을 겪는다는 사실을 깨닫게 된다.

자신의 고통보다 커다란 고통 앞에서 안도감을 느끼는 심리를 설명하기 위해 문학에 관한 고전적 정의를 참조한다. 아리스토텔레스에 따르면, 비극은 "공포와 연민의 감정을 불러일으키는 사건의 모방이"[27]며, "비극의 쾌감은 연민과 공포에서 오는 쾌감"[28]이다. 비극은 공포와 연민을 불러일으키면서 독자들에게 쾌감을 선사한다. 비극은 대부분 참혹하고 비도덕적이다. 독자들은 비극을 통해 자신의 고통이 비극에 그려진 고통보다 양호하고 견딜 만한 것임을, 자신의 충동이나 죄가 그럭저럭 보편적인 것임을 발견하면서 쾌감 즉 안도감을 느낀다. 아리스토텔레스가 논한 비극의 쾌감은 지금까진 이야기한, 극한의 고통을 전시하는 소설의 치유적 효과와 동궤에 놓인다.

소설 읽기는 정신분석 치료와 유사한 효과를 산출한다. 친구들이 곽의 고백을 통해 자신의 내밀한 상처나 고통을 꺼낼 수 있었듯이, 독자

을 가지고 있다는 것을 확신하지 못한다면, 심지어 미묘한 정서적인 성향, 분노와 부러움의 감정, 다른 사람에 대한 충성심이나 애정의 감정들도 그를 괴롭힐 수 있다. 그는 자신을 측정하고 무수히 많은 다른 근원에서 자기의 표준에 대한 의미를 이끌어내는 것에 역행하는 어떤 표준을 찾는다."(로젠블랫, 앞의 책, 83면.)

27 아리스토텔레스, 『시학』, 천병희 역, 문예출판사, 1993, 64면.
28 위의 책, 80면.

는 작중인물의 고통스러운 체험을 목격하면서 그와 유사한 자신의 고통을 의식으로 불러온다. 이것은 내면을 성찰할 계기를 제공한다. 상처나 고통을 수치심이나 죄의식 때문에 꼭꼭 묻어두면 치유할 수 없다. 치유의 첫 단계는 상처나 고통을 밖으로 꺼내도 좋다는 안도감이거니와, 그 다음 단계는 그것을 이야기하는 것이다. 이야기하는 것은 자신의 상처나 고통을 객관화하는 것이며, 거리를 두고 상처나 고통을 조망하는 것이다.[29] 이 일을 성공적으로 수행한 사람은 자신의 고통에 대한 통찰을 얻으면서 스스로를 치유한다. 이렇게 자신의 상처를 객관화하면서 통찰에 이르게 하는 계기를 소설이 제공한다. 과도한 고통을 그린 소설을 통해 독자는 그것과 자신의 고통을 견주어보면서 자기 고통을 객관화하다가 결국 통찰에 이르는 것이다.

이런 면에서 곽 또는 소설은 "상처 입은 치유자(wounded healer)"라고 할 수 있다. 상처 입은 치유자는 "자신의 상처를 치유 능력의 주된 원천으로 삼"[30]고, "자신의 아픔과 고통은 모든 인간이 공유하는 깊은 인간의 상태에서 오는 것임을 보기 위해 부단히 노력"[31]한다. 그는 고통을 제거하려고 하지 않고 그것을 더욱 심화시키며, 고통이 인간의 보편적 상태임을 인식하게 하고, 고통이 의미 있는 일의 씨앗임을 깨닫게 하며, 고통을 절망이 아닌 희망의 지표로 전환시킨다.[32] 상처 입은

---

29 본 논문의 관점과 유사하게 문학의 이러한 기능에 주목한 로젠블랫에 따르면, "문학은 우리의 문제를 우리 외부에 두면서, 우리로 하여금 그것들을 어느 정도 거리를 두고 보도록 하며 우리 자신의 상황과 동기를 더욱 객관적으로 이해할 수 있도록 한다."(로젠블랫, 앞의 책, 41면.)

30 헨리 나우웬, 『상처 입은 치유자』, 최원준 역, 두란노, 1999, 111면.

31 위의 책, 119면.

32 위의 책, 124-128면 참조.

치유자가 고통을 제거하기보다 심화시키듯이, 소설은 고통을 보통 이상으로 과장해서 표현한다. 즉 좋은 소설은 바름과 아름다움으로 고통을 희석하지 않고, 있는 그대로 오히려 현실을 초과하여 고통을 극단적으로 그린다. 그럼으로써 상처 입은 치유자가 고통을 모든 인간이 공유하는 보편적인 것으로 인식시키듯이, 소설 역시 고통의 보편성에 대한 인식으로 독자를 이끈다.

이 과정에서 중요한 것이 상처 입은 치유자가 제공하는 안도감이다. 상처 입은 치유자는 "자신이 연약함을 지녔기 때문에 다른 사람의 연약함을 이해할 수 있으며 그들을 더 온유하게 다룬다"[33]고 하거니와, 이러한 온유함이 지금까지 논한 안도감과 통한다. 상처 입은 치유자는 극심한 고통을 경험했기에 어지간한 일은 모두 이해할 수 있다. 따라서 그는 온유한 포용력으로 사람들을 대하고, 이에 사람들은 안도감을 느끼며 그 힘으로 자신의 상처를 꺼내어 본다. 사람들은 자신보다 상처 없고 죄 없는 사람 앞에서는 수치심 때문에 마음을 열지 못하며 소외감만을 느낀다. 극단의 고통을 다룬 소설의 치유력에 비해 바르고 아름다운 소설의 치유력이 약하다고 논하는 연유가 여기에 있다. 이런 면에서 모든 상처에는 타인을 치유할 힘이 있다. 상처는 "존재의 표면에 깊게 새겨져서 끊임없는 아름다움과 자기 이해의 원천"[34]이 되는 것이다. 마찬가지로 소설에 그려진 고통은 비록 비도덕적이고 추하더라도 독자에게 자기 이해를 유도하면서 도덕적이고 아름다운 결과를 산출할 수 있다.

---

33 데이빗 A. 씨맨즈, 『상한 감정의 치유』, 송헌복 역, 두란노, 1996, 53면.
34 나우웬, 앞의 책, 113면.

「고백의 제왕」에서 대학시절 이후 십 수 년이 흘러서 다시 만난 친구들은 모두 삶의 신산을 경험하고 있었다. H는 동아리 모임의 회비와 회사 공금을 횡령하고 필리핀으로 도주했으며, 최는 아내를 습관적으로 구타하다가 이혼했다. 김은 대학시절 외국 소설들을 도용해서 문학상을 받았음을, 강은 이민 간 J와 불륜 관계를 맺었음을 고백한다. 대학시절 친구들은 곽의 수치스러운 고백을 부담스러워했으나, 삼십대 후반의 친구들은 곽 이상으로 많은 죄와 고통을 겪었다. 여기에서도 곽을 소설, 친구들을 독자로 볼 수 있다.

청소년 독자는 애초에 소설의 고통이 자신의 것을 초과하는 모습을 보면서 충격을 받는 한편 스스로를 치유한다. 그러나 삶은 청소년 독자를 순진함에 머물도록 허락하지 않는다. 중년 즈음 독자들은 소설의 고통을 초과하는 고통을 실제로 경험한다. 소설보다 더 소설 같은 삶을 현실적으로 살아내는 것이다. 소설에 그려진 고통은 애초에 청소년에게 기이하고 괴상해 보일지 몰라도, 결국 진짜 삶의 고통에는 못 미친다. 청소년은 삶의 고통을 소설을 통해 대리 체험함으로써 치유하고 성장하지만, 결국 그 이상의 고통을 실제로 겪게 된다. 이것을 소설과 실제 삶의 변증법이라고 할 수 있다. 이 여정에서 힘을 주는 것은 소설을 통한 치유와 성장의 경험이다.

청소년은 문학을 통해 삶의 고통을 간접 체험하면서 그것에 대한 내성을 키워 진짜 삶의 고통을 이겨낼 힘을 얻는다.[35] 이런 면에서 삶의

---

35 오탁번 · 이남호, 『서사문학의 이해』, 고려대학교 출판부, 1999, 210면 참조. 그리스 비극에 등장하는 미트리다테스 왕은 독살의 위협에 시달렸다. 그것에서 벗어나기 위해서 매일 조금씩 독을 섭취하기로 했다. 처음에는 극소량의 독을 먹다가 저항력을 얻으면 섭취량을 늘리는 방식으로 면역력을 기르고자 했다. 이렇게 하자 왕은 치사량 이상의 독을 섭취해

진짜 고통에 근접한 소설은 예방주사나 다름없다. 청소년 독자는 그것을 통해 삶의 진짜 고통에 대적할 면역력을 얻는다. 그런데 모든 예방주사는 당분보다는 독성을 가진다. 달콤한 사탕이 어떠한 면역력도 키워줄 수 없듯이, 소설의 고통이 삶의 진짜 고통에 못 미치게 미미하면 저항력을 길러줄 수 없다. 소설이 극한의 고통을 다룰 때 독자들에게 현실 대응력을 제공한다고 논하는 이유가 여기에 있다.

2) 과민함과 연약함의 조명력─『채식주의자』

한강의 연작소설 『채식주의자』에서 영혜는 광기에 가깝게 채식을 고집하다가 형부와 불륜을 맺고 정신병원에 입원한다. 문학 교과서의 시각에서는 비도덕과 추함의 극치를 구현한다. 현행 문학교육의 논리에 의하면 『채식주의자』는 문학으로서 함량 미달이다. 그런데 이 작품은 문학의 본질에 관해 아주 중요한 사실을 시사한다. 영혜의 비도덕과 추함을 유발한 것은 과민함과 연약함인데, 이러한 과민함과 연약함은 문학의 본질을 형성하는 중핵적 자질이다. 과민함과 연약함으로써 독자에게 숨겨진 삶의 본질과 내면의 본색을 밝게 조명하는 것이 문학의 기능이라는 사실을 다음에서 살펴보려고 한다.

(1) 삶의 본질과 자신의 내면 자각

불륜, 정신병원 등 비도덕과 추함의 표지가 생성되기 이전에, 이야기는 광적인 채식주의에서 시작되었다. 영혜는 극단적으로 채식을 고집

도 아무렇지도 않게 되어 결국 독살의 위협에서 벗어났다. 문학은 왕이 매일 섭취했던 독과 같다.(위의 책, 210면 참조.)

한다. 인간 본연의 폭력성에 대한 혐오를 견딜 수 없기 때문이다. 강압적이고 권위적인 아버지는 어릴 적부터 손찌검을 가했으며 남편 역시 영혜에게 거칠게 대했다. 영혜가 보는 세상은 모두를 향한 모두의 폭력과 살의로 가득 찬 곳이다. 육식은 이러한 보편적인 살의를 상기시키기에 영혜는 그것을 거부한다. 영혜는 세상의 폭력뿐만 아니라 자신 내면의 폭력성 역시 견디지 못한다. 영혜는 자신과 타인의 폭력성 모두를 거부하는 셈인데, 이는 즉 인간의 내재적 한계인 폭력성 자체에 대한 저항이다. 인간인 이상 최소한의 폭력성을 지닐 수밖에 없다면 영혜에게 남은 길은 인간이기를 포기하고 인간 세상을 등지는 것밖에 없다.[36] 영혜는 정신병원에서 나무가 되기를 바라면서 섭식을 거부하며 죽음 직전까지 이른다.

영혜가 모두의 폭력성을 더는 못 견디겠다고 무의식적으로 결단하게 된 계기는 지나치게 단순하다. 남편의 거친 언사 때문이다. 남편은 원래 심각할 정도로 물리적인 폭력을 휘두르지는 않았고, 단지 냉랭했을 뿐이었다. 어느 날 요리에 섞여든 칼조각을 씹은 남편은 이렇게 화를 낸다. "뭐야, 이건! 칼조각 아냐!" "그냥 삼켰으면 어쩔 뻔했어!"(26-27)[37] 이런 거친 언사를 들은 그날 밤부터 영혜는 주변을 온통 폭력의

---

36 박수현, 「문학교육 텍스트로서 한강의 「채식주의자」」, 『국제어문』 82, 국제어문학회, 2019 참조. 필자는 이전에 『채식주의자』에 대한 글들을 발표한 적이 있다.(위의 글; 박수현, 「님은 먼 곳에」, 『서가의 연인들』, 자음과모음, 2013.) 이번 연구에서는 영혜를 소설로, 형부와 언니를 독자로 파악했으며, 영혜의 과민과 광기가 형부와 언니에게 현실 각성·내면 자각·심성구조 발견 등의 효과를 산출하는 국면이 바로 소설의 기능과 통한다는 사실을 논했는데, 이는 예전 글들에서 전혀 시도하지 않았던 작업이다.

37 이 절의 텍스트는 한강의 『채식주의자』(창비, 2017)이다. 이 절에서 이 텍스트에서 인용 시 인용문 말미에 면수만을 표기한다.

도가니로 인식하기 시작하며, 그 모든 것에 대한 혐오감에 결정적으로 빠져든다. 겨우 그런 일 때문이었다니, 혹자는 영혜가 지나치게 연약하고 과민하다고 생각할 것이다. 실제로 이 소설로 수업을 해 보면, 많은 학생들이 영혜가 과하게 유난하다고 반응한다. 그 정도 폭력은 누구나 대충 견디며 사는데, 유독 영혜만 견디지 못하는 것이 이상하다고 이야기한다.

그러나 이러한 과민함과 연약함에서 우리는 소설의 본질과 기능을 알 수 있다. 영혜가 과민하고 연약했기에, 고통에 유독 민감했기에, 그래서 평범해 보이는 일상의 폭력성을 견디지 못하고 미쳐버렸기에, 독자는 그러한 광기를 통해서 자신과 타인 그리고 인간 본연의 폭력성을 다시 한 번 들여다보고 점검하며 인식하게 된다. 영혜가 과민하고 연약하지 않았더라면, 독자는 일상에 만연한 크고 작은 폭력 앞에서 눈 감고 지나가는 습관에 그저 머물렀을 것이다. 영혜의 광기는 독자에게 숨겨진 삶의 본질을 비춰주는 조명등이다.

이처럼 유난히 예민하여 정상 궤도에서 이탈한 인물을 통해 잘 안 보이는 곳에 놓인 삶의 본질, 봐도 못 본 척하고 지나갔던 삶의 어두운 진실, 대충 견디고 사는 삶의 통점들을 조명하는 것이 소설의 기능이다. 진실은 약한 고리를 통해 드러난다. 누군가가 비명을 질러야 돌아보는 법이다. 사람들은 비명을 듣고서야 무엇이 그를 비명 지르게 했는지 점검하며, 대충 견디며 살던 것들이 실은 얼마나 견디기 어려운 것인지 깨닫게 된다. 이때 비명을 지름으로써 감춰진 삶의 본색을 밝히는 이는 유난히 쉽고 깊게 아픔을 느끼는 성정일 수밖에 없다. 이것이 바로 좋은 소설에 그려진 인물이 종종 광기에 가깝도록 과민하고 연약한 이유이며, 그런 인물을 통해 삶의 본질을 드러내는 것이 소설의 기능이다.

삶의 본질뿐만 아니라 소설이 과민하고 연약한 인물을 통해서 조명하는 더 중요한 것은 독자의 내면이다. 광기로까지 흐른 과민함과 연약함은 독자의 숨겨진 내면에 구석구석 빛을 비추어주고 의식하지 못했던 자아를 의식하게 해준다. 『채식주의자』 전편에서 영혜의 광기는 다른 작중인물들의 눈을 밝혀주며 깨달음을 제공한다. 형부와 언니는 영혜의 과민과 광기를 통해서 자신의 내면을 들여다보고 억압해 왔던 무언가를 인식하게 된다. 형부와 언니가 영혜를 통해 숨겨왔던 자신을 발견하는 과정은 흥미롭게도, 독자가 소설을 통해 자신을 알아가는 여정과 흡사하다. 이 점에서 영혜를 소설, 형부와 언니를 독자로 치환할 수 있다.

혼절한 그녀가 응급치료를 받는 모습을 지켜보던 한순간, 그는 무엇인가가 탁 하고 자신의 몸에서 빠져나가는 소리를 들었다. 그것이 어떤 느낌이었는지 그는 지금까지도 정확히 설명해낼 수 없었다. (중략) 그는 자신이 마지막으로 마무리했던 작업을 떠올리고 있었다. 그것들이 견딜 수 없는 고통을 주는 것으로 기억된다는 데 그는 놀랐다. 그가 거짓이라 여겨 미워했던 것들, 숱한 광고와 드라마, 뉴스, 정치인의 얼굴들, 무너지는 다리와 백화점, 노숙자와 난치병에 걸린 아이들의 눈물 들을 인상적으로 편집해 음악과 그래픽 자막을 넣었던 작품이었다.
그는 문득 구역질이 났는데, 그 이미지들에 대한 미움과 환멸과 고통을 느꼈던, 동시에 그 감정들의 밑바닥을 직시해내기 위해 밤낮으로 씨름했던 작업의 순간들이 일종의 폭력으로 느껴졌기 때문이었다. 그 순간 갑자기 그의 정신은 경계를 넘어, 거칠게 운전중인 택시 문을 열고 아스팔

트 바닥을 구르고 싶어졌다. 그는 더 이상 그 현실의 이미지들을 견딜 수 없었다. (중략) 그 순간, 처제의 피비린내가 코를 찌르는, 푹푹 찌는 여름 오후의 택시 안에서 그 모든 것들이 그를 위협했고, 구역질나게 했고, 숨을 쉴 수 없게 했다. 앞으로 오랫동안 자신이 작업할 수 없을지도 모른다는 생각을 그는 그때 했다. 단 한순간에 그는 지쳤고, 삶이 넌더리났고, 삶을 담은 모든 것들을 견딜 수 없었다.(82-84)

형부는 후기자본주의의 병폐를 고발하고 그 그늘에서 고통받는 약자들의 현실을 증언하는 비디오 작업에 몰두해 왔다. 그는 자살을 시도한 영혜를 병원으로 데리고 가면서, 자신이 해 왔던 모든 작업들에 환멸을 느꼈고, 그것을 폭력으로 인식했으며, "삶이 넌더리났고, 삶을 담은 모든 것들을 견딜 수 없었다." 영혜의 광기는 인간 세상 혹은 인간 근원의 폭력성을 조명하면서 태생적인 인간의 한계를 부각했다. 영혜의 광기가 보여주듯, 인간은 본질적으로 약육강식과 이전투구의 본성에서 헤어 나오기 힘들며, 이러한 폭력성은 일종의 인간의 감옥이 되어 어지간해서는 극복되지 못하고, 이런 인간들로 구성된 세계는 그 자체로 견딜 수 없는 것이다. 그 안에서 시시비비를 가리고 정의를 가장하여 소위 거짓을 미워하는 일이 아무런 의미 없다고 형부는 갑자기 깨달았던 것이다. 영혜의 광기가 비추어준 궁극적인 진실에 비하면 그것은 너무나 지엽적이고 하찮은 것이었다. 형부는 인간의 굴레 자체를 벗어버리지 않는 한 태생적 폭력의 악순환에서 탈출하기는 불가능하며, 똑바로 보는 자에게 그것은 견딜 수 없는 현실임을 알게 된다.

영혜의 광기 덕분에, 형부는 이러한 삶의 본색을 직시했을 뿐만 아니라 숨겨진 욕망을 자각한다. 자기 내면을 더 잘 알게 된 것이다. 그는 온몸에 꽃을 그리고 영혜와 자고 싶은 욕망에 몸살을 앓는다. 평범한 사람은 일상의 폭력을 대충 견디듯이, 욕망을 적정 수준에서 조절하면서 산다. 사람은 누구나 근원적인 욕망을 꿈꾸지만, 욕망은 그 본성상 궁극적인 만족이 불가능하기에, 욕망의 조절은 인간의 굴레 유지를 위해 필수적으로 요청되는 덕목이다. 근원적 욕망과 조절된 욕망 사이의 거리는 슬픔을 유발하지만 평범한 사람은 그 슬픔을 잊고 산다. 그러나 어떤 예외적인 사람은 그 슬픔을 통절히 느끼고 근원적인 욕망 충족을 꿈꾼 나머지 세상의 시선에서 미친 짓을 자행한다.[38]

무난한 결혼 생활을 영위했던 형부가 갑자기 예의 슬픔을 못 견디고 근원적 욕망 충족을 꿈꾸게 된 계기는 영혜의 광기 때문이다. 영혜는 광기로써 평범하디 평범한 폭력이 얼마나 견디기 어려운지 웅변했다. 그 광기의 충격으로 형부 역시 욕망을 대충 조절하며 사는 평범한 일상을 사실은 못 견뎌했던 자신의 내면을 자각한다. 영혜는 광기로써 인간의 굴레가 얼마나 끔찍한지 증언했다. 형부는 그 광기로 인해 자신 역시 사실은 인간의 굴레를 얼마나 지긋지긋하게 여겨왔는지, 내면 깊이 숨겨진 진실을 발견한 것이다. 형부는 영혜의 광기 덕분에 인간이라는 굴레를 벗고 근원적 욕망을 추구하고 싶은 자신의 내면을 자각한다.[39] 영혜의 과민함과 연약함은 형부에게 세상뿐만 아니라 자신에 관한 진실을 비추어주는 조명등으로 기능한 것이다.

"삶에서 건설적인 사고는 주로 어떠한 갈등이나 불편함이 있을 때

---

38 박수현, 『서가의 연인들』, 229-249면 참조.
39 마침내 형부는 욕망을 이루는데, 이는 세상의 시선에서는 불륜이었으나 그에게는 "사람에서 벗어나오려는 몸부림"(218)이었다.

또는 습관적으로 하는 행위가 방해받"[40]을 때 생성된다고 하거니와, 소설에 그려진 인물이 그 과민함과 연약함으로 독자에게 불편을 선사하고 습관적 사고방식과 행동양식을 교란할 때, 독자는 자신의 내면과 삶의 핵심에 다가가게 된다. 인물의 과민함과 연약함은 독자의 잠든 의식을 깨우는 알람인 셈이다. 과민함과 연약함으로 인한 영혜의 광기는 형부에게 대단히 불편했을 수밖에 없다. 형부는 그 불편함으로 인해 삶과 자신의 본질에 대한 인식을 얻었다. 과민하고 연약한 영혜는 소설의 제유이다. 소소한 부조리와 고통에 무덤덤한 일상인에 비하여 소설은 작은 자극에도 호들갑을 떨고 아파 죽겠다며 엄살을 부리지만, 이 호들갑과 엄살 덕분에 독자는 자신이 무엇을 봐도 못 본 척하며 살아 왔는지 또한 무엇을 참고 잊고 살아 왔는지 깨닫게 된다.

(2) 은닉된 상처와 심성구조의 인식

안온한 삶에서 의식은 녹슨다. 삶을 마비시키는 안온함을 교란하는 것은 소설의 과민함과 연약함이다. 과민하고 연약함에 충격받은 독자는 그 충격의 힘으로 자신의 삶을 다시 돌아보며, 잊었던 것과 숨겨두었던 것을 대면한다. 진짜 자기의 모습에 다가가는 것이다. 보통 사람은 일상의 견딜 수 없는 국면에 마주하여 세상은 원래 그렇다며, 그것을 생래적으로 당연하고 평범한 것으로 치부하면서 허투루 넘긴다. 하지만 어떤 연약하고 과민한 영혼은 그 견딜 수 없음을 유난히 견디지 못하여 결국 일상의 바깥으로 튕겨져 나간다. 이렇게 작은 고통도 견디지 못하는 연약하고 과민한 인물들이 소설 속에는 버글거린다. 이런

---

40 로젠블랫, 앞의 책, 218면.

인물을 만난 독자는 이전에 잘 견뎌 왔던 일상에서 '견딜 수 없음'을 발견한다. 독자는 자신이 많은 것을 참아 왔고, '견딜 수 없음'을 '견딜 수 있음'으로 세뇌시켰으며, 진짜 자기를 억누른 채 가짜 자기로 살아 왔음을 깨닫게 된다. 이러한 소설의 본질 혹은 기능은 인혜의 사례를 통해서 알 수 있다.

인혜는 세상의 시선에서 불륜임에 틀림없는 영혜와 남편의 관계를 발견한 직후 상상을 초월한 충격과 아픔을 겪는다. 그러나 인혜는 정신병원에 입원한 영혜를 돌보면서 자신에 관한 진실을 깨닫게 된다. 소설 전반에서 인혜는 사려 깊고 선량한 성품으로 그려진다. 그런데 죽음에 이르는 영혜의 광기를 보면서 인혜는 알아챈다. "자신이 오래 전부터 죽어 있었다는 것을. 그녀의 고단한 삶은 연극이나 유령 같은 것에 지나지 않았다는 것을."(201) 『채식주의자』의 마지막 연작인 「나무 불꽃」은 다음과 같은 인혜의 깨달음을 반복적으로 묘파한다.

문득 이 세상을 살아본 적이 없다는 느낌이 드는 것에 그녀는 놀랐다. 사실이었다. 그녀는 살아본 적이 없었다. 기억할 수 있는 오래전의 어린시절부터, 다만 견뎌왔을 뿐이었다. 그녀는 자신이 선량한 인간임을 믿었으며, 그 믿음대로 누구에게도 피해를 주지 않았다. 성실했고, 나름대로 성공했으며, 언제까지나 그럴 것이었다. 그러나 이해할 수 없는 일이었다. 그 후락한 가건물과 웃자란 풀들 앞에서 그녀는 단 한번도 살아본 적 없는 어린아이에 불과했다.(197)

지금 그녀가 남모르게 겪고 있는 고통과 불면을 영혜는 오래전에, 보통의 사람들보다 빠른 속력으로 통과해, 거기서 더 앞으로 나아간 걸까. 그

러던 어느 찰나 일상으로 이어지는 가느다란 끈을 놓아버린 걸까. (중략)
지우가 아니라면-그애가 지워준 책임이 아니라면- 자신 역시 그 끈을
놓쳐버릴지도 모른다고.(203-204)

영혜의 광기로 인해서 인혜는 자신이 "단 한 번도 살아 본 적 없는
어린아이에 불과했다"고 느낀다. 성실하고 선량한 인간으로서의 연기
에 몰두하느라 자신의 본질에 대해서는 어린아이처럼 까맣게 몰랐음
을 자각한 것이다. 실은 인혜에게도 일상에서 견딜 수 없는 것들은 많
았다. 자신에게 거리를 두며 소통하지 않는 남편, 사랑으로 포장했지
만 실은 모욕적이고 수치스러웠던 관계, 무한한 인내로써만은 한계
에 다다른 무의미한 일상 등이 그것이다. 인혜는 그 견딜 수 없는 것들
을 보고도 못 본 척했으며, 선량함과 사려 깊음의 가면을 둘러쓰고 살
아 왔다. 급기야 그녀는 자신이 견뎌 왔던 많은 것들이 실은 얼마나 견
디기 어려웠던 것이었는지 깨닫는다. 이 깨달음은 인간사 자체에 대한
혐오와 인간의 굴레를 탈피하고픈 소망으로까지 발전한다. 이러한 자
각을 유도한 것은 영혜가 광기로써 보여준 인간이라는 굴레의 지긋지
긋함이다. 영혜의 광기로 인해 인혜는 억압해 왔던 고통과 상처를 발
견한다. 자기 내면을 더 잘 들여다보게 된 것이다. 다시 말하거니와 영
혜는 소설이고, 인혜는 독자이다.
　소설은 독자가 잊고 간과했던 상처와 고통 즉 숨겨진 내면을 비추
어준다. 그것을 가능하게 하는 것은 작가의 과민함과 연약함이다. 재
능 있는 작가는 보통 사람들보다 유난히 상처를 잘 받기에, 일상에 길
들여진 사람들이 보지 못하는 통점들을 잘 안다. 병을 잘 아는 사람은
병을 많이 앓아본 사람이다. 상처받기 쉬운 마음은 상처에 대한 지식

을 넓혀준다. 작가는 상처에 유난히 민감한, 예민한 촉수로 스스로 앓으면서 파악한 상처의 이모저모를 소설에 그려 넣는다. 독자는 이러한 소설을 읽으면서 은닉했던 상처를 인식한다. 상처를 인식하는 일은 치유의 단초이다. 자신이 아픈지도 모르는 환자보다 그것을 아는 환자가 치유에 가까이 가 있다. 독자가 실은 자신도 병중(病中)이라는 사실을 자각하게 해주는 것이 작가의 과민함과 연약함이다. 아플 수 있는 능력은 아픔을 인식하는 능력이요, 아픔을 보여주는 능력이며, 아픔을 깨닫게 하는 능력이다. 이것이 작가의 과민함과 연약함 혹은 호들갑과 엄살이 치유력을 가지게 된 연유이다.

소설은 은닉했던 상처뿐만 아니라 보다 깊은 내면에 대한 통찰로도 이끌 수 있다. 앞서 소설이 정신분석 치료와 유사한 역할을 수행한다고 했거니와, 인혜의 사례에서 소설의 또 다른 정신분석적 기능을 알 수 있다. 사람은 자신의 심성구조에 갇혀 산다. 심성구조란 "어린 시절에 형성되어서 어지간해서는 바뀌지 않는 마음의 습관 혹은 행동의 패턴"[41]이다. 인혜는 영혜의 광기를 보고서 자신의 심성구조에 대한 통찰을 얻었다. 인혜는 어릴 적부터 맏딸로서 책임감 있게 행동했다. 아버지는 영혜에게 유독 자주 손찌검을 가했지만 인혜에게만은 조심했는데, 어머니 대신 술국을 끓여주곤 했던 그녀의 어른스러움 때문이었다.

---

41 박수현, 『서가의 연인들』, 29면. 유사한 맥락에서 로젠블랫은 이렇게 논한다. "성격을 구성하는 행동, 감정의 유형, 관념 그리고 지배적인 충동은 소위 특정한 정신적 감성적 습관들이 학습되는 과정의 결과로 보여진다. 그러므로 어떤 특정한 기질이나 특정한 행동은 그 자체만으로 판단될 수 없다. 그것은 개인의 삶, 즉 그가 받을 수밖에 없는 다양한 영향력, 그가 겪어온 상황들이나 사건들의 총체적인 흐름과 관련하여 인식되어야 한다."(로젠블랫, 앞의 책, 143면.)

인혜는 어린 날 동생이 도맡아 폭력을 당하는 모습을 방관하고 성실과 선량을 무기 삼아 폭력을 피했음을, 어쩌면 지략으로써 폭력의 희생자 역할을 교묘하게 동생에게 떠넘겼음을, "맏딸로서 실천했던 자신의 성실함은 조숙함이 아니라 비겁함이었"(191-192)음을 깨닫는다. 성실함과 선량함은 인혜의 심성구조이다. 그녀는 한때 그것에 만족했으나 이제 그것은 고통의 원천이나 다름없다. 그녀는 예의 심성구조 때문에 많은 것을 억누르고 살았으며 자신의 상처와 고통도 똑바로 보지 못했다. 인혜는 그 심성구조가 이기적 생존을 위한 비겁한 전략으로서 형성된 것임을 통찰한 것이다.

이렇게 특별히 과민하고 연약해서 망가져버린 인물을 통해 독자는 지금까지 자신을 형성해 온 심성구조에 대한 통찰까지 얻고, 자신에 대한 "폭넓은 인식과 재조정"[42]을 수행할 수 있다. 즉 독자는 소설을 통해 기억을 소환하며 그것을 재해석한다. 자신의 현재 행동 패턴이나 습관적인 반응 양식이 어떻게 형성되었는지, 혹은 어떤 트라우마나 충격적 사건이 자신의 심성구조를 구축했는지 객관적으로 인식한다.[43]

---

42 위의 책, 105면.

43 소설이 독자의 심성구조에 대한 통찰을 제공할 수 있다는 본고의 논지와 유사한 맥락에서 로젠블랫은 이렇게 이야기한다. "예술작품은 새로운 패턴과 새로운 문맥 속에서 기억을 회상하게 해 주며, 이러한 회상에 새로운 여운을 줄 것이며 이것으로 새로운 인식과 풍부한 이해를 할 수 있게 만들 것이다. 그것은 부득이하게 제한된 우리의 개인적인 경험을 보충하고 교정해 줄 것이다. 그것이 우리의 습관적인 반응들, 우리들의 관심사와 욕망에 의미를 더 부여할 수도 있다."(위의 책, 105면.) 한편 초피크와 폴은 본 논문의 '심성구조'와 유사한 개념으로서 '잘못된 신념'을 거론한다. 현실을 지배하는 잘못된 신념은 어린 시절의 경험에서 비롯되는데, 어디서 그런 신념을 얻었고 그 신념을 어떤 방식으로 작동시켰는지 이해해야만 그 신념에서 나온 행동 방식을 고칠 수 있다. 잘못된 신념의 형성 과정과 작동 방식을 파악하는 것은 정신적 성장에 대단히 중요하다.(에리카 J. 초피크·마거릿 폴, 『내 안의 어린아이』, 이세진 역, 교양인, 2011, 190면 참조.)

인식은 조정의 힘을 제공하고, 알면 바꿀 수 있다. 심성구조의 형성 과정을 이해하면 그것을 교정할 수 있다는 뜻이다. 이런 식으로 독자가 자신의 심성구조를 통찰하게 유도하는 것은 다시 말하거니와 작은 고통에도 유난을 떠는 소설이 제공한 충격이다.

4. 맺음말

문학의 본질을 인식적·윤리적·미적 기능으로 규정하는 문학교육계의 관습은 유구하고 변함없다. 이 논문은 2015 개정 교육과정에 따른 고등학교 문학 교과서가 이 관습을 추수하는 현장을 확인하고, 그 상투성에 의문을 제기했다. 상투성 말고도, 특히 문학의 윤리적·미적 기능은 그 타당성에 재고의 여지를 내포한다. 문학의 윤리적 기능은 문학이 상투적인 도덕을 재확인하는 사례라는 오해를, 미적 기능은 현실에서 동떨어진 감상벽이 문학적 심성이라는 오해를 유발하며, 이는 문학 애호의 심성을 형성하는 데 기여하지 못한다. 문학에서 바름과 아름다움을 강조하는 관습은 문학을 현실의 고통을 환상으로 위무하는 환각제 정도로 파악하는데, 이는 삶의 진짜 문제에 대한 직시와 통찰을 가로막고 학생들의 현실 대응력을 약화시킨다.

문학의 본질 교육은 진선미·지정의보다는 생동하는 학생 자신을 조명하는 일에서부터 시작해야 한다. 이 논문은 문학이 독자의 정신적 성장과 심리 치유에 기여한다는 명제 아래 특히 비도덕과 추함의 효과가 탁월하다는 사실을 실제 작품을 통해서 살펴보았다. 이장욱의 「고백의 제왕」에서 보듯 소설은 평범을 초과하는 고통을 전시함으로써 독자에게 안도감을 선사한다. 고통에 대한 수치심은 치유를 방해하거니와, 소설에 그려진 극한의 고통으로 인해 독자는 자기 고통을 꺼내어도 좋다는 안도감을 느끼고, 안도감의 힘으로 자기를 객관화하며 통찰할 수 있다. 한강의 『채식주의자』에서는 보통 사람들이 그럭저럭 넘기는 일상의 사소한 부조리와 고통을 견디지 못하는 과민하고 연약한 인물을 통해서 소설의 본질을 살펴보았다. 과민하고 연약하여 정상 궤도를 이탈한 인물을 목격하며 독자는 감추어졌던 삶의 본질을 투시하고 잊고 숨겼던 자신의 내면을 발견하며 자신의 심성구조까지 통찰할 수 있다. 이것을 가능하게 하는 것은 과민하고 연약한 인물이 주는 충격이다.

지금까지 이 논문은 2015 개정 교육과정과 그에 따른 문학 교과서에 적시된 문학의 본질에 의문을 제기하고, 소설 작품을 통해 문학의 본질을 도출하려고 노력했다. 문학의 본질 교육에 대한 대략적인 방향을 제시했다는 점에서 소정의 의의를 지니겠으나, 그 교육방안을 더욱 구체화해야 바람직할 것이다. 본론에서 거론한 소설의 장면을 부각하면서 문학의 본질을 인식하게 유도하는 학습활동을 제작할 수 있고, 지금까지 논한 문학의 본질을 교육 내용으로 채택할 수 있으며, 여기에서 인용한 인문학적 문헌을 교육적 참고 자료로 사용할 수 있다. 사실 교육 내용이 마련되면 교육 방법은 쉽게 도출된다. 이 논문을 통해 문학의 본질에 관한 교육 내용의 한 가능성을 제시했다고 볼 수도 있을 것이나, 더욱 구체화된 방안은 다음 자리를 기약한다.

치유를 위한 소설교육의
원리와 실제

청소년의 연애 심리 치유를 위한
문학교육 방안 연구

1. 머리말

청소년을 위한 문학교육이 문학사나 문학이론 등 규범화된 지식을 전달하기보다 학생의 정신적 성장을 견인해야 한다는 생각은 이 논문의 대전제이다. 특히 정신적 성장을 유도하는 한 경로로서 문학교육이 학생의 현실적인 고민과 소통하고 심리적인 고통을 치유하는 데 기여한다면 더 바랄 나위가 없을 것이다.[1] 여기에서 시급하게 대두되는 문제는 그러한 문학교육의 이상을 구현하기 위한 방안의 창출이다. 교육 기법의 다양화도 중요하지만 이 논문은 보다 근본적으로 제재와 교육 내용의 다변화의 필요성을 제기한다. 보다 다채로운 제재의 발굴과 참신한 교육 내용의 개발 작업이 축적되어야 할 것이다. 구태의연한 정전 목록을 넘어서 청소년의 내면과 보다 근거리에서 소통 가능한 제재

---

[1] 박수현, 「도덕과 문학교육-2011 개정 교육과정에 따른 고등학교 문학 교과서 고찰」, 『어문론집』 64, 중앙어문학회, 2015 참조.

들을 발굴하고 규범화된 교육 내용을 탈피하여 청소년의 심리 치유에 유효한 교육 내용을 개발하면 좋을 것이다.

이 논문은 청소년의 심리 치유를 위한 소설교육에서 제재와 교육 내용의 다변화 작업에 기여하고자, 특히 연애에 따르는 심적 고통을 치유하기 위한 소설교육 방안을 제안하고 그 실행 사례를 소개하려고 한다. 이 논문은 대학생을 대상으로 구안된 소설교육 방안을 다루나, 이것의 실효성이 입증된다면 그 제재와 교육 내용을 중고등학생을 위한 문학교육에도 적용할 수 있으리라 기대한다. 적어도 유의미한 참조점을 제공할 수는 있을 것이다.[2]

대학생의 관심사 중 연애는 간과할 수 없는 자리를 차지하며, 거의 수위에 놓인다는 견해도 있다.[3] 대학생의 경우 '가장 친밀감을 느끼는 사람'으로 친구나 가족보다는 연인을 꼽기도 한다.[4] 대학 시절은 연애가 사회적으로 인정받고 권장되기까지 하는 시기이다. 이성교제가 금기 사항이 아닌 의무 사항으로 인식되기도 한다.[5] 그런데 최근에 대학생을 대상으로 실시한 한 조사에 따르면 연애 경험이 연애와 결혼에 대한 생각에 부정적인 영향을 미쳤다고 답한 경우가 긍정적인 영향을 주었다고 답한 경우보다 9배 이상 많았다.[6] 연애에 대한 부정적인 이

---

2 실상 대학생은 청소년기에 속한다. 대체로 만 18~22세는 청소년 후기로 본다.(김수경, 「대학생을 위한 독서치료의 적용과 평가」, 『한국도서관·정보학회지』 39-3, 한국도서관·정보학회, 2008, 214면 참조.)

3 천혜정, 「여대생의 체험을 통해 본 이성교제의 의미」, 『가족과 문화』 17-3, 한국가족학회, 2005, 20면 참조.

4 함진선·이장한, 「성별과 애착유형이 연애 질투에 미치는 영향」, 『한국심리학회지: 일반』 26-2, 한국심리학회, 2007, 103면 참조.

5 천혜정, 앞의 글, 25면 참조.

6 한금윤, 「대학생의 연애, 결혼에 대한 의식과 문화 연구-언론 보도와 대학생의 '자기서사'

미지는 주로 정서적 · 심리적인 것과 연관되어 형성되었다.

대학생들의 지대한 관심사이나 그들을 만만치 않은 심적 곤경에 빠트리는 연애 문제와 관련하여, 소설교육이 그 난관을 헤쳐 나갈 수 있게 도와줄 가능성에 대해 궁리하면서 이 논문은 기획되었다. 연애관계를 괴롭게 만드는 요인으로 중요한 것이 '질투'이다. 실제로 대학생들은 질투로 힘들었다고 고백했다.[7] 이 논문은 연애에 따르는 심적 고통 중 특히 '질투' 문제에 주목하여, 그로 인한 상처를 치유하는 데 일조하는 소설교육 방안을 제안하고 이를 바탕으로 수업한 사례를 소개하고자 한다.

2. 소설을 통한 심리 치유의 기제

구체적인 소설교육 방안을 제안하기 전에 소설교육을 경유한 심리 치유가 일어나는 메커니즘에 관해 살펴보려고 한다. 이는 소설을 통한 치유의 원리라고도 할 수 있다.[8]

첫째, 청소년은 소설을 통해 자신의 심적 고통의 보편성을 깨닫는

쓰기의 간극을 중심으로」, 『인간연구』 28, 가톨릭대 인간학연구소, 2015, 22-24면 참조.

7 천혜정, 앞의 글, 32면 참조.

8 필자는 이전에 대중 독자를 대상으로 쓴 칼럼과 에세이를 모아 단행본을 간행한 적이 있다.(박수현, 『서가의 연인들』, 자음과모음, 2013.) 앞으로 논할 치유의 원리, 사랑의 속성 등에서 근본적인 아이디어는 예의 단행본에 피력된 일부 아이디어와 유사점을 공유한다. 이 논문에서는 예의 근본적 아이디어를 많은 새로운 학술 자료를 참조하여 보강 · 확장하고 학술적으로 정련했으며, 공유되는 아이디어 이외에 새로운 아이디어를 상당량 첨가했고, 특히 문학교육 방안을 새로이 고구했으며, 새로운 텍스트를 선정했다. 상기 단행본은 문학교육과 연관성을 전혀 지니지 않으며, 무엇보다 학술논문이 아닌 대중적 에세이다.

다. 자신의 고통의 보편성을 인식하지 못하면 죄책감, 수치심, 고립감에 빠져들고 이는 정신 건강에 대단히 유해하다. 자신의 고통이 사회적으로 용납될 수 없는 이상한 것이라고 단정하면서 죄책감과 수치심을 느끼고, 자신만 홀로 그런 기묘한 고통을 겪으며 아무에게도 이해받을 수 없다고 믿으면서 고립감을 느끼기 쉽다. 하지만 소설을 통해 다른 사람들이 이미 유사한 고통을 겪었다는 사실과 그 감정이 인류 보편적이라는 사실을 알게 되면 적어도 죄책감과 수치심, 고립감에서는 빠져나올 수 있게 된다. 과거에는 부끄럽고 두려워서 혹은 죄의식에 사로잡혀서 은닉해 왔던 문제를 직시할 용기를 주는 것, 다른 사람과의 비교를 통해 고독과 두려움을 극복하게 하는 것이 문학의 이점인데[9], 이는 곧 소설을 통한 치유에서 중요한 과정이기도 하다. 다른 사람의 유사한 경험을 접하고, "그것이 나의 문제만이 아니라는 점, 즉 내가 잘못해서 그런 것이 아니라는 점을 인식"[10]하는 것이 치유의 첫 단계이다.

이런 면에서 독자와의 정서적 동일시를 이끌어내는 작품을 제재로 선정하는 것은 중요하다. 모든 사람의 경험은 타인의 것과 공유점을 지니며[11], 작품을 통해 자신의 경험이 타인의 것과 유사하다는 사실을 깨닫고 타인과 연결된 느낌을 얻는 것은 소설 읽기의 귀중한 가치이다. 이때 교훈적이고 작위적인 글은 그다지 치유 효과를 생성하지 못한다.[12] 작위적인 교훈은 앞서 논한 죄책감, 수치심, 고립감을 강화할

---

9   변학수, 『문학치료』, 학지사, 2015, 34면 참조.

10   위의 책, 75면.

11   John Fox, 『시치료』, 최소영 외 역, 시그마프레스, 2005, 3면 참조.

12   Mazza에 따르면, 시와의 정서적 동일시는 긍정적인 메시지를 산출하지만, 긍정적인 메시

뿐이다.[13] 청소년의 고통을 있는 그대로, 오히려 더 극단적으로 과장해서 표현한 작품이 더 적합하다. 그래야 독자인 청소년은 자신의 고통이 혼자만의 것이 아니고, 보편적인 것이라는 사실과 더불어 자신이 그렇게까지 최악은 아니라는 사실 즉 그럭저럭 괜찮은 편이라는 사실을 깨달을 수 있다. 역설적이지만, 우울한 청소년에게는 한층 더 우울한 인물의 심적 풍경을 보여주는 것이 효과적이다. 절망으로 절망을 이기는 전략 혹은 이열치열 전략인 셈이다. 작품에 그려진 고통이 독자의 그것보다 클 때 소설은 더 강렬한 치유 효과를 생성한다.

이 논문의 관심사인 연애 심리에 관해서도, 가령 질투로 괴로워하는 청소년은 흠잡을 데 없는 두 사람이 서로에게 고결한 마음만을 보여주다가 행복한 결말을 맞이하는 이야기에서 소외감과 죄책감만을 느낄 뿐이다. 질투로 고통스러운 청소년은 그보다 더 심한 질투로 괴로워하는 인물의 이야기를 접하고 자신만 그런 것이 아니라는 점, 사람이라면 한때 그럴 수도 있다는 점, 자기가 괴물이 아니라는 점을 깨달을 수 있고, 이것이 그의 정신 건강에 더 유익하다.

둘째, 청소년은 소설을 통해 자신의 문제를 객관화하고 언어화할 수 있는 힘을 얻는다. 시의 중요한 특성이 "드러내고 환히 비출 수 있는 능력"이라고 오래 전 셸리에 의해 천명된 바 있거니와[14], 시뿐만 아

지가 작위적이거나 교훈적이라면 내담자의 감정을 사라지게 할 뿐이다.(Nicholas Mazza, 『시치료 이론과 실제』, 김현희 외 역, 학지사, 2005, 139면 참조.) Mazza는 시치료를 논하며 위와 같이 말했으나, 이는 일반적인 문학치료에도 적용될 수 있는 통찰이다.

13 작위적이고 도덕적인 교훈 주입에 몰두하는 문학교육의 폐단에 관한 상술은 박수현, 앞의 글 참조.

14 Mazza, 앞의 책, 24면 참조.

니라 소설도 혼돈스러운 무엇에 로고스의 빛을 비춘다. 소설은 인물의 혼란스러운 심적 상태에 빛을 비추어 그것을 명징하게 언어화·구조화한다. 특히 소설은 심적 고통에 대한 거리 두기, 객관화, 논리적 구조화의 과정을 거쳐서 창작된다. 문제를 객관화할 뿐 아니라 심지어 분석하는 대단히 명징하고도 냉철한 이성이 창작 과정의 근저에 존재한다. 광기에 가까운 복잡한 심리를 언어로 표현하고 소설적으로 형상화한 작가는 광기에서 빠져나온 사람이다. "대체로 문학에서는 절망을 많이 다루고 있지만 절망으로 절망을 다스릴 수 있는 사람은 건강한 정신의 소유자"[15]라는 통찰은 두고두고 곱씹을 만하다. 이렇게 논리적·이성적 과정을 통해 창작된 소설은 역으로, 독자에게 논리적·이성적 에너지를 부여한다.

청소년은 각종 심적 문제로 시달리는 가운데 자신이 무엇을 느끼고 생각하는지도 몰라서 이중으로 괴롭다. 자신을 괴롭히는 것이 무엇인지 그 정체를 알 수 없는 것이다. 이때 자신의 고통과 유사한 무엇을 명징하게 형상화한 문학작품을 접하면, 실체 없이 흐물거렸던 자신의 고통이 점차 뚜렷하게 실체를 얻어가는 모습을 목도하며, 고통을 명징하게 객관화하고 언어화할 수 있게 된다. "말할 수 없었던 것, 말하지 못했던 것에 대한 언어를 재생하는 것이 문학치료"[16]라는 언명은 기억할 만한 가치가 있다.[17] 이러한 객관화·언어화 과정을 통해 청소년은 결국 자신의 생각과 느낌에 대한 통제력을 습득한다.

---

15 변학수, 앞의 책, 50면.

16 위의 책, 13면.

17 자신의 경험을 말하는 것만으로도 중대한 치유 효과를 거둘 수 있다.(Fox, 앞의 책, 130면 참조.)

셋째, 궁극적으로 청소년은 자신의 심적 문제에 대한 통찰을 얻는다. 정신분석학에서 대대로 통찰은 치료의 최종 단계로 인지되어 왔다.[18] 또한 "자신의 문제를 알고 자신의 행위에 대해 통찰할 수 있게 한다"[19]는 것은 문학치료에서도 궁극의 효과로 제시되어 왔다. 참여자가 자기의 태도를 분석하여 자신의 갈등과 좌절에 대한 정신적·감정적 반응을 더 잘 이해하게 해 주는 것은 문학치료의 이점이다.[20] 이렇게 자신의 심적 문제가 정확히 무엇이며, 어떤 원인으로 인해 발생했는지 통찰한다면 거의 치유에 이르렀다고 볼 수 있다.

본인의 심적 문제의 현상과 원인에 대한 통찰 이상으로 중요한 것이 인생 자체에 대한 통찰이다. 인생의 본질에 관한 통찰력을 함양하면, 심적 고통을 보다 넓고 높은 차원에서 조망할 수 있다. 넓고 높은 '다른' 차원에서의 조망은 심적 고통으로부터 거리 두기를 유도하면서 치유를 돕는다. 가령 연애 심리에 관하여, 사랑이 본래 불완전할 수밖에 없다는 통찰을 습득하면, 불완전한 사랑 때문에 느끼는 고통을 경감할 수 있다. 질병을 거부하는 것이 능사가 아니라 질병에 순응하는 것이 지혜롭다는 통찰[21]을 얻으면, 연애 때문에 아픈 마음을 긍정적으로 수용할 수 있다.

이때 심리학적 지식은 청소년의 당면한 심적 문제에 관한 통찰력을 함양하는 데, 인문학적 지식은 인생 자체에 관한 통찰력을 배양하는 데 유용하다. 따라서 심리학적·인문학적 지식을 교육 내용으로 도입

---

18 J. C. 네마이어, 『정신병리학의 기초』, 유범희 역, 민음사, 1997, 337면 참조.

19 변학수, 앞의 책, 33면.

20 위의 책, 34면 참조.

21 Fox, 앞의 책, 51면 참조.

한다면 학생들의 통찰력 계발에 도움을 줄 수 있다. 이 논문은 특히 인문학적 지식을 소설교육에 도입할 가능성을 타진하려고 한다. 이는 서론에서 논한 바, 문학교육 내용의 다변화 작업에 기여하기 위해 이 논문이 고안한 특별한 복안이기도 하다.

넷째, 청소년은 정신적 성장의 중요한 단계인 인격의 통합을 체험할 수 있다. 어린아이들은 자신 내부에 존재하는 어두움을 인정하지 않고, 그것을 다른 사람에게 투사한 이후 그를 비난한다.[22] 마찬가지로 질투로 괴로워하는 청소년은 자신 안에 그것이 존재한다는 사실을 인정하기 이전에 다른 사람에게 그 감정을 투사하여, 그 감정을 지녔다고 상상한 타인을 비난하곤 한다. 이렇게 내부의 어둠을 부정하고 외부로 투사하는 과정이 연속되면, 최악의 경우 인격의 분열로 이어진다. 내면의 어두운 감정을 정직하게 인식하고 그것을 자기 안으로 당당하게 통합하는 태도가 정신 건강에 이롭다. 어린이뿐만 아니라 청소년에게도 긍정적인 정서만 존재한다는 낙관적 환상을 심어주기보다는 긍정성과 부정성이 혼재된 현실을 있는 그대로 인식하고 부정성을 자연스럽게 수용할 수 있게 인도해야 한다.[23]

이런 맥락에서 이 논문은 비도덕을 경유하여 도덕적 결과를 산출하는 문학교육을 구안하려고 한다. 창백한 도덕만을 주입하는 문학교육의 문제점을 선행연구에서 논했거니와[24], 일단은 고통을 비도덕으로 단죄하지 않고 자연스러운 것으로 수용해야 한다. 이 논문은 단죄 대

---

22 브루노 베텔하임, 『옛이야기의 매력 1』, 김옥순 · 주옥 역, 시공주니어, 2014, 115면 참조.
23 어린이의 경우 낙관적 환상의 위험과 부정성 수용의 가치는 위의 책, 19면과 122-123면 참조.
24 박수현, 앞의 글 참조.

신에 공감, 교훈 대신에 통찰력의 가치를 지지한다. 청소년이 타인의 비도덕적인 고통을 접하고 자신의 비도덕적인 고통을 반추하는 과정을 거쳐서 궁극적으로 도덕적인 결단에 이를 수 있음을 보이려고 한다.

3. 치유를 위한 소설교육의 원칙과 방안

여기에서는 청소년의 심리 치유를 위한 구체적인 소설교육 방안을 제안하고자 한다. 서론에서 논했거니와 제재와 교육 내용의 다변화를 위해서 정전에서 벗어난 제재를 발굴하고, 탈규범적이더라도 심리 치유에 효율적인 교육 내용을 개발하려고 한다. 교육 방안 구안 전에, 치유의 원리에 관한 앞의 논의로부터 몇 가지 원칙을 도출하고자 한다. 첫째, 학생들로 하여금 인물의 심리를 주목하고 분석하게 한다. 둘째, 인물의 심리와 학생의 심리의 교감을 유도한다. 셋째, 소설에서 받은 감정적 영향과 통찰을 주제로 글을 쓰게 한다. 첫 번째와 두 번째 원칙은 고통의 보편성 인식을 유도하기 위한 경로이고, 세 번째 원칙은 감정의 객관화·언어화를 돕기 위한 방략이다. 인물의 심리에 주목하게 하고 학생 심리와의 교감을 유도하는 방법은 과거 문학사와 문학이론에 기반한 문학교육 방법과 차별되나, 현재 문학교육의 개선 방향에 관한 논의의 흐름을 고려할 때 완전히 새로운 것은 아니다.

참신한 문학교육을 제안하기 위해 이 논문이 각별하게 고안한 두 가지 원칙은 다음과 같다. 첫째, 학생의 통찰력 함양을 효과적으로 돕기 위해서 인문학적 지식을 보조 자료로 사용하려고 한다. 영화, 만화, 음악, 그림 등 다양한 매체가 문학교육에 보조 자료로 활용되는 현실에서 인문학적 지식의 도입은 새로운 제안이 될 수 있다. 둘째, 고통의 보편성 인식을 돕고 비도덕을 경유하여 도덕적 효과를 산출하기 위해서 평균치 이상의 고통을 그린 소설을 제재로 삼고자 한다. 예의 소설은 상당히 비도덕적이다. 이는 도덕적 강박에 경사한 작금의 문학교육에 새로운 가능성을 제시할 수 있을 것이다.

앞서 연애 경험을 불행한 것으로 수용하고 기억하는 대학생들이 많다고 논했거니와 연애를 불행하게 만드는 중요한 요인으로 '질투' 감정이 있다. 질투가 많은 사회에서 금기시되기 때문에 질투를 느끼는 사람이 그것을 자신이나 타인에게 솔직하게 드러내기 어렵다는 사실은 문제적이다. 더욱 문제적이게도, 질투에 대한 죄책감과 그것을 부정해야 한다는 압박 때문에 질투는 더 대처 불가해지고 파괴적이 된다.[25] 우리나라의 경우 질투에 대한 죄책감이 널리 퍼져 있는 반면 실제로는 질투로 인해 고통받는 학생들이 다수라는 점에서 특별한 정경을 보여준다. 대학생을 대상으로 한 애착 유형 조사에서 안정형 못지않게 불안정형 애착 유형의 분포가 높게 나타났다.[26] 사랑스타일 연구

---

[25] 시기(envy)가 가지지 못한 것에 대한 감정적 반응이라면 질투(jealousy)는 가진 것을 빼앗기지 않으려는 소망과 관련된다. 현재의 관계를 손상당할지도 모른다는 위협에서 오는 불안과 이런 위협을 유발시킨 상대방에 대한 분노가 질투 반응의 핵심을 이룬다. 공포, 불안, 분노, 자기비난, 라이벌과의 비교, 시기, 슬픔, 굴욕감 등이 질투 감정에 동반된다. 질투는 소중한 관계를 점검, 유지하고 향상시키는 계기를 제공해 주기도 하지만 지나치면 관계는 물론 건강까지 해친다.(김교헌, 「남자의 질투와 여자의 질투-연인 관계에서의 질투의 성차」, 『한국심리학회지: 건강』 9-4, 한국심리학회, 2004, 772-773면 참조.)

[26] Batholomew 등은 자기와 타인에 대한 이미지에 따라, 즉 자신을 사랑받을 가치가 있는 존재로 인식하는가 여부와 타인을 신뢰할 수 있는 존재로 인식하는가 여부에 따라 안정형, 거부형, 몰두형, 두려움형 등 네 개의 애착 유형을 제시했다. 안정형은 자신과 타인 모두

에 따르면, 미국 대학생들에게서 실용애(pragma)와 게임애(ludus)가 우세한 반면, 한국 대학생들에게서는 미혹애(mania)와 열정애(eros)가 우세하다고 한다. 대체로 정서적인 것에 민감한 한국인의 문화적 특징과 합리적인 것을 중시하는 미국인의 문화적 특징이 사랑스타일에 반영되었다고 논의된다.[27]

를 긍정적으로 인식하며, 몰두형은 자신을 부정적으로 타인을 긍정적으로 평가한다. 이와 반대로 거부형은 타인에게 부정적이지만 자신에게는 긍정적이다. 두려운형은 자신과 타인 모두 무가치하다고 본다.(김광은, 「성인 애착 유형과 요인에 따른 성격 특성 및 스트레스 대처방식」, 『한국심리학회지: 상담 및 심리치료』 16-1, 한국심리학회, 2004, 55-56면 참조.) 안정형을 제외하고는 모두 불안정한 애착 유형에 해당한다. 안정형은 자신감 있고 관계에 집착하지 않지만, 친밀감을 편하게 여기고 높은 사회성을 보여준다. 거부형은 관계를 기피하고 성취 지향적이다. 몰두형은 관계에 몰두하며, 자신감과 자율성과 성취성이 낮다. 두려운형은 자신감이 낮다는 면에서 몰두형과 유사하나 친밀감을 편하게 여기는 몰두형과 반대로 친밀감조차 불편하게 여긴다.(위의 글, 64-65면 참조.) 몰두형이나 두려운형은 버림받음에 대한 두려움 때문에 상대방에게 지나치게 집착하거나 극단적인 반응으로 정서를 표현하는 특징을 지닌다.(김광은·이위갑, 「연애관계에서 성인 애착 유형 및 요인에 따른 관계 만족」, 『한국심리학회지: 상담 및 심리치료』 17-1, 한국심리학회, 2005, 234면 참조.) 친밀한 관계 맺기를 두려워하거나 회피하는 거부형은 회피 요인을 불안 요인보다 높게 드러내는데, 회피 요인은 불안 요인보다 관계 만족도에 부정적 영향을 미치므로, 거부형은 실제로 연애 관계에서 어려움을 겪을 가능성이 높다.(위의 글, 241면 참조.) 장휘숙의 연구에서는 안정형, 거부형, 몰두형, 두려운형이 각각 45%, 16%, 30%, 21%로 나타났고, Batholomew 등의 연구의 첫 번째 집단에서는 47%, 18%, 14%, 21%로 나타났다. Feeney등의 연구에서는 각각 40.4%, 24.7%, 22.1%, 12.8%로 나타났다.(김광은, 앞의 글, 59면 참조.) 김광은의 연구에서는 안정형, 거부형, 몰두형, 두려운형이 각각 51%, 5%, 27%, 17%로 나타났다.(위의 글, 60면 참조.)

27 홍대식, 「한국 대학생의 사랑스타일과 이성상대 선택준거」, 『한국심리학회지: 사회 및 성격』 10-2, 한국심리학회, 1996, 105면 참조. Lee는 열정애(eros), 게임애(ludus), 친구애(storge), 실용애(pragma), 미혹애(mania), 이타애(agape) 등 6가지의 사랑스타일을 제시했다.(위의 글, 82-88면 참조.) mania적 사랑스타일은 상대에게 더 많은 애정과 헌신을 요구하며 연인에게 의지하면서 버림받을까봐 두려워한다. 이러한 특성은 몰두형과 두려운형의 사랑스타일과 유사하다. 불안정 애착을 형성한 사람일수록 mania적 사랑을 하는 경향을 보인다.(함진선·이장한, 앞의 글, 108면 참조.)

우리나라 대학생들은 연애할 때 의외로 '쿨하지' 못한 편이고 '쿨하지' 못한 연애에는 질투 감정이 중요하게 작동하리라고 예상된다. 그런데 실제로 대학생들과 대화해 보면 질투에 대한 청교도적인 단죄 의식 또한 상식화되어 있는 정경을 발견한다. 피상적인 교훈 주입에 몰두하는 도덕적 문학교육이 이에 일조했을 것이라 사료된다.[28] 이렇게 질투는 '현실적으로' 만연해 있는데, 질투에 대한 단죄 의식은 학생들의 내면에 '이상적인' 규범으로 자리하고 있으니, 현실과 이상의 간극에서 내적 분열은 심화될 수밖에 없다. 이는 청소년의 정신 건강에 대단히 유해하다.

정도의 차이를 노정할 뿐 질투는 자연스러운 감정이다. 그러나 대개 연애 경험이 많지 않은 청소년의 경우, 질투라는 감정 때문에 혼란스러워하다가 모든 사람에게 비난받고 아무에게도 이해받지 못할 것이라 여기며 죄책감과 소외감에 빠져들기도 한다. 질투 때문에도 고통스러운데 죄책감과 소외감으로 이중으로 괴로운 것이다. 이때 유사한 감정으로 괴로워했던, 특히 보통 사람보다 훨씬 더 극단적으로 괴로워했던 다른 사람의 사례를 접한다면 청소년은 고통의 보편성을 느끼면서 죄책감과 소외감을 어느 정도 극복할 수 있을 것이다. 다시 말해 앞서 논한 이열치열 전략을 사용해야 하는데, 이에 제재로 선택한 소설이 아르투어 슈니츨러의 「사랑의 묘약」이다. 이 소설을 제재로 선정한 이유는 작중인물이 단지 질투가 아니라 '극단적인' 질투로 고통받았기 때문이다.

청소년이 고통의 보편성을 인식하려면 일단 자신의 고통과 유사한

---

28 박수현, 앞의 글 참조.

고통을 발견해야 한다. 고통의 유사성은 제재 선정 시 우선적으로 고려할 사안이다. 그런데 이때 고통의 크기가 발견에 영향을 미친다. 독자는 자신의 고통보다 작고 평범한 고통을 접하면 자기 고통이 특수한 것 즉 유독 자신에게만 한정된 것이라고 믿기 쉽다. 이에 무난하고 평범한 고통을 그린 소설은 고통의 보편성을 보여주기에 덜 효과적이다. 그러나 독자가 자기의 것보다 더 큰 고통, 극단화된 고통이 존재함을 발견하면 보다 쉽게 그리고 격정적으로 고통의 보편성을 인식하게 된다. 이는 극단화된 고통이 충격을 유발하고 그 충격을 통해 인식상의 발견을 효율적으로 견인하기 때문이기도 하다. 자극의 강도가 높을수록 메시지는 절실하게 전달된다.

「사랑의 묘약」의 남자 주인공 "그"는 질투의 화신이다. 그는 사랑할 때마다 불행하다. "그는 자신 이전에 이 여자를 사랑했었던 다른 남자들과, 자신과 헤어져 훗날 이 여자와 사랑하게 될, 또 다른 남자들에 대한 생각에 항상 사로잡혀 있었다."[29] 연인의 과거 남자들에 대한 질투와 앞으로 만날 남자들에 대한 질투로 그는 항상 괴롭다. 연인이 과거 남자를 자신보다 더 사랑했을 것이라는 추측과 앞으로 다른 남자들을 더 사랑할 것이라는 예단 때문에 그는 늘 고통스러운 것이다. 이런 괴로움에서 벗어나고자 그는 세 가지 몰약을 제조해낸다. 그가 만든 세 가지 몰약은 각각 질투심의 세 단계와 조응한다. 학생들에게 교육할 때, 우선 세 가지 몰약 각각에 얽힌 질투 감정이 무엇인지 이해하고 그것을 통해 자신이 경험했던 감정을 떠올리도록 유도한다.

---

29 아르투어 슈니츨러, 「사랑의 묘약」, 『사랑의 묘약』, 백종유 역, 문예출판사, 2004, 25면. 앞으로 이 텍스트에서 인용 시 인용문 말미에 면수만을 표기한다.

첫 번째 몰약은 '뇌리에 떠오르는 형상을 남김없이 털어놓게 하는 약'이다. "그"는 연인의 과거 애인들에 대한 미칠 듯한 질투로 괴롭다. 이것은 과거 애인에 대한 과도한 호기심 혹은 탐구욕과 연동된다. 그는 "자기 이전에 어떤 남자가 구애를 했는지, 어떤 남자가 그녀와 깊은 관계를 가졌었는지를 알아야만 했다."(25) 물론 여자들은 적당히 얼버무리거나 거짓말을 했다. 이에 참을 수 없는 괴로움을 느낀 "그"는 첫 번째 몰약을 여자들에게 먹인다. 여자들은 약에 취해서 과거에 만났던 남자들의 이모저모를 줄줄이 고백한다. 연인에게 가장 사랑받는 남자이고 싶었던 그의 간절한 소망을 배반한 채 그녀들은 그의 옆자리에서조차 다른 남자들을 생각하고 있었다.

첫 번째 몰약 제조를 유도한 동기는 연인의 과거 애인에 대한 질투, 호기심, 탐구욕이다. 이는 연애하는 청소년의 심리에 공감을 유발할 수 있다. 연애 경험이 일천한 청소년들은 연인의 과거 애인에 대해서 지나치게 궁금해 하며, 그에 대해 최대한 많은 것을 알아내기 위해서 집착적으로 노력하기도 한다. SNS를 뒤지거나 지인들에게 수소문하거나 연인에게 유도 심문을 던지기도 한다. 이런 행태는 일견 '비정상적'이기에 청소년은 질투 이상으로 자괴감에 빠져든다. 예의 호기심과 탐구욕 이면에는 연인의 과거 애인에 대한 질투, 자신이 최고로 사랑받고 싶다는 소망, 자신보다 그 이전 애인을 더 사랑했을 것이라는 의심 등이 깔려 있다. 이들은 소중한 연인을 언제든 잃을 수 있다는 불안에서 비롯된다. 이러한 일견 '비정상적인' 행위들과 그에 얽힌 다단한 감정은 고통과 상처를 유발한다. 청소년들이 연애 경험을 고통스러운 것으로 기억한다면 이러한 감정적 혼란도 그것에 한몫 했을 것이다. 이러한 청소년들은 작중인물의 심리를 보면서 고통의 공감대를 형성하고 고통의 보편성을 인식할 수 있다.

두 번째 몰약은 '이전에 경험했던 모든 것을 순식간에 잊어버리는 약이다. 이는 현재 연인에 대한 질투와 연관된다. "그"는 여자들이 자기 옆에서조차 다른 남자를 떠올린다는 사실을 알자 불행해서 견딜 수 없다. 그는 연인에게 "유일하면서도 동시에 최초의 사람이 되"(29)고 싶은 욕망에 불타오른 나머지 두 번째 몰약을 만든다. 여자들은 그 약을 먹고 그에게 오로지 그만을 사랑한다고 말한다. 이에 그는 무한한 행복을 느낀다.

두 번째 몰약을 제조하게 만든 동력은 현재 애인에 대한 독점욕이다. 이는 지금 이 순간 연인에게 가장 사랑받는 사람이 되고 싶은 마음, 다른 어느 누구에게도 사랑을 빼앗기기 싫은 마음이다. 이는 질투 감정의 가장 보편적이고 일반적인 발현 형태이다. 청소년들은 연애할 때 연인이 다른 이성을 만날 때마다 초긴장 상태에 빠진다. 그 이성이 자신보다 더 매력을 발산할까봐 혹여 연인이 그 이성에게 매혹되기라도 할까봐 노심초사한다. 현실적인 '사랑 싸움'의 대부분의 원인은 이런 질투 때문이다. 흔히 질투가 강한 사람이 상대를 괴롭힌다고 생각하기 쉽지만 질투를 느끼는 당사자는 더한 고통에 휩싸인다. 더욱 나쁘게도 그는 죄책감과 소외감 때문에 이중으로 괴롭다. 이렇게 질투로 스스로에게 상처 입히는 청소년은 작중인물의 심리적 추이를 보면서 고통의 보편성을 느낄 수 있다.

세 번째 몰약은 "'그" 이후에는 누구에게도 사랑받을 수 없다는 확신을 불러일으키는 약이다. 이는 연인의 미래 애인에 대한 질투로 인해 조제된다. 연인의 현재를 독점한 그는 행복했던 것도 잠시, 곧 새로운 괴로움에 빠져든다. "그"는 "자기를 위해 잊힌 다른 남자들처럼 자신도 언제가는 잊힐 수 있다는 생각만 하면 가슴이 타들어가는 듯한 고통에 휩싸였"(30)다. 그는 여자들이 미래에 다른 남자를 사랑하게 될까봐 두려워하면서 미래의 남자들을 질투한다. 그는 이렇게 단언하기를 소망한다. "넌 이제 영원히 내 것이고 나 이외에는 어느 누구도 사랑할 수 없으리라."(33) 그는 미래에도 연인에게 유일하게 사랑받는 사람으로 남고 싶다. 즉 연인의 미래조차 완전히 소유하기를 바란다. 그래서 그는 세 번째 몰약을 조제해서 여자들에게 먹인다. 결과는 비극적이다. 세 번째 약을 먹은 여자는 죽어버린다.

세 번째 약을 조제한 남자의 심리는 연인의 미래에 대한 독점욕을 보여준다. 그는 연인이 미래에 만날 모든 남자들까지 질투한다. 연애 경험이 많지 않은 청소년들은 연인에 대한 독점욕과 소유욕에 지나치게 빠져든 나머지 연인의 미래까지 점유하려고 한다. 상대가 앞으로 만날 다른 애인들보다 더 자신을 사랑하기를 바라며, 자신이 미래의 모든 연인들에 비해서 가장 많이 사랑받았던 사람으로 남고 싶어 한다. 이를 위해 끊임없이 확인하기도 한다. 이러한 마음으로 고통스러운 청소년이라면 작중인물의 심리를 통해 고통의 보편성을 깨달을 수 있을 것이다.

이상의 내용을 바탕으로 작중인물의 행동을 야기한 심리를 이해하고 더불어 자신의 심리를 반추하게 하면서 청소년으로 하여금 고통의 보편성을 인식할 수 있도록 교육 내용을 설계할 수 있다. 고통의 보편성을 인식하며 죄책감과 소외감을 경감하는 것으로 청소년은 다소 위로를 얻을 수 있으나 여기에서 그치기에는 아쉽다. 그 다음 단계, 사랑에 관한 모종의 통찰을 이끌어내는 단계로 가야 한다. 이때 질투는 죄악이므로 질투하지 않기 위해 노력해야 한다는 교훈의 주입은 청소년의 정신적 성장에 그다지 도움이 되지 않는다. 그것은 청소년에게 죄책감과 소외감만을 유발할 뿐만 아니라 안이하고 공허한 공자님 말씀은 청소년의 마음에 진정한 공명을 일으키기 어렵다.[30]

그보다는 문제를 바닥까지 파헤치는 지적 노력이 정신적 성장에 유용하다. 예컨대 사랑의 누추하고 허름한 본질에 대한 인문학적 통찰을 이끌어내는 것이 좋다. 이때 '욕망의 무한함'과 '사랑의 숙명적 불완전함'을 교육 내용으로 선택할 수 있다. 청소년이 자신의 심적 문제를 보다 넓고 높은 차원에서 조망하고 이해하면 그 문제에 의연하게 대처할 수 있다. 이 넓고 높은 조망을 제공하는 것이 인문학적 통찰이다. 질투 때문에 괴로운 청소년은 욕망과 사랑의 본성을 알면 질투 감정에 보다 성숙하게 대응할 수 있다. 이때 인문학적 지식을 곁들여 교육하는 것이 유용하다. 앞서 문학교육의 보조 자료로서 인문학적 지식을 적극적으로 도입하고 활용하기를 제안했거니와, 다음에서 그 가능성을 타진하려고 한다.

우선 이 소설에서 욕망의 본질에 관한 인문학적 통찰을 이끌어낼 수 있다. 비교적 성공적이었던 두 번째 몰약의 실험에서 "그"는 만족할 수도 있었다. 두 번째 몰약을 먹은 여자들은 모두 오로지 그만을 사랑한다고 고백했기 때문이었다. 그런데 그는 거기에서 만족할 수 없었다. 현재 연인에게 가장 사랑받는 사람이 되었다는 사실에서 만족한 것은 아주 잠시, 더 큰 욕망 즉 미래까지 소유하고픈 욕망에 괴로웠기 때문이다. 사랑은 끝없는 허기를 유발한다. 연인은 연애의 여정에서 허기를 잠깐씩 달래기는 하지만, 달래는 즉시 또 다른 허기 때문에 고

---

30 박수현, 앞의 글 참조.

통스럽다. 상대의 사랑을 어느 정도 확인해도 다시 끝없는 질투와 불안에 빠져드는 것은 욕망 자체가 본성상 끝없는 허기를 유발하기 때문이다.

이러한 사정을 이야기할 때 보조 자료로서 인문학적 지식을 활용하면 유용하다. 가령 라캉의 이론을 쉽게 풀어 설명할 수 있다. 주체는 합일, 충만, 기쁨을 '향유'하려고 욕구한다. 향유의 원형적 모델은 아마도 어머니와 하나 된 상태로 되돌아가려는 아기의 소망일 것이다. 그런데 향유가 있어야 할 곳은 텅 빈 자리로, 결핍으로 남아있을 뿐이다. 이러한 향유의 부재야말로 우주를 공허한 것으로 만든다. 욕망은 결코 충족될 수 없는 것이나 동시에 사람은 늘 그것을 충족시키고자 하기에 욕망의 환유 연쇄가 일어난다. 결핍을 메우리라 생각되는 대상이 무한히 치환되는 것이다.[31] 쉽게 말해 욕망의 원래 대상이 대문자 A라면, 사람은 A를 욕망하지만 끝내 A를 가지지 못하고 A의 복제품인 소문자 a1, a2, a3, a4에서 an까지 거치면서 욕망, 만족, 환멸, 다시 욕망의 과정을 무한히 반복하다가 죽는다.[32]

욕망의 본성상 궁극적인 만족은 불가능하고, 인간은 끊임없이 대상을 바꾸어가며 욕망하기 마련이며, 허기는 숙명적이고, 특히 사랑에서의 결핍은 필연적이라는 사실을 청소년에게 교육한다면, 청소년은 자신의 마음을 보다 넓고 높은 지평에서 관조할 수 있을 것이다. 청소년은 우선 연애할 때 끝없이 연쇄되는 질투에서 헤어나오지 못하는 이

---

31 욕구가 요구에 흡수되는 순간 향유에 접근하지 못한다. 욕구와 요구 사이의 간극이 욕망을 만들어낸다.(이진경, 「자크 라캉-무의식의 이중구조와 주체화」, 이진경 외, 『철학의 탈주』, 새길, 1995, 36-40면 참조.)

32 자크 라캉, 『욕망 이론』, 권택영 편, 민승기 외 역, 문예출판사, 1998, 135-183면 참조.

유, 사랑받는다는 확인을 얻어도 다시 더욱 강렬하게 확인하고 싶어지는 이유, 연인이 곁에 있어도 늘 불안하고 결핍감을 느끼는 이유를 통찰할 수 있게 될 것이다. 나아가 자신의 사랑이 불행한 이유가 자신의 모자람 때문이 아니라 원래 욕망의 속성 때문이라고 통찰할 수 있을 것이다. 앞서 논한 심리적 통찰과 인생 전반에 대한 통찰이 동시에 발생하는 것이다.

'욕망의 끝없는 허기'에서 더 나아가 '불완전함 수용의 가치'를 교육 내용으로 선택할 수 있다. 내면의 형상을 모두 털어놓게 만드는 첫 번째 약을 먹고 그만을 사랑한다고 말하는 여자는 아무도 없었다. 또 영원히 그만을 사랑하게 만드는 약을 먹은 여자는 죽고 말았다. 그가 꿈꾸는 사랑은 현실에서 가능하지 않았다. 여기에서 완전한 사랑에의 꿈은 현실에서 실현 불가능하다는 통찰을 이끌어낼 수 있다. 청소년의 사랑의 꿈은 늘 완전함을 향해 있다. 청소년은 완전함을 꿈꾸기에 불완전한 현재의 사랑을 수용하기 어렵다. 현실의 사랑에서 늘 결핍을 느끼고 이 때문에 쉽게 이별한다. 완전한 사랑에의 꿈이 역설적으로 사랑의 지속에 가장 큰 걸림돌로 작용하는 것이다. 이때 청소년이 사랑은 원래 불완전하다는 사실을 통찰한다면 역설적으로 불완전한 현재의 사랑 때문에 느끼는 고통을 경감할 수 있다. 질병에 반발하는 것이 아니라 질병에 순응해야 치유의 길이 열린다고 했거니와[33], 사랑과 인생의 불완전한 속성을 절실히 깨닫고 인정하고 수용해야 그것 때문에 아파하는 일을 그만둘 수 있다. 어딘가에 완전함이 존재하리라고 믿기 때문에 현재의 불완전함을 자신 혹은 타인의 탓이나 불운의 탓

---

33 Fox, 앞의 책, 51면 참조.

으로 돌리며 상처를 받는데, 완전함 자체가 허구라고 깨달으면 현재의 불완전함을 긍정적으로 수용할 수 있게 된다.

사랑뿐만 아니라 인생 전반에 걸쳐서 불완전함을 수용하는 것이 성장이라는 사실까지 교육할 수 있다. 실제로 사랑 이외에도 모든 분야에서 완전함을 향한 꿈은 청소년기의 대표적인 심리적 특성이다. 청소년은 항상 이상을 꿈꾸며 실제를 이상에 견주어 보고 이상보다 필연적으로 열등한 현실 때문에 괴롭다.[34] 부모와 교사 등 주위 사람들에 대한 불만, 현실 사회의 모든 것에 대한 염증, 우울증을 유발하는 가장 큰 원인인 자신에 대한 비관 등 각종 정서적 불편함 아래에는 완전함에의 소망이 잠복해 있다. 이에 청소년이 삶의 불완전함을 진심으로 인정하고 수용한다면 정신적으로 보다 편안해질 수 있다. 이러한 정신적 성장 과정에 인문학적 통찰을 곁들인 소설교육이 도움을 줄 수 있다.

이상의 교육 내용을 바탕으로 실제 수업을 실행할 때에는 토론을 진행한 이후 강의하는 방식을 택한다. 토론을 효과적으로 수행하고 교육 내용을 학생들 스스로 내면화하는 데 도움을 주기 위해서 몇 가지 토론주제를 제작하여 사전에 배포한다. 수업 전 학생들은 소설을 읽고 토론주제에 대한 생각을 정리해 온다. 발표자는 토론주제에 대한 자신의 생각을 발표한 이후 토론을 이끈다. 토론주제는 다음과 같다.

1. 남자가 첫 번째 몰약, 두 번째 몰약, 세 번째 몰약을 만든 이유가 각각

---

34 F. Philip Rice · Kim Gale Dolgin, 『청소년심리학』, 정영숙 · 신민섭 · 이승연 역, 시그마프레스, 2009, 100면 참조.

무엇인지 이야기해 보자.

2. 위의 남자의 심리를 보다 자세하게 분석해 보자.

3. 남자의 심리와 비슷한 마음을 느낀 적이 있는가? 자신의 체험을 이야기해 보자.

4. 두 번째 몰약으로 남자는 그토록 원하던 사랑의 확신을 얻었다. 그럼에도 불구하고 세 번째 몰약을 만들었다. 이런 남자의 행동에서 알 수 있는 사랑의 속성에 대해서 이야기해 보자.

5. 세 번째 몰약을 먹은 여자는 죽고 만다. 여기에서 어떤 사랑의 속성을 알 수 있는가?

4. 교육과 치유의 실제

이 장에서는 위의 교육 방안을 토대로 실제로 수업을 진행한 사례를 소개하고자 한다. 토론 시 많은 학생들이 남자의 질투심을 비난했고 질투하지 말아야 한다는 교훈적인 의견을 제시했다. 도덕적 문학교육에 길들여진 학생들로서는 그렇게 반응하는 것이 당연한 수순이었다. 여기에는 2장에서 논한 대로, 자신 안의 어두움을 부정하고 타인에게 그 어두움을 투사한 후 그 사람을 비난하는 심리적 기제가 작동했을 수도 있다. 하지만 일부 학생들은 자신도 연애할 때 작중인물과 비슷한 심정을 느꼈노라고 이야기하면서 구체적인 정황을 소개하기도 했다. 토론이 끝난 후에 교수자는 앞장의 내용을 기반으로 짧게 강의했다. 그런 감정이 죄악이 아니라 보편적이고 자연스러운 것임을 깨닫도록 유도했고 사랑과 인생에 관한 인문학적 통찰에 이르도록 조언했다.

몇 주 후에 소설이 자신의 삶에 미친 영향을 주제로 레포트를 작성하게 했다. 다음에서 두 학생의 레포트를 소개하고자 한다.[35]

첫 번째 학생은 「사랑의 묘약」에 대한 독서·토론·강의를 계기로 자신의 첫사랑을 회상한다. 첫사랑 당시의 자신의 심리를 이렇게 정리한다.

나 역시 첫사랑을 할 때 상대방에 대한 집착과 소유욕으로 불타올랐었다. 나는 그가 첫사랑이었지만 그의 첫 연애 상대는 내가 아니었기에 더 그랬던 것 같다. 그의 첫 연애 상대였던 여자의 SNS에 들어가 그와의 연애 흔적이 더 이상 남아 있지 않고, 새로운 애인이 생긴 것도 확인했음에도 매번 묘한 질투심과 분노를 함께 느끼곤 했다. 그리고 그 감정의 화살을 내 연인에게 날렸다. 나를 만나기 전의 일이고 이제는 그 어떠한 관계도 맺지 않고 있음을 알지만, 그래서 머릿속으로는 이러면 안 되고 이럴 필요도 없다는 것을 잘 알지만, 그럼에도 내 감정은 잘 조절되지 않았다. 끊임없이 나와 과거의 그녀를 비교했고 나보다 예쁜 것 같은 그녀에게 위축되었으며, 그럴수록 내 자존감은 끝도 모르고 자꾸만 떨어졌다. 떨어진 자존감을 회복하고 싶어 계속 상대방에게 과거의 그녀와 나를 비교해서 물어보며 나를 사랑하는 것에 대한 확신을, 그 무엇과도 비교할 수 없이 강렬한 확신을 얻으려 했지만 상대방은 그런 내 모습에 점점 지쳐갔던 것 같다. 사람의 마음이 참 이상한 게 매번 내가 원하는 대답을 들

---

35 공주대학교 국어교육과의 〈한국현대소설론〉 시간에 이 수업을 실행했다. 앞의 토론주제는 오랜 시간을 두고 정련된 것이므로, 실제 수업에서는 보다 단순한 토론주제를 사용했다. 이 논문에서 익명으로 레포트를 인용하는 일에 관해 학생들의 동의를 얻었음을 밝힌다.

었음에도 그럴수록 오히려 더 바라는 것이 많아지고 만족하지 못하게 되었다. 그는 원래 자신의 마음을 표현하는 것에 서툴렀던 사람이었고 그런 모습이 순수하고 귀여워서 좋아했던 건데도 욕심이 지나치다보니 이젠 그것이 답답하게 느껴졌다. 꼭 이것만이 이별의 이유는 아니었지만 이별을 하게 된 데까지 꽤 많은 영향을 미쳤던 것 같다.

이 학생의 첫사랑에는 만만치 않은 고통이 따랐고, 그로 인해 학생은 혼란스러운 시간을 보냈던 것으로 보인다. 학생은 그 시절의 고통을 명징하게 글로 써내려 가는데, 이는 감정을 객관화·언어화하는 과정으로서 심리 치유의 중요한 단계이다. 2장에서 논했듯 감정을 말로 표현할 수 있다는 것은 감정에서 일정 거리를 확보하고 그것을 객관적으로 관조할 수 있다는 뜻이다. 소설에 내재한 작가의 냉철한 이성이 독자의 이성을 견인한 사례이다. 감정의 객관화가 수행되면, 감정을 다스리기도 가능해진다.

첫사랑이 끝나고 꽤 오랜 시간을 내 자신을 자책하며 보냈다. 이렇게 된 건 다 내 잘못인 것 같았다. 다른 사람들 보면 다 '쿨하게' 연애하는 것 같은데 왜 나는 쿨해지지 못할까, 왜 나는 별 것도 아닌 거에 이렇게 서운해 하고 불안해 할까, 진짜 내가 집착이 심해서 그런가, 과거 연인에 대해 궁금해 하면 안 되는 건가, 다른 사람들도 질투와 분노로 마음이 끓어오르는 것 같은 기분을 느낄까, 사랑의 표현을 듣고 싶어 하는 게 집착일까, 매일 사랑한단 말을 듣고 싶어 하는 건 유난인 걸까 등 너무나 많은 질문들과 생각들이 나를 괴롭혔다. 괜히 다른 사람이 나를 이상하게 생각할까봐 물어보지도 못하고 명쾌하게 답을 얻을 수 있는 곳도 없어 혼자 끙끙 앓았다. 시간이 약이라고 점차 나아지긴 했지만 그 답을 찾아서 나아진 것이 아니고 점차 잊으면서 나아진 것이었기에 그런 것들이 해결되지 않은 불안함으로 마음 한 구석에 남아 계속 영향을 줬다. 그런데 이 소설들을 읽고 나만 그런 게 아니구나, 다들 사랑을 하면 같은 마음이구나, 내가 비정상이거나 이상한 것이 아니구나, 알게 되어 안도감이 들었다. 그러한 감정들을 소재로 소설을 쓰고, 또 그 소설들이 많은 이들에게 인기를 끌었다는 건 다들 그에 공감했기 때문일 것이다.

위의 글은 학생이 소설교육을 통해 고통의 보편성을 인식했음을 보여준다. 이 학생이 첫사랑과 이별한 후에 오랜 시간 자책에 시달렸다는 사실은 주목을 요한다. 이른바 '쿨해지지 못했다'는 사실이 자책의 핵심이었다. 자책은 자신의 감정에 대한 죄책감 내지 수치심으로 더욱 심화된다. "괜히 다른 사람이 나를 이상하게 생각할까봐 물어보지도 못하고 명쾌하게 답을 얻을 수 있는 곳도 없어 혼자 끙끙 앓았다." 이렇듯 질투에 대한 죄책감은 이 학생의 고통을 가중했을 뿐만 아니라 소외감을 강화시켰다. 떳떳하지 못하다는 느낌으로 아무에게도 이야기할 수 없어서 외로웠던 것이다. 연애에 따르는 불안한 감정을 단죄하기만 하면 이렇게 이중 삼중으로 정신적 고통을 강화한다. 바로 이런 이유 때문에 이 논문이 질투의 단죄가 아닌 자연스러운 수용이 청소년의 정신 건강에 유익하다고 주장하는 것이다. 다행히도 이 학생은 '쿨하지 못한' 연애의 극단을 체험한 「사랑의 묘약」의 작중인물을 만나고서 예의 감정이 혼자만의 것이 아님을 깨닫게 되었다. '나만 그런 것이 아니라는 깨달음'은 학생에게 안도감과 위로를 주었다. 학생은 고통의 보편성을 깨달으면서 죄책감, 자기 비하, 소외감을 치유했다고 할 수 있다. 이렇듯 고통의 보편성을 인식하는 과정은 죄책감, 수치심, 소외감을 약화시킴으로써 청소년의 마음을 위로할 수 있다.

이 학생은 고통의 보편성을 인식했을 뿐만 아니라 첫사랑이 고통스러운 이유를 통찰했다. 이 통찰을 계기로 더 나은 사랑, 성숙한 사랑을 하려고 결심하기도 한다.

(가) 첫사랑은 아름다운 것인데 왜 실패하는 사람들이 더 많을까. 아름다웠던 첫사랑이지만 왜 당시엔 힘든 순간이 더 많았을까. 어렴풋이 짐작만 해오다가 이 소설들을 읽고 그 이유에 대해 좀 더 깊이 생각해 볼 수 있었다.

(나) 오래전에 쓰인 소설들임에도 여전히 사랑에 대한 시사점을 줄 수 있다는 것이 놀라웠다. 첫사랑이 이루어지기 힘든 이유뿐 아니라 더 나아가 사랑의 본질이나 속성에 대해서도 생각해 볼 수 있는 좋은 기회였다. 사실 우리가 사랑을 하면서도 사랑 그 자체에 대해서 고민해 볼 일은 거의 없는데 이러한 고민들이야말로 성숙한 사랑을 위한 첫걸음이 될 수 있을 것이다. 이번에 한 고민과 생각들을 바탕으로 보다 완전한 사랑을 할 수 있었으면 좋겠다.

(가)는 레포트의 서두이고, (나)는 결미이다. 학생은 첫사랑이 아름다웠지만 고통스러웠던 이유를 화두 삼아 레포트를 작성했고, 사랑의 본질에 대해서 나름의 통찰을 얻었다고 결론을 내렸다. 이 학생은 사랑과 인생에 관해 모종의 통찰을 습득하고 정신적으로 성장했다고 보이는데, 여기에 소설교육이 기여한 바가 없지 않을 것이다. 학생은 그 통

찰을 기반으로 보다 더 성숙한 사랑을 하겠다고 다짐한다. 이는 상당히 도덕적인 결단인데, 비도덕적인 작중인물을 그린 소설이 독자에게 도덕적인 효과를 산출한 사례이다. 이 논문이 추구하는 소설교육의 지향점이 바로 이것이다.

다음으로 사랑의 불완전함을 통찰함으로써 정신적 성장에 이른 또 다른 사례를 소개한다.

(전략) 사랑은 영원하다거나 완전하다거나 열렬하다거나 유일하다는 수식어와 붙었을 때 좀 더 우리의 떨림에 다가온다. 사랑은 이상과 맥을 같이 한다. 사랑은 온갖 이상화를 동반한다.

예전에 변하는 마음은 사랑이 아니라고 생각했던 적이 있었다. 사랑은 상대의 존재 전체에 걸쳐져 있어야 하는 것이다. 그렇다면 존재 전체란 무엇인가. 현재뿐 아니라 과거의 어느 순간이나 미래에 변화하는 상대의 모습 전부를 담고 있어야 존재 전체라고 말할 수 있는 것이다. 따라서 시간에 따라 식어가거나 변화하는 사랑이란 애초부터 사랑이 아니다. 그때의 나는 사랑의 묘약을 만들기를 포기하지 못했던 남자였다. 완전한 사랑을 기대하는 것은 필연적으로 의심을 동반한다. 자기 자신을 통해 인간의 불완전성을 알고 있기 때문이다. 남자는 몇 번이고 사랑의 묘약을 통해 사랑을 확인하려고 했고, 그때의 나 역시도 내 나름의 사랑의 묘약으로 상대를 의심하고 괴롭히다가 상대가 떠나는 모습에 사랑이 아니었다고 생각하고 실망했다. 나는 고작 이런 것을 사랑이라고 말하는 그 사람을 견딜 수가 없었다. (중략)

이는 사랑 자체에 대한 이상화의 결과다. 남자가 여자를 의심하고 실패하고 과거를 지우고 미래를 가지려고 했던 것도 사랑을 이상화했기 때문이다. 즉, 완전해야만 사랑이라고 생각했기 때문이다. '몹시 아끼고', '귀중히 여기'며, '성적인 매력에 이끌리'지만 그 대상이 오로지 한 사람에게 국한되어야 비로소 사랑의 조건을 만족한다는 것이다. (중략)

남자는 행복한 미래를 생각하며 기대했지만 결과는 소녀의 죽음이었다. 그것이 가장 이상적이기 때문이다. 다시 말해, 사랑이 영원하지 않을 수도 있으며 완전하지 않을 수도 있다는 것을 인정하지 않으면 비극을 맞을 수밖에 없다는 것이다.

여전히 나는 사랑에 이상을 붙이는 것을 포기하지 못했다. 나에게 사랑한다고 말했던 사람이 다른 사람에게 가는 것, 또 다시 사랑한다고 말하는 것에 실망한다. 물론 내 이상화의 대상이 사랑이었던 만큼 실망의 대상도 완전한 사랑이 세상에 없다는 것이다. (중략) 어쩌면 사랑이 아니라고 생각했던 그때의 사랑들, 불완전하고 어설픈 그것들이 올바른 사랑이었을지도 모른다. (중략)

이상화는 완벽이나 완전과 맥을 같이 하고 작은 틈에도 쉽게 실망으로 굴러 떨어진다. 「사랑의 묘약」에서 남자가 완전한 사랑을 추구하다가 사랑을 죽여 버린 것처럼 완벽은 치명적인 결함을 갖고 있다. 상대를 완전한 사람이라고 생각하고 그 사람을 사랑한다면, 내가 생각한 것처럼 완전하지 않았을 때 받아들일 수가 없기 때문이다.

지금 생각하면 나는 그 사람을 잘 몰랐다. 지금도 잘 모른다. 꽤 오랜 시간 같이 있었다고 생각했는데 그 사람이 어떤 사람이었는지, 무엇을 무서워하는지, 무엇을 어려워하는지, 불안한 것은 무엇인지 나는 몰랐다. 그런 것은 없다고 은연중에 생각했을지도 모른다. 아마 나중에 그 사람을 본다면 내가 사랑한다고 생각했던 그런 모습은 아닐 것이다. 하지만 이제는 내가 몰랐던 모습들을 알게 되고 싶다. (중략) 그 사람을 똑바로 바라봤으면 그때 내 사랑 같은 것의 모습은 달라졌을지도 모른다. 그리고 있는 그대로의 나로서 그 사람과 마주했다면 또 달랐을지도 모른다. 사랑은 '그럼에도 불구하고'로 표현될 수 있는 것이라고 했다. 네가 약한 인간임에도 불구하고, 사랑이 완전하지 않음에도 불구하고 그래도 너를 사랑하는 것. 올바른 사랑은 약점이 없는 사랑이 아니라 약점을 끌어안을 수 있는 사랑인 것이다. 사랑이 먼저 존재하는 것이 아니라 사람이 먼저 존재하며, 사람을 통해 사랑이 생겨난다는 것을 우리는 깊이 생각해야 한다.

위의 학생은 완전한 사랑에의 꿈이 사랑을 훼손한다는 사실을 통찰했다. 불완전함을 수용할 때 더 성숙하게 사랑할 수 있다는 점을 깨달은 것이다. 연인은 완전한 사랑을 늘 꿈꾸지만 불완전함을 인정하고 포용해야 더 잘 사랑할 수 있다는 인문학적 통찰이 학생의 정신적 성장을 견인했다. 통찰은 그 자체로 학생의 심리적 안정에 기여한 것으로 보이는데 나아가 통찰은 윤리를 생성했다. 학생은 완벽에의 꿈에 몰두한 나머지 상대방 그 자체를 투명하게 알려고 하지 않았던 과거를 반성한다. 앞으로 다시 사랑한다면 상대의 이야기를 보다 주의 깊게 듣고 그의 본색을 보다 더 잘 알기 위해 노력하겠으며 사랑의 불완전함과 상대의 결점들에도 불구하고 그를 사랑하리라고 결심한다. 이는 범상치 않은 도덕적 결단이다. 앞으로의 사랑에서 성숙을 기약하는 도덕적 결단인 것이다. 이 역시 비도덕적인 인물 또는 감정에 대한 소설이 도덕적 결단을 이끌어낸 사례이다. 비도덕을 경유해 도덕적 결과를 산출해내는 문학교육의 가치가 여기에 있다.

5. 맺음말

청소년의 정신적 성장과 심리 치유에 기여하는 문학교육을 구현하기 위해서는 제재와 교육 내용의 다변화 작업이 축적되어야 한다. 오랜 세월을 두고 수행되어야 할 이 작업에 한 참조점을 제시하기 위하여 이 논문은 아르투어 슈니츨러의 「사랑의 묘약」을 제재로 삼고 연애 심리 치유를 도모하는 교육 내용을 제안하였다.

청소년은 소설교육을 통해 고통의 보편성을 인식하고, 혼란스러운 내면을 객관화·언어화하며, 본인의 심적 문제와 인생 자체에 대한 통찰력을 함양하고, 인격을 통합할 수 있다. 이것이 소설을 통한 심리 치유가 발생하는 메커니즘이다. 교육 방안 구안 시 작중인물의 심리에 주목하게 하고 학생의 심리와의 교감을 유도하며, 통찰력 함양을 위해 인문학적 지식을 보조 자료로 활용하고, 다소 극단적인 고통을 그린 소설을 제재로 선정하는 방향을 취했다. 특히 소설교육이 비도덕을 경유하여 도덕적 결과를 산출할 수 있음을 보이고자 했다.

연애에 따르는 질투 감정은 자연스러운 것인데, 청소년은 그것에 지나친 수치심을 느낀 나머지 죄책감·소외감 등으로 고통을 가중시킨다. 이에 「사랑의 묘약」을 기반으로 한 교육을 통해, 청소년이 질투를 보편적 감정으로 수용하고, 욕망과 사랑의 본질에 대한 통찰력을 함양함으로써 치유와 성장에 이르도록 교육 내용을 제안했다. 실제 수업 사례를 통해 학생이 자신의 심적 문제를 객관화하며 고통의 보편성을 인식하고 사랑과 인생에 대한 통찰력을 함양했음을 알 수 있었다. 비도덕적인 소설이 도덕적 결단을 유도할 가능성을 확인한 것도 중요한 성과이다.

이 논문은 대학생을 대상으로 수행한 문학교육을 다루었지만, 이 연구결과가 중등 문학교육에도 참조점을 제공하기를 기대한다. 학생의 현실적인 심리적 문제와 공명하는 제재의 발굴과 교육 내용의 개발은 중고등학생에게 절실하게 필요하다. 가령 연애는 중고등학생에게도 중요한 문제이다. 연애를 다루는 소설을 제재로 선정하고 연애에 관한 심리학적·인문학적 지식을 교육 내용으로 도입해도 좋다고 생각한다. 비단 연애뿐만 아니라, 청소년의 자아정체성 불안, 열등감, 완벽주의, 억압 등 이외에도 다양한 심리적 문제를 다룬 소설과 그와 연관된 심리학적·인문학적 지식을 적극적으로 활용하기를 제안한다. 그다지 실효성 없는 경직된 도덕 주입에 대한 강박에서 벗어나, 일견 비도덕적인 제재 또는 교육 내용이라 하더라도 현실적으로 학생들의 교감을 유도하고 통찰력을 신장시킬 수 있다면, 그것을 공식적 문학교육의 장으로 도입하는 발상의 전환이 필요하다.

소설로 읽는 치유학 개론

-신경숙의 「화분이 있는 마당」을 중심으로-

1. 머리말

문학과 치유의 접합은 더 이상 낯설지 않다. 근래 문학치료학계의 성과가 점점 더 두텁게 축적되고 있고, 문학교육계에서마저 치유가 중대한 화두로 부상하고 있다. 이러한 시절에 기본적인 질문을 던지고자한다. 상처받은 사람은 어떤 과정을 거쳐서 상처를 치유하는가? 스스로를 치유하려면 무엇이 필요한가? 치유의 원리 혹은 조건은 무엇인가? 문학 분야에서 치유를 논할 때, 치유의 원리 혹은 조건에 대한 문학적 입론은 필수불가결하다. 치유의 원리나 조건에 관한 입론이 정신분석학, 심리학, 상담학 분야에서 많이 이루어졌지만, 문학 분야에서 치유에 관한 논의가 다대해진 만큼 그에 관한 문학적 입론 또한 시도해 볼 만하다. 만일 그러한 입론을 가능하게 하는 소설이 있다면 즉치유의 보편적인 원리들을 내장한 소설이 있다면, 그래서 소설을 통해치유의 일반적 원리를 간취할 수 있다면 흥미로울 것이다. 이 논문은그 가능성에 착안하여, 소설 작품에서 치유의 일반적인 원리를 추출하고자 한다. 구체적으로 신경숙의 단편소설 「화분이 있는 마당」을 중심으로, 작중인물의 상처 치유 과정을 통해 치유의 보편적인 원리를 유비적으로 도출하려고 한다. 이 소설에서 간파할 수 있는 치유의 원리가 워낙 중요하고 다양하며 포괄적이어서, 이 작품을 가히 '치유학 개론'이라고 불러도 과언이 아닐 정도다.

주지하다시피 신경숙의 소설은 "인물들의 내면심리를 섬세하고 서정적으로 묘사하"[1]며, "죽음을 비롯하여 결핍, 부재, 비애, 상실감 등을"[2] 자주 노정한다. 이러한 작가의 전반적인 특징을 고려할 때 신경숙 소설과 치유의 친연성은 능히 짐작 가능하다. 이 때문인지 '치유'라는 키워드로 신경숙의 작품을 분석한 선행연구들이 몇 편 제출되었다.[3] 이 중에서 송명희와 양현진의 연구는 작중인물의 치유 과정에만

---

1 송명희, 「상처 치유에 이르는 길-신경숙의 「부석사」를 중심으로」, 『국어국문학』 163, 국어국문학회, 2013. 489면.

2 김도희, 「치유로서의 소설 읽기-신경숙의 『딸기밭』을 중심으로」, 『인문학연구』 22, 경희대 인문학연구원, 2012, 91면.

3 김도희는 신경숙의 소설집 『딸기밭』에 수록된 여러 중단편소설들을 대상으로 치유의 기능과 효과를 모색한다. 특히 죽음 서사가 비탄 과정과 분노 감정 등 애도 작업의 가치를 강조하고, 이별 서사가 이별에 관한 성숙한 통찰을 제시하면서 독자로 하여금 새로운 자기서사를 구성하며 성장하게 한다는 사실을 논증한다.(위의 글.) 송명희는 「부석사」 한 편만을 대상으로 공간의 의미에 주목하면서 작중인물들이 마음의 상처를 치유하는 내면의 여정을 분석한다.(송명희, 앞의 글.) 양현진은 「마당에 관한 짧은 얘기」, 「외딴 방」, 「우물을 들여다 보다」, 「벌판 위의 빈집」, 「오래 전 집을 떠날 때」 등을 주요 텍스트로 삼아 "마당"과 "빈집"의 의미를 천착한다. 마당은 인물들이 추방당했던 무의식을 만나고 상처를 치유하며 성장하는 공간이고 빈집은 낯설고 무시무시한 삶의 국면을 드러낸 심연으로서 일상성을 위반한 공간이라는 것이다.(양현진, 「신경숙 소설의 공간 지향성과 주체 인식-마당과 빈집의 의미를 중심으로」, 『현대문학이론연구』 54, 현대문학이론학회, 2013.) 한호정과 이상우는 「풍금이 있던 자리」, 「그가 지금 풀숲에서」, 「부석사」, 「어두워진 후에」, 『외딴 방』, 「멀리, 끝없는 길 위에」를 텍스트로 사용하여, 대화 중심 교수·학습 방법을 토대로 문학치료를 지향한 문학교육 통합 모형을 제시한다.(한호정·이상우, 「문학치료의

주목하고, 김도희와 전흥남의 연구는 작품을 통한 독자의 치유 과정에 초점을 맞추며, 한호정과 이상우는 매우 실용적인 교수학습방안을 제안한다. 이들 선행연구는 본 논문의 관심사인 작품을 통해 치유의 보편적 원리를 추출하려는 작업과는 거리가 멀다. 본 논문은 작중인물의 치유 과정을 통해서 치유의 일반적 원리를 도출한다는 점에서, 즉 보편적인 치유의 조건에 대한 입론을 위해 작품을 일종의 은유로 다룬다는 점에서 상기 선행연구들과 차별된다. 또한 본 논문이 텍스트로 삼은「화분이 있는 마당」이 상기 선행연구들에서 집중적인 조명을 받지 않았다는 점 또한 본 논문의 차별성을 담보한다.「화분이 있는 마당」을 치유와 연계하여 부분적으로 다룬 선행연구가 있기는 하지만[4], 그 선행연구와 다른 각도에서 치유의 원리를 도출하는 것이 본 논문의 목적이기도 하다.

이 논문이「화분이 있는 마당」에 관한 기존 논의와 어떻게 차별되는

교육적 적용에 관한 논의」,『비평문학』47, 한국비평문학회, 2013.) 전흥남은 작품집『딸기밭』수록 소설들의 애도 서사에 주목하여, 도입(수용)-공감(전개)-참여(정화)-해소(표현) 등으로 구조화된 문학치료의 시스템을 도출한다.(전흥남,「신경숙 소설의 문학치료학 관점의 적용 가능성 고찰-『딸기밭』에 나타난 '애도의 서사'와 적용을 중심으로」,『어문연구』89, 어문연구학회, 2016.)

4 양현진의 연구에서「화분이 있는 마당」은 지극히 부분적으로 짧게 다뤄진 바 있다. 이 연구는 작중인물이 마당에서 먹는 것과 말하는 것에 대한 원초적 갈망을 되찾는 국면을 매우 짧게 언급한다.(양현진, 앞의 글, 173-179면 참조.) 본격적 논의 외곽의 부수적 언급이라 할 수 있는 이 경우와 달리 본 논문은「화분이 있는 마당」한 편에만 집중하여 다양한 치유 원리를 도출하려고 한다. 김현숙 역시「화분이 있는 마당」을 부분적으로 다룬다.(김현숙,「신경숙 소설『모르는 여인들』에 나타난 여성적 타자성 연구」, 한국교원대 석사논문, 2013.) 본 논문은「화분이 있는 마당」한 편만을 집중적으로 다루는 점에서도 김현숙의 연구와 차별되지만, 이밖에도 많은 점에서 김현숙의 논의와 다른 방향을 잡고 더 포괄적이고 다양한 치유의 원리를 도출하는데, 자세한 사항은 본론에서 논하기로 한다.

지 논하기 전에 소설의 내용을 간략하게 정리하고자 한다. 인터뷰어인 "나"는 오래 사귄 연인 창에게서 이별 통보를 받았다. 어릴 적부터 함께 했고 성장기와 청년기에서 많은 것을 공유했던 사이였던 만큼 "나"의 충격은 컸다. 충격은 언어 장애와 식이 장애로 나타났다. "나"는 구토 증상 때문에 야채 우린 물밖에 먹지 못하며 생존에 위협을 받았다. 말하기가 생존의 조건인 인터뷰어라는 직업적 특성상 언어 장애 역시 생존을 위협하기는 마찬가지다. 결과적으로 그녀는 치유된다. 후배 K 네 마당에서 뿔테 안경을 쓴 여인(이하 뿔테 여인)으로부터 앵두화채를 대접받고 식욕을 느끼다가 이어서 가지무침, 백김치, 미역찬국, 애호박새우젓나물 등으로 차린 밥상을 받고 맛있게 먹는다. 뿔테 여인으로부터 환대에 가득 찬 밥상을 받은 "나"는 식이 장애뿐만 아니라 언어 장애도 극복한다. 생존에 필수적인 식욕이 충족되고 타인의 환대로 인해 마음이 따뜻해졌기에 더듬지 않고 말을 하게 된다.

이상의 이야기에서 선행연구가 조명한 치유의 조건은 두 가지다. 첫째, 기본적인 욕구의 충족이다. 배고픔을 채우는 것은 인간의 기본적인 욕구인데, "내"가 치유된 이유가 바로 예의 기본적인 욕구를 충족했기 때문이다. 즉 "말하는 것과 먹는 것에 대한 원초적 갈망을 되찾는"[5] 일이 치유의 계기라는 것이다. 두 번째 치유의 조건은 타인의 환대이다. 뿔테 여인의 환대가 "나"에게 언어 장애와 식이 장애를 극복할 힘을 주면서 치유에 결정적으로 기여했다는 것이다. 실상 이 지점은 너무나 쉽사리 눈에 띄어서 선행연구에서도 가장 중요하게 부각된

---

5   양현진, 앞의 글, 173면.

사안이다.⁶ 타인의 보살핌, 사랑, 환대가 상처받은 이에게 치유력을 행사한다는 논지는 논증이 따로 필요하지 않을 만큼 너무나 지당해 보인다. 선행연구들에서 간파된 이 두 가지 치유의 조건은 소설의 표면적인 줄거리만으로도 즉각적으로 유추할 수 있는 것으로서, 소설이 명시적으로 제시하는 치유의 원리라고 할 수 있다.

그런데 이렇게만 보면 치유의 조건으로서 수동성이 지나치게 부각된다. 결과적으로 뿔테 여인의 환대가 치유를 이끌었다는데, 그렇다면 주인공인 "나"는 스스로를 치유하기 위해서 아무것도 하지 않은 셈이 된다. 여기에서 논의가 끝난다면, 상처를 치유하려면 타인의 환대를 기다리기만 하면 되는지 의문이 발생한다. 그런데 심층적으로 보면 이 소설은 치유에서의 "나"의 능동성을 상당히 중요하게 배치한다. 지금까지 연구사에서는 간과되어 온 치유에서의 "나"의 능동성에 이 논문은 특별하게 주목하려고 한다. 또한 선행연구에서 간파된 상기 두 가지 조건 이외에도 이 소설은 심층적으로 보다 더 많고 중요한 치유의 원리를 내장한다. 실상 이 소설은 거의 치유학 개론의 소설적 형상화라고 해도 과언이 아니다. 상처받은 이의 치유 과정에서의 능동성, 그리고 이외에 중요하고 다양한 치유의 원리를 간파하려면 보다 심층적이고 섬세한 작품 읽기가 필요하다. 다음에서 작품을 깊고 세심하게 읽으면서 일반적인 치유의 원리들을 도출하고자 한다.⁷

---

6 김현숙은 다음과 같이 논한다. "최초의 타자인 어머니에게 환대를 받은 아이가 타자를 환대할 힘을 얻게 되듯이, '나'는 여자가 차려주는 음식을 먹고 여자와 이야기를 나눔으로써 또다른 타자인 어머니를 환대하는 환대적 주체로 거듭나게 된다."(김현숙, 앞의 글, 63면.)

7 필자는 예전에 「화분이 있는 마당」에 관해 아주 짧은 대중적 칼럼을 발표한 바 있다.(박수현, 「우주가 내게서 등을 돌릴 때」, 『한겨레 21』, 한겨레신문(주), 2019. 5. 6.) 본 논문은

2. 능동성: 사랑의 수행과 무의식의 조력

앞서 보았듯 선행연구는 뿔테 여인 즉 타인의 환대가 "내" 치유를 이끌어낸 가장 중요한 조건이라고 논한다. 그런데 그보다 더 중요한 조건이 있다. "내"가 먼저 타인을 환대했다는 사실이다. 그녀는 타인뿐만 아니라 존재하는 뭇 생명에게 보살핌과 사랑을 무상으로 베풀었다. 이 논문은 예의 사랑 즉 상처 입은 사람이 보답에 대한 기약 없이 자발적으로 베푼 사랑이 치유의 가장 중요한 요건이라고 파악한다. 이렇게 보면 상처 입은 사람의 능동성이 치유에서 핵심적인 조건으로 부상한다. 선행연구에서 간과된 이러한 국면을 다음에서 차근차근히 살펴보려고 한다.

"나"는 후배 K네 마당의 나무들, 그 화분들의 꽃들에게 매혹되었다. K는 사진 찍으러 떠나 오래 집을 비울 때면 집 열쇠를 "내"게 맡기며 이삼일에 한 번 마당에 물을 주라고 부탁했다. "나"는 그 일을 진정으로 기꺼워하면서, 정성껏 마당의 식물들을 돌보았다. 화분과 마당에 쏟은 "나"의 애정에는 특별한 국면이 있는데 다음의 인용문들에서 알 수 있다.

⑺ K는 이틀에 한 번 사흘에 한 번이라고 말하고 갔지만, 처음 K네 마당에 물을 주고 온 날 밤부터 연일 비가 내려서 내가 물을 줄 필요는 없

이 글의 기본적 아이디어를 거칠게 공유하지만, 양적 · 질적으로 논의를 확장한 점, 특히 치유의 원리에 대한 사유를 괄목할 만하게 심화하고 학술적으로 정련한 점 이외에도 많은 점들에서 차별된다.

었다. 그러나 나는 매일 갔다.(53-54)[8]

(나) K가 없는 동안 내내 비가 내렸는데도 나는 우산을 쓰고 K네 마당에 가서 비 맞는 K네 마당을 바라보았다. 간혹 호스를 대고 물을 뿌리는 시늉을 하거나 처마 밑에 우두커니 서 있거나 혹은 K네 거실과 마당 쪽으로 난 창문을 타고 올라가는 나팔꽃 줄기를 물끄러미 바라보다가 돌아왔다.(56)

(다) 나는 K가 있을 때보다 K가 없을 때 혼자서 K네 마당에 서 있을 때가 많았으며 그때의 기분을 남모르게 누렸다. 주인이 없는 빈집의 마당 에서 아귀다툼하며 피어난 화분 속의 꽃들에게 물을 주며 기묘한 적 막 속에 혼자 있는 기분을 뭐라 표현할까마는, 야릇한 존재감이 느껴 지곤 했다. 화분들뿐만 아니라 마당의 다른 나무들에게도 일일이 물 을 준 다음에도 수돗가에 혹은 현관으로 올라가는 계단에 앉아 마당 을 보고 있다가 돌아오곤 했던 것이다.(58)

(라) 고개를 숙이듯 아래를 향해 피어 있는 은방울꽃이 담긴 화분에 튄 흙 탕물을 닦아주고 있는데 여자가 빨랫대에 널려 있는 이불을 걷어서 다시 안으로 들어갔다. 너무 다닥다닥 붙어 있는 화분들 사이를 벌려 주고 난 다음에도 나는 내 집으로 돌아가기가 싫었다.(59)

---

8 이 글의 텍스트의 서지사항은 다음과 같다. 신경숙, 「화분이 있는 마당」, 『모르는 여인들』, 문학동네, 2011. 앞으로 이 텍스트에서 인용 시 인용문 말미에 면수만을 표기하기로 한다.

(가)와 (나)와 (다)에서 보듯, K는 이삼일에 한 번 물을 주라고 부탁했지만, "나"는 매일 마당을 보살폈다. 연일 비가 내려서 물을 줄 필요가 없을 때에도 가서 마당을 우두커니 바라보거나 호스를 대고 물을 주는 시늉을 했다. 여기에서 우두커니 바라보는 행위는 위의 인용문에 반복적으로 등장하는데, 특별한 주목을 요한다. 무엇을 오래, 자주 바라본다는 행위는 그것에 대한 사랑 없이 불가능하며, 따라서 그것에 대한 사랑을 증빙하는 근거이다.[9] 오래, 자주 바라봄은 넘치는 관심을 의미하고 관심은 사랑의 대표적인 표현 양태이자 성립 조건이다. 한편 비 때문에 물이 필요 없을 때에도 물주는 시늉을 한다는 것 역시 애정의 깊이를 보여준다. 반드시 필요할 때에만 무엇을 한다면 그것은 진심에서 우러나온 즐거운 유희라기보다 의무적인 작업에 가깝다. 그러나 필요하지 않을 때에도 그것을 하고 싶어서 한다면, 그것은 순수한 즐거움에서 우러나온 자발적인 유희다. 그녀에게 물주는 일은 타율적인 작업이 아니라 티 없는 기쁨만을 위한 유희였고, 그것은 마당의 식물들을 진정으로 사랑했기에 가능한 것이었다. 요청받지 않아도 자발적으로 오로지 기쁨만을 위해 베푸는 행위는 사랑이라는 다른 이름을 가진다. 이밖에도 (라)에서 보듯 "나"는 "은방울꽃이 담긴 화분에 튄 흙탕물을 닦아주고", "너무 다닥다닥 붙어 있는 화분들 사이를 벌려주"는 등 맡겨진 일 이상으로 화분과 마당에 정성을 쏟는다. 해야 할 일 이상으로 하는 것, 즉 베풂의 과잉은 사랑의 두드러진 특성 중 하나다. 이상에서 보듯 오래 그리고 자주 바라봄, 오로지 순수한 기쁨만을 위한 자

9　스캇 펙에 따르면 "사랑하는 일이란 원칙적으로 상대방에게 관심을 갖는 것이다."(M. 스캇 펙, 『아직도 가야할 길』, 신승철·이종만 역, 열음사, 1991, 142면.)

발적인 베풂, 베풂의 과잉 등 "내"가 꽃과 나무들에게 행한 행위의 특질을 고려할 때, 그것을 '사랑'이라고 불러도 과언이 아닐 것이다.

"나"는 마당의 꽃과 나무들만 사랑한 것이 아니다. 어머니에게도 그러했다. 뽈떼 여인을 만나기 전, "나"는 어머니로부터 외삼촌의 사망 소식을 들었다. 외삼촌이 살았을 때 어머니는 일주일에 한 번 외삼촌과 함께 점심을 먹으며 이런저런 이야기를 나눴다. 가족 이야기며 예전 살았던 집 이야기며 옛날이야기를 나누는 이 시간이 어머니에게는 그 무엇보다도 소중했다. 그러던 외삼촌이 심장마비로 갑자기 죽었다. 귀한 말벗이었던 외삼촌의 죽음으로 어머니는 세상에서 완전히 버림받은 듯한 슬픔에 빠졌다.

> 그날 어머니는 나는 이제 누구와 얘길 한다냐…… 하면서 계속 울었다. 나……와…… 얘기해요…… 어머니…… 더듬거리며 우는 어머니를 달랬다. 어머니는 울다 말고, 그런데 너는 왜 말을 더듬냐? 며 걱정했다. 이후 어머니는 내게 전화를 걸어서 외삼촌 얘기를 끝도 없이 했다. 외삼촌이 젊은 시절 다녔던 양조장에 대한 이야기, 읍내로 나가 쌀집을 차렸던 얘기, 그러다가 다 망해먹고 도시로 떠났을 때의 얘기 들.(72)

위에서 보듯 소중한 말벗의 상실로 인해 슬퍼하는 어머니를 위로하기 위해서 "나"는 더듬거리며 우는 어머니를 달랬다. 그리고 이후로도 자주 어머니의 이야기를 끝도 없이 들었다. 이때 "내"가 식이 장애와 언어 장애를 앓고 있었다는 사실에 주의를 기울일 필요가 있다. 말하지도 먹지도 못하던 상황에서 어머니의 이야기를 끝없이 듣고 어머니를 달랬다는 것은 쉽지 않은 사랑이라고 할 수밖에 없다. 이야기를 듣고 또 듣는 행위는 어머니에게 치유 효과를 파생한다. "나"는 사랑을 베풀기 어려운 상황에서도 타인에게 사랑을 베풀었고, 타인의 상처를 치유하기 위해 애썼다. 이는 뿔테 여인의 환대를 받기 이전의 일이다.

이렇게 "나"는 타인으로부터 사랑을 받기 전에 먼저 스스로 타인과 뭇 생명을 사랑했다. 여기에서 치유의 중요한 원리를 도출할 수 있다. 인간 또는 생명을 보답에 대한 기약 없이 사랑하는 것이다. 사랑을 받는 것이 아니라 사랑을 수행하는 것이 치유에 기여하는 바가 크다. 선행연구는 "내"가 뿔테 여인에게서 환대받은 사실만을 주목하고, 타인의 사랑이 상처 치유를 돕는다는 의미만을 간파했으나[10], 본 논문은 이와 달리 "나"의 능동적인 사랑의 수행이 치유에서 중핵적인 역할을 담당한다고 파악한다. 다음에서 사랑의 수행이 어떻게 치유를 유도하는지 그 기제를 살펴보려고 한다.

우선 "나"에게 사랑을 베풂으로써 그녀를 치유한 뿔테 여인은 그 마당의 주인이었던 귀신이다. 뿔테 여인이 죽기 전에 그 마당을 지극한 정성으로 가꾸었는데, 죽고 나자 마당은 황폐화되었다. 보다시피 "나"는 그 마당에 아낌없는 사랑을 베풀었고, 뿔테 여인은 자신의 마당에게 베푼 "나"의 사랑에 보답하려고 "내"게 사랑을 베풀었다고도 할 수 있다. 치유의 직접적인 단초가 된 뿔테 여인의 사랑은 "나"의 사랑 수행에 대한 보답 혹은 "나"의 사랑 수행이 불러낸 것이 된다. 그렇다면 "나"를 치유한 것은 일차적으로는 뿔테 여인의 사랑이지만, 근본적으로는 스스로가 뭇 생명에게 베푼 사랑이다.

이에 사랑의 수행이 치유의 원리가 되는 하나의 기제를 알 수 있다.

---

10 김현숙, 앞의 글.

이는 단순히 사랑받기를 원하면 먼저 사랑하라는 고전적인 인과율에 따르는 이야기만은 아니다. 모든 빛은 어둠을 품고 모든 불행은 행복의 씨앗을 내장한다. 그 역(易)도 참이다. 모든 일은 그 역(易)을 동시에 수반하기에, 사랑한다는 것은 동시에 사랑받음이라는 상태를 동반한다. 이 가역반응이 어떻게 가능한지 연기(緣起) 사상으로도 설명할 수 있다. 모든 사물과 사건은 인과관계로 촘촘하게 엮여 있고 서로에게 원인과 결과로 이어진다. 만물은 독립적으로 존재하지 않고, 서로를 발생시키며 존재한다.[11] 보답을 바라지 않고 어딘가에 베푼 사랑이 수차례의 인과관계를 거듭하면서 자신에게 돌아올 수 있다. 사랑의 보답은 반드시 사랑을 베푼 그 대상으로부터만 받는 것이 아니다. 한번 베푼 사랑은 돌고 돌아서 그 보답이 아주 먼 곳으로부터 오기도 한다. 이렇게 선물처럼 받은 사랑은 분명히 치유를 돕는데, 그 선물을 발생시킨 것이 바로 자신이 베푼 사랑이라는 점에서 사랑의 수행은 치유의 원리가 된다.

사랑의 수행이 어떻게 치유의 원리로 작동하는지 그 기제를 다른 방향에서 설명하기 위해서 "대부분 정신적 병은 사랑의 결핍이나 사랑의 결함으로 인해 생기는 것"[12]이라는 고전적인 명제에서부터 시작해 본다. 사랑의 결핍으로 마음의 병이 생긴다고 할 때, 여기에서 사랑은 우선 타인으로부터 오는 사랑을 의미한다. 타인의 사랑이 결핍되었을 때는 "내"가 뿔테 여인에게서 받은 사랑이 치유에 도움이 되었듯, 타인으로부터 받은 사랑이 치유에 기여할 수 있다. 그런데 타인의 사랑

---

11 고익진, 『불교의 체계적 이해』, 새터, 1995, 39-41면 참조.
12 스캇 펙, 앞의 책, 208면.

보다 더 핵심적인 것은 자신에 대한 사랑이다. 치명적인 마음의 병은 대개 자기애의 결핍 때문에 발생한다. 자신이 무가치하고 초라하다는 느낌 혹은 자존감 저하가 마음의 병을 일으키는 직접적인 원인이다. 발병 원인이 무엇이든, 사람을 결정적으로 나락으로 빠트리는 것은 예의 자기 비하다. 이런 식으로 마음이 아픈 사람들에게는 자기애를 회복하는 것 이상의 처방이 없다. 치유에 관한 논의에서 자기애의 회복은 아무리 강조해도 지나치지 않다.[13]

대부분의 마음의 병이 자기애의 결핍 때문에 발생한다고 할 때 결국 화살은 유년 초기 부모에게 돌려지기 쉽다. 애초에 부모로부터 충분한 사랑을 받지 못하여 건전한 자기애를 형성하지 못했기 때문에 각종 마음의 병을 앓는다는 시나리오는 흔하고 흔하다. 그런데 대부분의 부모는 충분한 사랑을 줄 만큼 전능하지 않다. 따라서 애초 부모 사랑의 부족으로 인한 자기애의 결핍으로 마음의 병을 앓는 사람은 생각보다 많고, 그것이 어쩌면 인류 보편적인 상태에 가깝다. 충분한 사랑을 받아 건강한 자기애를 형성한 사람보다 그렇지 못하여 아픈 사람이 더 많다는 뜻이다. 그런데 마거릿 폴에 따르면, 부모에게서 이상적인 양육을 받았든 아니든, 자신의 마음에 영향력을 발휘할 사람은 오로지 자신뿐이다. 누구나 타인에게서 사랑을 받고 싶다. 그러나 어릴 적 부모로부터 못 받은 것을 성인이 되어 다른 누군가에게서 받을 수는 없다. 스스

---

13 자기애의 회복을 치유의 조건으로 언급하는 논자들은 무수히 많다. 예컨대 마거릿 폴에 따르면, 어떤 갈등 상황에서도 내면아이에게 사랑을 주는 성인자아가 되는 일이 치유와 성장에서 핵심 원리이다.(마거릿 폴, 『내면아이의 상처 치유하기』, 정은아 역, 소울메이트, 2013, 49면 참조.) 이는 결국 자기가 자기를 사랑하는 것이 치유에서 필수불가결하다는 뜻이다.

로를 사랑하지 않는 한 바깥에서 아무리 많은 사랑을 받아도 내면에서는 자신이 하찮다는 느낌에서 헤어 나올 수 없다. 그러므로 바깥에서 사랑을 구하기 전에 먼저 자기 자신에게 사랑을 베풀어야 한다.[14]

자기애는 건강한 마음에 필수적으로 요청되며, 다른 누군가가 아닌 바로 자기가 만들어야 한다. 그런데 자기애 형성에 결정적으로 기여하는 요인이 사랑의 수행이다. 소설에서 "나"는 마당의 식물들을 보살피면서 "야릇한 존재감"(58)을 느꼈다고 했다. 여기에서 "존재감"은 자신이 가치 있고 귀하다는 느낌 즉 자긍심 혹은 자존감과 통한다. 이렇게 사람은 사랑을 수행함으로써 자긍심과 자존감을 얻는다. 모든 마음의 병의 가장 큰 원인이 자존감 저하인 바, 사랑의 수행으로 인한 자존감 회복은 분명히 치유의 단초를 제공한다. 이런 면에서 사랑의 수행에는 이기적인 효용이 있다. 사람은 "사랑을 통해서 자신을 드높"[15]이며, 자신을 고갈시키기보다 충만하게 한다. 결국 사랑은 자기중심적이다. 사랑의 수행은 자기를 희생하는 것이 아니라 자기를 확대하고 보완한다.[16] 요컨대 사랑은 하나의 순환적 과정이다. 사랑의 수행은 곧 자기 발전의 행동으로서, 그 목적이 타인을 위할 때에도 궁극적으로는 자기 발전으로 귀결된다. 결과적으로 자기 사랑과 타인 사랑은 분리될 수 없다.[17] 이처럼 사랑의 수행은 자기애를 고양하며, 자기의 확장과 발전에 기여한다. 자기애는 치유의 핵심 조건이기에 사랑의 수행이 곧 자기 치유의 열쇠가 된다.

---

14 위의 책, 112면 참조.
15 스캇 펙, 앞의 책, 320면.
16 위의 책, 136면 참조.
17 위의 책, 94-95면 참조.

한편 뿔테 여인은 귀신이다. 그런데 진짜 귀신이 아니라 "내"가 만들어낸 환상일 수 있다. 누군가가 자신에게 사랑을 베풀어주기를 바라는 소망이 만들어낸 환상인 것이다. 그러나 이렇게 환상을 만들어낸 주체가 다름 아닌 "나"라는 사실에 주목할 필요가 있다. 즉 "내"가 자신에게 사랑을 베풀 누군가를 꿈꾸었다는 것은 자신의 치유를 간절하게 소망했다는 뜻이다. "나"는 상처와 고통 속에 머무르기보다는 스스로 치유하기를 갈망했던 것이다. 타인의 사랑을 소망한 것도 바로 스스로 치유하려는 의지에서 비롯되었다. 여기에서 또 하나의 핵심적인 치유의 원리를 도출할 수 있다. 바로 스스로 치유하려는 의지이다. 이렇게 보면 "나"의 사랑의 수행과 더불어 스스로 치유하려는 의지가 치유의 주요한 원리로 부상하면서, 치유에서의 능동성이 뚜렷하게 부각된다. 선행연구에서 간파했듯 소설의 표면은 "내"가 뿔테 여인의 사랑을 수동적으로 받아서 치유되었다는 서사지만, 이면은 "나"의 능동적 의지가 스스로를 치유하는 서사다. 스스로 치유하려는 의지 즉 능동성은 치유에서 필수불가결하다.[18]

스스로 치유하려는 의지는 보다 확장된 의미를 지닌다. 소설에서 스스로 치유하려는 의지가 귀신을 불러 왔다. 귀신은 비현실적이고 초월적인 힘 또는 영적인 힘을 의미한다. 치유의 영역은 이성과 합리로만 설명되지 않는다. 초월적이고 영적인 힘이 치유 과정에 개입하기도 한

---

18 스스로 치유하려는 의지는 나으려는 소망만을 뜻하지만은 않는다. 그것은 일종의 책임의식까지 수반한다. 즉 "자기의 상황을 자신이 스스로 만든 것으로 받아들이고 그것을 극복하려는 노력을 수행"하는 것, 자기의 정신적 문제를 직면하고 "그에 따른 책임을 전적으로 질 뿐만 아니라 그것을 극복하기 위한 변화를 자기 속에 일으키는" 것이 치유의 근본 조건이다.(위의 책, 350~351면 참조.)

다.[19] 어쩌면 이것이 가장 중요한 요소일 수 있다. 소설에서 귀신으로부터 힘을 얻어 치유한다는 설정은 영혼의 신비로운 영역이 치유 과정에 퍽 중요하게 작동한다는 뜻을 내포한다. 영혼의 신비로운 영역은 이성과 합리를 뛰어넘어서 사태를 파악하고 자신에게 절실히 필요한 것이 무엇인지 판단하며 그것을 얻기 위해서 무엇을 해야 하는지 직관한다. 이러한 영혼의 신비로운 영역의 역할은 칼 융이 무의식의 긍정적 기능으로 규정한 것들과 상통한다. 융에 따르면, 무의식은 단순히 과거지사(過去之事)를 저장할 뿐만 아니라 미래의 상황을 헤아리고 보다 광범위한 사고의 가능성을 열어준다. 무의식은 전적으로 새로운 생각과 창조적 관념을 파생하기도 한다. 무의식에서 솟아오른 영감은 일상생활의 딜레마를 해결할 열쇠를 제공하며, 예술가와 철학자와 과학자들의 중요한 업적 생산에 단초로 기능한다.[20]

이런 무의식을 '착한' 무의식으로 불러보기로 한다. 이렇게 '착한' 무의식은 부지불식간에 갈 길을 일러주고, 실제로 필요한 것을 제공해주는 등 영적인 지혜를 발휘한다. 이런 식으로 자신을 돕는 '착한' 무의식이 치유에서 중요한 원리로 작동하기도 한다. 소설에서 뿔테 여인의 귀신은 치유를 돕는 초월적이고 영적인 힘 혹은 '착한' 무의식을 의미한다. 그런데 초월적이고 영적인 힘 혹은 '착한' 무의식은 의식 바깥에

---

19 신경숙 작가 역시 초월적이고 영적인 힘의 존재를 의식한 것으로 보인다. 창이 연탄가스를 마신 날의 에피소드가 이를 보여준다. 창이 연탄가스를 마시고 쓰러졌을 때, "나"는 그 사실을 몰랐으면서도 왠지 불안하여 창을 찾아가서, 쓰러진 창을 발견하고는 병원으로 옮겼다. "창은 텔레파시가 통한 것이라고 했다. 자신은 죽어가면서 나를 간절히 불렀고 내가 그 발신음에 반응한 거라고."(77) 텔레파시의 역능을 그린 이 장면은 초월적이고 영적인 힘의 실존을 부각한다.

20 칼 G. 융 외, 『인간과 상징』, 이윤기 역, 열린책들, 1996, 38면 참조.

거하지만, 결국 개인의 내면에 존재한다. 초월적이고 영적인 힘 또는 '착한' 무의식은 내면의 잠재력이기 때문에, 치유하려는 사람이 스스로 불러내야 한다는 뜻이다. 이런 면에서 뿔테 여인의 귀신은 다시 스스로 치유하려는 의지와 통한다. 스스로 치유하려는 의지가 내면 깊은 곳에서 잠자던 무의식적이고 영적인 힘을 일깨운 것이다.[21]

그렇다면 어떻게 무의식에서 영적인 힘을 끌어낼 수 있는가? 앞서 스스로 치유하려는 의지가 예의 힘을 작동시킨다 하였거니와, 여기에서 스스로 치유하려는 의지는 나아지려는 의지 곧 성장하려는 의지와 통한다. 그런데 사랑이란 "자신이나 혹은 타인의 정신적 성장을 위해 보양해 줄 목적으로 자기 자신을 확대시켜 나가려는 의도"[22]다. 사랑은 자신과 타인의 성장을 지향하는 의지 즉 만물에 생명을 불어넣으며 건강하게 자라게 하려는 의지다. 그렇다면 스스로 치유하려는 의지는 곧 지금까지 논한 사랑의 수행과 동궤에 놓인다. 결국 무의식에 잠재된 영적인 힘을 현실화하고 활성화하는 계기는 사랑 즉 만물에 생기(生氣)를 불어넣는 힘이다. 다시 말해 뭇 생명에 대한 사랑의 수행이 바로 무의식으로부터 영적인 힘을 호출하여 기적을 만들어내었으며 이것이 상처 치유에 결정적으로 기여했다. 단적으로 사랑의 수행은 자기애를 고양할 뿐만 아니라 내면의 고차원적인 힘을 불러내면서 치유력을 행

---

21 한편 스캇 펙은 "의식세계 밖에 존재하지만 인간의 영적 성숙을 돕는" 강력한 힘을 은총이라고 한다. 은총은 개인의 무의식에서 유래하는 것으로 보인다. 은총을 조우할 수 있는 가장 가까운 공간은 바로 자신의 내면이다.(스캇 펙, 앞의 책, 312-334면 참조.) 본 논문은 스캇 펙의 "은총" 대신 '초월적이고 영적인 힘'이라는 개념을 사용하는데, 그 뜻은 유사하다.

22 위의 책, 93면.

사한다.[23]

3. 간주: 고통의 보편성 인식과 상처 입은 치유자

사랑의 수행, 스스로 치유하려는 의지, 영적인 힘의 호출 등 능동성은 치유의 여정에서 간과할 수 없는 동력을 제공한다. 이 소설은 이밖에도 많은 치유의 원리를 내장한다. 치유의 완성을 논하기 전에 이 장에서는 하나의 경유지를 주목하려고 한다. 앞서 "내"가 어머니에게 사랑을 베푼 일이 자신의 치유를 위한 조건으로 기능했다고 논했거니와 어머니 에피소드는 치유의 다른 원리도 보여준다. 어머니 에피소드는 바로 고통의 보편성 인식이라는 치유의 조건을 생성한다. 어머니가 외삼촌을 잃어서 고통을 느끼는 정황이나 "내"가 창을 상실해서 상처받은 정황은 유사하다. 사랑하는 사람의 상실로 인한 상처와 고통은 뿔테 여인의 그것이기도 하다. "나"는 어머니와 뿔테 여인의 상실 이야기에서 고통의 공동체의식을 느끼면서 고통의 보편성을 인식한다.

---

23 마거릿 폴 역시 자신에 대한 사랑과 타인에 대한 사랑을 동일시하며, 그것이 고차원적인 힘과 연결됨을 논한다. 그녀에 따르면, 자신에게 진실로 사랑을 베푸는 것은 곧 타인에게 사랑을 베푸는 일과 같다. 내면의 고차원적인 자아 또는 진정한 자아를 알고 믿으면 자신 또는 타인과 사랑을 주고받을 수 있고, 진정으로 치유할 수 있다. 고차원적인 자아는 내면에 실재하는 사랑의 원천으로서 자신과 타인을 사랑하는 힘이다. 또한 성인자아가 자신을 인식하고 배우려는 의도를 통해서 내면아이와 연결될 때, 육체와 영혼이 열려 고차원적인 지식을 습득할 수 있다. 열린 상태를 통해 신, 우주의 사랑, 위대한 영혼 등 모든 고차원적 힘과 연결될 수 있다.(마거릿 폴, 앞의 책, 106-110면 참조.)

(가) 숨을 고른 어머니는 외삼촌이 묵은 김장김치를 좋아해서 돌아가시기 전 점심을 먹으러 왔을 때 땅속에 묻어놓아 그때껏 싱싱하던 묵은 김장김치를 김치통에 퍼담아주었다는데 그것도 다 먹지 못했더라면서…… 어머니는 또 울었지요. (중략) 어머니는 울면서도, 외삼촌이 쓰던 방 서랍 속에서 외숙모 앞으로 들어놓은 천만원짜리 적금 통장과 외삼촌 앞으로 들어놓은 천오백만원짜리 적금통장 등이 나왔다면서, 그렇게 돈을 모아놓으면 뭐하느냐고, 죽으면 그만인데, 하며 또 울었어요.(71-72)

(나) 아니, 아주 금실이 좋은 부부였어요. 안주인이 죽은 후에 바깥주인은 안주인이 기르던 꽃들이 화사한 화분 앞이나 옷가지 앞에서 덧없는 표정으로 앉아 있곤 했어요. 삼 년 동안은 안주인이 이 집을 가꾸던 그대로 바깥주인이 꽃들을 보살폈어요. 그래서 사람들은 이 집의 안주인이 죽은 줄도 몰랐어요. 이전과 똑같았으니까요. 바깥주인의 친구들이며 친척들이 이 집에서 이사를 가지 않는 한 바깥주인에게서 안주인이 떨어지지 않는다면서 이사하기를 강요했죠. 바깥주인은 이 집을 세놓기로 결정하고 밤마다 화분들을 부수었어요. 가지고 갈 수도 없고 남겨놓아 다른 사람의 손을 타는 것도 싫었겠죠. 끝끝내 버리지 못하거나 없애지 못한 것들은 화단에 묻었어요.(62)

(가)는 외삼촌을 상실한 어머니의 고통을 보여준다. 가장 소중한 사람을 잃었다는 점에서 어머니의 고통과 "나"의 고통은 유사하다. 이에 "나"는 혼자만 상실의 고통을 겪는 것이 아니라 다른 사람도 유사한 고통을 겪는다는 사실을 인식했을 것이다. 즉 고통의 보편성을 인식

하면서 치유력을 얻을 수 있었다. (나)는 뿔테 여인의 죽음 이후 남편의 고통을 보여준다. 뿔테 여인은 남편과 의좋게 살았는데, 먼저 세상을 떠났다. 이후 남편은 아내를 잊지 못해서 고통스러워했고, 이러한 남편의 모습을 죽어서 바라보는 뿔테 여인 역시 고통스러웠을 것이다. "나"는 뿔테 여인에게 식사를 대접받는 동안 남편의 고통에 대한 이야기를 들었다. "나"의 치유의 계기는 뿔테 여인으로부터 제공받은 식사와 환대만이 아니다. 뿔테 여인으로부터 들은 남편의 고통 이야기, 사별로 인한 타인의 고통 이야기 역시 "나"의 치유에 중대하게 작동한다. 뿔테 여인과 남편의 사연은 공히 사랑하는 이의 상실로 인한 고통을 이야기하므로, "나"의 상황과 유사성을 지닌다. 이에 "나"는 고통의 공동체의식을 느끼면서 고통의 보편성을 인식하고, 이로부터 치유력을 얻는다.

이상에서 또 하나의 중요한 치유의 원리를 도출할 수 있다. 바로 고통의 보편성을 인식하는 것이다. 가볍고 잘 알려진 상처로 고통받는 사람은 보다 쉽게 상처를 극복한다. 그런데 과도하게 상처받은 사람은 그러한 일이 자신에게만 일어났다고 여기기 쉽다. 다른 사람도 유사한 고통을 겪는다는 사실을 알기 전에는 자신만 모종의 불행을 당했으니 아무에게도 이해받지 못할 것이라고 여겨서 소외감을 느끼고 무엇보다 예의 고통에 대한 참고문헌의 부재로 인해 당혹감을 느낀다. 심한 경우 고통을 겪는 자신이 비정상적이라며 죄책감을 느끼기도 한다. 그런데 다른 사람도 유사한 문제로 고통스러워한다는 사실을 알면 소외감과 당혹감과 죄책감을 덜 느끼게 된다. 자신의 고통이 유별난 것이 아니라 다수에게 공유되는 것이라는 사실을 앎으로써 고통의 보편성을 인식하는 것이다. 또한 타인의 심각한 경우에 비해 자신은 그럭저력 괜찮은 수준이며 비정상이 아니라는 점을 깨닫고 안도하게 된다. 단적으로 고통의 보편성 인식은 소외감, 당혹감, 죄책감을 약화시키며 유대감과 안도감과 자신감을 제공한다. 이런 맥락에서 "다른 사람도 자신과 같은 문제를 가졌다는 사실을 앎으로써 자신의 문제에 대한 당혹감을 최소화할 수 있다"[24]는 사실이 치유의 기본적인 원리로 운위되어 왔다.

이 작품에 삽입된 어머니와 뿔테 여인의 사별 이야기는 "내"게 고통의 보편성을 느끼게 하면서 치유의 단초를 제공할 뿐만 아니라, 소설의 제유로도 해석된다. 소설은 대체로 고통스러운 이야기를 극단적으로 그린다. 독자는 자신의 고통을 초과하는 고통을 소설에서 목도함으로써 고통의 보편성을 느끼면서 스스로를 치유한다. 즐겁고 행복한 이야기보다 참혹하고 비참한 이야기가 독자에게 더 큰 호소력을 가지는 이유가 이 때문이다. 사람은 타인이 자신과 엇비슷하거나 보다 심각한 고통을 겪는다는 사실에서 결정적으로 치유력을 얻는다. 어머니와 뿔테 여인의 사별 이야기는 우선 서사이기에 형식적인 면에서 소설과 연관성을 지니고, 고통의 보편성을 보여주면서 "나"의 치유를 돕기에 기능적인 면에서 소설과 유사성을 가진다. 이런 면에서 독자가 소설을 통해 "다른 사람의 문제를 보면서 자신의 문제를 인식할 수 있는 기회를 가진다"[25]는 언명은 옳다.

한편 뿔테 여인의 치유력은 "나"와 공유하는 상처에서 연원했다. 공유되는 상처는 고통의 보편성 인식을 유도하는 면 이외에도 다른 국

---

24 김현희 외, 『독서치료』, 학지사, 2001, 53면.
25 위의 책, 53면.

면에서 치유의 원리를 제공한다. 바로 상처받은 사람이 치유할 수 있다는 원리이다. 뿔테 여인은 바로 자신이 남편과 사별했던 상처를 지녔기에 "나"를 이해하고 환대하며 치유할 수 있었다. 그런 면에서 뿔테 여인은 '상처 입은 치유자(wounded healer)'이다. "상처 입은 치유자"는 "자신의 상처를 치유 능력의 주된 원천으로 삼"[26]고, 자신의 고통을 통해 고통이 모든 인간에게 보편적인 것임을 보여주려고 한다.[27] 상처에 대한 앎은 치유에서 핵심적이다. 자신의 체험에서 비롯된 앎보다 더 진실하고 위력적인 것은 없다. 상처받았던 사람은 상처에 대한 체험적 지식을 보유하기에, 타인의 상처를 자신의 것처럼 속속들이 이해하며, 그 앎을 바탕으로 치유할 수 있다. 요컨대 상처받았던 사람이 상처를 알며, 타인의 상처를 돌아보고 치유한다. 그런 면에서 모든 상처에는 치유의 능력이 있다.[28]

4. 완성: 대면과 언어화

이상에서 논한 계기들을 거쳐서 "내"가 다다른 곳은 상처의 대면과 언어화 단계이다. 상처의 대면과 언어화는 이 소설에서 치유의 완성 바

---

26 헨리 나우웬, 『상처 입은 치유자』, 최원준 역, 두란노, 1999, 111면.
27 위의 책, 119면 참조.
28 필자는 다른 글에서 다른 작품을 분석하면서 '고통의 보편성 인식'과 '상처 입은 치유자' 개념을 경유한 적이 있다.(박수현, 「『문학의 본질』 교육에 관한 재고(再考)-이장욱의 「고백의 제왕」과 한강의 『채식주의자』를 활용하여」, 『우리어문연구』 67, 우리어문학회, 2020.) 두 개념은 필자의 지론에 가깝기에, 위의 글과 이번 논문에서 두 개념을 유사한 의미망에서 사용했으나, 작품 해석과 전체적인 논의는 서로 다르다.

로 직전의 단계 즉 치유의 완성을 가장 직접적으로 유도하는 단계이다. 앞의 사랑의 수행, 스스로 치유하려는 의지, 영적 힘의 호출, 고통의 보편성 인식은 이 마지막 단계를 위한 힘을 제공했다고 볼 수 있다. 상처의 대면과 언어화가 이 소설에서는 치유의 마지막 단계이지만 실제 치유 과정에서는 다른 것들이 치유의 최종 단계로 기능할 수 있다.[29]

뿔테 여인과 만남으로 힘을 얻은 "나"는 언어 장애와 식이 장애를 극복하면서 창과 주고받았던 편지들을 필사하기 시작한다. 창과 "나"는 중학교 졸업 이후부터 라면 상자 두 개 분량의 편지를 주고받았다. "그 시절 창에게 편지 쓰는 일로 낯선 도시에서 맞이한 사춘기를 견뎌 냈다"(74) 해도 과언이 아니었다. 이처럼 편지는 과거 창과 공유했던 모든 행적과 내면의 기록을 담고 있다. 창에 얽힌 추억의 모든 것이라 할 수 있다. "나는 내가 가지고 있는 노트 중에서 가장 오래갈 것 같은 노트를 펼쳤다. 그러곤 그 옛날 창과 내가 주고받았던 편지를 첫 편지부터 순서대로 옮겨적기 시작했다."(74) 편지 필사는 창과 함께 한 세월을 돌아보고 되새긴다는 뜻을 지닌다. "나"는 고통으로 얼룩졌던 기억을 정면으로 마주하기 시작한 것이다.

이윽고 결별 편지의 필사마저 완결하자, "어쩐 일인지 나에게 말하기와 밥먹기의 장애를 일으키게 했던 느닷없는 창의 결정을 이해할 수 있을 것도 같았다. 이제 창을 떠올려도 고통 대신에 추억을 느낄 수 있

---

29 치유는 직선적 과정이 아니기에 실제 치유의 장에서는 지금까지 논한 것들이 혼재하며 상호작용한다고 보는 편이 온당할 것이나, 이 소설에서는 대면과 언어화가 치유의 최종 계기로 등장한다.

을 것도 같았다."(80) 여기에서 "나"는 창을 이해하고 고통 대신 추억을 느낄 가능성을 언급한다. 고통 대신에 이해와 추억이 가능해진다는 것은 치유의 완성이 임박했음을 암시한다. 이 소설의 마지막 구절은 다음과 같다. "결별편지의 마지막 마침표까지 노트에 옮겨적기를 마쳤을 때 창밖 나뭇가지에 앉아 있던 새 한 마리가 깃을 치며 허공으로 날아가는 소리가 들렸다."(80) "새 한 마리"는 소설에서 내내 뿔테 여인 또는 치유의 시간을 의미했다. 새가 날아갔다는 결말은 치유의 시간이 끝났음을 다시 말해 치유가 완성되었음을 확실하게 보여준다.

치유의 완성 직전에 편지 필사 행위가 있었다. 이때 필사 행위가 치유의 완성으로 이끄는 기제를 섬세하게 고찰할 필요가 있다. 편지를 필사하는 행위는 창과 함께 했던 모든 시간을 명료하게 돌아본다는 뜻 즉 상처로 일그러진 기억을 대면한다는 뜻을 지닌다. 다시 말해 떠올리기조차 고통스러워서 마주하기 두려워했던 아픈 기억들을 용감하게 직시한다는 의미이다. 여기에서 '상처의 대면'이라는 치유의 원리를 도출할 수 있다. 한편 필사는 상처에 대해 쓰는 일이다. 즉 상처를 언어화한다는 뜻이다. '언어화' 역시 치유 과정에서 핵심적인 조건이자 원리이다. 다음에서 상처의 대면과 언어화가 어떻게 치유에 기여하는지 그 기제를 살펴보려고 한다.

지나치게 상처받은 사람은 상처를 가슴속 깊숙이 묻어두며, 그것을 떠올리거나 의식하기를 꺼린다. 그것을 의식의 수면 위로 떠올렸을 때의 고통을 감당할 수 없을 것이라고 믿고 두려워하기 때문이다. 이렇게 상처받은 기억을 억압하면 당장은 편안할지 몰라도 그것은 치유에 그다지 도움이 되지 않는다. 억압한 상처에 대한 기억은 언제고 다시 돌아와서 모종의 불편한 증상을 야기한다. 이에 치유는 억압했던 기억을 직시하는 것에서 시작된다. 많은 정신분석 치료가 억압한 기억을 대면하도록 유도하는 일에 허다한 시간을 할애하는 이유가 이 때문이다.[30] 즉 "말할 수 없는 것이 지속된다면 병이" 되는데, "무엇인가를 표현하게 할 수 있다면 그것은 이미 반은 치료한 것이다."[31] 소설에서 "나"는 창과의 이별이 너무나 고통스러워서 마주하기를 피해 왔는데, 편지를 필사하면서 상처를 대면하기 시작한다.

편지 필사는 상처 대면의 의미 이외에도 치유 과정에서 언어의 위력을 보여준다. 언어는 "치료적 과정의 촉매제이면서 도구"[32]라는 원론적 명제가 있거니와, 언어는 치유 과정에서 핵심적 위상을 차지한다. 억압했던 기억을 떠올릴 때 사람은 언어라는 매개를 사용한다. 억압된 기억은 언어라는 매개를 통해 의식의 수면으로 떠오른다. 억압된 기억을 호출한다는 것은 곧 그것을 이야기한다는 것, 언어화한다는 것을 의미한다. 반복적으로 상처에 대해 이야기하다 보면 그것에 부착된 상실감, 수치심, 모욕감, 슬픔 등 부정적인 감정에서 에너지를 빼앗게 된다. 언어화하기 전에 상처받은 사람은 상처의 정체를 몰라서 그것을 의식하거나 인지하지 못한 채 상처가 유발하는 부정적인 감정에 혼란스럽게 휘둘린다. 그런데 상처를 언어화하기 시작하면, 점점 상처를 의식하고 인지하면서 자유자재로 다룰 수 있고 결과적으로 상처를 지

---

30 네마이어에 따르면, 많은 병적 증상이 "무의식적인 생각이나 환상, 감정, 그리고 충동들에 의해 유발될 수 있으며, 또 이런 증상들이 무의식적인 요인들을 의식화시킴으로써 없어질 수 있다는 이론"은 프로이트를 비롯한 정신의학자들의 위대한 업적이다.(J. C. 네마이어, 『정신병리학의 기초』, 유범희 역, 민음사, 1997, 84면 참조.)
31 변학수, 『문학치료』, 학지사, 2015, 30면.
32 김현희 외, 앞의 책, 61면.

배할 수 있게 된다. 상처받은 사람이 언어화 이전에 상처의 노예라면 이후에는 상처의 주인이 되는 셈이다.

말하기나 글쓰기 자체가 심리적 긴장을 해소하며 감정을 정화한다는 사실은 경험적으로 옳다. 언어화가 치유에 기여하는 기제를 보다 섬세하게 고찰해 보려고 한다. 첫째, 언어화는 상처의 외재화라는 면에서 의의를 지닌다. 상처를 말하거나 쓰면 그것을 자기 바깥으로 내보내게 된다. 바깥으로 밀려난 상처는 그 주인의 내면에서 끄집어내어졌기에 점점 더 그의 것이 아니게 되며, 더 적은 영향력을 행사한다. 외재화된 상처는 객관적 응시와 통찰을 유도하며, 그 과정에서 점점 파괴력을 상실하고 유순해진다. 둘째, 언어화는 불행을 이해하려는 욕구를 만족시키면서 상처 치유에 기여한다. 페니베이커에 따르면, 사람들은 불행을 이해하려는 욕구를 지닌다. 상처가 기승을 부릴 때 이 욕구는 해결되지 않고 혼란만 야기한다. 이때 언어화는 불행의 의미를 발견하는 수단이 되며, 불행에 대한 이해를 증진시킨다. 상처받은 사람은 중단 없이 연쇄되는 생각이나 감정을 언어로 구조화하는 동안 사건의 복잡한 원인과 그에 얽힌 감정들의 근원을 인식하면서, 그것에 대한 집착을 덜하게 된다. 상처에 대한 집착적인 생각이 야기하는 혼란을 약화시키는 것이다.[33] 셋째, 언어화는 일종의 완결 경험을 통해 상처 치유를 돕는다. 사람은 미완결한 일을 계속 생각하고 완결한 일을 내면에서 몰아내는 경향을 지닌다. 상처에 대해서도 마찬가지여서, 상처에 관해 쓰거나 말하기를 완결하면 그 경험에 대한 기억 저장을 완료한 셈이므로, 그것을 반복해서 떠올려야 한다는 강박에서 해방된

---

33 페니베이커 J. W., 『털어놓기와 건강』, 김종한·박광배 역, 학지사, 2008, 130-138면 참조.

다. 기록을 완결하면 말하려고 애쓸 필요뿐만 아니라 말하지 않으려고 억압할 필요 역시 상실한다. 진정으로 상처에 부착된 강박에서 놓여나게 되는 것이다.[34]

5. 맺음말

지금까지 이 논문은 신경숙의 소설 「화분이 있는 마당」을 통해서 상처 치유의 일반적인 원리들을 도출하였다. 치유의 조건으로서 타인의 환대에만 주목한 선행연구의 관점과 달리 사랑의 수행과 스스로 치유하려는 의지 그리고 무의식에 잠재된 영적인 힘의 호출 등 능동성에 보다 초점을 맞추고, 이외에도 선행연구에서 간과된 치유의 다양한 원리에 주목하였다.

　우선 사랑의 수행은 치유에서 핵심적인 원리이다. 누군가에게 베푼 사랑이 수차례의 인과관계를 거쳐서 의외의 보답을 생성한다는 점에서도 그렇고, 자기애를 고양하면서 자기 확장에 기여한다는 점에서도 그렇다. 스스로 치유하려는 의지 역시 치유의 중요한 원리인데, 이는 무의식에 잠재된 영적인 힘을 호출한다는 점에서 더욱 중요하다. 치유를 결정적으로 돕는 무의식 속 영적인 힘은 다시 사랑의 수행에 의해 활성화된다.

　이외에도 고통의 보편성 인식 또한 치유의 원리이다. 타인의 고통에 관한 이야기는 고통의 보편성을 인식케 하면서 치유를 돕는데, 이는

34　위의 책, 138-149면 참조.

소설의 제유이기도 하다. 소설은 상처 입은 사람이 치유할 수 있으며, 모든 상처는 치유력을 가진다는 원리 또한 보여준다. 마지막으로 상처의 대면과 언어화라는 치유의 원리를 도출할 수 있다. 마주하기 두려워서 억압했던 상처를 대면하는 것과 상처에 대해 말하거나 쓰는 것은 치유 과정에서 상당히 중요하다. 언어화는 상처의 외재화, 불행을 이해하려는 욕구 충족, 완결 경험 등의 경로를 통해 상처 치유에 기여한다.

이 논문의 연구대상 이외에 다른 작가의 다른 작품들을 치유의 차원에서 분석한 문학적 논의들에서 고통의 보편성 인식과 언어화는 치유의 계기로서 간혹 주목을 받았으나, 사랑의 수행과 스스로 치유하려는 의지, 무의식에 잠재된 영적인 힘의 호출 등 능동성은 간과되어 왔다. 이 논문은 치유에서 예의 능동성을 적극적으로 조명한 선도적 연구로서 소정의 의의를 지닐 것이다. 향후 사랑의 수행이나 무의식의 호출 등 치유의 원리가 여타 치유 관련 문학적 연구들에게 작은 시사점이나마 제공하기를 소망한다.

다양성과 전문성 진작을 위한 문학교육 연구

-김영하의 「당신의 나무」를 중심으로-

1. 머리말

4차 산업혁명의 도래와 학생 수 급감이라는 격변과 위기를 맞이하여 대한민국의 교육계는 다양한 변화를 모색하고 있다. 그 중 하나가 고교학점제의 도입이다. 고교학점제는 학생이 진로에 따라 다양한 과목을 선택하여 이수하고 누적 학점을 기준에 맞게 채우면 졸업 자격을 주는 제도다. 이는 4차 산업혁명 시대 사회 전반의 혁명적 변화에 발맞추어, 단순한 기술이나 지식이 아닌 문제 해결력, 창의성, 융합적 사고력 등의 가치가 괄목할 만큼 부상하는 현실에 대한 대응책의 일환으로 구상되었다. 또한 학생 수 급감에 따라 변화한 학교 현실에서 소수가 아닌 '모든' 학생의 잠재력과 역량을 키우자는 취지에서 기획된 것이기도 하다. 고교학점제는 고교 교육이 입시나 경쟁 위주에서 벗어나 학생 선택형 교육과정 운영을 통해 교육과정의 다양성과 전문성을 확보하기를 지향한다. 고교학점제에서 중차대한 현안은 다양한 선택과목의 개설 혹은 개설 과목의 확대이다.[1] 2020년부터 도입하여 2025년에 전면적으로 시행할 고교학점제에서는 교육의 다양성과 전문성이 그 어느 때보다 시급하게 요청된다.

학생이 폭넓은 선택의 기회를 가지려면 과목의 다양성이 보장되어야 하고, 진로나 적성에 맞는 과목을 집중적으로 들으려면 과목의 전문성이 확보되어야 한다. 이에 지금처럼 교육과정과 교과서를 중심으로 정형화된 교육 방식은 많은 부분 보강이 필요할 것으로 보인다. 절대평가를 지향하는 고교학점제와 학생 수 급감으로 인해 성적과 입시에 대한 부담은 약화될 것이므로, 기존의 정형화된 교육을 옹호하던 성적/입시 논리도 어느 정도 무력해질 것으로 예상된다. 정형화된 교육과정에서의 성취 정도가 학생 평가의 논리로서 절대성을 상실하면서 기존의 교육 방식을 고수해야 한다는 압박은 퇴색할 것이고, 보다 다수의 그리고 양질의 선택·심화 과목을 요구하는 학생들의 호소에 부응하기 위해서는 다양성과 전문성 확보라는 문제가 대두될 수밖에 없다. 이런 시점에서 문학교육 역시 혁명적인 변화를 도모해야 한다. 수십 년간 획기적인 변화 없이 계승되어 온 교육과정과 교육 내용을 답습하는 문학교육은 점점 힘을 잃어 갈 것이다. 이제는 이전의 것과 전혀 다르더라도 다양한 텍스트를 선정하고 전문적인 교육 내용을 도입하면서 다양성과 전문성을 구비한 문학교육을 구상해야 할 때이다.

이 논문은 문학교육의 다양화와 전문화에 기여하기를 소망하면서, 청소년의 심리 치유와 정신적 성장을 위해 인문교육과 제휴한 문학교육의 가능성을 제안하고자 한다. 구체적으로 김영하의 소설 「당신의

---

1   김용진 외, 『학생선택형 교육과정 운영을 위한 과목 안내서』, 한국교육과정평가원, 2018, 1-4면 참조.

나무」를 기반으로 교육 내용을 제안하려고 하는데, 심리학과 제휴하면서 인물의 심층 성격을 분석하여 학생들의 자기 발견을 돕고, 인문교육의 적극적인 도입을 통해 학생의 심리 치유와 정신적 성장을 유인하려고 한다. 교육 내용 구안의 원칙은 다음과 같다. 첫째, 문학교육은 학생의 정신적 성장과 심리 치유에 기여해야 한다. 둘째, 인문교육과 적극적으로 제휴하는 문학교육의 가능성을 다양하게 탐색한다. 셋째, 도덕적 경직성에서 벗어나서 다소 파격적인 내용의 작품도 적극적으로 텍스트로 사용한다.[2] 원칙보다 중요한 것은 내용의 축적이다. 필자는 상기 원칙에 따른 교육 내용 축적 작업을 지속적으로 수행해 왔고, 이 논문은 그 일련의 축적 작업의 일환으로 기획되었다.

「당신의 나무」를 문학교육적으로 고찰한 유일한 연구로 김종회와 강정구의 것이 있다. 김종회와 강정구는 대학생의 자아정체감 확립을 지향하는 독서교육 방안을 제시하면서 「당신의 나무」를 하나의 텍스트로 사용한다. 이 논의는 주인공이 정체감 혼미에서 정체감 성취로 나아가는 과정에 주목하여, 그것을 학습자에게 인지시키고 학습자가 그것을 자신의 삶에 적용하여 주인공의 자아정체감 확립 과정을 모방하게 하는 방안을 제시한다.[3] 이는 본격 학술논의의 장에서 「당신의

<hr />

2 이상에서 논한 원칙의 가치와 타당성에 관해서는 필자의 선행연구에서 수차례 논증하였으므로 이 논문에서는 논증을 생략한다.(박수현, 「청소년의 연애 심리 치유를 위한 문학교육 방안 연구」, 『한국어문교육』 25, 고려대 한국어문교육연구소, 2018; 박수현, 「'문학의 본질' 교육에 관한 재고(再考)-이장욱의 「고백의 제왕」과 한강의 『채식주의자』를 활용하여」, 『우리어문』 67, 우리어문학회, 2020; 박수현, 「문학교육과 인문교육의 제휴를 위한 시론(試論)-이윤기의 「숨은그림찾기 1-직선과 곡선」을 중심으로」, 『한국융합인문학』 8-3, 한국융합인문학회, 2020 등 참조.)

3 김종회·강정구, 「대학생의 자아정체감 확립을 위한 독서교육론-문학을 중심으로」, 『한국문학이론과 비평』 46, 한국문학이론과 비평학회, 2010, 279-282면 참조. 이밖에도 신수정

나무」의 교육적 활용을 모색한 유일한 논의로서 의의를 가진다. 그런데 후에 자세히 논의하겠지만 이 소설에서 핵심은 주인공이 정체감 혼미에서 정체감 성취로 나아가는 과정이 아니라고 생각된다. 본 논문은 작중인물의 정체감 성취 과정에 주목하지 않고, 인물의 심층 성격 분석을 통해 학생의 자기 발견을 유도하며, 작품의 주제인 역(易)의 상상력에서 학생의 심리 치유와 정신적 성장을 위한 단초를 발견한다는 점에서 상기 선행연구과 다른 길을 잡는다.

김영하는 1990년대부터 지금까지 문단에서 중추적 위치를 점하는 작가이고, 「당신의 나무」는 1999년 현대문학상 수상작으로서 1990년 대를 대표하는 소설 중 하나다. 아직까지 식민지 시기나 산업화 시대의 소설들이 교과서적 정전으로 자리 잡은 현실에서 학생들의 공감을 사기 위해서는 우선 보다 젊은 텍스트를 선정할 필요가 있다. 또한이 소설은 심리적으로 불안정한 청년이 스스로를 치유하고 정신적으로 성장하는 이야기이므로 청소년에게 공감을 불러일으킬 만한 여지를 다량 내포한다. 구체적으로 교육 내용을 제안하기에 앞서 「당신의 나무」의 내용을 간략하게 살펴보면 다음과 같다. 임상심리사인 "당신"은 환자로서 처음 만난 여자와 사랑에 빠졌다. 이혼녀였던 여자는 아

은 동남아시아를 재현한 한국 소설들을 탈식민주의적 시각으로 분석하는 자리에서 「당신의 나무」를 언급한다. 이 소설이 캄보디아를 "영성으로 가득 찬 세계, 물질적 고통을 초월하는 정신적 해탈의 공간"으로 표상하며, 동양의 "결핍, 결여를 대안적 상상력으로 이상화하거나 심미적인 것에 대한 찬미로 치환"하는 오리엔탈리즘을 반복한다는 것이다.(신수정, 「원시적 열정의 재현과 오리엔탈리즘에 대한 항의-한국현대소설과 동남아시아」, 『한국문예비평연구』 39, 한국현대문예비평학회, 2012, 45-46면 참조.) 이 논의는 인상 깊지만, 「당신의 나무」의 문학교육적 활용을 모색하는 본 연구와는 완전히 다른 계열에 속한다.

버지에게 버림받은 어머니와 단둘이 살고 있었다. 수면장애, 환청, 울증 등 정신적으로 불안정한 증세를 보였던 여자는 "당신"에게 심하게 집착했다. "당신"이 결별을 선언하면 여자는 자신이나 "당신"에게 수차례 칼을 들어 자신을 찌르거나 "당신"을 찔렀다. "당신"이 여자의 히스테리와 집착을 견디지 못해서 도망가도, 여자는 "당신"이 있는 곳을 어떻게든 알아내어 찾아왔으며, "당신" 역시 여자에 대한 미련 때문에 다시 여자를 만나곤 했다. 이런 식으로 두 사람은 서로를 극도로 파괴하면서 싸움과 결별과 재회를 거듭했다. 어느 날 여자는 남자에게 다시 한 번 이별을 선언했고, 남자는 여자를 붙잡지 않았으며, 앙코르로 여행을 떠났다. 남자는 앙코르에서 사원과 불상을 부수는 판야나무를 보고는 모종의 깨달음을 얻어서 여자에게 다시 연락한다.

2. 작중인물의 성격 분석을 통한 자기 발견

이 소설에서 우선 두드러지는 것은 작중인물 간 연애관계의 파괴성이다.[4] 청소년 수준에서 연애라는 관념에 따르는 아름답고 숭고한 것과

---

4   여자는 주저 없이 칼을 들어 자신을 해치거나 남자를 해한다. 남자는 일부러 여자에게 상처 주는 말을 아무렇지도 않게 지껄인다. 상호 가학적으로 보이는 연애관계다. 이 소설로 수업해 보면 반응은 둘 중 하나다. 학생들은 두 사람의 연애관계의 파괴성에 경악하거나, 그것에 은밀하게 공감한다. 전자는 주로 발표와 토론 같은 명시적이고 표면적인 반응에서, 후자는 주로 레포트처럼 은밀하고 개인적인 반응에서 나타난다. 경험의 유무가 이 반응 양상을 가르는 중대한 요인으로 보인다. 이처럼 파괴적 사랑을 경험한 학생은 이 관계에서 공감을 느끼고 경험하지 못한 학생은 호기심을 느낀다. 공감이든 호기심이든 흥미의 일종이다. 파괴적 사랑의 모습이 학생들의 흥미를 끌 수 있다는 점이 이 소설을 텍스트로 선정한 이유 중 하나이기도 하다.

거리가 먼 기묘한 사랑의 모습에 학생들은 대체로 흥미를 느낀다. 문학교육은 먼저 파괴적 사랑을 유인한 동력이 무엇인지 생각해 보도록 유도한다. 파괴적 사랑을 유도한 원인은 두 사람의 평범치 않은 성격이다. 다소 병적인 작중인물들의 성격은 평범하지 않은 대로 보편성을 지니고 있어서[5], 학생들의 자기 발견에 도움을 준다. 진실은 약한 고리를 통해 드러난다. 건강하고 흠 없는 성격이 아니라 다쳐서 금이 간 성격에서 우리는 인간의 본색을 알 수 있다. 인간의 육체에 대한 지식이 건강한 사람이 아니라 아픈 사람을 통해 증진되는 사정과 마찬가지다. 또한 사람에게는 완전무결한 타인보다 약하고 모자란 타인 앞에서 마음의 빗장을 푸는 성향이 있다. 아프고 다소 뒤틀린 작중인물들의 성격은 학생들에게 충격을 주고 호기심을 유발하면서 보다 쉬운 접근을 허용하고, 상호 비교를 용이하게 하면서 자기 발견을 보다 효율적으로 이끈다.[6]

문학교육의 이상 가운데 중요한 것이 자신에 대한 통찰력 증진이다. '자아 성찰'은 공적인 문학교육의 오래 된 이상이기도 하다. 일례로 고등학교 문학 교과서는 문학을 통한 자아 성찰의 가치를 이렇게 설명한다. "문학 작품은 개인의 내면세계와 만나면서 가치를 가진다." 독자는

---

5 세상에는 교과서적으로 건전하다고 알려진 성격 못지않게 다소 기이하고 병든 성격들이 존재한다. 기이하고 병든 성격은 그것대로 다수에게 유사한 형태로 공유된다. 그러하기에 정신분석학과 심리학에서 병적인 성격의 유형화가 가능했다. 이것은 몇 가지 육체적 병에 대한 유형화가 가능한 사정과 마찬가지다. 육체적 병이 그것대로 보편성을 지니듯, 병든 성격 역시 나름대로 보편성을 띤다. 많은 육체적 병이 치유 가능하듯 마음의 병 역시 치유 가능하다는 것이 본 연구의 문제의식이다.

6 소설에서 아프고 뒤틀린 작중인물의 성격으로 인해 독자들이 얻을 수 있는 치유 효과에 관한 다른 각도의 논증은 박수현, 「'문학의 본질' 교육에 관한 재고(再考)」 참조.

작품에서 다양한 인물과 사건을 만나는 과정에서 "나는 누구인가?"에 대한 질문을 던지면서 "자신의 모습을 반성하기도 하고, 자신 속에 숨겨진 '또 다른 나'를 만나기도 한다. 이렇듯 문학은 자아의 발견을 돕고, 자아를 성장시킨다."[7] '나는 누구인가'라는 질문에서 자유로운 청소년은 아무도 없을 것이다. 이 질문은 청소년의 뇌리를 가장 복잡하게 흔드는 질문이다. 다른 말로 자아정체성 확립은 청소년의 가장 중요한 발달 과업 중 하나다. 자신이 누구인가를 아는 데에 소설교육이 기여하는 바는 자못 크다. 사람은 타인을 보면서 그와 비교하는 가운데 자신의 정체성을 형성하는데, 소설의 작중인물은 학생에게 '비교할 타인'의 노릇을 효과적으로 수행한다. 학생은 작중인물의 성격적 특성을 이해하고 그것에 견주어보면서 자신을 이해한다. 여기까지는 지금까지의 소설교육에서 비교적 어렵지 않게 이뤄져 왔던 작업이다.

그런데 문학교육은 단순한 차원의 인물 이해에서 한걸음 더 나아갈 수 있다. 다소 복잡하고 특이한 성격을 지닌 작중인물을 제시하고, 이해의 차원을 넘어선 분석의 작업까지 유도할 수 있다. 이 과정은 심리학의 도움을 필요로 한다. 작중인물의 심리 혹은 성격을 심층적으로 분석하는 과정은 학생들이 자신의 심층적인 심리나 성격을 발견하는 데 도움을 준다. 학생이 작중인물을 분석했던 그 잣대를 자신에게 적용하고 심리학적 지식을 응용하여 자기 자신을 분석하는 것이다. 이 과정에서 학생은 자신이 누구인지, 특히나 숨겨 왔고 잘 몰랐던 자신이 누구인지 알 수 있다. 그런데 학생이 왜 이렇게까지 심층적인 심리나 성격까지 알아야 하는가? 첫째 이유는 그것이 자아정체성 확립에

---

7   우한용 외, 『고등학교 문학』, 비상교과서, 2014, 287면.

서 중추적 역할을 하기 때문이고, 두 번째 이유는 그것이 궁극적인 변화나 치유를 유도하기 때문이다. 이 두 가지 이유는 독립적인 것이 아니라 서로 얽혀 있다.

겉으로 드러난 자신의 성격적 특성 즉 표면적인 자기에 대한 앎은 자아정체성의 반만 구성한다. 보다 심층적인 자기가 있는데, 그것은 의식 아래 잠복하여 변하지 않는 믿음 혹은 전제, 견고하게 구조화된 무의식, 자극에 대해 반응하는 습관적인 방식, 유사한 상황마다 반복되는 행동·패턴을 야기하는 근저의 동력이다. 이것은 어린 시절 모종의 자극에 의해 형성되어 어지간하면 바뀌지 않는 마음의 근본적 구조이다. 이것을 심성구조라고 일컬을 수 있고, 이는 사람의 마음을 구속하는 일종의 감옥이다.[8] 감옥이므로, 어지간하면 그것 바깥으로 탈출하기 어렵다. 예컨대 어떤 여성은 좋아하는 이성이 프로포즈할 때마다 매정하게 거절하는 일을 반복한다. 중요한 것은 반복된다는 것이다. 이 여성의 마음속에는 자신이 무가치하며 사랑받을 자격이 없다는 굳건한 믿음이 존재한다. 그녀는 미처 의식하지 못하지만, 그녀의 무의식적 믿음의 내용은 이러하다. 어려서 겪은 부모의 이혼이 자신의 탓이며 그러하기에 죄 많은 자신은 행복해질 가치가 없으므로 스스로를 처벌해야 한다는 것이다. 이러한 무의식적 믿음이 어지간하면 바뀌지

---

8   박수현, 『서가의 연인들』, 자음과모음, 2013, 29면 참조. 유사한 맥락에서 로젠블랫은 이렇게 논한다. "성격을 구성하는 행동, 감정의 유형, 관념 그리고 지배적인 충동은 소위 특정한 정신적 감성적 습관들이 학습되는 과정의 결과로 보여진다. 그러므로 어떤 특정한 기질이나 특정한 행동은 그 자체만으로 판단될 수 없다. 그것은 개인의 삶, 즉 그가 받을 수밖에 없는 다양한 영향력, 그가 겪어온 상황들이나 사건들의 총체적인 흐름과 관련하여 인식되어야 한다."(루이스 로젠블랫, 『탐구로서의 문학』, 김혜리·엄해영 역, 한국문화사, 2006, 143면.)

않고 그녀의 평생을 지배하는 심성구조이며, 이것은 '연애 불능'이라는 문제를 반복적으로 발생시킨다. 부정적인 심성구조는 이렇게 끊임없이 반복되는 부정적인 행동 패턴을 야기한다.

부정적인 행동 패턴을 교정하기 위해서는 먼저 심성구조를 알아야 한다. 따뜻한 위로나 도덕적 훈계가 아니라 자신의 대한 앎, 자신의 심성구조에 대한 앎이 교정에 훨씬 효과적이다. 이러한 발견과 앎이 진정한 의미의 정신적 성장이자 치유인데, 이것은 결국 자신에 대한 심층적인 앎이므로 자아정체성의 확립에 효과적으로 기여한다. 청소년이 숨겨진 자기 혹은 심성구조 혹은 무의식의 구조를 명석하게 알면 온전한 자아정체성을 구성할 수 있고, 그것을 교정하면서 스스로를 치유하거나 정신적으로 성장할 수 있다. 소크라테스는 학문의 최종 목적으로 '너 자신을 알라'는 강령을 제시했다. 이는 심성구조의 발견을 통한 성장과 치유 혹은 자아정체성 확립이 공부의 최종 목적이라는 뜻으로 다시 새겨볼 만하다.[9]

청소년이 자신의 심성구조를 발견하기 위해서 우선 작중인물의 성격과 심리를 심리학적 지식의 도움을 받아 분석하고, 분석의 과정과 결과를 자신에게 대입해 보면 좋다. 「당신의 나무」에서 "당신"과 "여자"의 성격이 유난하다고 말했거니와, 다음에서 작중인물들의 심층적

---

9 초피크와 폴은 본 논문의 '심성구조'와 유사한 뜻을 지닌 것으로 '잘못된 신념'이라는 용어를 사용한다. 현실을 구속하고 지배하는 '잘못된 신념'은 유년 시절 경험에서 비롯되었다. 자신이 어떤 계기로 그런 신념을 얻었고 그 신념이 지금까지 어떤 방식으로 작동해 왔는지 통찰해야만 그 신념에서 유발된 행동 방식을 교정할 수 있다. '잘못된 신념'의 형성 계기/과정과 그 작동 방식을 파악하는 것은 정신적 성장에 필수불가결하다.(에리카 J. 초피크·마거릿 폴, 『내 안의 어린아이』, 이세진 역, 교양인, 2011, 190면 참조.)

성격을 분석하려고 한다. 소설의 화자는 "당신"이기에, "여자"보다는 "당신"의 성격적 특성이 보다 뚜렷하고 구체적으로 드러난다. 다음 인용문들은 "당신"의 성격을 분석하는 데 단초를 제공한다.

(가) 나무, 그때부터 당신은 나무를 두려워했다. 미친 여자의 머리카락처럼 산발하며 뻗어내려간 뿌리와 기괴한 웃음 소리를 내는 나뭇잎들. 나무들은 당신이 태어나기 전부터 그곳에 있었고 당신이 죽은 뒤에도 계속 있을 것처럼 보였다.(241)[10]

(나) 어린 당신은 생각했다. 언젠가 저 나무가 자라, 뿌리들은 부엌으로 솟구쳐오르고 가지들은 지붕을 뚫고 들어오리라. 개미들이 침대를 먹어치우고 새들은 거실에 집을 짓고 가을독 오른 벌떼들이 갓난 동생을 쏘아 죽이리라.(242)

(다) 당신 역시 당신의 삶에 날아들어온 작은 씨앗에 대해 생각한다. 아마도 당신 머리 어딘가에 떨어졌을, 그리하여 거대한 나무가 되어 당신의 뇌를 바수어버리며 자라난, 이제는 제거 불능인 존재에 대해서.(251)

(라) 여자의 상태가 좋아질수록 당신은 불안을 느꼈다. 여자는 당신의 아

---

10 이 논문의 텍스트는 다음과 같다. 김영하, 「당신의 나무」, 『엘리베이터에 낀 그 남자는 어떻게 되었나』, 문학과지성사, 2002. 앞으로 이 소설에서 인용 시 인용문 말미 괄호 안에 면수만을 표기한다.

이를 갖고 싶다고 말했다. 그것이 당신의 불안을 더 가속했다. 씨앗은
점점 더 깊이 뿌리를 내리려고 하고 있었다. 가지는 이미 훌쩍 자라나
당신 창에 그림자를 드리웠다.(259)

㈐ 그날 당신의 대응은 적절하지 못했다. 사람을 사랑할 줄 아는 사람이
라면 그렇게 말하지 않았을 것이다. 좀더 더듬거리며, 가지 말라고,
네가 필요하다고, 네가 가버리면 죽어버리겠노라고 말했어야 했다.
그러나 당신을 그러지 않았다.(246)

(가)와 (나)는 소설의 서두에서 뽑은 대목이다. 여기에서 보듯 "당신"
은 나무에 대해 뿌리 깊은 두려움을 품고 있다. 소설은 서두에 상당히
긴 지면을 할애하여 나무에 대한 "당신"의 두려움을 서술한다. 이는
나무에 대한 두려움이 이야기 전개에 근본적인 전제로 기능할 것임을
암시한다. 즉 소설의 중핵은 두 사람의 파괴적 사랑인데, 그것을 유도
한 것은 남녀의 성격이며, 나무에 대한 두려움은 파괴적 사랑을 유인
한 "당신"의 성격을 드러내는 결정적인 장치다. 이는 어린 시절에 형
성되어서 현재까지 그를 굳건하게 지배하는 일종의 심성구조를 암시
한다. 나무에 대한 두려움은 다른 어떤 것에 대한 두려움의 제유다.
소설은 (다)에서 "당신"이 두려워하는 것이 무엇인지 밝혀준다. 여
기에서 나무는 여자와 등치된다. 그렇다면 나무에 대한 두려움은 여자
혹은 사람에 대한 두려움이라고 할 수 있다. 나무와 여자와의 등치관
계는 인용문 (라)에서도 확인된다. (라)에서 여자가 아이를 갖고 싶다고
말하자 "당신"은 씨앗이 점점 더 깊이 뿌리를 내리며 가지가 훌쩍 자
라났다고 생각한다. "당신"은 여자와 나무를 등가물로 여긴다. 이상을

볼 때 나무에 대한 두려움은 사람에 대한 두려움 또는 사람과 친밀한 관계 맺기에 대한 두려움이라고 보인다. 즉 타인에게 마음을 열고 서로 내면을 교환하면서 믿고 의지하는 관계에 대한 두려움이다. "당신"은 타인이 자신의 마음속에 들어와서 소중한 존재로 자리잡을까봐 그리고 자신이 타인에게 의지하게 될까봐 두려워한다. 이 두려움은 평범을 넘어선 것으로 보인다.

이러한 심성구조를 지닌 "당신"은 여자에게 따뜻하게 대하지 못한다. (라)에서 보듯 여자가 아이를 갖고 싶다고 말하자 "당신"은 "불안"을 느낀다. 점점 더 깊이 뿌리내리려는 씨앗과 훌쩍 자라난 가지에 대한 불안은 바로 여자에 대한 불안을 의미한다. 이는 여자가 자신의 삶에 점점 더 깊게 틈입하고 더 많은 영향력을 미치는 상황에 대한 불안이다. 여자가 가까이 다가올수록 그리고 두 사람의 관계가 친밀해지고 공고해질수록 "당신"은 점점 더 불안해한다. 그리하여 (마)에서 보듯, 여자가 결별을 선언할 때에도 "당신"은 여자가 듣고 싶어 하는 말로 여자를 붙잡지 못하고 여자를 도망가게 하는 말만을 지껄인다. 이별을 스스로 유도한 것이다. "당신"은 이성 또는 타인과 친밀한 관계 맺는 일에 심각한 두려움을 품고 있다. 관계가 친밀해질수록 두려움이 깊어간다. 하여 "당신"은 여자를 사랑하면서도 여자에게서 도망가는 이율배반적인 모습을 보인다.

한편 여자는 "당신"과 정반대의 성격을 가졌다. "히스테리아"로 일컬어진 여자는 "당신"에게 과하게 집착한다. 관계가 지속될수록 "여자의 집착은 완강했고 모든 환자와의 관계를 의심했고" "전화와 삐삐가 잦아졌다."(259) 연인에게 깊이 빠져들기를 두려워하면서 도망가려는 남자와는 정반대로 여자는 연인을 소유하려고 하고 관계의 극단적인 친밀성과 완전한 합일을 꿈꾼다. 단적으로 그녀는 관계에 광적으로 집착한다. 그러다보니 신경은 늘 예민하다. "당신만 만나면 신경이 팽팽해져요. 너무 조여진 기타줄처럼 줄창 높은 음만 나요."(246) 연애관계에서 늘 신경이 지나치게 예민해진다는 것은 연인과 관계가 그녀의 인생에서 대단히 중요한 문제이며 그래서 그녀가 연인과 관계에 지나치게 집착한다는 사실을 보여준다. 여자는 자기 자신보다 연애관계에 많은 것을 걸고 있다.

남자는 사람 또는 친밀한 관계를 두려워해서, 타인과 가까워지는 것을 극도로 기피한다. 하여 온전한 사랑을 하지 못한다. 상대를 사랑하면서도 밀어내며, 냉랭하게 대한다. 여자는 정반대로 사람과의 친밀한 관계에 지나치게 집착한다. 상대의 모든 것을 소유하려고 하며 상대에게 한 치의 거리도 허용하지 않고 완전히 일치시키려고 한다. 문학교육은 우선 학생들이 이러한 작중인물의 성격적 특성을 발견하게 한다. 그 다음으로 이러한 성격에 대해 심층적으로 분석해야 하는데, 이때 필요한 것이 심리학적 지식이다. 미리 말하자면 모종의 심리학적 지식에 의거하여 "당신"을 전형적인 '거부형', 여자를 '몰두형'으로 파악할 수 있다. 두 성격의 특징을 분석하기 위해 애착 유형에 관한 심리학적 지식을 문학교육에 도입한다.

심리학에 따르면, 어린 시절의 애착관계 경험은 사람의 인지·정서·행동을 총괄하는 내적인 이미지로 작동한다. 자기와 타인에 대한 이미지에 따라 애착 유형이 구분된다. 자기를 사랑받을 가치가 있는 존재로 보는지 여부, 타인을 신뢰할 만한 존재로 인식하는지 여부에 따라 네 가지 유형이 도출된다. 이에 따라 대인관계에서 의존과 회피의 강도와 애착의 질이 결정된다. 안정형은 자신을 사랑받을 만한 사람, 타인을 믿을 만한 사람이라고 여긴다. 몰두형은 타인에 대해서는 긍정적이고 자신에 대해서는 부정적이다. 거부형은 타인을 믿지 못하지만 자신에게는 드높은 가치를 부여한다. 두려움 형은 자신과 타인 모두에게 부정적이다. 안정형과 거부형은 높은 자신감과 자존감을 지닌다. 사회성이 높은 안정형에 비해 거부형은 대인관계에서 냉랭하고 타인에게 의존하지 않는다. 몰두형의 경우, 자신감과 자존감이 낮고 타인에 대한 의존심이 높다. 자신감·자존감과 사회성 모두 가장 낮은 유형은 두려움형이다.[11]

각 유형별 특성을 구체적으로 살펴보면, 안정형은 자신감 있고 관계에 지나치게 몰두하지 않으며 타인의 인정을 얻으려고 연연하지 않지만, 친밀감을 편안하게 여기고 성취를 위해 인간관계를 희생하지 않는다. 자율적이며 주체적이고 활동적이며 사회적이다. 스트레스 상황에서 믿을 만한 타인에게 쉽게 도움을 청하고, 문제를 회피하기보다 해결하려는 편이다. 거부형은 관계에 몰두하지 않고 남들의 승인을 얻으려고 하지 않는다. 친밀함을 불편하게 여기며 성취를 위해 관계를 부차적인 것으로 여긴다. 사회성은 떨어지지만 자율적이며 성취 지향적이다. 거부형은 어려움에 처했을 때 남들에게 도움을 청하지 아니한다. 자신감이 낮은 몰두형은 관계에 몰두한다. 자율적이고 주체적으로 무엇을 성취하기보다는 관계에서 인정을 받으려고 하며, 친밀감을 무엇보다 소중하게 생각하고, 스트레스 상황 하에서 회피를 선택한다. 두려움형의 경우 자신감, 활동성, 안정성, 지배성, 사회성이 모두 떨어

---

11 김광은, 「성인 애착 유형과 요인에 따른 성격 특성 및 스트레스 대처방식」, 『한국심리학회지: 상담 및 심리치료』 16-1, 한국심리학회, 2004, 55-56면 참조.

진다.[12]

이러한 애착 유형은 이성관계 만족도에도 영향을 미친다. 안정형의 경우 이성관계에서 회피·불안·불만족의 정도가 가장 낮다. 친밀한 관계 맺기를 두려워하는 거부형은 높은 회피 성향을 보인다. 관계에 집착하고 연연하는 몰두형은 높은 불안 성향을 보인다. 몰두형은 이성 관계에서 과도한 질투와 집착을 드러내고, 이로 인한 극단적인 정서 경험은 상대방에 대한 공격적인 행동으로 이어지기도 한다. 그런데 흥미로운 것은 회피 요인이 불안 요인보다 관계 만족도에 부정적 영향을 미친다는 사실이다. 따라서 친밀한 관계에서 어려움을 겪을 가능성은 몰두형보다 거부형이 높다. 두려움형의 경우 회피와 불안과 불만족 점수가 가장 높다. 이성관계에서 가장 큰 곤혹을 겪는 유형이 두려움형이다.[13]

문학교육은 이상의 심리학적 지식을 소개하고 「당신의 나무」의 "당신"과 여자가 어떤 유형에 속하는지 분석하게 한다. 결론적으로 "당신"은 친밀한 관계 맺기를 두려워하는 거부형으로서, 관계에서 회피 성향을 높게 지닌다. 여자는 관계에 집착하고 연연하는 몰두형으로서 불안 요인을 높게 지닌다. 여자가 공격적 행동을 서슴지 않았던 이유도 이 때문이다. 이러한 분석을 통해 학생들은 남자가 왜 나무를 두려워했는지, 왜 여자를 사랑하면서도 밀어냈는지, 여자가 왜 과도한 의심과 집착을 보였으며 공격적 행동을 일삼았는지, 두 사람의 사랑이

---

12 위의 글, 64-65면 참조.
13 김광은·이위갑, 「연애관계에서 성인 애착 유형 및 요인에 따른 관계 만족」, 『한국심리학회지: 상담 및 심리치료』 17-1, 한국심리학회, 2005, 241면 참조.

왜 파괴적으로 흘렀는지 납득할 수 있다. 관계 만족도에 부정적 영향을 미치는 정도는 불안 요인보다 회피 요인에서 더 크므로, 작중인물들의 관계를 위태롭게 만든 것은 여자의 집착과 히스테리보다는 남자의 회피 성향일 가능성이 높다. 그런데 이러한 성격적 특성을 결정하는 것은 어린 시절의 애착 경험이다. 몰두형과 거부형 모두 어린 시절 타인으로부터 안정적인 사랑을 받지 못하여 자신 또는 타인에 대해 부정적인 이미지를 가지고 있다. 여자는 자신을 믿지 못하고 "당신"은 타인을 믿지 못한다.

이 두 사람의 경우 어릴 적의 애착 경험이 뿌리 깊은 심성구조를 형성했다. "당신"의 심성구조, 즉 그의 반복적인 행동 패턴을 규정하는 무의식적 믿음은 이렇게 표현될 것이다. 아무도 나를 사랑하지 않았고 앞으로도 영원히 아무도 나를 사랑하지 않을 것이기에, 나는 내 노력만으로 내 존재 가치를 증명해야 하고, 타인과 가까워져서 그에게 의지하기 시작하면 보나마나 상처받을 것이므로 친밀해지는 것을 피해야 한다. 여자의 심성구조, 즉 습관적인 무의식적 믿음의 내용은 이러할 것이다. 나는 홀로는 무가치하지만 타인에게 사랑받을 때에는 그럭저럭 가치 있다고 생각되므로, 반드시 타인에게 사랑받아야 하며, 타인으로부터의 사랑만이 내 존재 가치를 증명하는 절체절명의 과제다. 이러한 무의식적 믿음은 두 사람을 철저하게 구속하여, 성인기 연애에서도 '도망가기' 또는 '집착하기'라는 반복적인 행동 패턴을 야기한다. 이런 습관적인 행동 패턴은 파괴적 사랑이라는 부정적인 결과를 낳는다. 파괴적 사랑이라는 부정적 양태는 각기 두 사람의 어린 시절에 형성된 특정한 심성구조에서 파생되었던 것이다.

문학교육은 이러한 정황을 위에 예시한 심리학적 지식의 조력을 받아 학생에게 이해시키고, 학생의 경우 어떤 애착 유형에 속하는지 스스로 생각하게 하며, 나아가 자신의 심성구조까지 발견하게 이끈다. 심성구조 발견을 위해 다음과 같은 질문을 던질 수 있다. 자신이 대인 관계에서 반복적으로 자행하는 행동 즉 일종의 행동 패턴이 있는가? 그것이 무엇인가? 내면 깊은 곳에서 그런 행동을 하도록 명령하는 목소리가 있는가? 그 목소리는 무엇을 이야기하는가? 그 목소리로 인해 자신에 대해 어떤 믿음을 가지게 되었을까? 어릴 적의 어떤 경험이 지금의 이런 믿음을 만들었을까? 요컨대 이 질문들은 어떤 과거 체험이 어떤 무의식적 믿음을 만들었으며 그것이 현재 자신에게 어떤 행동 패턴을 유발하는지 통찰하게 유도한다. 아울러 자신의 무의식적 믿음의 내용과 어릴 적 체험에 대해 상세하고 구체적으로 글 쓰게 하는 것도 좋다.[14] 이런 식으로 학생들은 작중인물의 심층 성격 분석을 경유하여 자신의 심성구조를 통찰하고 자신의 무의식적 믿음을 발견할 수 있다. 이러한 통찰과 발견은 학생들의 자아정체성 형성에 기폭제로 기능하고[15], 심리 치유와 정신적 성장에 결정적으로 기여한다.

---

14 이때 위의 단락에서 제시한 작중인물들의 무의식적 믿음의 내용을 참고 자료로 제시할 수 있다.

15 본 논문에서 '자아정체성'이라는 개념을 사용했기 때문에 김종회·강정구의 연구와 같은 맥락이 아닌가 하는 오해를 피하기 위해 덧붙인다. 김종회·강정구는 이 소설에서 인물의 자아정체감 확립 과정에 주목하면서, "당신"이 여자에 대해 의사 결정을 내리지 못하는 상황을 정체감 혼미 상태로, 여자와 화해를 결심하는 사건을 정체감 성취로 파악한다. (김종회·강정구, 앞의 글.) 본 논문은 정체감 혼미/성취 개념으로 작품을 분석하지 않았으며, "당신"과 여자의 성격을 심층적으로 분석하고 그 과정을 통해 학생의 심성구조 발견을 유도한다는 점에서 김종회·강정구의 연구와 완전히 차별된다. 김종회와 강정구는 거부형과 몰두형 등 애착 유형을 전혀 고려하지 않았고 그것을 통한 학생의 자기 발견 가능성을 언급하지 않았다.

3. 인문교육을 통한 정신적 성장과 심리 치유

이 논문은 문학교육과 인문교육의 통섭을 적극적으로 지지한다. 그것은 예의 통섭이 청소년의 정신적 성장과 심리 치유에 효과적으로 기여하기 때문이기도 하고, 현 시점에서 교육 내용의 다양화가 절실하게 필요하기 때문이기도 하다.[16] 문학교육과 인문학의 통섭의 가치는 기존 문학교육의 장에서도 옹호된다. 현행 문학 교과서는 "문학은 인간의 삶을 구성하는 여러 겹의 세계와 영향을 주고 받"는데, "인간의 삶에 대한 탐구라는 점에서 인문 분야와 밀접한 관련을 지니고 있"[17]다고 적시한다. 바로 이전 교육과정에 따른 문학 교과서 역시 "문학은 인간 문제에 대한 사유의 표현이라는 점에서 인문 분야와 관련을 맺고 있"[18]다고 설명한다. 실상 문학교육과 인문교육의 통섭의 필요성은 교육과정에서부터 강조되고 있다.[19] 이처럼 문학을 인접 학문과의 교류의 장에서 교육하자는 생각은 폭넓은 동의를 얻은 것으로 보인다. 이 논문은 다음에서 「당신의 나무」와 병행하여 수행하면 좋을 인문교육 내용을 제안하고자 하며, 이것이 청소년의 심리 치유와 정신적 성장에 기여할 수 있음을 보이고자 한다.

---

16 문학교육과 인문교육의 제휴의 가치에 관해서는 박수현, 「문학교육과 인문교육의 제휴를 위한 시론(試論)」 참조.

17 류수열 외, 『고등학교 문학』, 금성출판사, 2019, 109면.

18 우한용 외, 앞의 책, 83면.

19 "문학과 인접 분야의 관계를 바탕으로 작품을 이해하고 감상하며 평가한다"[12문학02-03](교육부, 『국어과 교육과정: 교육부 고시 제2015-74호 [별책5]』, 2015, 125면)는 현 교육과정의 성취기준, "문학이 예술, 인문, 사회 등 인접 분야와 맺고 있는 관계를 이해한다"(교육과학기술부, 『국어과 교육과정: 교육과학기술부 고시 제2012-14호 [별책 5]』, 2012, 136면)는 직전 교육과정의 성취기준이 이를 증명한다.

「당신의 나무」에서 파괴적 사랑에 지친 "당신"은 여자의 이별 통보를 수락하고 앙코르로 떠난다. 그곳에서 중대한 깨달음을 얻고 여자와 다시 사랑하리라고 결심한다. 이렇게 보면 이 소설은 일종의 성장소설로 보인다. 파괴적 사랑에 매몰되어서 어찌할 줄 모르던 미숙한 정신이 무엇인가 더 높은 단계로 비약해서 스스로를 치유하고 성장하여 성숙한 사랑을 결심했기 때문이다. "당신"을 결정적으로 성장시킨 깨달음은 문학교육적으로도 매우 가치 있으며, 청소년의 심리적 현실에 호소할 여지를 다량 내포한다. 또한 예의 깨달음은 만만치 않은 인문학적 통찰을 담고 있다. "당신"이 스스로 치유하고 정신적으로 성장하는 데 결정적으로 기여한 인문학적 통찰에 주목하는 교육 내용은 인문교육과 접목한 문학교육이 청소년의 정신적 성장과 심리 치유에 유용함을 보여줄 것이다. "당신"의 결정적인 깨달음을 논하기에 앞서 우선 작은 우회로를 거치려고 한다.

"당신"의 집에서 그릇들이 미세하게 덜컥였다. 아무 일도 아니었으나 "당신"은 그릇의 덜컥임이 엄청난 결과를 가져올 것이라고 생각한다. 실상 바로 그 날, 여자는 "당신"에게 이별을 통보한다. "당신"은 그릇의 덜컥거림과 여자의 이별 통보 사이에 인과관계가 있다고 생각한다. 이런 식이다. "그릇이 덜컥거렸고 그 울림이 다른 여러 집의 그릇을 다시 건드렸고 애완견들이 짖었을 것이고 그 소리에 놀란 갓난아이들이 울었을 것이고 그 때문에 아이 엄마들이 짜증을 부렸을 것이고 그녀들의 불편한 심기가 전화선을 타고 남편들의 직장으로 날아갔고 그 중 어느 남편과 함께 일하고 있는 당신 여자의 신경까지 건드렸을 것이다. 나비 효과, 치고는 경미하다고 당신은 생각했다."(245) 뿐만 아니라 "당신"의 추론에 의하면, 그릇이 덜컥거려 "당신"이 여자와 결별했는데, 그 결별이 여자의 엄마로 하여금 손목을 긋게 만들었다. 결별을 선언한 여자가 집에서 극심한 히스테리를 부렸을 것이고 히스테리를 당해야 했던 엄마는 손목을 그을 수밖에 없었다. 결국 그릇의 덜컥거림은 "당신"과 여자의 이별뿐만 아니라 여자 엄마의 자살 기도까지 초래한 것이다. 여기에서 그치지 않고 그릇의 덜컥거림은 가스 폭발까지 야기한다.[20]

　이런 식으로 모든 일은 상호 인과관계로 치밀하게 엮여 있다. 모든 일은 다른 일의 원인 또는 결과가 된다. 소설은 이러한 발견을 다음과 같이 적시한다. "궁극에는 엄청난 일을 초래하는 아주 사소한 덜컥임, 당신은 바로 그 연쇄의 시작을 보았다고 느꼈다. 그런 걸 나비 효과라고 한다지. 북경의 나비가 펄럭이면 캘리포니아에선 폭풍이 칠 수도 있다는 이야기. 커피를 다 마실 때까지 당신은 계속 그것에 대해 생각하고 있었다. 저 덜컥거림이 어쩌면 내 인생의 파열을 가져올지도 몰라."(243-244) 북경 나비의 사소한 펄럭임이 수차례의 인과관계를 거듭하면서 캘리포니아에 폭풍을 몰고 올 수 있다. 마찬가지로 그릇들의 사소한 덜컥거림이 연애의 파국과 한 인간의 자살 기도와 가스 폭발을 유도할 수도 있다. 이렇듯 모든 사물 또는 사건은 독자적으로 존재하지 않으며, 서로에게 원인이 되기도 하고 결과가 되기도 하면서 촘촘

20　이런 식이다. 여자의 엄마가 자살을 시도했지만 살아나서 슈퍼마켓을 방문했다. 왼손의 신경이 끊어진 그녀는 지불을 독촉하는 점원에게 화를 냈을 것이고, 두 사람은 다투었을 것이고, 사람들은 엄마 손목의 수술 자국을 보았을 것이다. 실패한 자살의 흔적에 불편한 심기를 느꼈던 사람들은 집에 돌아가 불쾌한 싸움의 전말을 상기하다가, 몇몇은 자살을 잠깐 생각해 보고 남편의 술주정에 분노를 터뜨리고 누군가는 가스 파이프를 홧김에 잘라버렸을 것이다.

하게 얽혀 있다. 이 소설은 사건 사이를 치밀하게 얽는 인과관계에 주목하면서 그것을 '나비 효과'라고 지칭하는데, 이것은 우리에게 익숙한 '연기(緣起)' 개념을 떠올린다.

문학교육은 학생들에게 상기 인용 대목에 주목하게 하면서 나비 효과 또는 '연기'에 대한 인문학적 사유로 이끈다. 이때 학생들의 이해를 돕고 인문학적 소양을 강화하기 위해서 연기에 관한 인문학적 지식을 참고 자료로 도입한다. 잡아함경에 따르면 "이것이 있기 때문에 저것이 있고, 이것이 일어나기 때문에 저것이 일어난다."[21] 불교에서 이것은 '연기'의 기본 명제다. 연기는 '말미암아 일어남' 또는 '조건으로 말미암은 발생'을 의미한다. 존재하는 모든 것은 모두 그럴 만한 조건이 있기 때문에 생겨난다. 일체의 존재는 '그럴 만한 조건으로 말미암아 생긴 것'이다. 모든 존재는 원인과 결과의 관계로 얽혀 있다.[22] 즉 존재와 존재 사이에는 상의상관성(相依相關性)이 있다. 인(因)과 연(緣)의 화합에 의해 사물은 변화하며, 그로써 어떤 결과가 발생하면, 그 결과는 다시 그를 발생시킨 원인을 포함한 다른 존재에게 직접적인 혹은 간접적인 영향을 미친다. 결과는 새로운 원인 또는 연이 되어 다른 존재에 관계한다. 상의상관성 또는 연기란 이러한 관계를 의미한다. 모든 존재는 서로에게 원인 또는 결과가 되면서 우주의 신비롭고 불가사의한 현상을 전개시킨다.[23]

---

21 대한불교조계종 교육원 편, 『아함경』, 조계종출판사, 2000, 275-276면.

22 마스타니 후미오, 『불교개론』, 이원섭 역, 현암사, 2003, 82-83면 참조.

23 고익진, 『불교의 체계적 이해』, 새터, 1995, 39-41면 참조. 인(因)과 연(緣)이란 사물의 변화에 작용하는 두 조건이다. 이 두 조건의 갖추어짐을 인과 연의 화합이라고 한다. 인은 직접적이고 연은 간접적이다. 서구 학자들은 인을 '1차적 원인', 연을 '2차적 원인'으로 번역

이러한 연기 개념은 소설에서 "당신"이 스스로를 치유하고 정신적으로 성장하는 데 징검다리 역할을 한다. 모든 사건과 사물이 치밀하게 인과관계로 엮였다. 다시 말해 각종 사건과 사물은 독립적으로 존재하지 않고 서로에게 의존하며 스며든다. 이때 어떤 사건이나 사물이 인과적으로 다른 것을 낳는 과정을 무한히 거듭하면 반대 끝에 위치한 무엇을 파생한다. 즉 사물의 극단적인 두 끝 역시 서로에게 스며들어 상호 의존하며 존재하는 것이다. 예컨대 빛과 어둠 같은 상반되는 자질은 상호 의존하며 서로를 인과적으로 파생하므로 어찌 보면 하나다. 일견 반대되는 빛과 어둠이라 할지라도 실상 서로를 촘촘한 인과로 얽는 하나이므로, 그것은 구별되지 않는다. 이러한 깨달음은 "당신"의 심적 난관에 결정적인 치유의 단초를 제공하는데, 소설은 이러한 섭리를 승려의 입을 빌어 다음과 같이 이야기한다.

모든 사물의 틈새에는 그것을 부술 씨앗들이 자라고 있다네. (중략) 그때까지 나무는 두 가지 일을 했다네. 하나는 뿌리로 불상과 사원을 부수는 일이요, 또 하나는 그 뿌리로 사원과 불상이 완전히 무너지지는 않도록 버텨주는 일이라네. 그렇게 나무와 부처가 서로 얽혀 9백 년을 견뎠다네. 여기 돌은 부서지기 쉬운 사암이어서 이 나무들이 아니었다면 벌써 흙이

─────────────

하기도 한다.(위의 책, 39면 참조.) 모든 현상은 무수한 인과 연의 상호관계에 의해 발생하므로 독립자존의 것이 아니다. 원인이 없으면 결과도 없다. 모든 현상적 존재는 상호 의존하여 생겨난다. 이는 이론적으로 항구적이고 실제적 존재가 홀로 존재할 수 없음을 뜻하며, 실천적으로는 이 같은 인과관계를 인식하여 원인이나 결과를 제거함으로써 괴로운 현상적 세계로부터 해방되자는 취지를 지닌다. 모든 것은 고정적 실체가 아니라 서로 의존하면서 존재하므로 서로 주고받는 관계에 있다.(나까무라 하지메·나라 야스아끼·사또오 료오준, 『불타의 세계』, 김지견 역, 김영사, 2005, 44-45면 참조.)

되어버렸을지도 모르는 일. 사람살이가 다 그렇지 않은가.(261)

나무는 "거대한 석조 불상의 틈새에 자신의 뿌리를 밀어넣어 수백 년 간 서서히 바수어"(260) 오고 있었다. 그런데 승려의 말대로 불상과 사원을 부수는 일은 곧 불상과 사원이 무너지지 않도록 버텨주는 일과 같다. 이는 앙코르의 나무와 불상 사이에만 해당되는 원리가 아니라 사람살이에서도 마찬가지다. 부수는 것은 곧 지탱하는 것이다. 즉 나를 부수는 것이 나를 지탱한다. 앞의 연기 개념과 연관 지어서, 부숨은 여러 차례 인과관계를 생성하며 운동하는 가운데 결국 그 반대의 것인 지탱이라는 결과를 만들어낸다. 부숨과 지탱은 이렇게 필연의 관계로 얽혀 있다. "당신"은 여자가 자신에게 행한 부숨이 여러 번의 인과관계를 거쳐서 지탱이라는 결과를 파생했음을 깨닫는다. 자신을 부수는 줄 알았던 여자는 곧 자신을 지탱해 주는 근간이었던 것이다.

(가) 어쩌다 그 두 여자가 당신 삶에 틈입하도록 내버려두었을까. 어쩌면 내가 그 여자들을 불러들인 것은 아닌가. 그릇이 덜컥거려 이 모든 일이 빚어진 것이 아니라 거꾸로 그들이 그릇을 덜컥거린 것은 아닌가. 무엇이 먼저인가. 당신은 혼란스러웠다.(254)

(나) 혹, 당신이 그녀의 나무는 아니었는가. 상담자라는 지위가 가진 매력을 후광 효과 삼아 여자를 유혹하고 당신이 편안할 때마다 섹스 파트너로 삼았던 것은 아닌가. 오히려 치료를 받았던 건 당신이 아니었는가. 여자의 히스테리아는 당신이 도망칠 좋은 구실이 되었던 건 아니었나. 당신이 내뱉은 말들은 그녀가 휘두른 과도보다 더 위험한 건 아

니었을까. 과연 누가 나무이고 누가 부처인가.(262)

　이러한 통찰은 "당신"의 인식체계 즉 타인을 바라보고 인식하는 방식 자체를 결정적으로 바꾼다. (가)에서 보듯 지금까지 그는 그릇이 덜컥거려서 모든 일이 일어났다고 생각했다. 그러나 그 역(易)도 가능하다. 그 여자들이 저지른 일련의 행위들이 그릇을 덜컥이게 했을 수도 있다. 앞서 말했듯 모든 것은 여러 번의 인과를 거쳐서 그 반대의 것과 만나므로, 흔한 말로 극과 극은 통하므로, 무엇과 그 역은 동시에 참일 수 있다. 무엇이 먼저인지 몰라 "당신"은 혼란스럽다고 했지만, 중요한 것은 역도 참이라는 발상의 전환이다. 이러한 시각의 대전환은 "당신"의 뿌리 깊은 인식체계를 바꾸는 결정적인 단초가 된다.

　그 동안 "당신"은 자신이 피해자이며 여자가 가해자라고 생각했다. 그러나 역도 참이라는 논리에 따르면, 시작과 끝이 뒤섞일 수 있듯, 피해자와 가해자의 위치는 언제든지 뒤바뀔 수 있다. (나)에서 보듯 "당신"은 자신 역시 그녀를 이용했고 그녀의 히스테리아를 방패삼아 그녀에게 합당한 연인의 대우를 해주지 않았음을 깨닫는다. 그녀가 자신을 부순 나무라고 생각했으나 실제로는 자신이 그녀를 부순 나무였음을 깨달은 것이다. 여자는 처음에 "당신 머리 어딘가에 떨어졌을, 그리하여 거대한 나무가 되어 당신의 뇌를 바수어버리며 자라난, 이제는 제거 불능인 존재"(251)였다. 즉 자신을 부수는 존재였다. 승려의 말로 인해 깨닫고 난 이후 여자는 "자신이 뿌리를 내려 머리를 두 쪽으로 쪼개버린 한 여자"(263), 즉 자신 때문에 부숴진 존재다. 여자는 자신을 부수는 가해자에서 자신으로 인해 부숴진 피해자로 그 의미가 변한 것이다. 모든 사물은 상호 의존하기 마련이어서, 여자의 부숨과 "당신"의 부숨은 인과관계에 놓여 있다.

한편 (나)에서 보이는 "당신"의 자각은 반성에만 머무르는 것이 아니다. "당신"이 그녀를 이용했다는 자각은 그녀 덕분에 버텼다는 뜻을 내포한다. 그녀가 집착으로 "당신"을 괴롭혔으나, 집착은 사랑의 다른 이름이기도 하기에, "당신"은 깊은 연애관계의 기쁨을 누릴 수 있었다. 여자가 히스테리아로 "당신"을 괴롭혔으나, 그 덕분에 "당신"은 그녀에게 합당한 대우를 해주지 않고 이기적으로 취할 것만 취할 수 있었다. "당신"은 자신을 괴롭힌 것들로부터 사실상 수혜를 받았다. 그녀의 부정적인 자질 또는 파괴적 사랑은 "당신"을 버티게 한 원동력이었던 것이다. 이런 점에서 부숨이 곧 지탱이라는 경구의 의미가 명백해진다. 이윽고 "당신"은 "나무와 부처처럼 서로를 서서히 깨뜨리면서, 서로를 지탱하면서 살고 싶다"(263)고 생각한다. 자신을 부수어 온 여자 덕분에 자신이 살 수 있었고, 실은 자신도 그 여자를 부수었으며, 이러한 상호 부숨이 서로를 지탱해 왔음을 깨달았기 때문이다. "당신"은 이전에 부숨을 두려워했으나 이제는 부숨이 지탱과 등가물임을 깨닫고 부숨을 긍정적으로 인정하고 수용하기로 한 것이다.

문학교육은 상기 인용 대목에 주목을 유도하면서 "당신"의 치유와 성장의 계기를 간파하게 한 후, 이것을 보편적인 인문학적 통찰과 연관 짓는다. "당신"의 인식체계를 결정적으로 바꾼 것은 나를 부수는 것이 나를 지탱한다는 통찰, 모든 사물은 그것을 부수는 씨앗을 내포한다는 통찰이다. 이것은 인문학적으로 대단히 유명하고 근본적인 통찰이다. 모든 빛은 어둠의 씨앗을 품고, 모든 행복은 불행의 씨앗을 품으며, 모든 강함은 약함의 씨앗을 품고 있다. 그 반대도 참이다. 예컨대 누구나 바라던 행복한 일이 일어났다고 할 때, 행복은 거기에서 끝나지 않는다. 행복은 그 자체로 불행의 씨앗을 내장하기 때문에 바로 그 행복에서 배태된 불행의 씨앗이 언젠가 싹을 틔워서 불행한 결과를 초래하기도 한다.[24] 이처럼 모든 사물은 그 안에 자신과 반대되는 자질을 필연적으로 내포한다. 이러한 통찰을 역(易)의 상상력이라고 불러 보자. 역의 상상력은 청소년의 심리 치유에서 대단히 유익하다. 청소년은 이분법적 사고방식에 길들여져서[25] 좋은 것만 좋다고 여기기 쉽다. 자신에게 불편한 것, 겉보기에 흉하고 추한 것을 부정적으로만 수용한다. 이때 청소년이 역의 상상력을 발휘하여 고통과 불행이 기쁨과 행복의 씨앗임을 진정으로 깨닫는다면 아픈 마음을 다스릴 수 있다.

문학교육은 소설에서 인문학적 통찰을 발견하게 한 이후, 청소년이 마음 관리에 예의 통찰을 적용할 수 있게 우선 자신의 현실적 문제에 주목을 유도한다. 구체적으로 자신을 불행하게 만드는 것들이 무엇인지 생각하게 한다. 이후 역의 상상력을 발휘하여 자신의 불행이 행복의 씨앗이 되는 메커니즘을 논리적으로 사고하여 글을 쓰게 한다. 예컨대 가까운 사이일수록 상처주기 마련이기에, 청소년은 자주 가족과

---

24 이쯤에서 문학교육은 학생들의 이해를 돕기 위해서 일상적인 일화를 참고 자료로 도입할 수 있다. 이때 사례로 제시하는 일상적 일화가 반드시 실화일 필요는 없다. 일상에서 익숙하게 봤음직한 이야기라면, 창작한 이야기여도 상관없다. 이 논문은 문학교육 자료로서 창작 일화의 가치를 지지한다. 가령 어려서 미적분과 몇 개의 외국어를 떼어서 천재 소리를 들었던 소녀가 공적인 교육에 적응하지 못하여 평범보다 힘든 삶을 사는 일화를 참고 자료로 제시할 수 있다. 그 소녀에게는 조기에 발현된 천재성이라는 행복이 그 자체로 그 안에 불행의 씨앗을 품었다고 할 수 있다. 또한 지천에 널린, 갖은 난관을 뚫고 무언가를 이룬 사람들의 일화를 참고 자료로 제시할 수 있다. 이 경우 이들의 성취를 방해했던 각종 난관이라는 불행은 그 안에 성취의 원동력이라는 행복의 씨앗을 품었다고 할 수 있다.

25 청년들은 흑백논리에 좌우되는 이원론적 사고를 고수하기 쉽다. 그들은 모순을 통합체로 이르는 여정이 아니라 양자택일의 문제로 수용한다.(정옥분, 『성인 · 노인심리학』, 학지사, 2008, 152-155면 참조.)

친구들 때문에 상처받고 고통스러워한다. 그러다가 이러한 관계에서의 난관을 마냥 부정적으로 수용하여, 자신의 처지를 비관한다. 이때 자신을 부수는 것이 자신을 지탱한다는 통찰을 삶에 적용하여, 자신을 괴롭혀 왔던 가족이나 친구가 어떻게 행복의 씨앗이 되는지 그 가능성을 구체적으로 상상하고 글쓰기로 논리화한다면, 그들로 인한 괴로움이 자신을 버티게 하는 밑거름이라는 사실을 깨달으면서, 비관을 낙관으로 교체할 수 있다. 또한 청소년은 선천적인 조건 때문에 비관하기 쉽다. 집안이 부유하지 않다거나 지능이 높지 않다거나 외모가 아름답지 않다는 이유로 한없이 비관에 빠지곤 한다. 그런데 그렇게 불편한 것들이 어떻게 자신을 꽃피우는 씨앗이 될지 그 경로를 구체적으로 상상하고 글을 쓴다면 비관에 찌든 마음을 치유할 수 있다.

　문학교육은 이런 식으로 소설에 나타난 인문학적 통찰과 청소년의 심리적 현실을 만나게 하면서, 청소년이 당면한 심리적 문제를 떠올리고 스스로를 치유하도록 유도한다. 그 이후 문학교육은 청소년의 정신적 성장을 더욱 공고하게 도모하기 위해서 본격적인 인문교육을 수행한다. 인문교육은 교육 내용의 다양화를 위해서 또는 청소년의 인문교양의 증진을 위해서 수행하기도 하지만, 청소년이 마음을 다스리는 과정에 더욱 확실한 설득력을 제공하기 위해 시행하기도 한다. 모종의 통찰이 단지 한 소설가의 개인적인 식견이 아니라 동서고금의 선현(先賢)들에 의해 무수히 동의된 섭리라는 사실을 알면 청소년이 마음을 다스리는 데 보다 강력한 에너지를 얻을 수 있기 때문이다. 모든 사물은 그 안에 자신과 반대되는 것을 품고 있다는 역의 상상력은 동서고금을 통해 무수한 현자들에게서 사유의 주축으로 기능했다. 우선 장자의 제물론(齊物論)의 한 부분을 본다.

사물은 모두 '저것' 아닌 것이 없고, 동시에 모두 '이것' 아닌 것이 없다. 자기를 상대방이 보면 '저것'이 되는 줄을 모르고, 자기가 자기에 대한 것만 알 뿐이다. 그러기에 이르기를 '저것'은 '이것'에서 나오고, '이것'은 '저것' 때문에 생긴다고 하였다. 이것이 바로 '이것'과 '저것'이 서로를 생겨나게 한다는 '방생(方生)'이라는 것이지.

삶이 있기에 죽음이 있고, 죽음이 있기에 삶이 있다. 됨이 있기에 안 됨이 있고, 안 됨이 있기에 됨이 있다. 옳음이 있기에 그름이 있고, 그름이 있기에 옳음이 있다. 그러므로 성인(聖人)은 일방적 방법에 의지하지 않고, [전체를 동시에 볼 수 있는] 하늘의 빛에 비추어 보는 것이다. 이것이 바로 '있는 그대로를 그렇다 함(因是)'이다.

[하늘의 빛에 비추어 보면] '이것'은 동시에 '저것'이고, '저것'은 동시에 '이것'이다. 성인의 '저것'에는 옳고 그름이 동시에 있고, '이것'에도 옳고 그름이 동시에 있다.[26]

장자의 글에 적시되었듯, '저것'은 '이것'에서 나오고, '이것'은 '저것' 때문에 생기며, '이것'과 '저것'은 서로를 발생시킨다. 삶이 있어서 죽음이 있고, 죽음이 있어서 삶이 있다. 삶에서 죽음이 생겨나고 삶은 죽음 때문에 탄생한다. 옳은 것 안에는 그른 것이 있고, 가능한 것 안에는 불가능한 것이 있으며, 행복 안에는 불행이 있다. 모든 자질은 그 안에 서로 반대되는 자질을 내장하며, 그것들은 서로가 서로를 생겨나게 한다. 옮긴이의 해설처럼, 대립적·모순적 개념은 서로 의존하는 상관 개념이다. 모든 개념은 그와 반대되는 개념 없이는 존재할 수 없

---

26 장자, 『장자』, 오강남 역해, 현암사, 2006, 81-82면.

고, 그 자체로 그 반대 개념을 내포한다. 그러므로 사물을 일면에서만 보지 말고 그 반대 자리에서도 봐야 한다고 하지만[27], 사물의 인식뿐만 아니라 자신의 삶에 대한 인식에서 이 통찰은 더 소중하고 값지다. 자신에게 불행으로 여겨지는 상황에서 행복의 씨앗을 찾는 일의 가치는 아무리 강조해도 지나치지 않다. 자신의 처지에 대한 비관에서 낙관으로의 도약은 대부분의 심리 치유에서 중핵적인 계기다. 이러한 도약의 여정에 장자의 통찰은 강력한 에너지를 제공한다. 문학교육은 위의 인문학적 자료를 소개하면서 청소년이 자신의 삶에 대한 인식에서 역의 상상력을 발휘하는 훈련을 적극적으로 수행하도록 이끈다.[28]

---

27 제물론을 번역한 오강남에 따르면, 이것이라는 말은 저것이라는 말이 없을 때 아무런 의미가 없다. 이것이라는 말 자체가 저것이라는 말을 내포한다. 이것은 저것을 낳고 저것은 이것을 낳는다. 이렇게 서로가 서로를 가능케 하는 것을 '방생'이라고 한다. 언뜻 대립적이고 모순적인 개념들은 독립적인 절대 개념이 아니라 서로 어울려 의존하는 상관 개념이다. 따라서 이분법적 사고에서 나오는 일방적 편견을 버려야 한다. 사물을 한 쪽에서만 보지 않고 전체적으로 보면, 동일한 것이 이것도 되고 저것도 된다. 즉 '이것이냐 저것이냐'라는 판단이 아니라 '이것도 저것도' 함께 보는 것이 중요하다.(위의 책, 82-83면 참조.)

28 신영복에 따르면 장자의 방생지설 즉 모순론은 불교의 연기설(緣起說)과 이렇게 연결된다. 장자의 제물론(齊物論)에서 제(濟)는 '고르게 한다', '하나로 한다', '가지런히 한다', '같다'는 뜻으로, 하나의 체계 속으로 망라한다는 의미를 가진다. 세상의 시비와 진위를 상대적인 것으로 파악하며 그것을 초월하고 망라하는 것이 제(濟)의 뜻이다. 제(濟)란 우리의 인식이란 분별상(分別相)에 매달린 분별지(分別智)라는 사실을 인식하고, 모든 사물은 서로가 서로에게 스며든다는 사실을 깨달으며, 모든 사물이 서로가 서로의 존재 조건이 된다는 사실을 깨닫는 것이다. 그런데 모든 물(物) 즉 사물은 운동한다. 모든 사물은 변화·발전하는 동태적 형식으로 존재한다. 그래서 모든 사물은 원인이며 동시에 결과이고, 서로 직·간접적으로 인과관계를 맺고 있다. 직접적 원인이 인(因)이고 간접적 원인이 연(緣)이라 하면, 모든 사물은 시간과 공간을 매개로 하여 인연을 맺고 있다. 불교의 연기설(緣起說)이 모든 존재의 정체성을 부정하는 해체적 체계를 가지면서도 동시에 모든 존재를 꽃으로 보는 화엄(華嚴)의 세계를 지니는 것과 같다. 불교의 연기설에서 인(因)과 과(果)는 불일부이(不一不二)의 관계에 놓인다. 이는 하나가 아니면서도 둘이 아니며, 즉 서로 다르면서도 하나인 관계다. 모든 존재는 이이일(異而一)의 관계, 다시 말해 "다르면서

장자의 사유에서뿐만 아니라 노자의 사유에서도 역의 상상력은 중요한 자리를 차지한다. 노자의 도덕경은 이러한 유명한 말로 시작된다. "'도(道)'라고 알 수 있는 도라면 그것은 진정한 도는 아니다. 명칭으로써 표현될 수 있는 명칭이라면 그것은 진정한 명칭은 아니다. 명칭이 없는 것(無名)은 천지가 시작되던 상태이며, 명칭이 있는 것(有名)은 만물의 어머니와 같은 것이다. 그러므로 언제나 무욕(無慾)하면 만물 생성의 오묘함을 볼 수 있고, 유욕(有慾)하면 만물의 차별상(差別相)을 보게 되는 것이다. 이 두 가지는 다같이 도에서 나왔으나 명칭이 다른 것이다."[29] 신영복의 해설에 따르면, 무(無)와 유(有)는 동일한 것의 두 측면인데 이름만 다르다. 차이란 이름이 있느냐 없느냐의 차이에 불과하다. 무와 유는 동체(同體)이고 통일체다. 인간의 판단이 차이를 만들어내는데, 그것이 작위이다. 이러한 인식의 상투성을 반성해야 한다는 것이 노자의 생각이다. 어려움과 수월함, 깊과 짧음, 앞과 뒤 등의 차이는 절대적인 것이 못 된다. 이들을 구분하는 것이 인위적인 개입이며 무의미한 '차이의 생산'이다.

이러한 차별적 인식이 특히 '어려움', '낮음', '없음', '짧음' 등의 의미를 부당하게 폄훼한다. 있는 그대로의 상태, 다시 말해 자연의 본성을 우위에 두고 인위적인 구분이 초래하는 혼란을 경계해야 한다. 인식에서 분별지(分別智)를 반성하고 고정관념을 버리며 이분법적 사고와 같은 저급한 인식을 반성해야 한다. 유무(有無), 난이(難易), 고저(高低)는

도 같은" 모순과 통일의 관계를 형성하며 상호 침투한다.(신영복, 『강의』, 돌베개, 2019, 346-347면 참조.)

29 노자, 『노자』, 김학주 역, 을유문화사, 2000, 131면.

구별할 것이 아니다.[30] 이상의 설명은 인식에서 분별지와 고정관념 또는 이분법적 사고를 버려야 한다고 논하는데, 사물의 인식뿐만 아니라 자신에 대한 인식에서도 분별지, 고정관념, 이분법적 사고는 대단히 해롭다. 행복과 불행, 기쁨과 고통, 성공과 실패, 가짐과 못 가짐은 본질적으로 다르지 않다. 따라서 불행, 고통, 실패, 못 가짐을 비하하거나 비관할 필요가 없다. 문학교육은 이러한 인문학적 자료를 바탕으로 청소년이 못 가졌다고 여기는 많은 것들이 진정으로 못 가진 것이 아님을 깨닫도록 유도한다. 높은 지능, 부유한 부모, 빼어난 외모 등에서 못 가진 것과 가진 것 사이에 뚜렷한 경계가 없음을 깨닫게 한다. 성공과 실패 역시 구분할 것이 못 되므로, 실패가 나쁜 것이 아니라 좋은 것의 근원이라고 인식을 전환하도록 이끈다.

역의 상상력은 동양적 사유에서뿐만 아니라 서양적 사유에서도 중핵이다. 서양적 지혜의 총화라 할 수 있는 성경의 한 복음서에 따르면 중병을 앓는 라자로를 두고 예수는 이렇게 말한다. "그 병은 죽을 병이 아니라 오히려 하느님의 영광을 위한 것이다. 그 병으로 말미암아 하느님의 아들이 영광스럽게 될 것이다."(요한복음 11장 4절) 라자로는 이후 죽지만 예수로 인해 부활한다. 이로써 부활을 실현한 예수와 라자로가 동시에 영광스러워졌으니 라자로의 병은 고난이 아니라 영광의 씨앗인 셈이다. 이러한 사정은 비단 라자로의 경우에만 해당되는 것이 아니라 인생 전반을 꿰뚫는 중핵적인 원리다. 고난이 곧 은총이며, 약함이 강함의 근원이라는 역의 상상력은 성경 도처에서 발견되며, 그것은 성경 독자의 마음 관리에 중추적인 역할을 수행한다. 예컨대 성경의

---

30 신영복, 앞의 책, 262-277면 참조.

아무데나 펼쳐보아도 다음과 같은 구절을 만난다. "해산할 때에 여자는 근심에 싸인다. 진통의 시간이 왔기 때문이다. 그러나 아이를 낳으면, 사람 하나가 이 세상에 태어났다는 기쁨으로 그 고통을 잊어버린다."(요한복음 16장 21절) 해산의 고통은 곧 자식을 만난다는 기쁨의 기원이다. 예수는 이러한 비유로써 제자들이 고통에 무너지지 않고 고통을 기쁨의 근원으로 수용하기를 유도했다. 제자들의 정신적인 성장과 치유의 결정적인 계기가 역의 상상력이라 해도 과언이 아니다. 이는 예수의 제자들뿐만 아니라 모든 인간의 마음 관리에서 핵심적인 원리이며, 청소년에게도 강력한 치유력을 발휘한다.

역의 상상력은 종교적 사유에서만 중핵인 것이 아니다. 종교적 사유에서 멀어 보이는 형이상학에서도 역의 상상력만큼은 공유된다. "정신이란 그 자신이 절대적인 분열 속에 몸담고 있음을 알아차리는 가운데 진리를 획득하는 것이다"[31]라는 헤겔의 언명은 유명하다. 모든 사물은 내부에 서로 정반대로 대립하는 자질들을 품는다. 모든 존재는 그 자체로, 그 자신에게 있어서 모순적이다.[32] 역의 상상력은 이렇게 유명한 '모순' 개념과 통하거니와, '모순'은 헤겔의 사유에서 중추적인 개념이다. 이렇게 문학교육이 역의 상상력이 동서고금을 통하여 많은 현철(賢哲)들에게서 발휘된 현장을 제시함과 동시에 자기 삶의 부정적인 면들에 대해 역의 상상력을 적용하는 연습을 적극적으로 유도한다면, 청소년은 문학교육과 더불어 인문교육의 수혜를 입을 뿐만 아니라, 인문학적 통찰력을 계발하고, 그것을 자기 마음을 다스리는 데 효과적으로

---

31 G. W. F. 헤겔, 『정신현상학』, 임석진 역, 한길사, 2005, 71면.
32 H. M. 마르쿠제, 『이성과 혁명』, 정항희 역, 법경출판사, 1991, 161면 참조.

활용할 수 있다.

인문교육은 모종의 통찰의 진실성에 대한 실감을 극대화함으로써 청소년의 정신적 성장과 심리 치유에 기여한다. 예컨대 마음을 앓는 청소년의 입장에서 자신의 처지를 긍정적으로 보라는 단순한 조언은 공자님 말씀처럼 공허하게 들릴 수 있다. 그러나 역의 상상력이 인문학 역사상 중요한 장면마다 사유의 주축으로 종횡무진 활약하는 수많은 현장을 생생하게 목도한다면, 청소년은 그 통찰의 진실성을 육체적으로 실감할 수 있다. 요컨대 실감의 극대화를 위해서 풍부한 자료의 제시가 효과적이라는 뜻이다. 진실한 메시지를 담고 있더라도 상투어로 단순하게 조직된 선언은 그 설득력이 약하다. 동일한 메시지라도 그것을 지지하는 구체적인 사례들로 두텁게 보강된 교육 내용은 설득력을 강화시킬 수 있다. 이것이 인문교육이 청소년의 현실적인 마음 관리에 유의미한 이유다.

4. 맺음말

4차 산업혁명의 도래와 함께 교육 현장에서는 교육 내용의 다양성과 전문성을 확보할 필요성이 강하게 대두되고 있다. 문학 과목 역시 정형화된 교육과정과 교육 내용을 답습하는 관례를 혁파하고 다양성과 전문성을 강화한 교육을 구상해야 한다. 이에 기여하기 위해 이 논문은 청소년의 심리 치유와 정신적 성장을 위해 인문교육과 제휴한 문학 교육 내용을 제안했다. 구체적으로 김영하의 소설 「당신의 나무」를 기반으로 작중인물의 성격 분석을 통해 학생의 자기 발견을 돕고, 인문교육과 제휴를 거쳐 학생의 심리 치유와 정신적 성장과 인문학적 통찰력 증진을 도모하는 문학교육의 가능성을 제시하였다.

문학교육은 「당신의 나무」에서 파괴적 연애를 유발한 작중인물의 성격을 분석하게 한다. 이때 애착 유형에 관한 심리학적 지식의 조력을 받아 남성 인물의 성격을 거부형으로, 여성 인물의 성격을 몰두형으로 파악하게 한다. 누구나 현재 반복적인 행동 패턴을 유발하는 무의식적 믿음인 심성구조의 지배를 받는데, 문학교육은 학생들로 하여금 두 인물의 심성구조를 간파하게 하고, 학생 스스로 어떤 애착 유형에 속하는지 생각하게 하며, 학생의 현재 반복적인 행동 패턴이 무엇인지 그리고 그것을 유발하는 심성구조가 무엇인지 발견하게 한다. 이러한 심성구조의 발견은 학생의 자아정체성 형성을 적극적으로 돕고 심리 치유와 정신적 성장에 효과적으로 기여한다.

또한 문학교육은 소설의 남성 인물에게 치유와 성장의 결정적 계기로 작동한 역의 상상력을 부각한다. 이후 학생들 자신의 삶에서 고통스럽고 불행한 것이 무엇인지 떠올리게 하고, 모든 존재는 그 안에 반대되는 것을 품고 있다는 역의 상상력을 발휘하여, 고통과 불행이 어떻게 기쁨과 행복의 씨앗이 되는지 구체적이고 논리적으로 생각하게 한다. 이때 장자, 노자, 성경, 헤겔 등에서 역의 상상력이 중요하게 발휘된 대목을 인문교육의 자료로 제시하여 역의 상상력의 가치에 대한 실감을 증폭시킨다. 이러한 인문교육과 문학교육의 통섭을 통해 학생들은 인문학적 소양을 증진하고 인문학적 통찰력을 계발할 수 있을 뿐 아니라 심리 치유와 정신적 성장의 여정에서 보다 강력한 에너지를 얻을 수 있다.

이 논문은 지금까지의 문학교육에서 교육 내용의 획기적인 변화와 보강이 미비했다는 문제의식에서 출발했기에 주로 교육 내용의 확장과 심화 가능성에 대해서 논했다. 교육 내용으로서 주목을 유도할 작품의 대목들과 그 의미, 관련된 인문학적 교육 자료 등을 제시했다. 무엇보다 학생들의 활동 주제로 삼을 만한 화두들을 제안했으므로, 이 화두에 따라 글쓰기 혹은 말하기를 유도하면 유용할 것으로 기대한다. 이 논문에서 제안한 교육 내용에 따른 구체적인 실행 결과에 대한 보고와 분석을 차후 과제로 남겨둔다.

III부

교육적 정전의
재발견

심리 치유를 위한 문학교육 연구

-윤대녕의 「은어 낚시 통신」을 중심으로[*]-

1. 머리말

문학사와 문학이론에 기반한 정형화된 해석 또는 공적으로 검증받은
타당한 해석만을 유포하는 문학교육의 한계는 잘 알려져 있다.[1] 문학
교육은 틀에 박힌 지식을 전수하기보다는 학생의 심리적 문제와 공명
하여 그의 정신적 성장을 견인해야 바람직하다. 구체적으로 학생들의
실제 감정이나 생각과 교감하고 내면적 문제에 관한 통찰력을 배양하
면 좋을 것이다. 특히 정서적으로 극히 혼란한 시절을 통과중인 중고
등학생에게 이러한 문학교육은 유효하다.[2] 이러한 문학교육의 유효성

---

* 이 논문은 2015년 공주대학교 학술연구지원사업의 연구지원에 의하여 연구되었음.

1 이에 관한 다수의 논의가 있지만 한 사례만 들자면, 정재찬은 전통적으로 우리 문학교육
이 개인적·심리적·정서적 발달보다는 집단적·사회적·인지적 교육에 치중했다는 사실
을 인정하고, 문학교육이 학생들의 정신적·심리적 측면에 관심이 소홀했던 점을 반성해
야 한다고 논한다.(정재찬,「문학교육을 통한 개인의 치유와 발달」,『문학교육학』29, 한국
문학교육학회, 2009, 82-83면 참조.)

2 박수현,「도덕과 문학교육-2011 개정 교육과정에 따른 고등학교 문학 교과서 고찰」,『어

은 인간의 발달 단계에서 청소년기의 특수성 이외에도 우리나라의 특별한 사회적 정황으로부터 더욱 근거를 얻을 수 있을 것이다. 오랫동안 우리나라의 자살률은 OECD국가 중 상위를 점해 왔다. 그만큼 우리 사회의 스트레스 지수는 대단히 높으며 현대인 특히 청소년의 심적 고통은 개인이 감당할 수 있는 범위를 벗어나 극한으로 치닫고 있다. 이러한 상황에서 문학교육이 학생의 심적 고통을 위무하고 내면적 성장을 견인하는 데 적절히 활용된다면 좋을 것이다.

문제는 이러한 문학교육을 어떻게 구체화시키느냐 하는 것이다. 학생의 정신적 성장에 기여하는 문학교육이란 구체적으로 무엇인지, 어떤 경로를 거칠 것인지 충분히 숙고하고 나아가 구체적 작품 하나하나에 대한 교육방안을 개발하여 그 성과를 축적해야 한다. 이 논문은 청소년의 내면적 성장을 견인하는 문학교육을 구체화하기 위한 작업의 일환으로, 우선 심리 치유를 방법론적 경유 지점으로 설정하고, 실제 작품을 들어 구체적인 교육방안을 제안하고자 한다. 이를 위해 현행 2012 고시 교육과정에 따른 고등학교 문학 교과서 수록 작품 중에서 윤대녕의 「은어 낚시 통신」에 주목하여, 교과서의 교육 방식을 고찰하고 바람직한 교육방안을 논구하고자 한다.[3]

이 논문은 심리 치유를 위한 문학교육을 구안하기 위해서 문학치료학의 연구성과를 참조하나,[4] 그것과 일정 부분 변별된다. 문학치료는

문론집』 64, 중앙어문학회, 2015, 466-468면 참조. 청소년의 정신적 성장과 심리 치유를 지향하는 문학교육의 중요성에 관한 상술은 위의 글 참조.

3 「은어 낚시 통신」은 두산동아(김창원 외)의 문학 교과서에 수록되었다.

4 학교 교육에서 문학치료를 통해 기대할 수 있는 효과는 정서적 부적응의 치료와 발달적 (예방적) 치료이다. 전자에 해당하는 임상적 문학치료는 정서적 · 행동적으로 문제를 겪는

문학교육의 안과 밖에서 폭넓게 행해지는데, 이에 비해 이 논문은 문학교육이라는 대전제의 끈을 놓지 않고, 문학교육의 범주 내에서 문학치료학의 성과를 부분적으로만 응용하려고 한다. 이때 작품 자체에 대한 교육의 중요성을 간과하지 않을 것이다. 지금까지 제안된 문학치료 기법을 활용한 교육방안은 작품 자체에 대한 해석의 중요성을 간과하는 경향을 보인다. 즉 대다수의 문학치료는 작품을 매개로 독자의 자유 연상을 유도하여 그것으로써 심리 치유를 도모하는데, 여기에서 작품은 독자의 자유 연상을 촉진하는 촉매로만 쓰인다.[5] 이 과정에서 작품 자체에 대한 감상과 해석 교육은 상대적으로 폄하된다. 이는 문학치료라고는 할 수 있지만 문학교육이라 하기에는 조금 아쉽다. 문학교육은 심리 치유를 지향하는 경우에도 작품에 대한 깊은 이해를 유도해야 한다고 생각한다. 단적으로 치유를 위한 문학교육은 치유와 문학, 이 두 마리 토끼를 함께 잡는 것이 좋은데, 이 논문은 바로 그 작업을

사람들의 특정 문제에 초점을 맞춘다. 이는 지각, 정서, 행동에 문제를 가진 학생들을 대상으로 한다. 발달적 치료는 학생들이 정상적인 일상의 과업에 대처할 수 있도록 문학작품을 활용하여 일반적인 인성 발달을 강조한다. 이는 청소년의 신체적·심리적 갈등의 예방을 목적으로 하며 임상적 문학치료에 비해 그 대상이 포괄적이다.(박인기 외, 『문학을 통한 교육』, 삼지원, 2005, 252면 참조.) 본 논문에서 논구하는 치유는 발달적 치유에 가까우나 임상적 치료의 가능성도 포괄한다. 잘 알려진 문학치료의 기본 원리 중의 하나는 동일시-카타르시스-통찰이다.(위의 책, 254-257면 참조.) 본 논문은 이 견해의 타당성을 존중하되 약간의 변형을 도모했다.

5 문학치료 기법을 활용한 문학교육 사례에 관한 대다수의 연구가 여기에 포함된다. 몇 가지 예만 들자면 다음과 같다. 전영숙, 「문학치료 기법의 학교 현장 적용」, 『문학치료연구』 2, 한국문학치료학회, 2005; 정재찬, 「치유를 위한 문학 교수 학습 방법」, 『문학교육학』 43, 한국문학교육학회, 2014; 국은순·이민용, 「청소년 인성교육을 위한 문학치료 프로그램의 효과-공감능력과 학교적응능력 향상을 중심으로」, 『인문과학연구』 49, 강원대 인문과학연구소, 2016.

수행하고자 한다.

「은어 낚시 통신」(이하 「통신」)에 주목하려는 이유는 역설적으로 외견상의 제재 부적합성 때문이다. 이 소설은 1990년대를 대표하는 작품이기에 문학교육의 주목을 받을 만하지만, 제재로서의 타당성에 관해서는 의문의 여지가 많아 보인다. 가장 큰 문제는 주제가 모호해 보인다는 점이다. 실제로 이 소설은 오랫동안 그 의미가 애매한 작품으로 규정되었으며, 정설로 인정받는 해석마저도 극히 추상적인 수준에 머물렀다. 발표 당시부터 지금까지 줄곧 이 소설의 주제는 "존재의 시원으로의 회귀"[6], "정치사회적 주체에서 〈자기〉에로의 퇴거"[7] 등 다분히 관념적인 문구로 의미화되고 있다. 비교적 최근 학계에서 수행된 연구에서도 상기 소설은 상당히 추상적인 방식으로 분석되고 있다.[8] 본론에서 살펴보겠지만 이 때문에 교과서의 교육 방식 또한 지극히 추상적이고 관념적인 범위에서 맴돌았다.

정전화된 해석 또는 교과서의 교육 방식대로라면 이 소설은 도대체 학생의 심리와 공명할 만한 지점을 마련하지 않는다. 이는 이 소설의 교육적 가치에 대한 폄하로 이어진다. 1990년대의 대표적 작품인 「통신」이 교육 부적합성 판정을 받은 채 학생들의 관심에서 멀어지기 일

6 　남진우, 「존재의 시원으로의 회귀」, 윤대녕, 『은어낚시통신』, 문학동네, 1994.
7 　장석주, 「도망가는 〈나〉와 〈나〉를 부르는 산란중인 〈그녀〉들-윤대녕론」, 『작가세계』 13-4, 세계사, 2001, 111면.
8 　최영자, 「윤대녕 소설에 나타난 환영적 메커니즘」, 『현대문학의 연구』 44, 한국문학연구학회, 2011; 김지영, 「소설이 '가벼움'을 획득하는 두 가지 방식-조세희와 윤대녕의 문체를 중심으로」, 『Journal of Korean Culture』 17, 한국어문학국제학술포럼, 2011; 백지혜, 「윤대녕 소설의 노스텔지어 미학-『은어낚시통신』을 중심으로」, 『한국문학과 예술』 9, 숭실대 한국문예연구소, 2012; 강유정, 「윤대녕 소설에 나타난 제주의 상징성 연구-토포스(topos)로서의 제주」, 『한국문학이론과 비평』 16-3, 한국문학이론과 비평학회, 2012.

보 직전인데[9], 이 논문은 이를 문제적으로 보고, 이 현상이 예의 소설에 대한 오해에서 비롯되었다고 파악한다. 이 소설에 대한 해석과 교육방안 모두에 치명적인 오해가 존재하는 바, 바로 이 오해를 교정하는 것이 이 논문의 목적이다. 이 논문은 학생의 심리 치유와 전혀 상관없어 보이는 이 소설에서 심리 치유에의 활용 가능성을 읽고 그 방안을 궁리하려고 한다.

2. 문학사와 추상적 주제

윤대녕의 소설 「통신」을 제재로, 심리 치유를 위한 교육방안을 구안하기에 앞서 이 장에서는 현행 문학 교과서의 교육 방식을 고찰하려고 한다. 이 작품이 실린 대단원과 중단원의 단원명과 중단원의 학습목표는 다음과 같다.[10]

대단원	IV. 한국 문학의 범위와 역사(2)
중단원	3. 한국 문학의 다양화(1980년대 이후)
중단원 학습목표	1. 1980년대 이후의 대표적인 문학 작품을 통해 한국 문학에 나타난 전통과 특질을 이해한다. 2. 1980년대 이후 문학 작품에 반영된 시대 상황을 이해하고 작품을 감상한다. 3. 1980년대 이후 문학의 전개와 구현 양상을 통하여 한국 문학의 개념과 범위를 이해한다. 4. 보편성과 특수성의 관점에서 1980년대 이후의 한국 문학과 외국 문학을 이해한다.

9 실제로 필자가 이 소설을 제재로 강의를 진행했을 때, 학생들은 교과서의 교육 방식대로라면 이 소설이 무엇을 의미하는지, 왜 빼어난 작품인지 도무지 알 수 없노라고 반응하였다. 그런 이유로 이 소설을 극도로 혐오하는 학생도 다수 있었다. 이러한 오해로 인한 폄하에서, 이 소설을 구해내고 싶은 소망이 이 연구의 계기이기도 하다.

위에서 보듯 「통신」은 문학사 학습 단원에 수록되어 있다. 따라서 당대의 시대상을 이해하는 것이 교육의 중대한 목표로 부상한다. 이 작품이 1990년대 소설의 특성을 충실하게 구현한다고 거론되어 왔기 때문에 이러한 학습목표는 일견 타당한 것으로 보인다. 거칠게 보아서 이 작품의 문학사 교육 제재로서의 적합성은 수긍할 만하지만, 세밀히 보자면 문제의 소지가 없지 않다.

작품을 통해 시대상을 파악하라는 거대 명령에 따라 이 작품은 교육 제재로 재탄생한다. 교과서는 본문 도입부에서 이 작품이 "건조한 일상에서 벗어나 잃어버린 자신의 근본을 찾으려 하는 현대인의 갈망을 다룬 소설"이며, "이와 같은 작품의 주제가 오늘날 우리 시대에 어떤 의미를 가지는지 생각하며 작품을 감상해 보자"(354)며 교육의 방향을 제시한다. 이 안내 문구 근저에는 시대적 감각이 흐르고 있다. 잃어버린 자신의 근본을 찾으려는 갈망을 현대적인 것으로 단정하는 것은 시간 감각을 전제한 발언이다. 그리고 안내 문구는 예의 주제의 현재적 의미를 묻는데, 이 발언의 근저에서도 기본적으로 예의 주제를 현대적이지만 지난 시대의 것으로 전제하는 시간 감각을 읽을 수 있다. 단적으로 이 문구에서 잃어버린 자신의 근본을 찾으려는 갈망을 1990년대적인 것으로 규정하는 전제가 드러나는데, 이는 다음에 살펴보겠지만 해석사의 관습을 추수한 결과이기도 하다. 여기에서 예의 갈망이 과연 1990년대에 고유한 것인지 의문이다. 예의 갈망은 보편적인 시대의 보편적인 인간의 갈망으로서, 시대적 맥락을 제하고 보는 것이 더 타

---

10 이 장의 텍스트는 『고등학교 문학』(김창원 외, 두산동아, 2014)이다. 이 장에서 이 책으로부터 인용 시 인용문 말미에 면수만을 표기한다.

당하다고 생각된다.

작품의 문학사적 의의에 주목하는 교육 방식은 학습활동에서도 부각된다. 학습활동 2번은 평론가 남진우의 글을 인용하면서 다음과 같이 질문한다. 이 학습활동은 문학사적 의의에 초점을 맞춘 교육 방식이 각론에서 보이는 부주의함을 노출하기에 주목을 요한다.

2. 다음은 윤대녕에 대한 평론들 중 일부분이다. 다음 글을 읽고, 아래의 활동을 해 보자.

(가) 이 작가는 연령이나 작품 활동의 시기 등으로 미루어 볼 때 흔히 신세대라고 운위되는 작가군 가운데 한 사람임은 틀림없다. 그 역시 동세대 젊은 작가들이 내보이는 여러 특징들, 예컨대 정치 사회적 쟁점에 대한 상대적 무관심이라든가, 소비 자본주의 사회의 생활 방식을 별 거부감 없이 수용하고 있다든가, 경쾌하고 발랄하면서도 세련된 도시적 감수성으로 무장하고 있다든가 하는 점 등을 공유하고 있다.

-남진우, '존재의 시원으로의 회귀'

(1) (가)에서 설명하는 특징이 이 작품에 어떻게 드러나 있는지 말해 보자.(362-363)

남진우는 정치·사회적 쟁점에 대한 상대적 무관심, 소비 자본주의 사회의 생활 방식, 경쾌하고 발랄하면서도 세련된 도시적 감수성 등을 1990년대적인 것으로 규정하고 윤대녕이 그런 특징을 공유한다고 밝힌다. 그런데 「통신」은 '소비 자본주의 사회의 생활 방식'과 '경쾌하고 발랄하고 세련된 도시적 감수성'을 공유하지 않는다고 보인다. 윤대녕의 전체 작품 중에서 예의 특징을 지닌 작품이 존재할 수는 있지만, 「통신」에 그러한 특징이 두드러진다고 보기는 어렵다. 「통신」에 편의점이라는 공간과 원두커피라는 소품이 등장한다고 해서 그것이 소비 자본주의 사회의 생활 방식과 도시적 감수성을 표상하지는 않는다. 다음 장에서 보겠지만 작품에서 보다 중요한 것은 자본주의와 도시에 적응하지 못하는 인물들의 우울한 내면이다. 즉 소비 자본주의 사회의 생활 방식이 아니라 그것에 대한 환멸이 보다 부각되며, 경쾌하고 발랄한 감수성이 아니라 우울한 감수성이 보다 두드러진다는 것이다. 위의 인용문은 작품의 의미의 왜곡을 파생할 수 있기에 우려스럽다. 이는 교과서 저자가 윤대녕 작가의 전반적인 성향으로 운위된 사안을 특정 텍스트의 고유한 특질로 확대 해석했기 때문에 발생한 오류인 듯하다.

지금까지 보았듯 교과서는 이 소설의 문학사적 의의에 초점을 맞추어 교육한다. 이는 보편적인 작품의 의미를 특수한 시대의 것으로 축소하고 부분적으로 작품의 의미를 왜곡하는 결과를 낳았다. 문학사 학습을 통한 문학교육의 중요성이 점차 축소되고 학생의 내면과 소통하는 문학교육의 가치가 제고되어 가는 현 추세를 고려할 때, 아쉬움은 더욱 커진다. 그런데 더 큰 문제는 이 작품의 주제에 대한 교육 방식이다. 다음은 작품의 주제와 핵심적인 모티프의 의미를 설명하는 해제이다.

주인공은 (중략) 건조한 일상에서 벗어나 진정한 자신의 정체성을 찾고자 한다. 여기서 귀소 본능을 갖고 있는 은어는 '은어 낚시 모임'의 문장(紋章)으로, 존재의 근원으로 회귀하고 싶어 하는 인간의 갈망을 상징한다. 현실에서 정착하지 못하는 이들은 비밀 모임을 통해 삶의 본질적인 의미를 찾고 거듭나기를 원하는 것이다. (중략) '호피 인디언'은 황혼 녘 아메리카 원주민의 뒷모습을 통해 현대 사회에 적응하지 못하고 사라져 가는 존재의 고독을 보여 준다. 이 작품은 '시원으로의 회귀'라는 주제를 도시적 감수성과 신선한 문체로 전달함으로써 1990년대 독자와 평단의 호평을 받았다.(365)

교과서에서 적시하는 주제는 모호하고 추상적이다. 주제가 '존재의 시원으로의 회귀'이며, 은어가 "존재의 근원으로 회귀하고 싶어 하는 인간의 갈망을 상징"한다고 한다. 고등학생의 입장에서 존재의 시원이 무엇이며 회귀가 무엇인지 말뜻조차 쉽게 알기 어렵거니와, 교과서는 작품의 어떤 면이 그러한 '갈망'을 드러내는지 설명하지 아니한다. 교과서는 호피 인디언이 "현대 사회에 적응하지 못하고 사라져 가는 존재의 고독"을 드러내는 면에서 작품의 주제와 연관된다고 해설한다. '존재의 고독'이라는 문구 역시 모호하고 추상적이기는 마찬가지이며, 이것이 어떻게 작품의 주제와 연관되는지 그 연결고리를 납득할 수 없다. 이러한 추상적이고 관념적인 설명으로는 이 소설의 본색을 드러내기 어렵다. 이 작품에 대한 잘 알려진 평론의 주요 문구를 그대로 따온 듯한 상기 해설은 학생들의 작품 이해를 돕지 못할 뿐만 아니라 그들의 마음에 공명을 일으키기는 더더욱 어렵다. 이 학구적인 문구에서 고등학생들은 난해함만을 발견할 뿐 자신의 내면과 소통할 수 있는 실마리를 찾지 못할 것이다.

2. (2) 이 작품에서 '은어'가 상징하는 바를 적어 보고, 이를 통해 작가가 드러내려 한 주제에 대해 말해 보자.

3. 다음은 작품 속 엽서의 그림인 '호피 인디언'의 사진에 대한 설명이다. 사진 속 '인디언'들과 주인공 '나'의 삶이 어떤 공통점이 있는지 말해 보자.

커티스의 대표작 중 하나로 폐허가 된 건물의 계단 위에서 호피 원주민 부족들이 외계 동물 같은 복장을 하고 서서 황혼녘의 들판을 내려다보고 있는 뒷모습을 찍은 것이다. 커티스는 아메리카 원주민을 '사라져 가는 종족'으로 보았기에 사라지기 전에 그들의 전통과 풍습, 제도 등을 기록해야 한다고 믿었다. 난쟁이처럼 왜소한 체구에 특이한 머리 장식과 복장이, 사라져 가는 종족의 쓸쓸함을 더해 준다.(363)

위는 '심화학습'에 해당하는 학습활동이다. 통상 이 지점의 학습활동은 작품 이해의 최종 종착지로 상정되는 내용을 질문한다. 교과서 저자는 은어의 의미를 통해 드러나는 작품의 주제 그리고 예의 주제와 호피 인디언과의 관계를 질문한다. 이에 따르면 교과서 저자는 '은어'와 '호피 인디언'의 의미 파악이 핵심적인 교육 내용이며, 심지어 학습의 최종 도달점이라고 상정하는 듯하다. 그런데 학생들이 은어가 "존재의 근원으로 회귀하고 싶어 하는 인간의 갈망을 상징"하고, 호피 인디언이 "현대 사회에 적응하지 못하고 사라져 가는 존재의 고독"을 드러낸다고 배웠다 한들, 이것이 과연 이 작품에서 얻을 수 있는 최상의 효용일까? 이 교육 방식대로라면 학생들은 텍스트를 극히 학술적으로 이해하는 수준에서 학습을 마무리할 것이고 자신의 마음이나 삶과 관련지어 작품을 감상할 기회를 상실할 것이다. 이는 작품의 자기화를 유도하여 학생의 정신적 성장과 심리 치유를 도울 가능성을 간과한 면에서 아쉬운 교육 설계이다. 본 논문은 이러한 학구적인 교육 내용 이외에 학생들에게 더욱 유용한 교육 내용이 존재한다고 상정하고, 그것을 탐색하려고 한다.

일차적인 문제는 인물의 복잡다단한 심리에 대한 생생하고 상세한 이해를 유도하는 안내가 없다는 점에서 찾을 수 있다. 학생들이 작품에서 자신의 마음과 공명하는 지점을 찾으려면 작중인물의 심리를 먼저 이해해야 한다. 그런데 상기 해설만 가지고서 학생들은 인물들이 왜 존재의 근원으로 회귀하고 싶어 하는지, 왜 그들은 고독한지 알 수 없다. 인물 심리의 이해를 위한 중요한 실마리는 "현실에서 정착하지 못하는 이들"이라는 해설 문구인데, 교과서는 인물들이 왜 현실에 적응하지 못하는지, 현실 부적응의 증상은 어떻게 나타나는지 설명하지 아니한다. 그 질문에 대한 힌트를 내장한 중요한 단락 자체가 교과서에 누락되어 있다.

실상 이러한 교육적 난국은 이 작품에 대한 해석적 난국에서 비롯된 바 크다. 지금까지 이 작품에 대한 해석의 역사 자체가 예의 추상적이고 모호한 언사로 가득 차 있다. 그 일부를 머리말에서 언급한 바 있다.[11] 달리 말하면 이 작품은 제대로 해석되지 않았다고까지 할 수 있다. 아이러니하게도 이러한 해석의 추상성은 작품의 추상성으로 전치되어서, 작품에 대한 비판의 실마리로 기능했다. 즉 논자들이 추상적이지 않은 작품을 추상적으로 해석하고는 작품의 추상성을 비판했다는 뜻이다. 새로운 감수성과 문체로 1990년대 문학의 신기원을 이룩

---

11 교과서의 학습활동에서 인용한 장석주 평론도 이에 대한 한 사례이다. (인물들의) "동선은 현실과 신화, 실재와 환상 사이를 지나는 존재의 시원으로 통하는 길이다. 그래서 윤대녕 소설의 한 화자는 "내게는 꿈이 생시요 생시가 곧 꿈이다."라고 말하기도 한다. 그들은 모천으로 회귀하는 은어 떼와 같은 존재들이다."(363)

했다는 고평과 더불어 인물 심리에서 개연성과 논리성이 부족하다는 불만은 이 소설에 따르는 전형적인 평판이다. "인물들의 갈등과 소외 의식이 그리 절실하게 다가오지 않"고, "그들이 왜 그토록 절망스러운 얼굴을 하고 있는지, 그들이 왜 떠나야만 했는지에 대해 작가는 특별한 대답을 제공하지 않는다"[12]는 비판은 비단 한 평자의 것만이 아니다. 윤대녕 인물의 소외감이나 절망의 원인이 부재하며, 따라서 인물의 심리적 갈등이 설득력을 결여한다는 논의는 상당히 잘 알려져 있다. 이 비판이 옳다면 교과서가 작품의 주제를 추상적으로 소개하고, 어찌하여 그 주제가 도출되었는지 논리적으로 제시하지 아니하며, 인물의 심리를 선명하게 설명하지 않은 것은 교과서의 불찰이 아니라 작품의 결함 때문이다.

그런데 여기에서 이러한 질문이 가능하다. 「통신」이 관념적이고 추상적인 주제만을 전경화한 채 인물의 심리에 대한 현실적인 천착을 결여했는가? 아니면 지금까지 연구자들이 그것을 읽어내지 못했는가? 본 논문은 후자의 가능성을 타진하려고 한다. 즉 예의 소설에 인간 심리에 대한 구체적인 탐구가 결여된 것이 아니고 지금까지 작품을 해석했던 또는 교육했던 역사에서 빈 곳이 존재했을 가능성이 있다는 것이다. 본 논문은 예의 빈 곳을 메우려는 시도이기도 하다. 이 논문은 다음 장에서 「통신」의 인물의 심리를 손에 잡히도록 생생하게 읽어보고 바로 그것을 문학교육의 중추적 기반으로 삼으려고 한다. 이 작업은 심리 치유를 위한 교육방안을 제안하는 일과 동궤에 놓인다.

---

12 황도경, 「미끄럼틀 위의 삶 혹은 소설-윤대녕 소설에 묻는다」, 『작가세계』 13-4, 세계사, 2001, 116면.

3. 심리 치유를 위한 문학교육

1) 속물 거부와 순수의 고통

앞서 보았듯 교과서는 「통신」의 인물들이 존재의 고독을 느끼면서 존재의 시원으로 회귀하고 싶어 한다고 교육하는데, 그 이유를 제시하지 아니한다. 바로 이 은닉된 이유를 밝혀야 교육적 난국에 대한 해법을 찾을 수 있다. 교과서 해설의 "현실에서 정착하지 못하는 이들"(365)이란 문구는 그 자체로는 모호하기 짝이 없지만 작품의 해석적 · 교육적 난상을 해소할 실마리를 내포한다. 즉 인물들을 "현실에서 정착하지 못하는 이들"이라고 단언적으로 지칭할 것이 아니라, 이들이 왜 현실에 정착하지 못하는지 그 증상은 어떻게 나타나는지 풀이하면 작품의 이해와 교육의 단초를 얻을 수 있다. 다음에서 우선 인물들이 현실에 적응하지 못하는 이유를 상세히 보고, 이후 그들의 고독과 회귀 소망의 원인을 살피기로 한다.[13]

화자인 "나"는 "소위 말하는 예술사진으로 별 빛을 보지 못한 후" "광고사진을 몇 년 하다가 그것도 지긋지긋한 생각"이 든 사진작가이다. "사단(寫壇)이나 광고업계의 생리에 일찍부터 진절머리가 나 있"었으나 "그럴수록 한편으론 사진다운 사진을 해보고 싶다는 생각"(57)을 간절하게 품고 있다. "나"는 사단과 광고업계의 생리 모두에 혐오를 느낀다. 예술사진으로 이름을 떨치려면 사단의 메커니즘에, 광고사진으로 출세하려면 광고업계의 관행에 잘 영합해야 한다. 그 영합이라는

---

13 이하 텍스트는 윤대녕, 『은어낚시통신』(문학동네, 1994)이다. 이하 이 책으로부터 인용 시 인용문 말미에 면수만을 표기하기로 한다.

행위가 무엇을 포함하는지 굳이 말할 필요가 없을 것이다. 그것은 우리가 부조리, 모순, 부정이라고 부르는 일체의 행위를 내포할 수 있다. "나"는 그러한 세상의 속물적 질서에 영합하지 못한다. 그러면서도 그는 "사진다운 사진을 해보고 싶"은 꿈을 지속적으로 꾼다. 그는 험한 속물 세계의 규칙에서 한 발짝 물러난 자리에서 염결한 예술가적 꿈을 간직하고 있다. 단적으로 그는 속물성과의 타협을 거부하고 순수성에 머물기를 원하는 인물이다.

"나"와 동궤에 놓인 인물 "청미"의 성격과 심리도 유사하게 묘파된다. 두 사람이 처음 만났을 때 청미는 무명 영화배우로서 의류회사의 광고를 찍고 있었다. "배우로서 성공하기엔 이미 늦은 나이"(58)였고, 순전히 생활비를 벌기 위해서 광고 모델을 시작했는데 그마저도 "중소기업의 상품광고에 싼값으로 출현하는 이미 한물간 모델로 전락해 있었다."(58) 여기에서 일단 청미가 "나"와 비슷하게 세상의 주류에서 밀려난 인물, 꿈을 꾸었으나 꿈을 이루지 못한 인물임을 알 수 있다.

"나"와 청미의 유사점은 그들이 꿈을 이루지 못한 이유에서 더 뚜렷하게 부각된다. 소설은 그녀의 '맑음'과 세상의 '속악함'을 대비적으로 제시하는데, 이것이 바로 그녀가 꿈을 이루지 못한 이유를 암시한다. 광고 촬영 현장에서 작업팀 관계자들은 모델들에게 상스런 말을 거침없이 뱉어내고, 모델들은 관계자들의 술시중을 들어야 했다. 청미는 "저녁마다 술자리에 끌려 다니며 받는 은근한 수모 때문에 유독 힘들어"(59) 했다고 형상화된다. 영화배우로 출세하려면 '술시중'으로 제유되는 각종 속물적 행위를 용납해야 한다는 것이 속물의 질서이다. 그러나 청미는 세상의 속악한 질서에 영합하지 못한다. 더구나 청미의 이미지는 "하동(河童)"으로 주조된다.[14] 청미는 "하동" 즉 "여름에 물에서 벌거벗고 노는 아이"처럼 맑고 순수한 성정을 지녔다고 설정된다. 여기에서 청미와 "나"의 유사성은 확연해진다. 두 사람 모두 속물적 질서에 영합하기를 거부하고 순수를 유지하고 싶어 하는데, 그 때문에 세상과 불화한다.

청미와 "나"의 유사성은 "은어낚시모임"의 주축을 이루는 "육십사년 칠월생"들 모두의 유사성으로 확대된다. 그들은 모두 "현실적인 삶을 더 이상 용납할 수 없"고, "그렇게는 살아지지 않"(74)는 사람들이라고 소개된다. 이들은 속물로 살고 싶어도 살아지지 않을 정도로 속물의 질서를 거부하며 순수에 머무르고자 한다. 또한 이들은 "삶으로부터 거부된 사람들"(73), "삶에 제대로 뿌리박지 못하는 사람들"(74)이라는 호명이 암시하듯이, 현실 비타협적 성정 때문에 세상에서 소외되었다고 느낀다.

문제는 이들이 속물이 될 수 없는 자신들로 인해 뿌듯하기보다는 상당히 위축되었다는 사실이다. 현실에서 비껴난 이들은 투사가 아니다. 속물이 되기는 싫으나 순수에 머물러 있는 그 자신도 만족스럽지 않다. 이들은 그러한 자신에게 열등감과 자괴감을 느끼며, 당연히 우울하다. 여기에서 "알코올과 약물중독의 늪에서 헤어나지 못한 채 1958년 마흔네 살의 나이로 자신이 늘 읊조리던 슬픈 노래처럼 죽어간 빌리 홀리데이"(52) 모티프의 의미가 선명해진다. 빌리 홀리데이의 슬픔에 깊게 공감할 정도로, "나"(와 그 무리들)은 우울하다. 순수에 머무르려

---

14 "뭘 묻기 좋아하는 여자였다. 마음이 하동(河童) 같아야 물음이 생기는 법이다."(60) "다시 하동의 얼굴로 그녀가 내 눈을 들여다보며 말했다. 하동-여름에 물에서 벌거벗고 노는 아이-가 떠올라 나는 슬몃 웃음을 터뜨렸다."(61)

는 소망 때문에 현실에 적응하지 못했으나, 그 대가는 자부심이나 만족이 아니라 자괴감과 우울이다.

한편 "나"는 빌리 홀리데이의 음악을 들으면서 "세상의 아주 외진 곳에 와 있다는 생각"(53), 즉 진한 고독감을 느꼈다고 하는데, 여기에서 세상에 적응하지 못했기 때문에 어느 누구와도 소통할 수 없다고 느끼는 "나"의 심경을 읽을 수 있다. 이러한 극단적인 고독감은 세상에서 영원히 밀려난 듯한 소외감과 동궤에 놓인다. 이 소외감은 세상에서 종내 사라질 것이라는 불안으로 이어진다. "나"는 자신처럼 세상에 적응하지 못해서는 삶을 길게 영위하지 못하고 머지않아 사라지리라고 비관한다. "나"는 "영원한 망각을 기다리고 있는 슬픈 종족"(77)인 호피 인디언에게 동질감을 느끼는데, 이는 자신도 그들처럼 연약하고 소외됐으며 소멸을 앞두었다는 자각 때문이다. 요컨대 "나"는 속물적 질서를 거부하지만, 순수에 머무르는 자신이 한없이 초라하게 느껴진다. 속물이 되지 못한 죄로 세상에서 쫓겨난 듯 소외감에 빠진 채 최소한의 설 자리마저 잃을 것이라고 불안해하는 것이다.

이렇게 보면 인물들이 현실에 적응하지 못하는 이유와 우울과 고독에 시달리는 이유, 호피 인디언에게 동질감을 느끼는 이유를 설명할 수 있다. 교과서는 인물들의 순수 지향적 성향을 간과하였고, 청미와 "나"의 유사성을 부각하는 단락을 누락시켰기 때문에 인물이 현실에 적응하지 못하는 이유를 해명하지 못했다. 한편 인물의 우울함은 위에 설명한 대로 상당히 복잡다단한 구조를 지니는데, 교과서는 이 복잡다단함을 무시한 채 단순히 '존재의 고독'이라는 추상적 문구로 정황을 덮어 씌웠기 때문에 왜 인물이 우울하고 고독한지 설명하지 못했다.

여기에서 인물들의 심리를 보다 생생하게 설명하기 위해서 보편적인 청년 심리와 연계해 보면 좋을 것이다. 청년의 심리는 종종 이상주의로 표지화되며, 청년은 이상주의 때문에 속물의 질서에 쉽게 타협하지 못한다.[15] 많은 청년들이 「통신」의 "나"처럼, 이상과 현실의 타협 불가능성 때문에 상처받고, 속물이 되기 싫으나, 속물이 될 수 없는 자신 또한 초라해 보여서 자괴감을 느끼며, 그런 식으로는 세상에서 버티지 못하고 밀려날 것 같아서 외롭고 우울하다.

이상으로 작중인물의 심리를 설명했다면 이제 고등학생들이 심적으로 공명할 지점을 제시해야 한다. 이상주의와 그에 따르는 정신적 고통의 파노라마는 비단 청년만의 것이 아니라, 청소년의 것이기도 하다. 바로 여기에 이 소설에 대한 교육의 실마리가 존재한다. 청소년은 "나"의 심리에 공감할 수 있고, 교수자는 그 공감을 유도할 수 있다. 이상주의는 청소년의 대표적인 인지적 특성이다. 청소년들은 늘 실제와 이상을 비교하고 실제가 이상보다 열등함을 발견한다. 있는 그대로의 사물과 어른 세계 전반을 비판적으로 인식하며, 불공정한 상황을 견디지 못한다.[16] 청소년들은 그 어느 때보다 순수를 진하게 꿈꾼다. 세상이 도덕적으로 완전하기를 바라며 최소한의 흠결도 참기 어려워한다. 실제 속물의 질서를 발견하게 되었을 때 당혹해 하면서 분노

---

15 발달심리학에 따르면, 청년들의 사고는 흔히 흑백논리에 의해 좌우된다. 그러나 성인이 되면 이원론적 사고에서 벗어나 다원론적 사고로 옮겨간다. 성인들은 '진리' 또는 '진실'이라는 것이 주관적이고 상대적임을 알게 되지만, 청년들은 모순에 직면하여 양자택일해야 한다고 생각한다. 성인은 모순을 포괄적인 전체로 통합할 수 있고, 애증과 같은 양가감정뿐만 아니라 모순되는 사고를 현실의 기본 양상으로 수용하지만, 청년은 그렇지 않다.(정옥분, 『성인·노인심리학』, 학지사, 2013, 149-153면 참조.)

16 F. Philip Rice·Kim Gale Dolgin, 『청소년심리학』, 정영숙·신민섭·이승연 역, 시그마프레스, 2009, 100면 참조.

하기도 한다. 이른바 '이상과 현실의 갈등'이라는 클리셰는 청소년 심리의 일단을 정확히 짚어내는 말이다. 세상의 속악함을 발견하고 더불어 속악해지지 못하며 속악해지기를 원하지도 않는 청소년의 심리에, 이 소설은 공명을 일으킬 수 있다. 특히 청소년들이 순수를 꿈꿀 뿐만 아니라, 순수를 꿈꾸기 때문에 세상에서 밀려나고 최소한의 설 자리를 확보하지 못할 것 같아 우울에 빠질 수 있다는 점에 유의해야 한다. 이렇게 우울한 청소년의 심리에, 이 소설은 공감대를 형성할 수 있다.

현실적으로 학교 현장에서 청소년은 약삭빠르게 현실의 질서를 수용하는 또래 친구를 보면서 꼭 저렇게 살아야 하는지 의문을 품을 수 있고, 그렇게 살기 싫다고 고개를 흔들다가도 그렇게 살지 못하는 자신에 대해서 자괴감과 소외감을 느낄 수 있으며, 세상에서 잘 해 나가지 못할 것이라고 위축될 수 있다. 한편 대학이 아닌 다른 것을 꿈꾸는 청소년도 적지 않다. 그들은 세상의 요구와는 다른 순수한 꿈을 꾸는데 입시와 취업 등 속물의 질서에 부합해야 한다는 명령 때문에 이러지도 저러지도 못한 채 괴로울 수 있다. 이들은 소설에 나오는 "삶에 거역하다 파면된 것들"(70), "상처받아 불구가 된 것들"(70)이 바로 자신이라고 느낄 수 있을 것이다. 이상에 못 미치는 현실에 대한 혐오, 속물에 대한 거부, 순수에의 꿈, 속물이 되지 못한 자신에 대한 소외감과 불안 등 보편적인 청소년의 심리에서 「통신」과의 접점이 찾아진다. 예의 심적 고통을 느끼는 학생은 「통신」의 인물의 심리에 공감대를 형성하면서 고통의 보편성을 인식할 수 있다.

고통의 보편성을 인식하는 과정은 심리 치유에서 대단히 중요하다. 특정한 고통이 나만의 것이라고 생각하면 그에 따라 소외감과 죄책감을 느끼기 쉽다. 이는 고통받는 사람의 고독을 가중시킨다. 다른 사람도 비슷한 고통을 겪는다는 사실을 모르기 때문에 '고독-죄책감·소외감-고독'의 악순환에 빠지는 것이다. 그런데 여러 사람이 보편적으로 유사한 고통을 느낀다는 사실을 알게 되면 그는 최소한 소외감과 죄책감에서는 벗어날 수 있게 된다.[17] 「통신」의 주인공과 유사한 심적 고통을 느끼는 청소년은 문학교육을 통해 자신뿐만 아니라 다른 사람도 그런 고통을 겪는다는 사실 즉 고통의 보편성을 인식할 수 있고, 이후 예의 고통으로 인한 소외감과 죄책감을 완화할 수 있다.

이상을 고려하여 다음의 학습목표와 학습활동을 제안할 수 있다.

학습목표	인물의 심리를 이해하고 내 마음과 비교하면서 내 마음을 통찰한다.
학습활동	1. "나"의 심리를 설명해 보자. 2. "청미"의 성격을 설명해 보자. 3. 두 사람은 어떤 점에서 닮았는가? 4. 그들은 왜 세상에 적응하지 못할까? 5. 그들은 자기 자신에 대해 어떻게 생각하는가? 6. "호피 인디언"과 "빌리 홀리데이의 음악"이 두 사람의 심리·성격과 어떻게 대응하는지 생각해 보자. 7. "나"와 "청미"와 비슷한 심경을 느낀 적이 있다면 그에 대해 서술해 보자. 이때 다음 유의사항을 따른다. 　1) 우선 자신의 경험을 자유롭게 서술한다. 　2) 이후 자신이 왜 그런 심경을 느꼈는지 스스로 분석해 본다.

---

17 변학수 역시 문제가 나만의 것이 아니라는 점, 즉 내가 잘못해서 그런 문제를 겪는 것이 아니라는 점을 인식하는 것이 중요한 치유 과정이라고 본다.(변학수, 『문학치료』, 학지사, 2015, 75면 참조.)

2) 감정/공감 결핍의 치유와 본래적 자아 회복

위에서 「통신」을 통한, 비교적 평범하고 보편적인 심리적 문제의 치유를 논했다면, 이 절에서는 보다 특수한 문제에 대한 치유 가능성을 탐색하고자 한다. 현실에서 많은 청소년들이 깊은 우울을 느낀 나머지 감정이 메마른 채로 살아간다. 그들은 자신이 무엇을 느끼고 생각하는지 모르고, 주변 사람들과 공감하는 데 어려움을 겪기도 한다. 청소년기는 종종 무표정한 얼굴과 박약한 감정으로 표지화된다. 모범생이건 아니건 상관없이 이런 학생들은 드물지 않다. 공감 능력 결핍이 가장 심각하게 발전한 경우 이들은 이른바 사이코패스가 되기도 한다. 이들에게 막연히 감정을 풍부히 가지고 공감 능력을 키우라고 주문하는 것은 소용없다. 감정이 메마르게 된 원인, 공감 능력이 떨어진 원인을 스스로 통찰하게 해야 한다.

정신분석학에서 통찰은 치유의 궁극적 지점으로 제시된다.[18] 말할 수 없었던 것을 말할 수 있게 될 때 치유가 이루어진다.[19] 문제를 겪는 사람이 자신이 어떤 상태이며 왜 그러한지 말할 수 없는 상태에서 통찰을 얻음으로써 자신의 증상과 원인을 설명할 수 있게 되는 것이 치

---

18 통찰정신치료란 정신치료의 전문 분야 중 하나로서, 환자를 현재 성격구조에 적응시키는 것이 아니라, 현재 성격구조 자체를 내부적·근본적으로 개선하는 것을 목표로 삼는다. 환자가 스스로 자신의 내면 즉 인간관계와 증상, 신경증적 성질의 근원을 알 수 있게 유도한다. 그 근원에는 무의식적 환상과 아동기의 경험이 포함될 수 있다. 이런 요인들에 대한 통찰은 감정적 성장과 발달을 동반한다.(J. C. 네마이어, 『정신병리학의 기초』, 유범희 역, 민음사, 1997, 337면 참조.)

19 "우리가 말할 수 없고, 경험할 수 없는 것에 이름을 붙이고, 그것을 서술할 때 우리는 경험의 객체에서 경험의 주체로 변한다. 이 객체와 주체가 동일시되는 과정을 통합(integration) 또는 넓은 의미에서 치유 또는 치료라 한다."(변학수, 『통합적 문학치료』, 학지사, 2006, 37면.)

유 과정의 핵심이다. 이때 타인의 심리적 증상과 그 원인 분석 사례를 통한 간접 체험은 통찰력 함양에 큰 도움이 된다. 이에 「통신」은 소중한 사례를 제공한다. 「통신」은 감정과 공감 능력이 메말랐던 인물이 그것을 되찾는 이야기로도 해석할 수 있다. 그럼으로써 작중인물은 스스로를 치유한 셈인데, 이렇게 타인의 치유 서사를 통해 학생은 자신의 감정/공감 결핍이라는 증상의 현상과 원인을 스스로 파악하고 치유할 수 있다.

「통신」의 "나"는 청미에게 강렬하게 매혹되었고 그녀가 자신과 닮은꼴이라고 인지했음에도 불구하고 그녀를 사랑하는 데 실패한다. 그들은 "웬일인지 무인도에 유배된 사람들처럼 다른 할 일을 찾지 못하고"(64) 육체관계에만 몰두한다. 그들 사이에는 진정한 소통이 없었고 '사랑'이나 '연애'라는 말에 따르는 다정함과 열렬함도 없었다. 사랑이 있었음에도, 그들의 관계는 사랑이라고 하기엔 지나치게 차갑고 건조했던 것이다. 이에 청미는 진절머리를 느껴서 "나"를 떠난다. 이별을 고하면서 청미는 "나"를 이렇게 비난한다. "사막에서 사는 사람"(64), "상처에 중독된 사람"(65), "감정에 나약한 척하면서 사실은 무모하고 비정한 사람, 터미네이터"(65). 이 말들은 단순한 비난의 언사가 아니다. 이들은 "나"의 심리 상태를 정확히 묘사하고 그 원인까지 분석한다.

일단 "사막에서 사는 사람", "터미네이터"라는 비난은 "나"의 메마른 감정을 지시한다. 현재 시점에서도 "나"는 "냉동시체"(67)라고 호명되는데, 여기에서 "나"라는 인물은 감정 표현 방법을 모르는 채 가까운 사람에게 차갑고 메마르게 굴었다는 사실을 알 수 있다. 그래서 사랑하는 여인과도 정상적인 관계를 맺을 수 없었던 것이다. 그렇다면 "나"는 어찌하여 이렇게 감정 빈약, 감정 표현 무능, 관계 불능 상태에 빠지게 되었을까. 역시 위의 청미의 비난이 "나"의 심리를 분석하는 데 중대한 실마리를 던져준다. "상처에 중독된 사람", "감정에 나약한 척"이라는 말은 "나"의 감정 불능과 관계 불능의 원인을 통찰한다. "나"는 인간관계에서 지나치게 상처를 입은 나머지 더 이상 상처받지 않기 위해서 타인에게 마음 열기를 포기한 것으로 보인다. 지나치게 상처받았던 이유는 그의 내면이 연약했기 때문일 터이고, 그의 메마름은 상처받지 않기 위한 안간힘이니, 결국 그의 내면의 연약함이 감정 불능과 관계 불능의 중요한 원인이라고 할 수 있겠다. 여리고 예민한 기질 이외에도 앞서 본 '순수의 실패'라는 정황 역시 그의 감정/공감 결핍에 원인을 제공했다고 보인다. 속물의 질서에 타협하지 못하고 순수의 세계에 머무르고자 하나, 그 때문에 자괴감·우울·고독·불안을 거듭 느끼다 보니, 결국 자신을 보호하기 위해서 감정/공감 불능으로 귀착되어 버린 것이다. 그런 면에서 "상처에 중독된 사람"(65)이라는 청미의 비난은 "나"의 심리에 대한 정확한 분석이다. 이러한 작중 인물의 증상에 대한 분석은 학생이 자신의 문제에 대한 통찰력을 계발하도록 도울 수 있다.

여기에서 학생들에게 "나"의 심리를 잘 설명하기 위해서 심리학적 지식을 참조하는 것이 좋을 듯하다. "나"는 '회피성 성격'의 소유자로 보인다. 회피성 성격을 지닌 사람은 대인관계를 두려워하며, 늘 타인과 거리를 둔다.[20] 인간관계에서 조용히 물러나서 다른 사람에게 어지간해서는 반응하지 않으며 무관심한 척 한다.[21] 이들의 정서적 마비의

---

20 민병배·남기숙, 『의존성 성격장애와 회피성 성격장애』, 학지사, 2000, 132면 참조.
21 위의 책, 168면 참조.

원인으로 만성화된 혼란과 슬픔을 지목할 수 있다. 애정에 대한 소망이 거듭 좌절되고, 혼란과 슬픔이 반복되면, 그들은 애정에 대한 기대 자체를 철저히 포기한다. 정서적 마비는 이들에게 고통의 결과이자 그 해결 방식이다. 그들은 아픔을 피하기 위해 아무것도 원하지 않고, 누구에게도 의지하지 않으며, 아무것도 꿈꾸지 않는다.[22] 사랑에 대한 소망이 거부당했다는 외적인 사건 이외에도 예민한 기질이 그들의 혼란과 슬픔의 한 원인이 될 수 있다. 이들은 불안과 슬픔 같은 감정에 지나치게 예민하고 고통을 너무나 쉽게 느끼기 때문에 이런 감정을 마주하지 않기 위해서 아예 그 실마리를 차단한다.[23]

회피성 성격은 어느 때보다 감수성이 예민하고 풍부한 시절을 통과 중인 청소년에게서 자주 발견된다. 회피성 성격의 두드러진 특성인 감정/공감 결핍이 부정적인 방향으로 심화되면 공격성과 여타 문제적 성격의 원인이 된다. 공격적인 아이, 은둔형 외톨이, 나르시시스트, 심지어 사이코패스 등이 그 사례이다. 우선 감정/공감 결핍은 공격적인 아이들의 중요한 특징으로 꼽힌다. 공격적인 아이들은 감정 표현에 서툴다. 그들은 쿨한 척, 고통을 느끼지 않는 척 행동하지만, 이는 실제로 저항하기 힘든 감정에 대한 방어라고 할 수 있다. 과거의 고통스러운 경험에도 불구하고 그들은 감정을 부인한다. 공격적인 아이들은 자신의 감정을 억압해 왔기 때문에 남들의 기분을 이해하지도 공감하지도 못한다. 공감 능력은 친사회적 행동을 장려하고 파괴적 행동을 억

---

22 이들에게 삶이란 자신과 남으로부터 등을 돌린 채 아무것도 경험하지 않는 무엇에 가깝다.(위의 책, 143면 참조.)
23 위의 책, 179-180면 참조.

제하는데, 공격적인 아이들에게는 이 능력이 결여되어 있다.[24] 자신의 내면과의 대면을 회피한 나머지 자신과 타인의 감정에 무감각해진 심적 상태는 '은둔형 외톨이'의 특징이기도 하다. 은둔형 외톨이들은 상실감과 패배감을 타인에게 보이고 싶지 않아 타자와의 접촉을 기피하고, 자신만의 세계에 몰두하면서 가족 관계마저 단절한다. 그들은 두려움을 은폐하기 위해서 타인과의 관계를 단절하며, 때로 공격적 성향을 드러낸다.[25]

공격적인 청소년, 은둔형 외톨이는 자신의 감정을 직시하지 못하고 회피하며, 고통을 인정하지 않고, 타인의 감정에 공감할 수 없으며, 나아가 관계를 지속하지 못한다는 면에서 유사하다. 가장 중요한 공통점은 상처의 근본 원인을 통찰하기를 거부한다는 것이다. 이들과 「통신」의 주인공의 심리는 동궤에 놓이며, 여기에서 소설과 청소년 심리와의 접점을 찾을 수 있고, 바로 그것이 이 소설의 교육 방향을 시사한다.

교실 현장에서도 대인관계를 기피하고 감정 표현에 서툴며 공감 능력을 결여한 청소년은 적지 않다. 사이코패스 등 극단적인 경우가 아

---

24 그들은 분노, 수치심, 두려움, 죄책감 등을 인정하고 표현하는 대신 그로부터 자신을 분리시킨다. 그러나 거부, 학대, 유기로 인해 생긴 감정은 없어지지 않고 누적되어 분노로 변하며, 사소한 일에도 폭력을 행하게 한다.(십보라 쉐멘, 『공격적인 아동과 청소년을 위한 독서치료』, 정춘순·문지현 역, 한국독서치료연구소, 2014, 18-23면 참조.)

25 김경호, 「결핍과 치유-관계성에 대한 성찰」, 『인문과학연구』 28, 강원대 인문과학연구소, 2011, 348-349면 참조. '은둔형 외톨이' 말고도 공감 능력 부족으로 파생되는 이상 성격에는 '나르시시스트형'과 '사이코패스형'이 있다. 나르시시스트는 타인의 사랑과 관심, 인정과 존경에 대한 과도한 집착으로 타인을 잘 배려하지 못하고 감정적으로 교류하지 못한다. 이들의 이상 성격은 빼앗길지도 모르는 사랑에 대한 불안감을 떨치기 위한 자기 위안의 한 방식으로 형성된 것이다. 공감 능력이 극단적으로 결핍되면 사이코패스가 된다. 사이코패스는 자기중심적이고 이기적이며, 냉담하고 잔인하며 무책임하고 충동적이다. 그들은 양심의 가책을 느끼지 못하고 타인에게 공감하지 못한다.(위의 글, 349-351면 참조.)

니더라도 차갑고 건조한 척 하는 청소년은 상당히 많다. 이외에도 회피성 성격, 공격성, 은둔 지향 등 흔하게 발견되는 청소년들의 심적 장애에 대해, 문학교육이 그 치유를 도울 수 있다. 경미하건 심각하건 이런 증상을 가진 청소년은 문학교육을 통해 타인의 증상을 직시하면서 공감대를 형성하고 고통의 보편성을 인식할 수 있다. 더욱 중요한 것으로서, 타인의 증상의 원인을 학습함으로써 자신의 심적 문제를 분석하는 능력을 계발할 수 있다. 간접 경험을 통해 지금까지의 자신의 감정과 행동을 이해하고, 그 발생 원인을 통찰하게 된다는 것이다.[26] 소설교육이 잘 활용된다면 청소년은 자신의 증상 이면에 특정한 트라우마가 존재하고 그에 대한 회피 심리로 감정을 차단해 왔음을 스스로 통찰하면서, 트라우마와 대면할 용기가 치유의 단초임을 또한 깨달을 수 있을 것이다.

한편 이 소설에 부착된 이름표와 같은, '존재의 시원으로의 회귀'라는 유명한 말이 추상적이고 모호하다고 앞서 논했거니와, 이 말의 구체적 의미가 해명되어야 한다. 존재의 시원에는 무엇이 있는지, 인물이 시원으로 회귀하여 무엇을 찾으려고 하는지 설명해야 한다는 것이다. 교과서는 이 소설이 건조한 일상에서 벗어나 자신의 정체성을 찾고 싶은 현대인의 소망을 그린다고 교육한다. 교과서는 존재의 시원에 있는 것이 '자아정체성'이라고 상정한 듯하다. "나"는 은어낚시모임

---

26 유사한 맥락에서 변학수에 따르면, 문학치료의 목표는 인지적 통찰과 정서적 이해이다. 정서적 이해란 지금까지의 감정, 행동에 대한 이해를 뜻한다. 인지적 통찰이란 다른 사람에 의해 발생했지만 자신이 고통을 겪는 왜곡된 감정과 행동에 대한 통찰을 의미한다. 치료는 인지적 통찰과 정서적 이해에서의 획기적인 변화를 추구한다.(변학수, 『통합적 문학치료』, 20면 참조.)

에서 "허위와 속임수와 껍데기뿐인 욕망과 이 불면의 나이를 벗어버리리라고"(79) 결심하고, 청미의 이끌림에 순응하면서 "존재의 시원", "내가 원래 있어야만 하는 장소로 돌아가"(80)려고 한다. 이렇게 보면 과연 '자아정체성 찾기'가 소설의 주제이며 그것이 곧 '존재의 시원으로의 회귀'의 의미인 듯하다. 그런데 존재의 시원에 자아정체성이 놓인 것이 맞다 하더라도, 문제는 인물이 자아의 어떤 면에서 정체성을 찾느냐 하는 것이다. 자아정체성을 찾는다는 말은 지극히 추상적이다. 문학교육은 인물이 자아의 어떤 면을 어떻게 찾았는지 구체적으로 해명하고 그것과 청소년의 심리와의 접점을 발견해야 할 것이다. 지금까지 논한 사안들은 인물의 자아정체성 구축 혹은 시원-회귀의 구체적인 여정 혹은 메커니즘에 대한 설명이기도 하나, 다음에서 추가적으로 살펴보려고 한다.

　은어낚시모임에서 "나"는 그동안 청미의 "낯익은 손을 얼마나 사무치게 그리워했던가를 깨닫고"(78) "그녀가 나를 만나곤 하던 그때의 순간들에 나에게서 지워지지 않는 상처를 입었음을 확연히 깨달았다."(80) "나"는 청미에 대한 사랑을 그전까지는 인지하지 못했으나, 은어낚시모임이라는 계기로 인해 드디어 깨닫는다. 이는 그간 무지했던 '자신의 진짜 마음' 나아가 '진짜 자기'를 발견했다는 뜻이다. 또한 "나"는 메말랐던 연애 당시 청미가 얼마나 상처받았는지 깨닫는다. 이는 타인에 대한 공감 능력을 회복했음을 의미한다. 여기에서 '자신의 사랑'과 '그녀의 고통'을 인지 못했던 상태를 '비본래적 자아'로, 그것을 깨달은 상태를 '본래적 자아'로 볼 수 있다. 존재의 시원에는 감정/공감 능력을 잃지 않은 본래적 자아, 세상의 풍파로 상처를 거듭 받아서 마음을 닫기 전의 본래적 자아가 있었던 것이다. 이런 설명이 동반되어야 교과서에서 제시한 주제인 '자아정체성 찾기'가 구체적으로 해명될 것이다.

한편 본래적 자아의 회복은 정신적 성장과 치유의 도달점이다. 이역시 청소년들에게 좋은 교육의 방향을 시사한다. 청소년은 여러 가지 이유로 비본래적 자아로서 살아간다. 앞서 본 감정/공감 결핍이 비본래적 자아의 한 사례이다. 그러면서 청소년은 본래적 자아의 회복을 꿈꾼다. 이때 청소년이 문학교육을 통해 타인이 비본래적 자아로 살게 된 원인을 분석하고 그가 본래적 자아를 회복하는 과정을 간접 체험한다면, 그 자신의 문제에 대한 통찰력을 얻고 나아갈 방향을 발견할 수 있을 것이다. 작중인물처럼 치유될 수 있다는 희망은 작지 않은 덤이다.

이상의 논의를 토대로, 앞 절의 학습활동에 이어 다음을 더할 수 있다.

| 학습활동 | 1. "나"와 청미는 서로 사랑했으나 메마른 관계를 맺었던 것으로 보인다. 그 원인이 무엇일까?
2. 위와 같이 주변 사람들에게 차갑게 대했던 경험이 있다면 이야기해 보고, 자신이 왜 그랬을지 생각해 보자.
3. 결말에서 "나"는 "존재의 시원"으로 돌아가고 싶어 한다. "존재의 시원"에는 무엇이 있을지 생각해 보자.
4. 자아정체성을 형성한다는 것이 무엇일지 생각해 보자.
5. 현재의 자신이 진짜 자기라고 느끼는가? 아니라면 진짜 자기는 어떤 모습일까?
6. 진짜 자기를 찾기 위해서 하고 싶은 일들을 상상해 보자. |

4. 맺음말

문학사와 문학이론에 기반한 공적 지식을 전달하기보다 학생의 심리적 문제와 소통하고 정신적 성장을 견인하는 문학교육의 이상을 구현하기 위해, 이 논문은 그 방안을 구체적으로 탐색하려고 했다. 그 일환으로 윤대녕의 소설 「은어 낚시 통신」을 대상으로 심리 치유를 위한 문학교육 방안을 제안하였다.

현행 교과서는 이 소설을 문학사 교육 제재로 활용하는데, 그러면서 보편적인 주제를 특정 시대의 것으로 한정하고 작품의 의미에 대한 부분적인 왜곡을 유도하는 결과마저 파생했다. 작품의 주제에 대해 교과서는 지나치게 추상적이고 관념적인 설명으로 일관하면서, 인물의 심리를 상세하게 풀이하지 않고, 인물의 행동과 감정의 원인을 해명하지 아니한다. 이대로라면 학생들은 이 작품에서 난해함만을 발견할 뿐 자신의 심리와 공명할 지점을 찾을 수 없다. 이러한 교육적 난국은 이 작품에 대한 해석의 역사에서 누적된 오해와도 유관하다.

이 논문은 우선 작중인물의 심리를 구조적으로 설명하고 그것과 학생 심리와의 접점을 찾으려고 했다. 우선 인물이 현실에 적응하지 못하는 이유는 속물성을 거부하고 순수에 머무르고자 하는 심리 때문이다. 그러나 인물은 순수에 고착한 자신이 자랑스럽기는커녕 초라하기만 하고, 세상에서 버림받은 듯한 소외감과 조만간 사라질 것이라는 불안을 느낀다. 이런 인물의 심리는 청소년의 보편적인 심리와 공명할 수 있다. 이상주의로 인한 순수 지향과 그로 인한 우울과 소외감과 불안은 청소년의 심리적 특성이기도 하기에, 이 지점에 초점을 맞추어 교육하면 좋을 것이다.

또한 작중인물은 한때 연인에게 지나치게 차갑게 대했던 경험이 있다. 이는 감정/공감 결핍의 증상이라 할 수 있는데, 이는 회피성 성격의 청소년·공격적 청소년 등 감정 표현이나 공감 능력이 부족한 청소년에게 동질감을 유발할 수 있다. 작중인물의 증상의 원인은 연약한 내면이나 순수의 실패 또는 누적된 상처에 있다고 보이는데, 이렇게 유사한 심적 문제에 대한 원인 분석 사례를 통해 청소년은 자신의 문제에 대한 통찰력을 계발할 수 있다. 「통신」은 결말에서 주인공이 비본래적 자아를 탈피하여 본래적 자아를 찾는 과정을 그린다. 이 역시 학생에게 통찰력 계발을 유도하고 나아갈 지점을 제시할 수 있다.

이 논문에서 제시한 교육방안으로 많은 학생의 심적 문제를 모두 치유할 수 있다고 자신할 수는 없다. 인간의 마음은 한낱 서생이 짐작할 수 있는 범위를 훌쩍 뛰어넘어 광대무변하고 예측 불가능하기 때문에, 문학교육이 궁리하는 심리 치유 방안은 일정한 한계를 전제하게 마련이다. 그러나 다만 한 명의 학생이라도 이러한 문학교육에 의해서 자신의 심적 문제에 대한 통찰력을 배양하여 그때까지와는 다른 이해의 지평을 얻어 마음을 다스릴 수 있게 될 가능성이 존재함을 부정할 수는 없다. 그 일말의 가능성을 위해서라도 심리 치유를 위한 문학교육 연구는 지속되어야 한다. 힘에 부치는 시기를 통과하는 청소년들의 어깨에서 그 짐을 지푸라기만큼이라도 덜어내고 싶은 것은 비단 필자만의 소망은 아닐 것이다.

문학 교과서와 정전 교육의 재구성

-최인훈의 『광장』을 중심으로-

1. 머리말

최인훈의 장편소설 『광장』은 고등학교 문학 교육과정에서 정전으로 확고하게 자리 잡은 지 오래다.[1] 『광장』은 5차 교육과정부터 문학 교과서에 수록된 이래, 현재까지 문학 교과서에서 제외된 적이 없다.[2] 이 작품은 분단 이후 창작된 소설 중 가장 의미 있는 작품으로 거론되며 7차 교육과정에 따른 18종 문학 교과서에 현대소설 중에서 가장 많이 수록되었고,[3] 2011 개정 교육과정 문학 교과서 11종 가운데서도 7종에 수록되었다.[4] 『광장』은 현행 2015 교육과정에 따른 문학 교과서에

---

1 정호웅, 「문학교실에서의 「광장」 읽기」, 『문학교육학』 32, 한국문학교육학회, 2010, 58면 참조.

2 김미영·김수지, 「교양소설로서의 『광장』과 교육적 의미」, 『문학교육학』 52, 한국문학교육학회, 2016, 96면 참조.

3 이종섭, 「장편소설의 교과서 수용 방안 연구-최인훈의 〈광장〉을 예로 들어」, 『중등교육연구』 57-1, 경북대 중등교육연구소, 2009, 69면 참조.

4 김영애, 「『광장』의 문학교과서 수록 양상 연구」, 『현대소설연구』 69, 한국현대소설학회,

서도 4종에 수록되었다. 이전에 비해 수록 빈도는 줄었으나, 아직까지 『광장』은 정전의 위상을 고수하고 있다고 할 수 있다. 이 논문은 "지금까지 반복적, 압도적으로 문학교육 정전으로서의 위치를 지켜"[5] 온 『광장』에 대해, 현행 문학 교과서의 교육 방식을 비판적으로 고찰하고 청소년의 현실과 교감할 수 있는 새로운 교육방안을 제시하고자 한다.

『광장』에 대한 문학적 논의의 다대함에 비해 그 교육방안에 주목한 본격 학술논의는 많지 않다. 당대 문학 교과서 수록 양상을 비판적으로 고찰한 연구로서 정호웅과 김영애의 것이 있다. 정호웅은 문학교육에서 『광장』에 따르는 표찰과도 같은 4·19정신, 이데올로기 비판, '광장'의 상징적 의미 등 자명한 상식처럼 수록된 내용들의 정합성을 비판한다. 김영애는 판본에서의 섬세한 고려 부족과 대단원과 수록 지문의 유기성 부재를 비판한다. 이들은 2011 개정 교육과정 이전의 문학 교과서를 검토한 연구로서 타당한 통찰을 보여주지만, 간파한 문제점에 대한 대안을 제시하지 못하거나 이에 소극적이다. 본 논문은 현행 2015 교육과정에 따른 문학 교과서에서 『광장』의 교육 방식을 검토하고 개선 방안을 적극적으로 제시하려 한 점에서 상기 연구들과 차별된다.

한편 교육방안의 갱신을 제안한 연구로서, 작품의 주제와 소설 원리의 동시 습득을 도모하는 통합적 관점을 제안한 연구[6], '고독한 비판자로서의 교양 주체'인 이명준의 면모에 주목한 교육방안을 제안한 연

2018, 114면 참조.

5　위의 글, 114면.

6　이종섭, 앞의 글.

구[7], '매개적 인물'로서 이명준의 성격을 부각하여 인물 중심의 교육을 제안한 연구[8] 등이 있다. 『광장』은 주인공 이명준 없이 존재할 수 없으므로, 본 논문은 이명준이라는 인물에 주목한 교육방안의 적실성에 수긍한다. 하지만 본 논문은 상기 연구들에서 노정하듯, 이명준을 "비판적 문식성"이 두드러진 "비판적 교양인"으로 보는 견해[9]나, 자신의 운명을 결정할 중대 결단을 내리지만 어떤 일에 열광적으로 몰두하지 않고 상호 투쟁하는 양극단을 매개하는 '매개적 인물'이라는 견해[10]와는 길을 달리 한다. 상기 견해들은 이명준의 특수성에 주목했거니와, 본 논문은 이명준의 보편성에 더욱 초점을 맞추려고 한다.

이명준의 특수성을 부각하는 견해는 유서 깊다.[11] 이처럼 이명준을 예외적이고 특별한 인물로 지목하면, 고등학생 독자들과의 공감의 여지를 차단하고 문학과 현실의 괴리를 심화시킨다. 문학교육이 이명준의 특수성을 부각하면, 학생은 이명준이 자신과 다른 '똑똑하지만 괴상한 인물'이라는 인상을 받기 쉽다. 학생은 작중인물에게서 자신과 닮은 면 또는 자발적으로 공감할 수 있는 심리적 유사성을 발견할 때 교육적 이로움을 얻게 된다. 이명준은 보편적인 청소년의 심리에 공명

---

7 김미영·김수지, 앞의 글.

8 김성진, 「인물 중심의 장편 소설 감상 교육 연구-"광장"에 형상화된 이명준의 기능을 중심으로」, 『국어교육』 118, 한국어교육학회, 2005.

9 김미영·김수지, 앞의 글, 101-102면 참조.

10 김성진, 앞의 글, 442-443면 참조.

11 문학 분야는 차치하고라도 문학교육 연구에서도 이러한 견해는 초창기부터 제출되었는데, 일례로 정호웅은 이렇게 논한다. 이명준은 대상과의 완벽한 일치, 대상에의 전적인 몰두를 지향한다는 점에서 낭만적 주체인데, 그 같은 일치와 몰두가 가능한 세계란 존재할 수 없다는 점에서 길 위를 떠도는 존재, 편력자의 운명에 묶인 존재다.(정호웅, 앞의 글, 55면 참조.)

할 만한 지점을 다수 내장한 인물이거니와, 문학교육은 지금까지 이런 면을 간과해 왔다. 이 논문은 이명준의 행보에서 청소년의 보편적 심리를 간취하고, 그것과 학생의 심리적 현실과 공명할 고리를 마련하는 데 주력하고자 한다. 이 논문은 학생의 현실적 문제와 소통하고 심리 치유와 정신적 성장에 기여하는 문학교육 방안을 제안하려는 일련의 시도 중 하나이기도 하다.[12]

2. 2015 개정 교육과정에 따른 문학 교과서의 교육 방식

이 장에서는 현행 2015 개정 교육과정에 따른 고등학교 문학 교과서에서 『광장』을 교육하는 양상을 살펴보고자 한다. 『광장』을 수록한 교과서들에서 수록 단원, 교과서가 적시한 주제, 소단원 학습목표, 수록 지문, 학습활동 순으로 꼼꼼히 검토하려고 한다. 우선 각 교과서에서 이 작품이 수록된 단원은 다음과 같다.

---

12 필자는 수년 전부터 청소년의 정신적 성장과 심리 치유를 지향하는 문학교육 방안 연구를 진행해 왔고, 그 필요성이나 소설을 통한 치유의 메커니즘 등을 선행연구에서 이미 논한 바 있다. 따라서 이에 대한 상세한 논의는 생략한다. 예의 문학교육의 필요성에 관한 논의는 박수현, 「도덕과 문학교육-2011 개정 교육과정에 따른 고등학교 문학 교과서 고찰」, 『어문론집』 64, 중앙어문학회, 2015 참조. 소설을 통한 치유의 메커니즘에 관한 논의는 박수현, 「청소년의 연애 심리 치유를 위한 문학교육 방안 연구」, 『한국어문교육』 25, 고려대 한국어문교육연구소, 2018 참조.

출판사(대표 저자)	대단원	중단원
금성출판사(류수열)	한국 문학이 걸어온 길	서사 문학의 흐름과 특질
미래엔(방민호)	한국 문학의 갈래와 흐름	근현대문학
비상교육(한철우)	한국 문학의 역사	광복 이후의 문학

위에서 보듯 『광장』을 본격적으로 수록한 교과서는 모두 그것을 문학사 학습 단원의 제재로 배치하였다.[13] 다른 방향의 교육 가능성을 고려하지 않은 천편일률적 처사임은 논외로 하더라도, 문학교육 역사상 이 관습이 유구하게 반복되었다는 데에 더 큰 문제가 있다. 『광장』은 7차 교육과정 교과서에서도 한국 문학의 역사적 흐름을 개괄하는 단원에 가장 많이 수록되었다. 교과서들은 『광장』에 대해 작품의 문학사적 위치, 작품에 반영된 현실적 상황을 파악하는 것을 학습목표로 설정한다.[14] 2011 개정 교육과정에 따른 문학 교과서에서도 『광장』은 대체로 한국 문학의 역사와 특질을 보여주는 문학 제재로 활용된다. 흥미로운 것은 다른 단원에 수록된 경우에도 교육 내용이 결국 문학사 학습 단원의 그것과 흡사하게 설계되었다는 점이다. 『광장』이 '문학의 수용과 생산'이나 '문학과 공동체' 단원에 실린 경우에 다른 해석이나 접근을 동반해야 마땅하나, 학습 내용은 문학사 학습 단원의 그것과 유사하

---

[13] 지학사 문학 교과서에서는 '한 학기 한 권 책 읽기' 단원의 예시 작품으로 『광장』을 수록하였다. 이 단원은 학생들의 자율적이고 주체적인 독서를 강조하면서, 그 하나의 사례로서 『광장』을 예시한 것에 불과하기에, 『광장』을 본격적인 교육 텍스트로 다뤘다고 볼 수 없다. 이런 이유로 지학사 교과서에 대한 논의는 생략한다.

[14] 이종섭, 앞의 글, 74-75면 참조.

다.[15] 이처럼 문학사 학습 제재로서의 『광장』의 위상은 거의 자명한 신념처럼 통용되고 있다. 『광장』이 광복 이후 우리 문학의 대표적 작품이자 한국 사회의 일면을 여실히 드러내는 작품이라는 명제[16]에 대한 동의가 폭넓게 이루어졌으며, 그 동의는 반박이나 의심을 허하지 않고 일종의 이데올로기처럼 반복적으로 수용되고 있다. 현행 문학 교과서도 이 관습을 의심 없이 추수한다. 이렇게 클리셰처럼 화석화된 문학 교육계의 관습을 이제는 혁파하고, 다른 시각에서 『광장』의 교육방안을 고민해야 하지 않을까 한다.

문학사 학습 제재로서의 『광장』의 위상뿐만 아니라, 교육 내용 역시 대동소이하다. 각 교과서는 소단원 첫머리에 작품의 핵심을 소개하는 문구를 수록한다. 그 문구는 교과서가 작품에서 가장 중요하다고 여기는 주제를 드러내며 학생들에게 교육할 핵심적인 내용을 내포한다. 세 교과서는 『광장』을 "이념의 갈등과 남북 분단 상황 속에서 고뇌하는 한 지식인의 삶을 다룬 소설"(금성, 244)[17], "남북의 이념적 대립 속에서 고뇌하며 방황하는 지식인의 모습을 다룬 소설"(미래엔, 248), "남과 북의 이념적 대립 상황을 그려낸 1960년대 소설"(비상, 262)로 소개한다. 이처럼 세 교과서의 작품 소개 문구는 거의 동일하다. 즉 세 교과서 모두 『광장』의 주제를 '이념 대립 시대 지식인의 고뇌와 방황'으로 파악

---

15 김영애, 앞의 글, 132-133면 참조.

16 이종섭, 앞의 글, 75면 참조.

17 이 논문에서 인용한 교과서들의 서지사항은 다음과 같다. 류수열 외, 『고등학교 문학』, (주)금성출판사, 2019; 방민호 외, 『고등학교 문학』, 미래엔, 2019; 한철우 외, 『고등학교 문학』, 비상교육, 2019. 앞으로 이 교과서들에서 인용 시 인용문 말미 괄호 안에 출판사 약호와 인용 면수만을 표기하기로 한다.

한다.

좋은 문학작품은 다양한 해석의 여지를 지닌다는 상식에도 불구하고 세 교과서가 동일한 주제를 부각했다는 사실은 문제적이다. 더구나 그 주제는 『광장』의 문학교육 역사상 무수히, 예외 없이 반복되었던 주제다. 남북 분단 시대 지식인의 고뇌를 『광장』의 주제로 파악하는 해석/교육 방법은 유서 깊고 변함없다. 『광장』이 이데올로기를 비판한 작품이라는 의견이 정설로 자리 잡았지만, 이는 모호하고 실제와는 멀리 떨어진 해석이라는 견해가 『광장』에 관한 문학교육적 논의의 초창기부터 제출되었거니와,[18] 사정은 지금 여기에서도 변하지 않았다. 『광장』의 주제가 한 가지로 수렴된 사실도 아쉽지만, 그 주제가 문학교육의 역사상 타당한 문제 제기에도 불구하고 갱신 없이 반복적으로 제시되어온 사실은 더욱 아쉽다. 『광장』의 교육 현장은 상투적인 클리셰에 고착된 것으로 보인다. 더욱이 이 주제는 선행연구에서 지적했듯, 정확하다 할 수 없다. 다음 장에서 보다 상세히 논하겠지만, 상기 주제는 일면적이고 표면적인 이해의 결과 파생된 부분적 주제에 불과하다. 『광장』은 더 폭넓게 독해할 여지를 지니거니와, 이것이 간과된 사실은 아쉽다.

소단원 첫머리에 배치된, 작품 감상의 길잡이도 마찬가지다. 작품 감상의 길잡이는 해당 작품에 부합하는 성취기준에 따라 학습목표를 제시한다. 세 교과서는 각각 "작품에 반영된 시대적 상황을 이해하고

18　정호웅, 앞의 글, 46-47면 참조. 정호웅은 『광장』을 이데올로기가 아닌 남북한 현실을 비판하는 작품으로 본다. 본 논문은 남북한 비판보다 보편적인 청소년의 심리에 초점을 맞춘다는 점에서 정호웅의 논의와 갈라진다.

역사와 개인의 상호관계를 주목하며 읽"(금성, 244)기를, "시대에 대응하는 문학의 역할에 주목하여 감상"(미래엔, 248)하기를, "인물이 처한 상황과 인물이 겪는 내적 갈등을 살펴보고, 우리 민족이 처한 분단 현실을 이해하며 작품을 감상"(비상, 262)하기를 주문한다. 세 교과서 모두 작품에 반영된 시대 상황을 이해하는 것을 학습목표로 설정한다. 세 교과서 공히『광장』을 "한국 문학 작품에 반영된 시대 상황을 이해하고 문학과 역사의 상호 영향 관계를 탐구한다"[19]는 성취기준 [12문학03-04]에 부합하는 작품으로 배치한다. 역시나 천편일률적인 처사고, 문학의 사회 반영 기능만을 부각하면서『광장』의 다른 가치나 의미를 제거한다.

이 역시 오래된『광장』의 교육 방식을 무비판적으로 추수하고 답습한 결과로 보인다.『광장』에서 시대 상황을 읽어내는 것을 학습목표로 설정하는 관습 역시 유구하게 반복되었다. 가령 7차 교육과정에 따른 많은 교과서도 이 작품을 통해 "분단 현실과 그러한 현실을 살아가는 지식인의 고뇌를 학습시키는 데 강조점을 두고 있"[20]으며, 지문 수록 시 "반영이론에 입각하여 작품 속 현실을 파악해 보게 함으로써 소설 작품을 당대 현실 파악을 위한 자료로 사용할 것을 요구한다."[21] 이렇게『광장』에서 당대 현실 파악을 가장 중요한 학습목표로 설정하는 관습 역시 유서 깊고 변함없다.

작품에 반영된 사회 현실을 파악하는 독법 혹은 문학교육의 가치를

---

19 교육부,『국어과 교육과정: 교육부 고시 제2015-74호 [별책5]』, 2015, 128면.
20 이종섭, 앞의 글, 78-79면.
21 위의 글, 79면.

숭상하는 관습은 모종의 믿음과 연관되는데, 그 믿음은 이렇게 표현된다. 문학작품의 가장 훌륭한 주제는 사회 비판이며, 가장 옳은 독법은 작품에 반영된 사회 현실을 간취하는 것이고, 따라서 그것을 파악하도록 학생들을 인도하는 것이 가장 좋은 문학교육법이다. 이는 '문학의 사명은 사회의 구조적 모순을 묘파하는 것이다'라는 오래된 문학적 이데올로기에서 비롯된 생각이다.[22] 이 이데올로기는 1970년대·1980년대 문단을 이끌었는데, 1990년대 이후 급격하게 쇠퇴했다. 따라서 1990년대 이후 지금까지 문단의 주요 경향도 예의 이데올로기에서 한참 이탈했다. 문단에서는 이미 골동품이 되다시피 한 이데올로기에 문학교육이 고착된 현실은 아쉽기 그지없다. 이 논문은 문학작품에서 얻는 귀중한 것이 사회 현실에 대한 인식이 아니라 독자의 정신적 성장이라고 파악하며, 그에 따른 교육방안을 제안하고자 한다.

수록 지문 역시 대동소이한 경향을 보인다. 현행 문학 교과서는 명준이 중립국을 선택하는 장면을 빠짐없이 수록하는데 이 역시 유구히 반복되어 온 관행을 추수한 결과로 보인다. 6~7차 교육과정에 따른 문학 교과서도 명준이 중립국을 선택하는 장면을 가장 많이 수록했으며, 학습목표와 학습활동도 이명준이 중립국을 선택한 이유에 주목했다.[23] 『광장』을 수록한 2011 개정 문학 교과서는 전부 중립국 선택 서사를 수록했다.[24] 수록 지문에서마저 『광장』의 교육 방식은 별다른 고민이나 의심 없이 과거의 것을 그대로 추수했다는 문제점을 반복하고

---

22 박수현, 「1970년대 계간지 『文學과 知性』 연구-비평의식의 심층구조를 중심으로」, 『우리어문연구』 33, 우리어문학회, 2009 참조.
23 김미영·김수지, 앞의 글, 99면 참조.
24 김영애, 앞의 글, 130면 참조.

있다.

단순한 내용 이해를 도모하는 학습활동을 제외한 주요 활동은 다음과 같다.

출판사 (대표 저자)	주요 학습활동
금성출판사 (류수열)	'이명준'이 과거를 회상하는 부분에서 드러나는 그의 삶의 변화를 정리하고, 상징적 의미를 유추해 보자.('사북 자리'의 상징적 의미) 다음 공간의 상징적 의미는 무엇인지 생각하고, 발표해 보자.(남한, 북한, 중립국 등) 2. '이명준'의 투신을 죽음이 아니라 '재생'으로 볼 수 있는 여지가 있다면, 그 근거를 찾아 이유를 추측해 보자. 3. 다음은 〈광장〉 서문의 일부이다. 〈광장〉의 창작 배경과 4·19 혁명의 관련성을 유추하며 읽어 보고 작가의 시대 인식을 탐구해 보자. (1) 4·19 혁명을 체험한 작가가 이 작품의 제목을 다음의 세 가지 중에서 선택했다고 가정할 때, 최종적으로 〈광장〉을 선택한 이유와 다른 제목은 배제한 이유를 유추해 보자.(밀실, 광장과 밀실, 광장) (2) 4·19 혁명의 역사적 의미를 바탕으로 서문 (가)의 '빛나는 4월'이 이 작품의 창작에 끼친 영향을 생각하고 발표해 보자. 4. 다음은 6·25 전쟁의 상처를 그린 장편 소설 〈시장과 전장〉의 일부이다. 6·25 전쟁이 일상적 삶에 끼친 영향이 무엇인지 생각하며 읽어 보자. (1) 피란을 가기 위해 준비하는 인물들의 언행을 근거로 하여 그들이 전쟁의 극한 상황에서 보여 주는 삶의 태도를 비교해 보자.(지영, 기석, 윤 씨) (2) 〈광장〉, 〈시장과 전장〉에 나타난 6·25 전쟁은 현재까지도 영향을 끼치고 있다. 이러한 역사적 영향을 그리고 있는 소설이나 영화를 찾아보자.
미래엔 (방민호)	2. 문학과 시대의 관계에 주목하여 다음 활동을 해 보자. (1) 다음 기사를 참고하여 작가가 역사적 현실을 작품에 어떻게 반영하였는지 말해 보자. (2) 다음은 〈광장〉의 일부이다. (가)와 (나)를 통해 작가가 나타낸 남과 북의 상황은 어떤 모습인지 말해 보자. (3) '명준'의 선택에 주목하여 작가는 어떤 세계를 바람직하게 여기는지 생각해 보자. 3. 한국 문학에는 6·25 전쟁을 소재로 한 작품이 많다. 모둠별로 이에 해당하는 작품을 찾아 전쟁을 어떻게 인식하고 있는지 발표해 보자.

출판사 (대표 저자)	주요 학습활동
비상교육 (한철우)	2. '명준'이 처한 상황을 고려하여, 작품 속 소재의 의미를 파악해 보자. (1) '부채'와 '사북 자리'의 상징적 의미를 말해 보자. (2) '두 마리 새들'은 무엇을 의미하는지 생각해 보자. 3. 다음은 이 작품의 서문이다. 이를 참고하여 작품의 제목인 '광장'의 의미를 '밀실'과 비교하여 생각해 보자. 4. 다음 신문 기사를 읽고 '명준'이 중립국을 선택한 것에 대해 생각해 보자. (1) '명준'이 중립국을 선택한 이유는 무엇일지 생각해 보자. (2) '명준'의 선택에 대해 자신은 어떻게 생각하는지 말해 보자. 5. '명준'이 중립국에 도착했다고 가정하고, 모둠별로 이 작품의 결말을 상상하여 써 보자.

위에서 보듯 『광장』에 따른 학습활동은 4·19나 6·25의 영향 즉 작품에 반영된 시대적 현실을 파악하는 활동, 부채·사북 자리·광장·밀실·두 마리 새들 등의 상징적 의미를 파악하는 활동으로 대별된다. 성취기준 [12문학03-04]에 부합하는 활동이거나 소재의 상징적 의미에 주목하는 활동이다. 전자의 문제점은 지금까지 논해 왔으므로 그 논의를 생략하나, 후자 역시 문제적이다. 소재의 상징적 의미를 파악하는 활동 역시 예전의 학습활동 제작 관습을 그대로 추수한다. 가령 6~7차 교육과정에 따른 문학 교과서에서도 광장·밀실·갈매기 등의 상징적 의미를 확인하는 활동들이 주를 이루었다.[25] 학습활동 구안 시에도 교과서 저자들은 상당히 제한된 범위에서만 상상력을 발휘하는 것으로 보인다.

지금까지 살펴본 바, 『광장』을 본격적으로 수록한 현행 문학 교과서들은 모두 그것을 문학사 학습 단원에 배치하고, 그 주제로서 '이데올

---

25 김미영·김수지, 앞의 글, 99면 참조.

로기 대립 시대 지식인의 고뇌와 방황'을 제시하며, 작품에 반영된 시대 상황을 파악하는 것을 학습목표로 부각하고, 지문으로서 중립국 선택 장면을 수록했다. 각 교과서마다 그 교육 방식에서 본질적인 차이를 보이지 않는 천편일률성도 문제지만, 지금까지 문학교육계의 관습을 무비판적으로 추수한 점이 더 문제적이다. 정확히 말하면, 『광장』을 교육하는 상투적인 방식이 문학교육 역사상 전복되지 않고 유구하게 계승·반복된 점이 문제다.

물론 이런 문제점이 발생한 탓을 교과서 저자들에게만 돌릴 수 없다. 교과서는 교육과정에 종속되어 있고, 교육과정 개정 때마다 "총론의 압박"·"관련 연구 부족"·"촉급한 시간" 등 문제는 반복된다. 결국 교육과정 자체가 여러 번의 개정 작업에도 불구하고 큰 틀에서 돌고 돈다.[26] 지금까지 검토한 『광장』 교육의 한계는 이러한 구조적인 문제에서 발생한 바 크다. 이러한 구조적 문제가 해결되지 않는 한 교과서의 천편일률성은 개선되기 어려울 것이다. 교과서가 교육과정에서 자유롭거나, 교육과정 자체가 현실적으로 유용한 방향으로 혁명적으로 변화한다면 교과서는 자연스럽게 진보할 것이다. 아무튼 이제는 반복되는 자탄을 그만두고 파격적인 한 걸음 떼기를 진지하게 고민해야 한다. 가령 "문학 교과서에 대한 고정된 관념을 교과서 편수 지침 및 검정 기준에서부터 제거함으로써 〈교육 방식의 다양화〉를 이끌"[27]자는 목소리는 경청을 요한다. 이 논문은 교육 방식 다양화의 필요성에 적

---

26 김창원, 「2015 교육과정을 통해 본 국어과 교육과정 발전의 논제」, 『국어교육학연구』 51-1, 국어교육학회, 2016, 12-28면 참조.

27 최지현, 「2015 개정 교육과정과 문학 교과서의 도전」, 『청람어문교육』 57, 청람어문교육학회, 2016, 86면.

극적으로 동의하며, 이에 기여할 교육방안을 제안하고자 한다.

3. 청소년의 심리적 현실과 연계한 교육방안

문학사를 학습하거나 작품에 반영된 시대 현실을 읽자는 교육 방식은
현시대 청소년에게 그다지 유용하지 않다. 현재 문학의 사회적 기능에
입각한 독법은 옛 시절의 유물로 퇴화하고 있으며, 지식 위주 문학교
육의 쇠퇴와 더불어 문학사 학습의 중요성도 감소하고 있다.[28] 이보다
는 학생의 심리적 현실과 교감하고 그 정신적 성장과 심리 치유를 돕
는 문학교육이 훨씬 유용하다고 생각된다. 이런 문제의식 아래 이 장
에서는 『광장』의 새로운 교육방안 즉 청소년의 정신적 성장과 심리 치
유를 위한 교육방안을 제안하고자 한다.

교육방안 제안 시 기본적으로 소설에서 작중인물의 심리에 초점을
맞추고 그것과 학생의 심리를 연결할 고리를 제시하며, 학생 자신의
경험이나 심리에 대한 말하기 혹은 글쓰기를 장려하고 그것의 상호 교
환을 유도하는 것을 원칙으로 삼는다. 이때 치유의 기제로서, 학생이
고통의 보편성을 인식하고 자기 마음을 객관화하며 자신에 대한 통찰
을 얻음으로써 치유에 이르는 과정을 고려한다. 또한 참고 자료로서

---

28 이러한 시각을 공유하는 여러 논의가 있지만 대표적으로 정재찬은 개인적·심리적·정서
적 발달을 경시하고 집단적·사회적·인지적 교육에 몰두한 우리 문학교육의 문제점을 반
성하고, 학생의 정신적·심리적 발달에 보다 관심을 기울여야 한다고 논한다.(정재찬, 「문
학교육을 통한 개인의 치유와 발달」, 『문학교육학』 29, 한국문학교육학회, 2009, 82~83면
참조.)

심리학적·인문학적 지식 교육의 유용성을 전제로 삼는다.[29] 특히 이 명준을 유별나게 똑똑하고 괴상한 인물이 아니라 청소년의 보편적 심리를 구현하는 인물로 파악하고[30], 명준의 심리와 일반적인 청소년 심리의 연관을 부각하여 학생의 공감을 이끌어내고자 한다. 그러기 위해서는 명준에게서 어떤 청소년 심리가 발견되는지 살펴보는 일이 급선무다.

청소년의 심리 치유와 정신적 성장을 위한 교육방안 구안 시 제일 중요한 작업은 작중인물의 심리와 보편적인 청소년 심리의 접점을 발견하는 일이다. 예의 접점만 발견하면 구안은 반 이상 수행한 것이나 다름없다. 그 접점만 인지하면 학습활동이나 교육 내용은 그에 따라 용이하게 도출할 수 있기 때문이다. 그런데 그 접점을 발견하기가 생각보다 쉽지 않고, 따라서 바로 이 지점에 문학교육적 상상력을 집중해야 한다. 문제는 접점의 발견이기에, 이 논문은 그것에 우선적으로 주력하기로 한다. 또한 이 논문은 문학교육 현장에서 심리학적 지식 도입의 유용성을 지지하므로, 관련 청소년 심리에 관한 심리학적 지식

---

29 청소년의 심리 치유와 정신적 성장을 지향하는 문학교육의 필요성과 소설을 통한 치유가 이루어지는 기제, 그리고 보조 자료로서 심리학적·인문학적 지식 도입의 유용성에 대해서는 박수현, 「도덕과 문학교육」; 박수현, 「청소년의 연애 심리 치유를 위한 문학교육 방안 연구」 참조.

30 명준이 20대 초반의 나이로서, 고등학생들보다 다소 연상인 점도 교육적으로 나쁘지 않다. 학생들이 또래의 체험에서 공감 효과를 얻는 것도 사실이지만, 다소 연상인 선배의 체험을 객관화하고 분석하는 과정에서 자기 객관화와 통찰을 얻을 수 있다. 독자의 고통보다 극심한 고통을 그린 소설의 치유 효과가 탁월하듯이, 독자의 체험을 앞지르거나 압도하는 체험이 유용한 경우는 드물지 않다. 이것은 소설이 대체로 현실보다 과장된 경험을 다루는 이유이기도 하다. 이런 맥락에서 고등학생들이 선배 격인 명준의 이야기를 접하는 것이 무용하지 않다고 판단한다.

을 소개하는 데에도 주력할 것이다. 소개된 지식이 교육 현장에서 유용하게 활용되기를 기대한다. 다음에서 우선적으로 명준에게서 간취되는 청소년의 보편적 심리를 세목화하여 논하고, 순차적으로 그에 따른 심리학적 지식을 소개하며, 이후 교육방안을 제안하고자 한다.

1) 무엇을 할 것인가?

명준의 화두는 한 마디로 이렇게 표현된다. "무엇을 할 것인가?"(105)[31] 그는 "부지런히 무엇인가를 찾고 있"는데 "다만 탈인즉 자기가 무엇을 찾고 있는지도 모"르며, 다만 "자기 둘레의 삶이 제가 찾는 것이 아니라는 낌새만은 분명히 맡고 있"다.(34-35) 그는 무엇인가를 간절하게 찾고 있지만, 그게 무언지 모른다. 그는 자신이 찾는 것을 다만 이렇게 비유적으로 표현할 수 있을 뿐이다. "가슴이 뿌듯하면서 머릿속이 환해질, 그런 일"(37), "피처럼 진한 시간"(38), "갈빗대가 버그러지도록 뿌듯한 보람"(54) 등은 명준이 찾는 것을 애매하게나마 보여준다. 보다 범박하게 말하자면, 그는 "보람 있게 청춘을 불태우고 싶"고 "정말 삶다운 삶을 살고 싶"(115)은 것이다.[32]

---

31 소설 텍스트는 최인훈의 『광장/구운몽』(문학과지성사, 1997)이다. 앞으로 이 텍스트에서 인용 시 인용문 말미 괄호 안에 면수만을 표기하기로 한다.

32 필자는 예전에 최인훈의 『광장』에 관한 글을 발표한 적이 있다.(박수현, 「김승옥·최인훈 소설에 나타나는 '내적 분열' 양상 연구」, 고려대 석사논문, 2006.) 이번 글은 선행연구의 작품 분석과 부분적으로 유사한 얼개를 공유하나, 『광장』에 문학교육적으로 접근하여 문학 교과서 구현 양상을 분석하고 교육방안을 제안했으며, 작품에서 청소년 심리를 간취하는 데 주력하고 청소년 심리에 관한 본격적인 연구·조사를 수행했으며, 작품 분석에서도 명준의 자기중심성과 이상주의를 새로이 발견했고, 문제의식 자체가 '작가의 내적 분열'에서 '청소년의 보편적 심리로서의 편력·자기중심성·이상주의'로 이동한 점에서 예전 글과 차별된다.

명준은 자신의 삶을 가장 가치 있는 일을 위해 불태우고 싶고 그러기 위해서 가장 의미 있는 일이 무엇인지 간절히 알고 싶다. 그런데 그것이 무엇인지 도통 알 수 없다. 무엇이 자기의 온 정열을 바쳐도 아깝지 않을 만큼 보람 있는 일인지 모르는 것이다. 따라서 현실에서는 무엇을 해야 할지 몰라 갈팡질팡한다. 그러면서도 "무엇을 할 것인가"(105)라는 질문은 집요하게 그를 따라다닌다. 그는 북한에서도 "이제 나는 무얼 해야 하나?"(113)라는 질문에서 놓여나지 못하며, 중립국으로 가는 배 안에서 자살을 결심하기 직전까지도 "무엇을 할 것인가"(181-182)라는 질문에 짓눌리고 만다.

명준은 "가슴속에서 불타야 할 자랑스러운 정열"(115)을 정당하게 발휘할 그 일을 찾고 싶다. 이러한 명준의 소망과 그에 따른 방황은 『광장』 서사를 추동하는 중핵이다. 『광장』의 줄거리 자체가 삶에서 의미 있는 무언가를 간절히 찾는 명준이 무언가를 의미 있다 생각하고 그것에 투신했다가 환멸하는 과정의 연속이라고 할 수 있다. 요컨대 명준이 의미를 찾아 투신과 환멸을 거듭하는 과정이 곧 『광장』이다. 기존 문학교육에서 주목하는 『광장』의 주제는 '이데올로기 대립 시대 지식인의 고뇌'로 한정되었지만, 정열을 바칠 만한 일이 무엇인지 질문하며 방황하는 청년의 심리가 보다 정확한 주제에 가깝다고 보인다. 이러한 명준의 심리는 한 예외적 지식인의 특별한 심리가 아니라, 청소년의 보편적인 심리와 맞닿아 있다.

'무엇을 할 것인가'라는 질문은 '나는 누구인가'라는 질문과 더불어 청소년의 뇌리를 잠식하는 중대한 화두다.[33] 이 질문이 청소년에게 중

---

33 정옥분, 『청년발달의 이해』, 학지사, 2017, 206면 참조. 발달심리학에서는 12~25세를 청

요한 이유는 청소년기가 선택과 결정의 시기이기 때문이다. 청소년은 진학, 전공 선택, 이성, 교우 문제들에서 주체적인 선택을 요구받는다. 이전처럼 전적으로 부모나 주위 어른들에게 의존할 수 없는 청소년은 이런 선택과 결정을 위해 여러 가지 가능성을 점검하고 자신에 대해 진지하게 생각하기 시작한다.[34] 자신 앞에 놓인 무수한 가능성 중에서 무언가를 선택해야 하는 청소년은 그 어느 때보다도 가치 있는 일, 전 존재를 바쳐도 아깝지 않은 일을 간절히 찾고 싶다. 가깝게는 진로 결정에서부터 인생 전반에 걸친 목표 설정에 이르기까지 가장 의미 있는 일을 선택해야 하는데 쉽지 않다. 무엇이 가치 있는 일인지 확신하기 어렵기 때문이다.

'무엇을 할 것인가?'라는 명준의 질문은 '내 삶이 의미 있기 위해서는 어떻게 해야 하는가?'라는 질문으로 변주된다. 이 질문은 '의미 추구'라는 심리학적 개념과 만난다. 의미 추구는 자기 삶의 의미와 목적을 이해하기 위한 노력을 뜻한다.[35] 또한 의미 추구는 자기 존재를 이해하고자 하는 심리적인 요구이며 자기 성장을 위한 열망과 동기이고 새로운 기회와 도전들을 추구하는 과정에서 자기 경험을 이해하고 조

년기로 본다. 청년 초기는 11~14세로 대략 중학생에 해당하고, 청년 중기는 약 15~18세로 고등학생에 해당하며, 청년 후기는 약 18세~20대 초반까지로 대학생에 해당한다.(위의 책, 22-23면 참조.) 심리학에서 '청년'으로 지칭한 것을 본 논문에서는 '청소년'으로 바꾸어 썼다. 본 논문의 청소년은 대개 고등학생을 의미하고, 이는 심리학에서 청년 중기에 해당하며, 심리학에서 청년으로 운위되는 것이 일반적 용례에서의 청소년과 동일하기 때문이다.

34 위의 책, 208면 참조.

35 고영남, 「청소년의 생애목표와 삶의 만족의 관계-의미추구와 의미발견의 매개효과」, 『한국교육학연구』 23-4, 안암교육학회, 2017, 164면 참조.

직하고자 하는 바람이다.[36] 의미 추구는 청소년기에 시작되어 전 생애에 걸쳐 이루어진다.[37]

삶에서 의미를 찾고 싶은 욕구인 의미 추구가 청소년기에 시작된다는 점은 주목을 요한다. 청소년은 아동기와 달리 갑자기 발달한 인지·사고 능력과 더불어 이전에는 고민하지 않았던 새로운 질문에 직면한다. 그것은 '내 삶에서 의미 있는 것이 무엇인가'라는 질문이다. 이 질문은 생애 전반에 걸쳐 간헐적으로 또는 지속적으로 대두되지만, 청소년에게는 처음으로 그리고 강렬하게 제시되는 물음인 만큼, 그것이 동반하는 당혹과 혼란은 자못 지대할 수 있다. 의미 추구가 "고통스러운 과정일 수 있다"[38]고 심리학에서도 논하거니와 현실에서도 많은 청소년들이 삶에서 의미 있는 것이 무엇인지 고민하며 방황하는 가운데 고통스러워한다. 명준의 고민과 방황과 심적 고통도 이런 맥락에서 이해 가능하다.

쉽게 답을 찾지 못할 때 청소년은 아무 것에도 흥미를 느끼지 못하고 시들함만을 발견한다. 여기에서 청소년 특유의 허무의식 혹은 권태가 탄생한다. 명준이 각종 편력 끝에 "아무 일에도 흥이 안난다. 마음을 쏟을 만한 일을 찾아낼 수가 없다"(36-37)고 고백하는 것도 이런 심리에서다. 무엇을 할 것인지, 의미 있는 것이 무엇인지 간절한 질문에

---

36 정미영, 「삶의 의미의 두 요인에 관한 연구-의미추구와 의미발견의 기능과 효과」, 『한국기독교상담학회지』 24-1, 한국기독교상담심리학회, 2013, 171면 참조.

37 고영남, 앞의 글, 164면 참조.

38 정미영, 앞의 글, 154면. 의미 추구는 주관적인 행복감이나 만족감과는 무관하며, 자신의 잠재력을 실현하면서 완전히 기능하고자 하는 성장의 욕구와 관련된다.(위의 글, 171면 참조.)

답은 쉽게 주어지지 않는다. 이렇게 답을 찾지 못했을 때의 심적 고통은 무력감, 권태, 우울 등을 유발한다. 삶의 의미와 목적에 관해 간절하게 질문하며 방황하지만 쉽게 해답을 찾지 못하여 우울한 청소년의 심리에, 명준의 심리는 공명할 수 있다. 문학교육은 이 지점에 주목하여 명준의 심리와 학생의 심리를 만나게 할 수 있다.

구체적으로 문학교육은 『광장』에서 상투화된 지문인 중립국 선택 장면 대신에 상기 논한 장면들을 제시하고, 학생들에게 그때의 명준의 심리를 설명하게 하며, 유사한 심리를 느낀 적이 있는지 말하거나 쓰게 한다. 이후 명준의 심리를 해명하고, 그것이 청소년의 보편적 심리라는 점을 주지시키며, '의미 추구' 등 심리학적 지식을 더불어 설명한다. 요컨대 학생이 작중인물의 심리를 이해하면서 자신의 심리와 교감하고 그 과정에서 고통의 보편성을 인식하며 자신에 대한 통찰력을 습득할 수 있게 도와준다.

이때 자신의 내면에 대한 인식을 상당한 수준까지 가진 학생도 있고 전혀 그렇지 못한 학생도 있을 것이다. 자신이 삶의 의미를 추구하는 중이라는 사실을 아는 학생들은 쉽게 명준의 심리에 공감할 수 있다. 그러나 더 많은 학생이 막연한 우울과 권태와 무력감에 시달리는데 자신의 마음이 무언지, 자신이 왜 울적한지도 모를 가능성이 높다. 그런 학생들은 명준의 고민을 이해하며 친구들의 심리적 체험을 접하고 심리학적 지식을 참고하면서, 자기 마음의 정체를 깨닫고 그에 대한 통찰력을 함양하며 고통의 보편성을 느낄 수 있다.

2) 어떤 편력의 사례

삶의 목적과 의미를 묻는 질문은 필연적으로 방황과 편력을 파생한다. 삶의 목적과 의미를 구하는 청소년은 의미 있다고 생각되는 것을 찾아서 자신을 투신하고, 곧이어 환멸하고 또 다른 것에 투신하는 과정을 무한 반복한다. 이런 방황과 편력은 청소년에게 지극히 보편적인 심리이고, 문학작품의 단골 주제이기도 하다. 동서고금의 명작소설은 의미를 찾아 방황하는 청(소)년의 편력들로 가득 차 있다.

교과서에 상투적으로 등장하는 중립국 장면만 보면 명준이 이데올로기 대립을 고민하는 지식인 같지만, 『광장』의 전체 서사를 고려하면 그는 의미를 찾아 방황하고 편력하는 익숙한 청년들 중 하나일 뿐이다.[39] 다음에서 이데올로기 대립을 고민하는 지식인이 아닌 의미를 찾아 방황하고 편력하는 청년으로서 명준의 면모를 확인하고자 하는데, 기존 문학교육의 폐단을 반복하지 않기 위해 『광장』의 전체 서사를 통해 전반적이고 구체적으로 살펴보려고 한다.

일단 명준은 독서에 정열을 바친다. 그는 "삶을 참스럽게 생각하고 간 사람들이 남겨 놓은 책을 모조리 찾아 읽"(35)었고, "책장은 한때 그에게는 모든 것이었다."(43) 사백 권 남짓한 책들을 독파하며 명준은 삶의 보람을 느끼기도 했으나, 언젠가부터 "후린 여자에게서 매정스레 떨어져가는 오입쟁이"(44)처럼 책에 권태를 느낀다. 지성에의 탐닉은 젊은 날 한때 청소년을 매혹하는 일이다. 의미를 찾는 청소년이 우

---

39 이렇게 청년의 방황과 편력을 다루는 많은 소설 가운데 하필 『광장』을 교육 텍스트로 선정한 이유는 이 소설이 그 동안 문학교육에서 정전으로 인식되고, 그에 비해 교육방안에서 아쉬운 점이 많기 때문이다.

선적으로 찾아드는 곳 중 하나가 지성이라는 전당이다. 명준은 지식의 축적에 몰두했다가 환멸을 느낀다.

이후 명준은 정치와 문학에도 권태를 느낀다. "한국 정치의 광장에는 똥오줌에 쓰레기만 더미로 쌓였"(55)고 남한의 현실은 부정부패가 난무하는 "탐욕과 배신과 살인의 광장"(56)이라는 것이다. 문학인들조차 "자기만은 박래품이라는 망상에 걸린 불쌍한 미치광이"(57)일 뿐이다. 젊은이들이 한때 매혹되기 마련인 정치와 문학 그 어느 것에서도 명준은 의미를 찾지 못한다. 문학교육에서 잘 알려진 독법에 의하면, 이러한 남한 현실에 대한 비판이 '이데올로기 대립 시대 지식인의 고뇌' 중 일부겠지만, 그보다는 의미를 찾는 청년 특유의 편력 과정 중 일부로 보인다.

다음으로 명준은 윤애에게서 구원을 발견하려고 한다. "윤애면 다"(89)이고, "스무 살 고개에 처음 안 여자는, 모든 것을 물리치고도 남았다."(89) 그런데 윤애는 육체관계를 거부한다. 이에 명준은 한없이 실망한다. 윤애에게마저 환멸을 느끼자 명준은 북한으로 밀입국한다. 그런데 북한 현실 역시 기대를 배반한다. 명준은 북한의 현실을 이렇게 단정한다. "혁명과 인민의 탈을 쓴 여전한 부르주아 사회. 스노브들의 활보. 자기 머리로 생각하려 들지 않는 당원들. 부르주아 사회의 월급쟁이 마음보와 다를 데 없었다."(121) 북한 현실에 대한 비판 역시 문학교육적 독법에 의하면, '이데올로기 대립에 대한 지식인의 고민'으로 포섭된다. 그런데 명준의 고민을 이렇게 한정하면 책, 문학, 윤애 등에게 기대했다가 환멸하는 심리를 설명할 수 없다. 즉 명준의 고민은 남북한 대립 때문에 발생한 것이 아니라, 삶의 의미를 구하는 과정 즉 보편적인 청년 발달 과정의 한 단계에서 탄생했다. 남북한 현실에 대한 기대와 환멸은 크게 보아 의미를 구하는 여정에서의 많은 계기들 중 작은 부분일 뿐이다.

환멸스러운 것투성이인 북한 사회에서 명준이 만난 마지막 희망은 은혜다. 은혜는 윤애와 달리 육체관계를 거부하지 않았다. 명준은 삶의 단 하나의 의미를 은혜와의 관계에서 찾는다. "이것이야말로 확실한 진리다. 이 매끄러운 닿음새. 따뜻함. 사랑스러운 튕김. 이것을 아니랄 수 있나. 모든 광장이 빈터로 돌아가도 이 벽만은 남는다. 이 벽에 기대어 사람은, 새로운 해가 솟는 아침까지 풋잠을 잘 수 있다."(129) 그는 자신에게는 아무것도 남지 않았고, 오로지 자신에게 "남은 진리는 은혜의 몸뚱어리뿐"(130)이라고 확신한다. 하지만 은혜마저 함께 있자는 명준의 청을 거절하고 모스크바로 떠난다. 명준은 끝 모를 절망에 빠진다.

은혜에게서도 환멸하자 세상에 붙잡고 살 의미가 하나도 없다고 느끼는 명준은 이제 악에라도 심취하고 싶다. "무엇인가를 잡아야"(147)하기 때문이다. "그게 무엇인가는 물을 게 아니"(147)다. 명준은 아무 의미 없는 삶에 질려서 지푸라기만한 의미라도 만들고 싶다. 그게 무엇인지는 중요하지 않다. 하다못해 악마라도 되어서 악을 휘두르며 삶의 의미를 찾고 싶다. 그는 "어쩔 수 없이 나를 얽어매는 죄를 내 손으로 만들"고 "내 손으로 밝히 해낸 나의 죄"(148)로 다시 태어나기를 희망한다. 명준은 태식에게 물리적 폭력을 휘두른다. 여기까지는 악을 구현하는 데 성공하였으나, 윤애를 강간하려다가 울음을 터트린다. 결국 그는 태식과 윤애를 풀어준다. 남은 것은 다시 끝없는 무의미다. "너는 악마도 될 수 없다?"(153)라는 자조는 결국 아무 의미도 찾지 못하고 무의미에 잠식되고 만 자신에 대한 애도나 다름없다. 기존 문학

교육에서처럼 『광장』의 주제를 '이데올로기 대립 시대 지식인의 고뇌'로 한정하면 명준이 악에 투신했다가 환멸하는 장면을 해명할 수 없다. 『광장』의 주제를 보다 정확하게 이해하려면 작품 전체를 읽어야 하고, 삶의 목적과 의미를 찾는 청년의 심리에 초점을 맞추어야 한다.

이렇게 보면 문학교육의 단골 논제인 '명준이 중립국을 택한 이유'도 기존과 달리 해명할 수 있다. 중립국 선택의 이유는 문학교육의 정답인 '이데올로기 대립'이 아니라 일차적으로는 '은혜의 죽음'이고, 궁극적으로는 의미 추구 과정에서 파생된 절망감이다. 명준은 전쟁 중에 은혜를 다시 만난다. 은혜와의 재회는 그에게 뿌듯한 삶의 의미를 안겨준다. 그는 그토록 찾아 헤맸던 의미를 드디어 만났다고 생각한다. 그러나 은혜는 죽고 만다. 이후 명준은 중립국을 택한다. 이처럼 중립국 선택의 일차적 계기는 은혜의 죽음이다.

중립국 선택의 궁극적 원인 즉 그 심리적 기제를 명준은 이렇게 설명한다. "환상의 술에 취해보지 못한 섬에 닿기를 바라며. 그리고 그 섬에서 환상 없는 삶을 살기 위해서."(174) 여기에서 알 수 있듯 명준이 중립국을 택한 이유는 기존 문학교육에서 알려진 대로 이데올로기 대립을 혐오해서가 아니라, 환상 없는 삶을 살기 위해서다. 명준은 의미를 두었다가 환멸하고 꿈을 꾸었다가 실망하는 여정에 너무나 지쳐서, 그 절망감 때문에 중립국을 택한 것이다. 무언가 의미 있을 것이라는 기대조차 하고 싶지 않기 때문이다. 은혜의 죽음은 예의 절망감을 촉발하는 계기로 기능한다. "무서운 것을 너무 빨리 본 탓으로 지쳐빠"(174)졌다는 명준의 고백은 중립국 선택이 의미 추구 과정에서의 피로감 때문이라는 사실을 보여준다.

마지막으로 명준이 자살한 이유에 대해서도 재고해야 한다. 중립국으로 가는 배 안에서 명준은 다시 난감한 상황에 맞닥뜨린다. 홍콩에 상륙하고 싶어 하는 포로들과 이를 저지하는 선장의 갈등에 휘말린 것이다. 포로들은 홍콩이 제공하는 향락을 맛보고 싶었으나, 법은 포로들의 상륙을 금지했다. 명준이 통역사로서 포로들과 선장 양측의 중재인으로 나설 수 있었기에, 포로들은 명준에게 상륙 허가를 받아달라고 요구한다. 명준은 포로들과 몸싸움을 벌이고 정신을 잃는다. 의식이 돌아오자마자 "왜 이렇게 허전한가"(180), "무엇을 할 것인가"(181-182)라는 오래된 질문이 다시 그를 엄습한다.

중립국으로 가는 배 안에서도 명준은 소설 전반을 관통하던 해묵은 고뇌에 발목을 붙잡힌다. 중립국에서 환상 없는 삶을 살겠다는 다짐과 달리 명준은 그곳에서 소박한 삶을 영위하리라는 꿈을 꾸고 있었다.[40] 하지만 중립국에서 이웃이 될 포로들의 행태에 중립국에서의 소박한 삶이라는 꿈마저 훼손될 것을 예감했다. 중립국에서도 아귀다툼, 분열, 갈등, 어느 한 쪽을 택하라는 요구 등 한국에서 명준을 괴롭혔던 상황은 계속될 것이었다. 이에 명준은 자살을 택한다. 자살을 결심하기까지 "무엇을 할 것인가"(181-182)라는 질문은 집요하게 그를 쫓아다니고, 그는 무엇을 해야 할지 몰라 허둥거린다.

명준이 자살한 이유에 대해서 기존의 문학교육은 이데올로기 대립에 대한 고뇌 또는 은혜와의 사랑 때문이라고 지목한다. 하지만 작품 전체를 보면 알 수 있듯, 명준의 자살은 마지막 희망의 좌절에 대한 예

---

40 작가는 명준이 중립국에서 "병원 문지기라든지, 소방서 감시원이라든지, 극장의 매표원, 그런 될 수 있는 대로 마음을 쓰는 일이 적고, 그 대신 똑같은 움직임을 하루종일 되풀이만 하면 되는 일을"(174) 하면서 소박하고 작은 즐거움을 누리는 삶을 꿈꾸는 장면을 상당히 길게 서술한다.

견 때문이다. 의미를 찾다가 배반만을 거듭 겪은 명준은 중립국에서마저 아무 의미를 찾지 못하리라고 절망했기 때문에 자살한 것이다. 자살 직전까지 명준이 "무엇을 할 것인가"(181-182)라는 질문에 포획되었다는 사실이 이를 증빙한다. 또한 작가는 중립국으로 향하는 배에서의 소요 사건을 작품 서두와 결말에 길게 배치했는데, 명준의 자살이 이데올로기 대립 때문이라면 이러한 배치에 담긴 작가의 의도를 해명할 수 없다. 배에서의 소요를 중요한 화소로 배치한 작가의 전략 역시 자살 이유가 삶의 의미 추구 과정에서의 절망이라는 논지를 지지한다. 마지막 순간 명준의 뇌리에는 남북한 현실 또는 이데올로기 대립에 대한 비판이 있었던 것이 아니라, 삶의 의미에 대한 질문과 그 답을 끝내 찾지 못하리라는 절망이 있었다.

이러한 명준의 편력은 청소년의 보편적 심리에 공감을 일으킬 수 있다. 그의 편력은 "진실할 수 있는 그 무엇과 그 누구에 대한 젊은이의 추구"[41]라고 할 수 있는데, 이는 청소년의 보편적이고 대표적인 심리이다. 에릭슨에 따르면, 청소년은 신뢰할 수 있는 인간과 관념을 열렬하게 찾는다. 이러한 인간과 관념에 기대어 자신의 가치를 증명하고자 한다. 동시에 역설적으로 청소년은 바보스러운 헌신을 두려워하며, 맹렬하고 냉소적인 불신을 내비치는데, 이는 믿음에 대한 그의 욕구를 역설적으로 표출한다.[42]

다시 말해 청소년은 절대적으로 참된 가치를 구현한다고 전적으로

---

[41] 칼 G. 융 · 에릭 H. 에릭슨, 『현대의 신화/아이덴티티』, 이부영 · 조대경 역, 삼성출판사, 1993, 394면.

[42] 위의 책, 299면 참조. 번역서에 '청년'으로 번역된 부분을 이 논문에서는 '청소년'으로 바꾸었다. 그렇게 해도 원저자의 뜻에 부합한다고 판단했기 때문이다.

믿을 수 있는 사람 또는 관념을 열렬히 찾는다. 그럼으로써 자신의 가치를 인정하고픈 욕구가 그 이면에 놓여 있다. 즉 정말 훌륭함에 틀림없는 사람 또는 관념을 삶의 지주로 삼음으로써 스스로 훌륭하다고 느끼고 싶은 것이다. 그러나 청소년은 끊임없이 자신 앞에 놓인 것, 신뢰하고 싶은 것을 냉소하고 불신한다. 이는 절대적인 가치를 찾고 싶은 그의 욕구의 역설적인 표현이다. 완전히 믿기 위해 그 전에 완전히 의심해 보는 것이다. 전적으로 신뢰할 무엇인가를 찾고 싶은 욕망이 너무나 강렬하기에, 청소년은 눈앞의 것을 쉽게 신뢰하지 못한다. 명준은 이례적인 지식인의 특별한 고뇌가 아니라 청소년의 보편적 심리를 체현한다.

삶의 목적과 의미에 대한 질문에 맞서 청소년은 『광장』의 명준처럼 다양한 가능성을 실험한다. 평소에 동경하던 연장자를 찾아다니거나, 닥치는 대로 책을 읽거나, 각종 아르바이트를 전전하거나, 다니지 않았던 교회나 절을 찾거나, 낯선 곳으로 여행을 떠난다. 무언가 많이 아는 것 같은 동성 또는 이성 친구에게 몰두하기도 한다. 타인에 대한 청소년 특유의 열정은 자신이 간절하게 구하는 삶의 목적과 의미를 상대가 알고 있을 것이라고 여기는 판타지에서 비롯된다. 사랑이건 우정이건 타인에 열광은 실상 자기 삶의 목적과 의미를 알고 싶은 열망의 다른 표현인 셈이다.

이러한 청소년의 보편적인 심리와 명준의 심리는 분명 유사성을 지니거니와, 문학교육은 이에 주목해야 한다. 구체적으로 문학교육은 그동안 지문으로 반복 제시되었던 중립국 서사가 아니라 작품 전체를 통해 명준의 편력을 정리하게 하고, 각종 편력을 관통하는 명준의 심리를 유추하게 한다. 이후 학생들에게 유사한 심리를 느낀 적이 있는지 생각하게 하고, 각자 편력 체험을 이야기하게 하며, 그때 자신의 심리를 명료하게 통찰하게 한다. 학생들은 혼란스러웠던 마음을 명준의 심리에 견주어 보면서 고통의 보편성을 느낄 수 있고, 자기 마음을 객관화하며 통찰할 수 있다. 이때 예의 방황과 편력을 경험했던 또래 청소년들의 수기나 그것을 토대로 창작된 소설이나 영화[43] 등을 참고 자료로 사용할 수 있다. 이렇게 문학교육이 작중인물의 심리와 학생 심리의 접점을 마련해주며 고통의 보편성과 통찰을 통한 치유를 이끌어낸 다음에는, 심리학적 지식 교육을 병행할 수 있다. 지식은 통찰을 견인한다. 하여 치유를 위한 문학교육에 인문학적·심리학적 지식 교육을 도입하는 것은 매우 유용하다.[44]

학생들에게 유용한 심리학적 참고 자료로서 위의 에릭슨의 학설과 더불어 '정체성 유예'라는 개념을 교육할 수 있다. 개인은 정체성 위기를 경험한 후 어떤 일이나 이념에 헌신하게 되었을 때 성숙한 정체성을 획득한다.[45] 위기 자체를 겪지 않는 정체성 혼미, 정체성 유실 단계

---

43 예컨대 이문열의 『젊은 날의 초상』이나 그것을 영상화한 곽지균 감독의 영화 「젊은 날의 초상」을 사용하는 것도 가능하다.

44 치유를 위한 문학교육에서 인문학적·심리학적 지식 사용의 유용함에 관해서는 박수현, 「청소년의 연애 심리 치유를 위한 문학교육 방안 연구」 참조.

45 Marcia에 의하면 성숙한 정체성 획득을 위한 과정에는 위기와 헌신이라는 두 가지 요인이 있다. 위기란 유의미한 대안들 중 하나를 선택하기 위한 탐색이고, 헌신은 어떤 분야를 향한 개인적 투자이다. 위기와 헌신의 유무에 따라 네 가지 정체성 발달 단계가 도출되는데, 그것은 정체성 혼미, 유실, 유예, 획득이다. 정체성 혼미 단계의 청소년은 위기를 경험하지도 않았고, 어떤 일이나 이념에도 헌신하지도 아니한다. 이 단계는 발달 과정상 가장 낮은 수준의 정체성 상태로서, 초기 청소년기 아이들에게서 흔히 목도된다. 정체성 유실 단계의 청소년은 위기를 경험하지 않았지만 타인에 의해 주입된 일과 이념에 헌신한다. 이 상태의 청소년은 자신의 목표와 타인이 주입한 목표를 구별하지 못한다. 유예 단계는 헌신할 무엇을 찾기 전 위기를 겪는 단계다. 본 논문이 주목하는 것이 바로 정체성 유예 단계

와 달리 정체성 유예 단계는 헌신하기 전 위기를 겪으며 대안을 탐색하는 기간이다. 청소년은 그들에게 가장 맞는 정체성을 발견하기 전에 다양한 정체성들을 실험하고, 다양한 방식으로 편력한다. 유예 상태의 청소년 중 계속적인 위기를 맞는 청소년은 혼란스럽고 불안정하며 불만에 가득 찬 것으로 보인다. 그들은 종종 반항적이고 비협조적이며, 학교나 사회를 불신한다. 대부분의 청소년들은 정체성 유실 상태로부터 정체성 위기에 들어가고, 유예 상태를 거쳐서 획득에 이른다.[46]

『광장』의 명준처럼 의미를 찾아 편력하는 많은 청소년들이 정체성 유예 단계에 놓여 있으나, 자신이 그런 상태인 줄 모르며 자신만 그런 고통을 겪고 있다고 생각한다. 그들이 정체성 유예라는 개념을 알면 고통의 보편성을 인식하고 자기 마음을 통찰하는 데 도움을 받을 것이다. 또한 많은 청소년들이 기성세대와 학교에 무조건적으로 불만을 느끼고 반항을 일삼으며, 그런 자신에 대한 죄책감 때문에 이중으로 괴로워한다. 그것이 정체성 유예 단계에서 파생되는 자연스러운 행동 양식이고 모든 사람이 거치는 일종의 통과의례라는 사실을 주지시킨다면, 그들이 자기 마음의 정체를 파악하고 죄책감으로 인한 고통을 경감하

다. 정체성 위기를 경험한 청소년이 다양한 대안들을 신중하게 검토하고 평가한 이후 어떤 결론에 도달하면 정체성 획득 단계에 이른다. 그들은 안정적인 자기 정의와 높은 성취 동기를 지니며, 보다 현실적인 목표를 가지게 된다. 고등학생 대상의 한 연구에 따르면, 졸업 때까지 정체성 획득 단계에 도달하는 경우는 드물다. 보통 청소년은 정체성 혼미나 유실 단계에서 유예 상태로 이동하며, 이후 획득 단계에 이른다. 정체성을 획득한 청소년의 비율은 연령과 함께 증가한다.(F. Philip Rice · Kim Gale Dolgin, 『청소년심리학』, 정명숙 · 신민섭 · 이승연 역, 시그마프레스, 2018, 147-151면 참조.)

46 또한 신체적 정체성은 쉽게 형성되는 반면 직업적, 이념적, 도덕적 정체성은 느리게 발달한다.(위의 책, 148-152면 참조.)

는 데 도움을 줄 것이다. 치유에서 죄책감은 독이며, 통찰은 약이다.[47]

3) 자기 부정 또는 자기중심성

앞서 살펴본 바 『광장』의 주요 주제는 '이데올로기 대립 시대 지식인의 고뇌'라기보다 '삶의 목적과 의미를 구하는 청년의 편력'에 가까우며, 이것은 청소년 심리와 폭넓은 공감대를 형성한다. 이외에도 『광장』은 청소년 심리와 만나는 지점을 다수 내장한다. 두드러지게 나타나지는 않지만 교육적 함의를 풍부하게 품은 이런 국면들에 대해 다음에서 살펴보고자 한다. 우선 명준의 중단 없는 자기 비판과 자기중심성이 주목을 요한다.

명준은 자신에 대한 끊임없는 비판의 끈을 놓지 못한다. 가령 중립국으로 가는 배에서 명준은 선원들이 중립국을 선택한 포로들을 "은근 알아준다"(23)고 느낀다. 곧이어 그 느낌을 부끄러워한다. 이어서 다시 "부끄러워하는 자기가 혀를 차고 나무라고 싶게 못마땅하다. 그 마음을 다 파헤치면 뜻밖에 섬뜩한 무엇이 튀어나올 것 같"(23)다. 이런 식으로 명준의 자기 의식에 대한 관찰과 그에 대한 끊임없는 비판은 꼬리를 물고 연쇄된다. 또 다른 예로 명준은 포로 중 한 사람인 박이 자신보다 "더 때묻고 고린내나는 삶의 고달픔"(25)을 겪었을 거라고 느낀다. 곧이어 "그런 느낌은 미상불 저쪽을 깔보는 것이었고, 명준은 그 독살스럽게 감겨오던 공산당원들의 늘 하는 소리였던 소부르주아 근성일 거라고 혼자 쓴웃음을 짓는다."(25) 이렇게 명준의 자기 비

---

47 치유에서 죄책감과 통찰의 순기능과 역기능에 관해서는 박수현, 「청소년의 연애 심리 치유를 위한 문학교육 방안 연구」, 84-91면 참조.

판은 중단 없이 연속된다. 그는 자기 비판의 무한 소용돌이에 빠진 것처럼 보인다.

중립국을 선택하면서 명준은 그동안 절박하게 수행했던 자신의 편력을 이렇게 규정한다. "세상에서 뒤진 가난한 땅에 자란 지식 노동자의 슬픈 환장. 과학을 믿은 게 아니라 마술을 믿었던 게지. 바다를 한 잔의 영생수로 바꿔준다는 마술사의 말을."(173) 그는 의미를 찾아 헤매었던 자신의 치열한 편력을 "슬픈 환장" 정도로 폄하한다. 자신의 삶 전체에 대한 총체적인 자기 비판을 수행한 것이다. 뿐만 아니라 죽기 전 명준은 은혜와의 사랑을 회상하면서 이렇게 생각한다. "웃기지 말자, 누군가를 웃기지 말자. 남이 들으면 창피하다. 우리 목숨을 주무르는 사람의 눈으로 보면, 모든 사람이 장삼이사, 그놈이 그놈이다. 자기만 별난 줄 알면 못난이 사촌이다."(179) 그는 은혜와의 관계에 최후의 의미를 두었던 자신을 우습고 창피하게 여긴다. 자신이 기대었던 마지막 궁극적인 가치마저 부정하는 셈이다. 이토록 명준의 자기 부정은 꼬리를 물고 이어지며, 이 역시 명준의 자살에 원인을 제공했다고 할 수 있다.

명준의 자기 부정은 무한궤도에서 순환한다. 가령 그는 자신의 생각을 부끄러워하고, 부끄러워하는 자신을 못마땅하게 여긴다. 누군가의 가치를 인정하다가도 그것이 그에 대한 역설적인 폄하라고 반성한다. 자신의 생각에 대한 끊임없는 비판을 멈출 수 없다. 그동안 수행했던 자기 주변의 모든 것에 대한 예리한 비판이 자기 자신에게도 향하는 것이다. 명준처럼 많은 청소년들이 중단 없는 자기 부정의 원환에 갇혀서 산다. 사회와 기성세대의 무엇을 못마땅하게 여기다가도 못마땅하게 여기는 자신을 못마땅하게 여긴다. 매사 자신에게 과도한 관심을 기울이면서 자신을 예리하게 관찰하다가 결국 자기를 부정하는 결론으로 치닫고 만다. 이러한 과도한 자기 부정은 자기 비하로 이어지고 이는 우울증을 유발한다. 청소년 우울증의 원인 중 중요한 것이 자기 비하다. 이렇게 과도한 자기 부정과 자기 비하로 고통스러워하는 청소년의 심리와 명준의 심리는 접점을 가진다.

한편 명준의 중단 없는 자기 부정은 자의식 과잉에서 비롯되었으며 자기중심성의 역설적 표현이다. 명준은 매사 자신을 예리하게 관찰한다. 자신에 대한 생각이 넘쳐나는 자의식 과잉의 상태다. 그는 끊임없이 자신에게 관심을 과도하게 기울인다는 면에서 자기중심적이고, 이는 스스로 비판함으로써 타인의 비판을 차단하고 비판하는 자신을 격상하려는 무의식의 발로라는 점에서도 그렇다. 자신에 대한 과도한 관심 혹은 자기중심성은 청소년의 보편적인 심리이기도 하다. 심리학에 따르면 청소년은 자기 자신, 자기의 사람됨, 자기 생각에 대해 예리하게 의식한다. 그 결과 이들은 자기중심적이 되며, 남보다는 자기 자신을 향해 사고한다. 스스로에게 과도하게 관심을 기울인 나머지 다른 사람들도 자기에게 똑같이 관심을 두고 있을 것이라고 생각한다.[48] 그러나 청소년이 성숙함에 따라 사회적 상호작용을 통해 모든 사람이 제 나름대로의 관심사를 가진다는 사실을 이해하게 되면서 자기중심성은 점차 사라진다.[49] 많은 경우 모든 것에 대한 청소년의 관심은 결국 자기 자신으로 귀결된다. 청소년은 주변의 모든 것을 자기를 반추하고 형성하는 재료로 삼는다. 이러한 보편적인 청소년의 심리에 명준의 심

---

48 F. Philip Rice · Kim Gale Dolgin, 앞의 책, 102-103면 참조.
49 정옥분, 앞의 책, 169면 참조.

리는 공명할 수 있다.

지금까지의 문학교육은 명준의 끊임없는 자기 부정에 주목하지 않았다. 하지만 새로운 문학교육은 명준이 중단 없이 자기 부정을 수행하는 장면을 부각하고, 학생들에게 명준처럼 한없이 자기 부정에 빠진 체험을 이야기하게 유도할 수 있다. 이 과정에서 자기 부정으로 인한 우울을 겪는 학생들은 고통의 보편성을 느낄 수 있다. 또한 명준의 자기 부정 이면에 자기중심성이 놓여있음을 설명하면서 학생들에게 친구나 자신의 자기중심성을 발견한 경험을 이야기하게 한다. 나아가 청소년기 자기중심성에 대한 심리학적 지식을 소개하면서 그것이 청소년의 보편적인 심리임을 주지시킨다. 이를 통해 친구나 자신의 자기중심성이 비난할 무엇이 아니라 자연스러운 통과의례임을 인식시키면서 학생들로 하여금 고통의 보편성을 깨닫게 하고 자신과 타인의 심리를 통찰하게 한다.

4) 도저한 이상주의와 성장의 단초

명준은 그 기나긴 편력을 통해서 세상에 존재하는 모든 것이 의미 없으며 자기 자신마저도 하잘것없다고 결론 내렸다. 이런 슬픈 결론 이면에는 도저한 이상주의가 웅크리고 있다. 이상은 지나치게 높고, 현실적인 모든 것은 그에 못 미치기에 세상과 자신이 무의미했던 것이다. 이 역시 청소년기의 보편적인 심리와 상통한다.

청소년기 주요한 인지적 특징 중 하나는 사회·정치·종교·철학 등전 영역에 걸친 이상주의다. 청소년은 자신의 관념을 집착적으로 추구하며 자기의 관념과 일치하지 않는 모든 것들을 비판함으로써 이상주의를 드러낸다. 청소년은 이상주의에 집착하여 사회를 변화시키고자 하며, 기존 사회를 파괴하고 개혁하고자 한다. 이를 법관적 사고 혹은 판단자적 사고라 할 수 있다.[50] 이상주의를 견지하는 청소년은 세상의 결점과 모순을 쉽고 빈번하게 발견하며 부모나 사회에 자주 반항한다. 현실적 문제를 고려하지 못하고 사회 변화에 따르는 실제적 장벽을 간과한다. 이러한 경향은 자아중심성을 부추긴다.[51]

청소년들은 실제로 이상에 부합하는 일은 하지 않으면서 언어적 수준에서만 반항과 비판을 일삼는다. 청년기 후기에 이르러서야 비로소 자신의 이상을 적정 수준의 행동으로 옮기고 참을성과 이해심을 발달시킨다.[52] 어린 청소년들은 고차원적인 도덕적 원칙을 생각하고 피력하기만 하면 도덕성을 이미 달성했다고 생각한다. 이는 이상을 실천되어야 하는 것, 당장에 얻을 수 없는 것이라고 생각하는 어른들과 대비된다.[53] 성장할수록 청소년은 주변 여건을 다각도로 고려하며, 자신의 이상을 실현 가능한 적정 수준으로 조절하고, 조율된 이상을 현실적으로 실천하려고 한다. 그러면서 현실과 기성세대를 어느 정도 수긍하게 된다. 이러한 변화의 조짐이 명준에게도 보였으나, 명준은 그 변화를 완성하지 못한다.

준다고 바다를 마실 수는 없는 일, 사람이 마시기는 한 사발의 물, 준다는 것도 허황하고 가지거니 함도 철없는 일. 바다와 한 잔의 물, 그 사이에 놓인 골짜기의 눈물과 땀과 피. 그것을 셈할 줄 모르는 데 잘못이 있

---

50 허혜경·김혜수, 『청년발달심리학』, 학지사, 2002, 77면 참조.
51 위의 책, 80면 참조.
52 F. Philip Rice·Kim Gale Dolgin, 앞의 책, 100면 참조.
53 위의 책, 101면 참조.

었다. (중략) 벌써 아득한 옛날부터 사람 동네가 알아낸 슬기. 사람이라는 조건에서 비롯하는 슬픔과 기쁨을 고루 나누는 것. 그래봐야, 사람의 조건이 아직도 풀어나가야 할 어려움의 크기에 대면, 아무것도 아니다. 사람이 이루어놓은 것에 눈을 돌리지 않고, 이루어야 할 것에만 눈을 돌리면, 그 자리에서 그는 삶의 힘을 잃는다.(173-174)

사람이 마시기에는 한 사발의 물이면 족하다는 명준의 깨달음은 그동안 자신이 과도한 이상주의에 포획되어 살아 왔으며, 그래서 세상에서 불만족만을 발견했다는 통찰과 통한다. "바다와 한 잔의 물, 그 사이에 놓인 골짜기의 눈물과 땀과 피"는 이상에서 동떨어졌을지언정 현실 세계에서 사람들이 기울이는 노고와 정열을 뜻한다. "사람이 이루어놓은 것"이란 현실의 작고 부족하나 귀중한 모든 가치들을 의미한다. 이렇게 명준은 이상에 미치지 못하는 현실 세계의 가치들을 수긍하기 시작한다. 이것은 성장의 출발점이다. 그러나 명준은 성장의 단초로 작동할 깨달음을 얻었지만, 성장을 지속하지 못하고 자살하고 만다. 은혜의 죽음으로 "이루어놓은 것에 눈을 돌리면서 살 수 있는 힘"(174)까지 잃어버렸기 때문이다. 그는 조로(早老)한 셈인데, 이에 대해 "팔자소관으로 빨리 늙는 사람도 있는 법"(174)이고 자신이 "무서운 것을 너무 빨리 본 탓으로 지쳐빠"(174)졌기 때문이라고 변명한다.

문학교육은 명준의 방황이 이상주의에서 비롯되었음을 학생들에게 시사할 수 있다. 많은 학생들 역시 명준과 마찬가지로 세상의 모든 일에서 결점만을 찾아내면서 의미 있는 것이 하나도 없다고 한탄하며 무기력과 권태에 빠져 있거나, 그들 눈에 허점투성이인 부모와 사회에 대한 반항에만 전념한다. 문학교육은 그러한 학생들의 내면에 이상주의가 존재함을, 그것이 현실적인 여건을 고려하지 않은 것이며 어느 정도 자아중심성과 결탁하고 있음을 시사하고, 그것을 극복할 때 성장한다는 통찰을 유도할 수 있다. 청소년은 현실을 다방면으로 고려하는 통합적 사고의 부재로 인해 "편협한 이상주의적 경향"[54]을 띨 수 있는데, 이 역시 통찰하도록 교육할 수 있다. 실제로 명준의 편력의 원인을 한 마디로 축약하자면 편협한 이상주의라고 해도 과언이 아니다.

어떤 청소년은 기성세대와 현실에 대한 중단 없는 비판 또는 무의미에서 비롯된 권태 이면에 이상주의가 존재함을 이미 깨닫고 성장의 한 단계를 경험했을 수 있다. 문학교육은 그런 청소년에게 경험을 이야기하게 할 수 있다. 또한 이상주의 극복을 주제로 한 청소년의 글들도 보조 자료로 사용할 수 있다. 학생들은 또래의 이상주의 극복 경험을 통해서 자신의 경험을 반추할 수 있다. 또한 문학교육은 명준의 성격과 행보에 대해서 비판적 토론을 유도할 수 있다. 전술했듯 자기중심성이라든지 이상주의라든지 명준에게는 비판할 면모도 분명히 있다. 이외에도 학생들은 명준의 성격과 행보에 대해 자유로운 비판을 수행할 수 있다. 명준이 친구라면 어떤 조언을 하고 싶은지 상상하는 활동도 가능하다.

명준이 그토록 치열한 편력 끝에 성장의 계기로 작동할 통찰을 얻었지만 건전하게 성장하지 못하고 자살한 것은 분명히 비극이다. 소설에서 명준은 비극을 맞이했지만 현실에서 학생들은 그 비극을 통해 건전하게 성장할 수 있다. 학생은 소설의 비극을 통해 자신의 고통을 대리 해소하고 긍정적으로 살 힘을 얻는다. 소설에 그려진 고통이 독자가

---

54 허혜경·김혜수, 앞의 책, 92면.

겪는 고통에 못 미칠 때 독자는 실소(失笑)한다. 소설의 고통이 독자의 고통을 초과할 때, 독자는 보다 수월하게 고통의 보편성을 느끼고 스스로를 치유한다. 성공보다는 실패에서 더 많이 배우는 법이다. 의사가 건강한 사람보다는 아픈 사람을 통해 질병에 대한 지식과 치료법을 배우듯이, 학생들은 명준의 성장과 치유 실패담을 객관적으로 바라보고 분석하면서 성장과 치유에 대한 통찰을 얻을 수 있다. 하여 많은 소설의 결말이 대개 비극적이지만, 독자는 비극적인 소설을 통해 건전하게 치유하고 성장한다. 이것이 바로 비극의 교육적 효과 또는 비도덕을 경유한 문학교육의 도덕적 효과이다.[55]

논의를 마무리하기 전에 조금 더 구체적인 문제를 고려해 보기로 한다. 지금까지 제안한 교육방안을 기존 교육과정 체제에 대입하자면, '문학에 대한 태도' 영역에서 "문학을 통하여 자아를 성찰하고 타자를 이해하며 상호 소통하는 태도를 지닌다"[56]는 성취기준 [12문학04-01]에 그나마 부합할 것이다. 그러나 기존 교육과정에 합치 여부는 그다지 중요하지 않다. 공식적인 문학 교과서를 통해서만이 아니라 다양한 교육 현장에서 구현 가능성을 염두에 두고 이 교육방안을 제안했기 때문이다. 새로운 성취기준을 만드는 것도 가능한데, 가령 '작중인물의 심리를 이해하고 자신의 심리와 교감하면서 자기 마음을 통찰한다'라든가 '작중인물의 심리를 이해하면서 자신과 타인의 마음에 대한 통찰력을 기른다' 등을 상상할 수 있다. 교육 현장에서 활용할 학습활동은

---

55 비극 또는 비도덕을 경유한 문학교육의 도덕적 효과에 대한 상세한 논증은 박수현, 「청소년의 연애 심리 치유를 위한 문학교육 방안 연구」, 81면; 84-85면; 94-97면 참조.

56 교육부, 앞의 책, 130면.

앞서 논한 내용을 기반으로 용이하게 도출할 수 있을 것이다. 지금까지 참고 자료로써 활용 가능한 심리학적 지식을 소개하는 데 주력했거니와, 더욱 방대한 참고 자료에 대한 구체적인 정보는 훗날 다른 자리를 기약하려고 한다. 그러나 현장에서의 자율성과 창의성에 맡기는 것도 좋아 보인다.

4. 맺음말

최인훈의 『광장』은 문학교육 역사상 정전으로서 위상을 고수해 왔다. 이 논문은 현행 2015 교육과정에 따른 문학 교과서에서 『광장』을 교육하는 방식을 비판적으로 고찰하고, 학생의 정신적 성장과 심리 치유를 지향하는 교육방안을 제시하였다.

『광장』을 본격적으로 수록한 3종의 교과서는 모두 그것을 문학사 학습 단원에 배치하고, 주제로서 '이데올로기 대립 시대 지식인의 고뇌'를 지목하며, 작품에 반영된 시대적 현실을 파악하는 것을 소단원 학습목표로 제시하고, 지문으로서 중립국 선택 장면을 수록한다. 3종 교과서의 교육 방식이 거의 유사한 점도 문제적이지만, 그것이 문학 교육 역사상 유구하게 반복되어 온 『광장』의 교육 방식을 거의 무비판적으로 추수한 점이 더 문제이다. 그동안 타당한 문제 제기가 있었지만, 『광장』의 교육 현장은 아직도 상투적인 클리셰에 고착된 것으로 보인다.

청소년의 정신적 성장과 심리 치유를 위한 교육방안을 제안하기 위해서 이 논문은 우선 주인공 이명준에게서 간취되는 청소년의 보편적 심리에 주목하였다. 『광장』의 전체 서사를 통해 구현된 명준의 행보는 삶의 의미와 목적을 찾아 방황하고 편력하는 청소년의 보편적인 심리에서 비롯되었다. 방황하고 편력하는 과정에서 명준은 끝없는 자기 비판과 자기 부정을 수행하는데 이는 청소년 특유의 자기중심성의 또 다른 발현이다. 결과적으로 모든 것에서 무의미만을 발견한 명준의 심리 이면에는 청소년 특유의 도저한 이상주의가 존재한다. 문학교육은 명준에게서 발견되는 청소년의 보편적 심리를 초점화하고, 그것과 학생의 심리가 만나게 안내하며, 학생 자신의 심리와 경험에 대한 말하기 또는 글쓰기를 유도하고, 그것의 상호 교환의 자리를 마련할 수 있다. 이 과정에서 심리학적 지식과 다른 학생들이 쓴 글 등을 보조 자료로 활용할 수 있다. 그러면서 학생들이 고통의 보편성을 인식하고 자신의 심리를 객관화하며 자신과 타인에 대한 통찰력을 얻도록 도와준다.

이 논문에서 제안한 교육방안이 공식적 문학교육의 장으로 진입한다면 더 바랄 나위가 없겠으나 당장은 어려울지도 모른다. 하지만 현재 문학교육은 점차 교과서 바깥으로 탈주하여 다양한 가능성들을 실험하고 있다. 문학교육의 목표와 방법에서 패러다임 자체의 변환을 모색하자는 목소리가 폭넓은 공감을 얻고 있는 현 시점에서 이 논문의 제안이 새로운 문학교육을 구안하는 데 작은 참조점을 제공하거나, 대안적 문학교육의 장에서 부분적으로라도 활용된다면 그것만으로도 충분히 의의 있을 것이다.

치유를 위한 소설교육과 정전의 재해석

–김동리의 「역마」를 중심으로–[*]

1. 머리말

문학교육의 장에서 정전으로 자리 잡은 소설 작품들이 있다. 가령 최인훈의 『광장』, 황석영의 「삼포 가는 길」, 조세희의 「난장이가 쏘아 올린 작은 공」, 이효석의 「메밀꽃 필 무렵」, 김유정의 「동백꽃」 등이 그것이다. 정전 교육은 지당하고 중요하며 손쉬우나 그 그늘 역시 간과할 수 없는 바, 교육 방식이 정형화된 패턴을 이룰 가능성이 그 중 하나다. 오랜 기간 교육 현장에서 검증받은 방식이기에 그것은 전복되기보다는 유지되기가 더욱 쉽다. 그러나 시대에 걸맞게 정전 목록도, 교육 방식도 갱신되어야 한다. 새로운 정전을 발굴하거나 기존 정전의 교육 방식을 개선할 필요가 절실하거니와, 이 논문은 우선 후자의 가능성을 타진하려고 한다. 이 논문은 문학교육적 정전 중 하나인 김동리의 「역마」[1]의 교육 방식을 고찰하고 그 개선 방안을 제안하고자 한다.

[*] 이 논문은 2019년 공주대학교 학술연구지원사업의 연구지원에 의하여 연구되었음.

김동리 또는 「역마」에 대한 국문학계의 선행연구의 다대함에 비해
서, 문학교육학계의 선행연구는 빈약한 편이다. 본격 학술논의의 장
에서, 「역마」를 문학교육적 시각으로 최초로 논의한 이대규의 연구는
「역마」에서 "인간 의지를 넘어 선 곳에 운명이 있으며, 그 범주를 용인
해야 한다는" "동양적 사유"[2]를 읽어낸다. 이 연구는 다양한 시간과 공
간의 의미, 인물의 특성, 동양적 사유와의 연관 등 폭넓은 차원에서 작
품을 꼼꼼하게 분석하지만, 아무래도 교육적 고려가 그다지 눈에 띠지
않는 작품론에 가까워 보인다. 이 논의는 "학습자와 텍스트를 어떻게
매개하여 학습자의 수용(내면화)를 도울 것인지 그 구체적 전략을 수립
해야"[3] 한다는 문제의식을 피력하나, 그에 관한 구체적인 답변은 아쉽
게도 찾을 수 없다. 정호웅의 연구는 "정주의 삶이 정상적인 삶이라는

---

1 이 소설은 7차 문학 교과서들 중 6종, 2007 개정 문학 교과서들 중 3종, 2009 개정 문학
교과서 중 3종, 2012 고시 문학 교과서들 중 2종에 수록되었다.(박기범, 「고등학교 문학
교과서의 현대소설 제재 분석-2009 개정 교육과정에 따른 검정 교과서를 중심으로」, 『문
학교육학』 37, 한국문학교육학회, 2012, 205면; 이미선, 「소설에 나타난 '길'의 상징 교육
방법 연구-『만세전』·「삼포 가는 길」·「역마」를 중심으로」, 서강대 교육대학원 석사논문,
2012, 49면 참조.) 「역마」는 이렇게 지속적으로 문학 교과서에 수록되었을 뿐 아니라, 각
종 시험에도 자주 출제되었다. 이 작품이 2015 개정 문학 교과서에 실리지 않았다고 하여
정전의 지위를 잃었다고 봐서는 안 된다. 바로 직전까지 이렇게 반복적으로 문학 교과서
에 수록된 작품이라면 언제든 다시 교과서에 진입할 수 있다. 교육과정의 개편 작업이 이
전에 사라졌던 것을 부활시키면서 몇 가지 항목들 사이에서 돌고 도는 식으로 일어나듯,
교과서 수록 작품도 정전 목록들 사이에서 돌고 돌 수 있다. 이 논문은 「역마」의 교육 정전
으로서의 가치를 인정하며 향후 교과서 수록의 타당성을 지지하되, 우선 그 교육방안 개
선에 더욱 관심을 가진다.
2 이대규, 「소설 교육과 텍스트 내면화-「驛馬」와 관련지어」, 『현대문학이론연구』 7, 현대문
학이론학회, 1997, 119면.
3 위의 글, 120면.

사고방식과 통상의 도덕률이 지배하는 공간인 화개"[4]와 "억압의 공간
인 현실세계 너머 존재하는, 그런 현실세계를 벗어나고자 하는 열망을
매개하는 이상적 공간"[5]인 "화개협"을 비교한다. 이 연구는 '운명애'로
규정되는 기존의 해석에서 진일보하여 "자유와 충족의 이상적 공간"[6]
인 화개협의 의미를 부각한 면에서 신선하지만, 역시 교육적 고려가
부족한 작품론의 차원에 머무른다.[7] 두 선행연구는 모두 문학 교과서
에 「역마」가 구현되는 양상에 관한 분석과 진단을 생략하고, 문학교육
방안을 구체적으로 제안하지 아니한다.

이 논문은 「역마」의 공식적 교육 내용을 고찰하고, 새로운 교육 내
용의 가능성을 제시하고자 한다. 이때 문학교육이 학생들의 심리적 현
실과 밀접한 연관 아래 심리 치유와 정신적 성장에 기여해야 한다는
원칙에 따를 것이다. 이 원칙의 타당성에 관해서는 선행연구에서 누
차 논증했거니와[8], 지금 중요한 것은 원칙의 정합성에 관한 논증이 아

---

4 정호웅, 「김동리 소설과 화개-「역마(驛馬)」에 대한 새로운 해석을 중심으로」, 『문학교육
학』 30, 한국문학교육학회, 2009, 281면.

5 위의 글, 285면.

6 위의 글, 286면.

7 이밖에도 「역마」를 통해 한국인의 대표 정서인 '정(情)'과 '한(恨)' 그리고 한국인 특유의
집단주의 문화를 외국인에게 교육할 수 있다는 논의가 있으나, 이는 중등 문학교육이 아
니라 한국어교육 분야에서의 논의이므로 자세한 언급을 생략한다.(이근영, 「외국인을 위
한 한국 문학과 한국 문화에 대한 고찰-김동리의 「역마」에 나타난 정(情)과 한(恨)의 문
화를 중심으로」, 『국문학논집』 21, 단국대 국어국문학과, 2011.)

8 문학교육이 왜 학생의 심리 치유와 정신적 성장에 기여해야 하는지 그 당위성에 관해 이
견이 있을 수 있다. 필자는 선행연구에서 예의 원칙의 타당성에 관해 상세히 논증했으므
로 중복을 피하기 위해 이 자리에서의 논증은 생략한다.(박수현, 「도덕과 문학교육-2011
개정 교육과정에 따른 고등학교 문학 교과서 고찰」, 『어문론집』 64, 중앙어문학회, 2015;
박수현, 「심리 치유를 위한 문학교육 연구-윤대녕의 「은어 낚시 통신」을 중심으로」, 『우리
문학연구』 53, 우리문학회, 2017; 박수현, 「청소년의 연애 심리 치유를 위한 문학교육 방

니라 방안의 축적이다. 그 방안의 축적에 기여하기 위해서, 이 논문은 「역마」에서 어떻게 학생들의 심리적 현실과 접점을 찾아낼 것인지, 어떤 방식으로 심리 치유와 정신적 성장을 유도할 것인지 중점을 두고 고찰하려고 한다. 특히 청소년의 심리 치유를 위해 문학교육과 인문교육의 접목이 유용하다는 점을 보이고자 한다. 다시 말해 융합적 문학교육 즉 종교학, 철학, 사회학과 제휴하는 문학교육의 가치를 제안하려고 한다. 이 과정에서 다른 문학작품도 참조할 것인데, 이는 상호텍스트 교육의 가능성 역시 제시할 수 있을 것이다.

학생들의 성장과 치유를 위해 문학교육을 인문교육과 접목하자고 논하는 이유는 현 문학교육의 장에서 교육 내용의 다변화가 절실히 필요하다는 진단 때문이다. 후에 다시 보겠지만 작금의 문학교육은 과거의 방식을 거의 그대로 추수하며, 특히 정전이라면 각 교과서마다 대동소이한 방식으로 정형화된 내용을 가르친다.[9] 작품에서 학생들의 삶과 밀접한 연관점을 마련해 주는 일과 더불어 교육 내용을 심화하고 다양화하는 작업이 시급히 요청되거니와, 이에 이 논문은 판에 박힌 주제 해설과 틀에 박힌 활동 대신, 학생들의 당면 문제를 환기하고 다양한 인문학적 지식과 제휴하는 문학교육의 가능성을 제시하고자 한다. 이는 심리 치유 과정에서 인문학적 지식의 쓸모가 퍽 크기 때문이기도 하다.[10] 병을 치유하려면 병에 대해 많이 알아야 한다. 병에 대한

안 연구」, 『한국어문교육』 25, 고려대 한국어문교육연구소, 2018 등 참조.)

9 이러한 사례에 관한 논증은 박수현, 「문학교과서와 정전 교육의 재구성-최인훈의 『광장』을 중심으로」, 『문학교육학』 64, 한국문학교육학회, 2019 참조.

10 이에 관한 상세한 논증은 박수현, 「청소년의 연애 심리 치유를 위한 문학교육 방안 연구」 참조.

지식은 치유에서 중핵적인 역할을 담당한다.

2. 「역마」 교육의 현장-교과서의 학습활동을 중심으로

이 장에서는 김동리의 「역마」를 가장 최근에 수록한 문학 교과서의 학습활동을 통해 그 교육 내용을 검토하고자 한다. 2012 고시 교육과정에 따른 문학 교과서들 중에서, 「역마」는 두 종에 수록되었다. 각 교과서에서 「역마」가 수록된 대단원명과 중단원명 그리고 학습목표는 다음과 같다.

출판사	대단원	중단원
비상교육	문학의 수용과 생산	문학의 수용과 생산 활동
비상교과서	문학과 자아	문학과 내면화

「역마」 수록 단원

출판사	학습목표
비상교육	내용과 형식 및 다양한 맥락을 고려하여 서사 문학을 감상할 수 있다. 섬세한 읽기를 바탕으로 서사 문학 작품을 비판적·창의적으로 수용할 수 있다. 다양한 시각과 방법으로 서사 문학 작품을 재구성하거나 창작할 수 있다.[11]
비상교과서	작품의 이해와 감상의 결과를 자신의 삶과 관련하여 내면화한다.[12]

중단원 또는 소단원의 학습목표

「역마」 교육에서 '비상교육' 교과서는 2012 고시 국어과 교육과정 중 〈문학의 수용과 생산〉 영역의 성취기준 (1), (2), (5), (6)을 구현하고, '비상교과서'는 〈문학과 삶〉 영역의 성취기준 (11)에 따라 제작되었다.[13] 각 교과서가 「역마」를 통해 무엇을 어떻게 가르치는지 살펴보기 위해서는 학습활동을 검토해야 한다. 학습활동은 학습목표와의 유기적 연관 하에 제작되며, 학습목표를 실현하기 위해 가장 효과적인 길을 제시하고, 핵심적인 교육 내용을 담고 있기 때문이다. 각 교과서의 학습활동은 다음과 같다.

(가)

1. 이 작품을 감상하고, 작품에 등장하는 인물들의 관계를 정리해 보자.
2. '성기'가 바라는 삶과 '성기'에게 주어진 운명이 무엇인지 파악해 보고, 이 작품에 나타난 갈등 양상에 대해 말해 보자.
3. 이 작품의 결말을 살펴보고, 작가가 말하고자 하는 바를 알아보자.
   (1) 이 작품의 결말에는 세 갈래 길이 배경으로 등장한다. 세 갈래 길이 각각 '성기'에게 어떤 삶을 의미하는지 말해 보자.
   (2) '성기'가 콧노래를 흥얼거리며 고향을 떠나는 결말을 통해 작가가 말하고자 하는 바가 무엇인지 파악해 보자.
4. 다음은 영상으로 제작된 '역마'이다. 인쇄 매체와 영상 매체의 특성을 비교하여 감상해 보자.
   (1) '계연'이 떠나는 부분에서 추가되거나 바뀐 장면이 있는지 찾아보고, 그렇게 표현된 이유를 생각해 보자.

---

11 한철우 외, 『고등학교 문학』, 비상교육, 2014, 45면.
12 우한용 외, 『고등학교 문학』, 비상교과서, 2014, 286면.
13 본문에 언급된 성취기준은 다음과 같다.(교육과학기술부, 『국어과 교육과정: 교육과학기술부 고시 제2012-14호 [별책 5]』, 2012, 135-139면 참조.

(2) 같은 내용을 표현하는 데 있어 글과 영상의 효과를 비교해 보고, 어떤 것이 더 효과적이었는지 평가해 보자.

5. 자신이 '성기'라면 어떤 길을 선택했을지 생각해 보고, 그때의 마음을 상상하여 일기로 써 보자.[14]

(나)

1. 작품 속 등장인물들의 관계를 바탕으로, '성기'가 처한 삶의 모습을 살펴보자.

   (1) 다음 등장인물들을 중심으로 가계도를 그려 보자.(체 장수 영감, 옥화, 계연, 성기)

   (2) (1)을 바탕으로, '옥화'가 '계연'과 '성기'의 혼인을 반대하는 이유를 말해 보자.

   (3) '성기'와 '체 장수 영감'의 삶이 지닌 공통점은 무엇인지 말해 보자.

2. '성기'의 선택에 담긴 의미를 바탕으로 작품의 주제를 살펴보고, 이를 자신의 생각과 비교하여 비판적으로 말해 보자.

   (1) 아래의 세 갈래 길이 '성기'에게 어떤 의미를 지니는지 생각해 보자.

   (2) 다음 결말 부분에서 '성기'가 콧노래를 부르는 이유를 생각해 보고, 이와 같은 결말에 담긴 한국인의 전통적인 가치관에 대해 말해 보자.

   (3) 만일 자신이라면 '성기'와 같은 갈림길에서 어떤 선택을 했을지 생각을 나누어 보자.

3. 자신의 가치관을 바탕으로 '성기'가 집을 떠난 이후의 사건을 새롭게

---

14 한철우 외, 앞의 책, 69-70면.

구성해 보자.[15]

(가)와 (나)는 등장인물들의 관계, 세 갈래 길의 의미, 결말에서 성기가 콧노래를 부르는 이유를 동일하게 묻는다. 이들은 전체 활동 중 분량이나 중요도 면에서 큰 부분을 차지하는 핵심적 활동이다. 등장인물들의 관계를 묻는 활동은 작품의 기본적인 줄거리 파악을 돕는다. 세 갈래 길은 화개, 구례, 하동으로 향한 길을 의미하며 각기 과거의 삶, 운명을 거역하는 삶, 운명에 순응하는 삶을 뜻한다. 결말에서 성기가 콧노래를 부르는 이유는 운명에 순응하는 삶에 따르는 즐거움과 안정감 때문이다. 세 갈래 길과 콧노래 관련 활동은 '운명에의 순응'이라는 주제를 파악하도록 유도한다.

핵심적 활동을 중심으로 보면, 두 교과서의 활동 구성은 놀라울 정도로 엇비슷하다. 이는 「역마」의 교육 내용이 일종의 전범을 따라 구성되었다는 불편한 의심을 파생한다. 「역마」의 교육 내용은 세 갈래 길의 의미, 성기가 콧노래를 부르는 이유 등으로 정형화된 것이다. 작품을 통해 교육할 지점이 훨씬 풍부한데도 불구하고 그 가능성이 이렇게 협소하게 제한된 점은 아쉽다. 더욱이 두 교과서에서 「역마」가 실린 단원은 상이하고, 그에 따른 성취기준도 다르다. 다른 성취기준에 따라 교과서에 진입했다면, 그에 따른 학습활동도 해당 성취기준의 요구에 부합하게 각기 달리 구성되어야 마땅하다.[16] 후반부로 가면 특유

---

15 우한용 외, 앞의 책, 298-299면.
16 학습활동과 학습목표의 관계에 대해 이견이 있을 수 있다. 한 편은 학습활동이 학습목표의 실현을 위해 긴밀한 상호연관성 아래 제작되어야 한다는 의견이고, 다른 한 편은 학습목표와 무관하더라도 문학 그 자체의 이해를 위해 구성되어야 한다는 의견이다. 본 논문

의 성취기준에 부합하도록 노력한 흔적을 보이는 활동은 있지만, 이는 아무래도 지엽적·부차적이다. 학습활동의 3단 구성에서 대개 학습목표를 실현하는 핵심적인 활동을 가운데에 배치하는데[17], 위의 (가)와 (나)에서 핵심 활동은 공유된다. 이는 교과서 집필진이 학습활동 제작 시 과거의 유습을 그대로 답습했다는 혐의를 파생한다. 특히 정전의 경우 학습활동 구성이 과거의 것을 그대로 추수한다는 사실에 관한 문제를 선행연구에서 제기했거니와[18], 「역마」의 경우도 이 문제점을 빗겨가지 못한 것으로 보인다.

특유의 성취기준에 부합하려고 노력한 활동이 미약하나마 존재한다고 논했거니와, 이제 그 활동들을 검토하려고 한다. (가)에서 예의 중복되는 활동을 제외하면 활동 4와 5가 남는다. 이것이 학습목표에 부합하게 설계되었는지 검토하기 위해서 먼저 교과서가 「역마」에서 무엇에 초점을 두고 교육하는지 확인해야 한다. (가)의 경우, 「역마」는 〈문학의 수용과 생산 활동〉 단원에 수록되었다. 중단원 첫머리의 '소설 감상의 길잡이'는 이 단원의 주안점을 다음과 같이 제시한다. 소설

의 2장은 전자의 입장에서 논의를 전개한다. 필자는 근본적으로 학습목표와 성취기준에서 자유로운 문학교육을 꿈꾸지만, 현행 문학 교과서를 분석할 때에는 그것이 기왕에 성취기준-학습목표-학습활동의 긴밀한 연관을 전제로 제작된 것인 만큼 그 전제를 존중해야 한다고 생각한다. 한편 핵심적 활동이 주제 파악을 위한 것이라고 하더라도, 두 교과서에서 주제를 동일하게 파악하고 그 주제 파악으로 이끄는 장면을 동일하게 제시했는데, 이 역시 문제적이다. 주제를 동일하게 파악한 것까지는 어쩔 수 없다 하더라도, 주제 파악을 유도하는 장면은 다수인데, 그 중 특정한 장면에만 서로 다른 교과서들이 동일하게 주목하고 있다.

17 김혜영, 「교과서 현대소설 제재의 교육내용 연구」, 『우리말교육현장연구』 10-1, 우리말교육현장학회, 2016, 43면 참조.

18 박수현, 「문학교과서와 정전 교육의 재구성」 참조.

을 잘 감상하기 위해서는 다음 세 가지를 유념해야 한다. 첫째, 줄거리를 파악한다. 구체적으로 인물, 사건, 배경을 살펴보아야 한다. 둘째, 작품의 구성과 서술 방식을 이해한다. 사건들의 순서, 인과관계, 갈등의 고조와 해결 등을 중심으로 작품의 구성을 간파하고, 문체, 표현 방식, 시점 등 서술 방식을 주목해야 한다. 셋째, 작가의 삶이나 가치관, 시대 상황 등 다양한 맥락을 고려한 후, 자신의 가치관에 따라 작품을 평가하고 비판하며 감상한다.[19] 요컨대 내용과 형식 측면에서 인물, 사건, 배경, 갈등의 양상, 문체, 표현 방식, 시점 등을 주목하고, 이밖에도 작가의 삶, 시대 상황 등 다양한 맥락을 고려한 후 주체적으로 작품을 수용해야 한다는 것이다.

유서 깊게 답습된 활동이 아닌 활동 4와 5는 상기 교육 방향에 부합하게 설계되었는가? 활동 4는 영상으로 제작된 「역마」를 제시하며 인쇄 매체와 영상 매체의 차이점을 비교하게 한다. 이것이 "내용과 형식 및 다양한 맥락을 고려하여 서사 문학을 감상할 수 있다"[20]는 학습목표와 어떻게 연결되는지 알 수 없다. 매체에 따른 차이를 묻는 활동 4는 학습목표에서 빗나갔다고 할 수 있다. 활동 5는 "자신이 '성기'라면 어떤 길을 선택했을지 생각해 보고, 그때의 마음을 상상하여 일기로" 쓰게 한다. 이것이 "섬세한 읽기를 바탕으로 서사 문학 작품을 비판적·창의적으로 수용할 수 있다"[21]는 학습목표를 염두에 두고 제작된 활동이라면, 등장인물의 마음에 이입하여 그 마음을 글로 쓰는 활동은

---

19 한철우 외, 앞의 책, 45-46면 참조.
20 위의 책, 45면.
21 위의 책, 45면.

지나치게 단순하고 소박하며 평면적이라서 작품의 비판적·창의적 수용과는 거리가 멀어 보인다. 비판적·창의적 수용을 유도하려면 보다 심층적이고 적극적인 설계가 필요하다. 그런데 이는 활동 구성의 문제만은 아니다. 교육 내용 자체가 더 풍부하게 마련되어야 한다.

활동 4와 5를 "다양한 시각과 방법으로 서사 문학 작품을 재구성하거나 창작할 수 있다"[22]는 학습목표를 구현한 활동이라고 볼 수도 있다. 그렇다 하더라도 활동 4는 타인이 창작한 영상과 글의 효과를 비교하게 할 뿐 학생 본인의 재구성·창작 활동을 유도하지 않고, 활동 5의 경우 성기의 입장에서 일기 쓰기는 재구성이나 창작 능력을 키우는 데 불충분해 보인다. 전체 활동을 볼 때 (가)의 경우, 인물·사건·갈등 등 내용 파악에 관한 최소한의 배려는 했다 하더라도, 문체나 시점 등 형식이나 특히 작가의 삶과 시대 상황 등 다양한 맥락에 대한 고려는 찾을 수 없다. 즉 "내용과 형식 및 다양한 맥락을 고려하여 서사 문학을 감상할 수 있다"[23]라는 학습목표를 삼분의 일만 실현한다고 할 수 있다. 또한 작품의 비판적·창의적 수용이나 재구성·창작 관련 활동은 없거나 상당히 빈약하다. 특히 다양한 맥락을 고려하며 읽기나 작품의 비판적·창의적 수용을 유도하려면 보다 더 포괄적이고 심층적인 교육 내용을 마련해야 할 것이다.

한편 (나)는 〈문학과 내면화〉에 실린 「역마」에 따른 학습활동이다. 중단원 해설은 〈문학과 내면화〉 단원의 주안점을 이렇게 소개한다. "문학 작품은 작가가 전하고자 하는 문제의식과 작품에 담긴 주제가

---

22 위의 책, 45면.
23 위의 책, 45면.

독자의 내면세계와 만나 소통할 때 비로소 가치를 지니게 된다. (중략) 이는 개인의 내면세계가 문학 작품을 만나면서 더욱 풍성해지고 각성된다는 것을 의미한다." 작품을 통해 독자는 "자신의 모습을 반성하기도 하고, 자신 속에 숨겨진 '또 다른 나'를 만나기도 한다. 이렇듯 문학은 자아의 발견을 돕고, 자아를 성장시킨다."[24] 이 설명은 더할 나위 없이 훌륭하다. 작품의 문제의식이나 주제가 독자의 내면과 적극적으로 소통해야 한다는 점, 그것이 개인의 내면세계의 확장에 기여한다는 점, 독자는 작품을 통해 자아를 발견하고 성장한다는 점 등에 이 논문은 적극적으로 동의한다. 이는 문학교육의 가장 본질적인 가치이자 목표이기도 하다.

이러한 훌륭한 취지를 구현하기 위해 제작된 활동은 (나)의 2-(3)과 3이다. 자신이 성기라면 세 갈래 길에서 어떤 선택을 했을지 생각하자는 활동 2-(3)에 대해서, 학생들 입장에서는 운명에 순응하거나 거역하거나 현실에 머무른다 이상의 반응을 보이기 어렵다. 문제 자체가 학생들로 하여금 성기의 상황을 단순 가정하여 상상력을 펼치게 유도할 뿐, 학생 자신의 문제를 연상하게 하지 못한다. 학생들이 성기의 상황에 자신을 대입하여 상상의 나래를 펼칠 수는 있어도, 자기 고유의 문제에 대한 숙고까지 진행하기는 어렵다는 뜻이다. 자신의 문제를 떠올리지 못한다면 문학의 내면화에의 통로는 막힌 셈이다. 성기가 집을 떠난 이후의 이야기를 새롭게 구성하자는 활동 3은 학생들의 단순한 상상력을 고취하고 창작 의욕을 북돋워 줄 수 있을지언정, 학생 본인의 문제에 대한 관심을 환기하기는 어렵다. 전체적으로 보더라도 (나)

---

24 우한용 외, 앞의 책, 287면.

의 경우 핵심 활동은 작품의 줄거리와 주제 파악에 바쳐졌고, 나머지 활동은 학생 본인의 현실에 대한 환기력을 가지지 않기에, 문학의 내면화에 기여하는 활동은 상당히 빈약하다고 할 수 있다.

문학의 내면화를 성공적으로 실현하려면 학생 본인의 문제를 주목하게 해야 한다. 작품을 통한 자아 발견과 성장을 촉진하려면 학생의 절박한 심리적 현실에 대한 발견 또는 작품 속 상황과 학생 현실의 밀접한 연관에 관한 실감을 유도하는 활동이 보다 필요하다. 이에 본 논문은 「역마」와 학생 현실 사이에 연결 고리 만들기에 특별히 관심을 기울이려고 한다. 또한 앞서 다양하고 심층적인 활동의 제작도 중요하지만, 교육 내용 자체가 확충·보강될 필요가 있다고 논한 바 있다. 현재 교육 내용이 세 갈래 길과 콧노래의 의미 등으로 판에 박힌 정론에 고착되었기 때문에 개성적인 학습활동이 산출되기 어렵다. 보다 다양하고 심층적인 교육 내용이 마련된다면 학습활동은 자연스럽게 다채롭고 심도 있게 확장되고 변주될 것이다. 이 논문은 「역마」의 교육 내용 확충에 각별한 노력을 기울이고, 그 일환으로 문학교육과 인문교육의 접목을 제안하려고 한다.

3. 주제 혹은 교육에 관한 고찰

「역마」에서 성기는 어릴 적부터 사주에 시천역(時天驛)이 끼었다는 이야기를 들었다. 어머니와 할머니는 성기의 역마살을 풀기 위해 "중질"을 시켰다. 그럼에도 성기는 "어디로 훨훨 가보고나 싶"[25]은 소망을 이기지 못한다. 어머니 옥화는 성기가 결혼하여 화개에 정착하며 역마살을 풀기를 바란다. 그녀는 어느 날 집에 들른 체 장수 영감의 여식 계연을 며느릿감으로 은근히 점찍어두고 성기와 가까이 지내도록 유도한다. 성기와 계연은 진심으로 연모하는 사이가 된다. 그런데 옥화는 우연히 체 장수 영감이 자신의 아버지이며 계연이 이복동생이라는 사실을 알게 된다. 옥화는 계연을 떠나게 하며, 성기는 중병을 앓는다.

성기가 계연과 결합했다면, 역마살 혹은 운명을 극복했다 할 수 있었다. 운명과 맞대결하려는 것은 옥화의 의지이기도 했다. 그러나 그것은 할머니, 체 장수 영감, 옥화로 이어진 인연의 실타래로 인해 좌절되었다. 옥화 자신을 둘러싼 인연의 실타래가 운명과 대결하려는 그녀의 의지를 꺾어버린 사실은 아이러니하다. 그녀의 의지를 꺾은 것은 그녀 자신의 혈연 즉 필연이기 때문이다. 이는 운명의 필연성 혹은 거역 불가능성을 재차 보여준다. 결국 이 소설은 운명에 맞서 결연히 싸우려는 옥화의 의지가 무너지는 모습을 통해 운명의 위력 앞에서 인간 의지가 얼마나 무력한지 보여준다. 이 점에서 "운명을 거스르는 인간의 노력이 보잘것없음을 보여"[26]준다는 교과서의 해설은 옳다.

주목할 것은 운명을 깨달았을 때 성기의 반응이다. 앓아누운 성기는 옥화로부터 사실을 전해 듣는다. 이때 "의외로 성기는 도로 힘을 얻은 모양이었다. 그 불타는 듯한 형형한 두 눈으로 천장을 한참 바라보고 있던 성기는 무슨 새로운 결심이나 하듯 입술을 지그시 깨물고 있었다."[27] 이 장면에서 성기는 계연과 혈연관계라는 사실 즉 그녀를 단념

25 김동리, 「역마」, 『무녀도/황토기: 오늘의 작가 총서 1』, 민음사, 2008, 211면.
26 우한용 외, 앞의 책, 297면.
27 김동리, 앞의 글, 230면.

할 수밖에 없는 결정적인 이유를 알고서 자신의 의지를 완전히 체념한 것으로 보인다. 그런데 "무슨 새로운 결심이나 하듯 입술을 지그시 깨물고 있"었다는 서술은 성기의 마음속에 일어난 일이 단순한 체념이 아니라 결단이라는 사실을 보여준다. 그는 수동적으로 체념한 것이 아니라 체념하기로 능동적으로 결단한 것이다. 이 결단은 인간의 힘으로 어떻게 할 수 없는 우주적 질서에 순응하자는 결단이기도 하다. 이 결단이 "형형한 두 눈"으로 형상화된 사실은 주목을 요한다. 체념과 순응의 결단이 절망이 아니라, 새로운 생명력으로 이어짐을 알 수 있다. 이후 성기는 회복하고 엿장수가 되어 길을 나선다. 이는 역마살이라는 운명에 성기와 옥화가 모두 순응했음을 보여준다. 소설의 마지막 문장 "육자배기 가락으로 제법 콧노래까지 흥얼거리며 가고 있는 것이었다"[28]에서는 운명에 순응하는 사람 특유의 평화와 안정을 볼 수 있다.

성기는 자아의 의지를 체념하고 운명이라는 우주적 질서에 자신을 내맡김으로써 평화와 안식을 찾았다. 운명에 순응하는 마음은 그의 병을 치유했다. '운명에의 순응'은 치유의 방식이자 구원의 방식이 된 셈이다. 이렇게 보면 이 작품이 "자신에게 주어진 운명에 순응함으로써 구원에 이르게 된다는 운명관"[29]을 내재한다거나, "인간과 운명의 문제를 바탕으로 인간 구원의 주제를 형상화"[30]한다는 교과서의 해설은 맞다. 이는 「역마」 연구사 초창기부터 제출된 견해로, "도무지 어쩔 수 없는", "자기의 의지와는 무관한 그러면서도 자기의 일상을 결정하고

---

28 위의 글, 231면.
29 한철우 외, 앞의 책, 71면.
30 우한용 외, 앞의 책, 297면.

있는"[31] "운명의 발견"[32], "인간은 현실 속에 내재한 운명을 벗어날 수 없다는 메시지"[33] 등은 「역마」의 주제로 일찍이 간파되었던 바다.

교과서가 적시한 주제에는 오류가 없다. 그러나 이 주제는 너무나 추상적이어서 청소년의 마음에 실감 있게 다가가기 어렵다. 청소년 입장에서는 운명이나 구원이나 모두 자신의 삶과 별 관련 없이 '책에만 나오는' 모호한 개념으로 수용할 것이다. 또한 앞서 살펴보았듯 학습 활동은 '운명에의 순응'이라는 주제를 청소년이 '마치 자신의 일처럼' 절실하게 수용하도록 유도하는 장치 혹은 청소년의 현실에 적실하게 연결할 고리를 마련하지 아니한다. 그리하여 이런 질문이 대두된다. '운명에의 순응'이라는 추상적인 주제에 청소년이 공감할 여지 혹은 그것을 통해 마음을 치유할 여지를 어떻게 마련할 것인가? 그것을 청소년의 현실과 어떻게 연결 지을 것인가? 청소년은 예의 주제를 어떻게 자신의 문제에 접목할 것인가?

4. 치유를 위한 문학교육과 인문교육의 만남

청소년의 심리적 현실과 「역마」의 주제 사이에 연결 고리를 마련하기 위해 이 논문이 주목하는 것은 입시·성적과 연관된 학업 스트레스이다. 우리나라 청소년이 과도한 입시·성적 경쟁에 시달리며 그로 인한

---

31 김윤식, 『사반과의 대화: 김동리와 그의 시대 3』, 민음사, 1997, 76면.

32 위의 책, 77면.

33 노철, 「반근대주의와 신명(神明)의 사회적 의미-김동리의 단편 소설을 중심으로」, 『어문논집』 34, 민족어문학회, 1995, 160면.

이례적인 학업 스트레스로 고통받는다는 사실은 잘 알려져 있다. 이는 청소년의 정신 건강을 해치는 중핵적인 요인이며, 우울증, 감정 조절 능력 상실, 가출 충동 등 각종 문제적 정황을 야기한다. 이는 심지어 자살 또는 자살 생각으로까지 이어질 수 있어서 더욱 심각하다. 통계에 따르면, 2007년 이후 2016년에 이르기까지 우리나라 청소년의 사망원인 중 1위는 자살이다. 청소년의 자살 생각에 영향을 끼치는 원인으로 빈번하게 지목되는 요인이 학업 스트레스이다.[34]

연구결과에 의하면 청소년의 자살 원인 중 학교 문제가 가장 높은 비중을 차지한다. 이는 서구권 나라들에서 청소년 자살의 원인이 우울·불안 등 정신 건강 문제, 약물과 음주 문제로 거론되는 실정에 비해 확연한 차이를 노정한다.[35] 고등학생 4명 중 3명이 성적으로 인한 심리적 압박을 받으며[36], 자살 충동을 경험한 청소년들의 비율이 절반 내외나 된다[37]는 연구결과는 청소년의 학업 스트레스가 간과할 수 없는 문제라는 사실을 보여준다. 이때 주목할 것은 성적이 낮은 학생만이 이 위험에 노출된 것이 아니라는 사실이다. 연구결과에 따르면, 낮은 성적보다 학업 스트레스 자체가 우울에 미치는 영향이 크다. 성적

---

34 예컨대 2013년부터 2016년까지의 조사에서 죽고 싶은 이유가 학교 성적 때문이라고 답한 청소년이 40.7%에 달한다고 한다.(원경림·이희종, 「청소년기 학업스트레스가 자살생각에 끼치는 영향에서 학교유대감, 우울 및 불안의 매개효과-교사유대감을 중심으로」, 『청소년학연구』 26-9, 한국청소년학회, 2019, 80면 참조.)

35 박재연·정익중, 「인문계 고등학생의 학업문제가 자살생각에 미치는 영향-개인수준의 위험요인과 보호요인의 매개역할을 중심으로」, 『한국아동복지학』 32, 한국아동복지학회, 2010, 71-74면 참조.

36 최준영, 「고등학생 보충·야간자율학습과 학업스트레스, 주관적 만족감, 가출 및 자살충동 간의 관계」, 『사회연구』 16, 한국사회조사연구소, 2008, 216면 참조.

37 위의 글, 212면 참조.

이 낮은 학생들뿐만 아니라 성적이 좋은 학생들도 학업 스트레스 때문에 우울 또는 자살 생각의 위험에 빠질 가능성이 크다는 뜻이다.[38]

1) 운명에의 순응 혹은 자아에서의 해방

청소년의 학업 스트레스 이면에는 개인의 노력을 신화화하는 이데올로기가 자리한다. 개인의 의지와 노력만으로 모든 것을 성취할 수 있고, 실패할 경우 그것은 오로지 개인의 책임이라는 이데올로기다. 현대 사회와 학교는 이 이데올로기를 지당한 진리처럼 주입하며[39], 자기계발서의 유례없는 성공은 노력 이데올로기가 우리나라에 미치는 특별한 영향력을 보여준다. 예의 이데올로기를 내면화한 학생들은 일단 입시·성적에서의 성공을 위해 자신을 무한정 채찍질해야 한다는 압박감에 시달린다. 이 압박감 자체도 청소년의 정신 건강에 해롭거니와 더 해로운 것은 예의 이데올로기가 실패에 대응하는 능력을 현저히 저하시킨다는 사실이다. 실패는 오로지 본인의 노력 부족 탓으로 여겨지기에 학생들은 학업 실패 앞에서 오로지 자신만을 탓하다가 자존감 상실, 자기 비하, 우울증으로 빠져든다.

이때 학생들이 의지와 노력을 신화화하는 이데올로기에서 빠져나온다면 정신적 부작용을 극복하기가 보다 쉽다. 즉 자기 의지와 노력만

---

38 박재연·정익중, 앞의 글, 87면 참조.

39 유사한 맥락에서 이은경에 따르면, 상업주의와 결탁한 자본주의로부터 자유롭지 못한 학교는 이제 무한경쟁 사회 속에서 살아남는 기술, 각자도생(各自圖生)의 윤리만 반복적으로 재생산하고 있다.(이은경, 「중독을 유발하는 사회와 교육 그리고 치유 가능성에 대한 탐구-클리어 지침과 영성교육을 중심으로」, 『신학과 실천』 66, 한국실천신학회, 2019, 451면 참조.)

으로 안 되는 것도 있다는 사실, 보다 큰 우주적 질서로 보자면 실패가 자기 탓만은 아니라는 사실, 다른 더 좋은 길도 있다는 사실, 자기 노력에 모든 책임을 부과할 필요가 없다는 사실을 알면 실패에 따른 정신적 부작용을 극복하기가 용이하다. 중요한 것은 학생 스스로 자기의 성취 여부를 좌우하는 핵심 요인의 위치를 변경하는 일이다. 그 위치를 자기 자신이 아니라 우주적 질서로 변경함으로써 학생은 자신이 모든 것을 책임지는 단 하나의 근원이라는 압박감에서 벗어날 수 있다. 개인 의지의 한계를 인정하고 개인 차원을 벗어나서 보다 큰 우주적 질서에 순응하는 마음은 개인에게 지워진 짐을 가볍게 만들어 준다. 이는 자기중심주의의 극복과 다르지 않으며, 자기 탈피는 치유의 방식이 된다.

바로 이 지점에서 「역마」의 주제인 '운명에의 순응'이라는 관념과 학생의 심리적 현실의 연결 고리를 마련할 수 있다. 성적 스트레스로 고달픈 학생들은 성기의 실패와 자신의 실패를 연관 짓고, 성기의 치유 방식에서 자기 문제의 치유 방식을 발견할 수 있다. 구체적으로 문학교육은 성기처럼 자기 의지의 실패로 괴로웠던 경험을 떠올리게 한다. 또한 성기가 자기 의지의 실패 앞에서 자신을 버리고 운명의 차원을 수용함으로써 평화를 찾았음을 발견하게 하고, 이 사실을 학생들 자신의 상황에 대입하면 어떤 생각이 드는지 질문한다. 결과적으로 학생들이 학업 스트레스 앞에서 자기중심주의를 버리고 더 큰 우주적 질서를 상상하면서 의지의 좌절에서 비롯된 절망감을 치유할 가능성을 깨닫게 한다.

이렇게 자기중심주의에서의 해방은 치유의 방식이 되는데, 흥미롭게도 이것은 거의 모든 종교에서 구원의 방식으로 설파하는 원리와 상통한다. 오강남에 따르면 '자아에서의 해방'은 거의 모든 종교의 핵심이다. 인간을 얽매는 몇 가지 우상, 즉 진짜가 아니면서도 진짜인 것처럼 여겨져 인간을 구속하는 것들 중에서 가장 근본적인 것이 '자기' 또는 '나'다. 대부분 사람은 자신이 상상하는 지금의 '나'를 "최고의 현실, 가장 진실한 실재, 궁극적인 무엇으로 착각하며 산다." "자기 우상 숭배"의 삶은 얼핏 진취적이고 의욕적인 현대인의 바른 자세로 보일 수 있다. 그러나 깊이 살피면 그것은 고달프기 그지없는 삶이다. 나의 바탕, 나의 근원, 나의 참 의미인 본질적이고 본래적인 '참나(眞我)'가 아니라, 어두운 눈에 잘못 비친 '나라고 하는 의식(假我)'에 얽매인 삶이기 때문이다.[40]

이상의 인문학적 통찰을 「역마」 교육에 참고 자료로 사용할 수 있다. 성기가 사랑의 실패에 좌절하여 병든 것은 자기 의지의 신화화, 즉 자기에게 얽매인 마음의 귀결이다. 사랑을 이루려는 자기 의지가 강했고, 그것이 실패했음에도 그것을 고집하려는 의지가 강했다. 자기 의지가 실현되지 않았기에 그는 병든 것이다. 냉정히 말하면 성기가 병든 이유는 사랑에 얽매인 자기가 진짜 자기라고 착각했기 때문이었다. 연인에 대한 집착이라는 작은 자기에 머물렀기에, 작은 자기의 마음대로 되지 않는 현실을 용납할 수 없어서 아팠던 것이다. 마찬가지로 학생들이 현재 학업에서 마음대로 성취하지 못하는 현실에 지나치게 좌절한다면, 그것 역시 자기 우상화에서 멀지 않다. 현대 사회는 학생들에게 진취적이고 의욕적인 자세를 강조하면서 개인의 의지와 노력을 우상화하거니와, 이는 자아의 비대화를 낳는다. 자아에 한계가 있다는

---

40 오강남, 『종교란 무엇인가-신의 실체에서 종교 전쟁까지』, 김영사, 2013, 130-134면 참조.

사실, 자아 바깥으로 더 높고 넓은 차원이 존재한다는 사실을 인정하지 않기에 자아에게 모든 짐을 지우고 실패의 탓을 돌리며 자아를 들들 볶아대는 것이다. 문학교육은 상기 인문학적 내용을 참고 자료로 제시하면서, 그것과 연관 지어 성기의 발병 원인을 이해하게 하고, 성적 스트레스로 괴로운 학생의 현 상태를 스스로 진단하게 할 수 있다.

성기는 자기 의지를 체념하고 운명에 순응하기로 결단하면서 생의 활력과 마음의 평화를 찾았다. 이는 자아로부터의 해방으로 보인다. 앞서 성기의 "불타는 듯한 형형한 두 눈"에 깃든 것이 범상치 않은 결단이라고 논했거니와, 이 결단을 가능케 한 각성은 종교적으로 '밝아짐', '깨침', '깨달음' 등의 어사로 지칭되었다. 특히 기독교에서는 이것을 '회개' 즉 '메타노이아'라고 일컬었는데, 이는 "생각하고 보는 방법 자체가 바뀌는 것, 모든 형태의 자기중심적인 것에서 근원되시는 분으로 완전히 돌아섬, 완전히 다른 차원의 실재에 접함으로써 가치 체계, 의식 구조 자체가 근본적으로 바뀌는 것 등을 의미한다."[41] 인간은 자아보다 더 높고 넓은 차원을 수용하고 자아를 그것에 의탁함으로써 의식 구조 자체를 변경하며 그 결과 평화와 안식을 찾는다. 이러한 메타노이아가 운명에 순응하자는 성기의 결단과 통한다. 단적으로 "자기를 없애는 것, 자기를 비우는 것, 자기를 잊는 것, 자기를 부정하는 것, 무아(無我) 등으로 표현되는 '자아에서의 해방'이 종교적 삶의 기본 태도"[42]이거니와, 이는 소설 결말 부분 성기의 상황과 다르지 않다.[43] 문

---

41 위의 책, 136면 참조.
42 위의 책, 143면.
43 유사한 맥락에서 정재걸 외는 "시간 속에 살아가는 분리된 자아로부터 해방되어 신성한 근본 바탕과 결합하는 앎"이 영원으로 진입하는 길이라는 헉슬리의 견해를 소개하면서,

학교육은 상기 참고 자료를 제시하면서 성기의 결단의 의미를 재조명하고, 학생이 자아에게 무거운 짐 지우기를 잠시 멈추고 더 넓고 높은 우주적 차원을 상상하게 할 수 있다. 우주적 차원은 반드시 종교 혹은 신의 영역이 아니어도 좋다. 거창한 초월적 차원이 아니어도, 실패가 개인 탓이 아니라는 정도만이라도 깨닫게 하면 좋을 것이다.

머리말에서 청소년의 심리 치유와 정신적 성장을 위해 문학교육과 인문교육을 접목하자고 제안한 바 있다. 앞에서도 「역마」 교육에서 유용하게 사용할 수 있는 인문교육 자료를 소개했거니와, 더 심화된 자료를 제시하고자 한다. '운명에의 내맡김' 개념은 대대로 철학자와 종교학자를 비롯하여 많은 인문학자들의 사유를 빈번하게 거쳤다. 우선 마이스터 에크하르트의 사상을 인문교육 자료로 사용할 수 있다. 에크하르트의 사상은 저명한 철학자 하이데거에게 영향을 주어, 유명한 '초연한 내맡김' 개념을 파생했다.[44] 에크하르트에 따르면, "그는 우선

인간이 개별적 자아라는 허상에 기초해 분리를 강화시킨 채 신성한 근본 바탕을 부정한다면 곤경에 처한다고 논한다. 또한 자신이 진정 누구인지 알려면 먼저 자아를 부수는 근본적인 변화를 거쳐야 한다. 인간이 분리되고 독립된 '나'를 벗어나 전체에 합일했을 때, "그 전체는 모든 존재가 상즉상입(相卽相入)하는 화엄(華嚴)의 자연"이다.(정재걸 · 홍승표 · 이승연 · 백진호 · 이현지, 「제4차 산업혁명과 청소년 마음교육 프로그램 개발-영혼의 돌봄을 중심으로」, 『사회사상과 문화』 23-1, 동양사회사상학회, 2020, 180-194면 참조.) 한편 자기 포기는 중독 치유에서도 중요한 단계이다. 예컨대 알콜 중독 치유에서 자기 포기나 무조건적 항복은 가장 중요한 요소로 꼽히며, 이는 "나 중심주의를 내려놓는 것"과 같다. 자기중심성을 내려놓고 전적으로 항복하면 '회심'을 경험하게 된다. 포기와 회심은 거의 동일하며, 회심을 통해 사람은 "자신의 힘과 통제력에 대한 환상을" 완전히 포기한다.(이은경, 앞의 글, 464면 참조.)

44 신상희, 「하이데거의 초연한 내맡김」, 『철학』 62, 한국철학회, 2000, 261-262면 참조. 참고로 하이데거의 '초연한 내맡김' 개념도 간단하게 살펴보자면, 하이데거는 근대적 사유 즉 표상 행위에 구속된 의욕하는 사유를 거절한다. 근대적 사유의 형이상학적 의지를 떠난 태도가 무의욕의 태도이며, 사유의 시원적 본질 속으로 들어가서 그것과 관계 맺는 태도

자기 자신을 놓아야 한다. 그래야 그는 모든 것을 놓아둔 셈이 된다. 참으로, 어떤 사람이 왕국이나 세계 전체를 (손에서) 놓았다 하더라도, 자기 자신을 그대로 움켜쥐고 있다면, 그는 아무것도 놓은 것이 아닐 것이다."[45] "그대가 모든 사물들로부터 더 멀리 벗어나면 벗어날수록, 더도 말고 덜도 말고 그대가 벗어난 만큼, 그대가 어떠한 경우에 있어서든지 그대를 그대의 것으로부터 완전히 비우는 한에서, 신은 자신의 모든 것을 갖고 들어오신다는 것은 등가적(等價的) 교환이고 정당한 거래이다."[46] "우리가 자기나 자기 것인 어떠한 것도 더 이상 고수하지 않게 될 때까지, 우리는 자신을 버리는 것을 배워야 한다. 우리가 알든 모르는 관계없이, 모든 갈등과 모든 불안은 모조리 다 자기를 고집하는 데서 비롯된다."[47] 에크하르트의 성찰대로, 모든 갈등과 불안은 자기를 고집하기 때문에 생겨난다. 모든 것을 버려도 자기를 버리지 않으면 아무것도 버리지 않는 것과 같다. 즉 버려야 할 것들 중에서 제일 중요한 것이 자기인 셈이다. 누군가가 자기를 비우는 정도에 비례하여 신이 그에게 들어온다. 여기에서 신은 단순히 기독교의 하느님만을 뜻하지 않는다. 김동리의 '운명' 역시 신이며, '자아'의 바깥에서 세계를 움직이는 우주적 질서는 모두 신이다. 요컨대 자기를 버려야 우주적 질서를 깨닫고 그에 순응하면서 평화를 찾을 수 있다.

다. "사유의 시원적 본질로서의 초연한 내맡김은 우리의 의지를 통해서 드러나는 것이 아니라", "사태 자체의 말 걸어옴"에 귀 기울이는 동안 우리에게 알려진다. 진정한 물음은 묻는 자로부터 발원하지 않고, 사태 자체로부터 역행적으로 다가온다.(위의 글, 260면 참조.)

45 마이스터 에크하르트, 『마이스터 에크하르트 독일어 논고』, 요셉 퀸트 편역, 이부현 역, 누멘, 2009, 72-73면.

46 위의 책, 74면.

47 위의 책, 125면.

'운명에의 순응'은 키에르케고르의 '무한한 체념'과도 통한다. 키에르케고르에 따르면, "무한한 체념 속에는 고통 속에서의 위로와 평화와 안식이 있다."[48] "무한한 체념 안에서만 비로소 나는 나 자신의 영원한 가치를 자각하기 때문이다." "무한한 체념은 믿음에 앞서 있는 마지막 단계다."[49] 신 즉 초월적 힘의 현현을 체험하려면 먼저 무한히 체념해야 한다. 신의 실재를 느끼기 위한 선결 조건이 무한한 체념이다. 자신을 죽여야 우주적 질서와 의미를 파악할 수 있으며, 그러면서 역설적으로 자신의 가치를 자각하고 본질적인 위로를 얻을 수 있다. 결국 중요한 것은 다시 '자아에서의 해방'이다. 이것은 「역마」의 주제인 '운명에의 순응'과 동궤에 놓인 개념이다. 그런 면에서 "우주를 초월하는 영적 실재와의 관계에 들어감으로써 그리고 우리의 의지를 그것과 조화시킴으로써 개인과 단체에서 자기중심주의를 극복하는 것"[50] 이 종교의 본질이라는 토인비의 언술 역시 인문교육 자료로 사용할 만하다. 자기중심주의의 극복, 그것은 종교의 본질일 뿐만 아니라 청소년의 학업 스트레스라는 심리적 곤경을 타개할 대안이기도 하다.

2) 학업 스트레스의 기원들

지식은 치유에서 결정적인 역할을 담당한다. 문제를 바닥까지 파헤치는 지적인 통찰은 문제를 해결하는 데 탁월한 효과를 발휘한다. 지식 중에서도 문제의 발생 원인에 대한 지식이 특히 중요하다. 육체적 질

---

48 쇠얀 키에르케고르, 『공포와 전율-코펜하겐 1843년』, 임춘갑 역, 치우, 2011, 90면.

49 위의 책, 92면.

50 A. J. Toynbee, *Surviving the Future*(London: 1971), pp. 66-77.(오강남, 앞의 책, 159면에서 재인용.)

병을 치료할 때 질병의 발생 원인을 알면 치유와 예방에 도움을 받는 사정과 마찬가지다. 학업 스트레스, 입시 지옥, 성적 지상주의 등 학생들의 정신적 건강을 위협하는 당면 문제와 관련하여, 그 발생 기원을 다각도로 조명하는 일은 마음 건강을 도모하는 데 효과적으로 기여한다. 따라서 현재 청소년들이 어떻게 하여 성적과 입시, 학업 스트레스에 시달리게 되었는지 그 기원에 대한 인문학적 견해를 「역마」 교육에서 참고 자료로 사용하면 좋다. 일단 두 가지 견해를 소개한다.

첫째, '성과사회'에 대한 통찰을 참고 자료로 도입할 수 있다. 한병철에 따르면, 지난 세기는 안과 밖, 나와 남, 친구와 적 사이에 뚜렷한 경계를 설정했던 면역학적 시대였다. 타자성은 방어의 대상이었다. 그러나 냉전 종식, 세계화, 탈경계화, 혼성화 흐름과 함께 긍정성 과잉의 시대가 도래했다. 20세기가 타자에 방어하면서 금지, 명령, 법률 등으로 사람들을 규제하던 "규율사회"라면, 21세기는 프로젝트·이니셔티브·모티베이션 등이 지배하는 "성과사회"다. 무한정한 '할 수 있음'만이 성과사회를 규정하는 조동사다. 이 사회의 주민은 "복종적 주체"가 아닌 "성과주체"다. 그들은 자기 자신을 경영하는 기업가다. 성과주체는 성과의 극대화를 위해 자유를 빙자한 강제에 몸을 맡긴다. 과다한 성과와 노동은 자기 착취로까지 치닫는다. 성과사회는 극단적 피로와 탈진을 야기한다.[51]

다시 말해 20세기에 사람들은 나와 남이 확실히 구분되는 사회에서 타자를 설정하고 그와 싸웠다. 21세기 탈경계, 세계화 조류와 더불어 나와 남의 구별이 약화되면서, 적이 따로 없는 자유롭고 관용적인

---

51 한병철, 『피로사회』, 김태환 역, 문학과지성사, 2012, 12-67면 참조.

사회가 도래한다. 타자와의 싸움이 사라지자 개개인의 성과만이 모든 관심의 초점이 된다. 타자를 착취하는 대신 각자 스스로를 착취한다는 것이다. 모든 것을 할 수 있다는 명령은 성과사회를 규정한다.[52] 바야흐로 무한 경쟁의 시대인데, 이런 사회에서 사람들은 무한한 피로를 느낀다. 현재 학생들의 학업 스트레스는 무한 경쟁 사회에서 성과주체로 살아야 하는 현대인의 보편적 조건과 무관하지 않으며, 그것은 위에서 논한 세계사적·사회학적·사상사적 맥락을 지닌다. 또한 한병철 역시 "후기근대의 노동하는 동물은 거의 찢어질 정도로 팽팽하게 자아로 무장되어 있다"[53]고 논하면서, 자아 또는 개인이 지나치게 팽창한 사실에 주목한다. 본 논문이 학생들의 심리적 곤경의 원인으로 지목한 자아의 비대화가 성과사회의 특성이기도 한 것이다. 문학교육이 이러한 견해를 참고 자료로 소개한다면 학생들이 심리적 문제의 원인을 통찰하는 데 도움을 줄 수 있다.

둘째, 대한민국 특유의 성적 지상주의가 1970년대 근대화 기획과 연관된다는 통찰을 참고할 수 있다. 1970년대 근면·성실·노력·인내 등 개인 윤리와 규율이 강조되었고 과학·합리성·효율성 등 근대적 지식체계의 효과가 제시되었다. 이와 함께 고교 평준화가 시행되면서 기회의 평등이라는 개념이 확산되었다. 기회가 평등하기 때문에 개인의 노력 여하에 따라 계층 상승이 얼마든지 가능하다는 생각이 팽배

---

52 유사한 맥락에서 이은경에 따르면, 4차 산업혁명 시대의 주요한 특징은 개인의 능력이 모든 것을 결정한다는 생각, 즉 능력지상주의다. 한편에서는 자신의 능력을 극대화하려는 개인의 노력이 넘쳐나고, 한편에서는 인간 능력을 극대화하기 위한 과학기술과 의료기술이 급속도로 발달하고 있다.(이은경, 앞의 글, 443면 참조.)

53 한병철, 앞의 책, 40면.

했다. 그러나 이는 실제적인 불평등을 사회구조의 탓이 아니라 개인의 탓으로 돌리려는 기획의 일환이기도 했다. 정권은 급속한 근대화·산업화를 추진했고, 그로 인해 필연적으로 불평등이 발생했는데, 이 실제적인 불평등의 탓이 정권으로 돌려지면 정권이 위험해지기 때문에 불평등은 개인의 탓으로 귀착되어야 했다.

이러한 필요에 의해서 근면·성실·노력·인내라는 슬로건이 배포되었고, 이와 함께 사회적 성취는 온전히 개인의 능력과 자기 규율에 달렸다는 이데올로기가 지배적인 믿음으로 자리 잡았다.[54] 앞서 청소년의 학업 스트레스가 개인의 노력을 신화화하는 이데올로기 또는 자기중심주의에서 비롯된다고 논했거니와, 그 한 기원이 1970년대의 근대화 기획과 맞닿아 있다. 문학교육은 상기 내용을 참고 자료로 제시하면서, 1970년대 박정희 정권이 스스로를 보호하고자 살포했던 근면·성실 이데올로기가 곧 개인과 자기를 과잉 부각하는 이데올로기로 발전했고, 그것이 대한민국 특유의 성적 지상주의와 연관된다는 사실을 통찰하게 할 수 있다.

3) 반근대성의 교육적 적용

개인 또는 자아의 과잉 부각이 학생들의 심리적 곤경으로 귀결된다는 논의는 근대성에 대해 잘 알려진 사실을 상기시킨다. 자아와 주체의 선험성, 인간의 합리적 이성 특히 도구적·기능적 이성에 대한 신뢰,

---

54 권보드래·김성환·김원·천정환·황병주, 『1970 박정희 모더니즘-유신에서 선데이서울까지』, 천년의상상, 2015, 212면 참조.

진보에의 신념은 근대성의 특질로 운위되어 왔다.[55] 신적 질서를 부정하고 개인에게 무한한 힘을 부여하는 것, 이성을 도구적으로 사용하여 자연을 정복하고 합리성에 기반하여 기술적 진보를 추구하는 것이 근대성의 주요 자질이다. 그렇게 보면 학생들의 학업 스트레스는 근대성이 거느리는 그늘과 밀접히 연관된다. 학업 스트레스를 유발하는 신념이 인간의 의지와 이성적 노력, 직선적 진보만을 과잉 강조하는 면에서 근대성과 통하기 때문이다. 이런 면에서 근대성을 반성하는 것, 즉 반(反)근대성 혹은 탈근대성에 눈을 돌리는 것은 「역마」 교육 내용의 다변화를 위해서 유용하다. 흥미롭게도 반근대성은 김동리 소설의 특징적 자질로 언급되어 왔다. 이 지점에서 김동리 소설의 반근대성과 학생 심리의 접점을 마련할 수 있다.

오래 전 김윤식은 김동리 소설에서 "근대성(근대주의)에 대한 비판"[56]을 읽어냈다. 김동리가 "무녀, 전설, 사주 등에 근거한 전통적인 믿음 체계를 통해 근대적 합리주의가 몰고 온 가치체계의 혼란을 이겨내는 거점을 확보하고자"[57] 했다는 노철의 논의도 이와 연장선상에 있다. 근대성에 대한 반발은 김동리 자신의 논의에서도 발견된다.[58] 이처럼 반

---

55 이성환, 「근대와 탈근대」, 김성기 편, 『모더니티란 무엇인가』, 민음사, 1999, 173-191면 참조. 이성환은 근대성의 주요 자질로서 다음과 같은 것들을 거론한다. "데카르트에 의해 구체화된 의식-주체(자아), 수학적 이성, 이성 중심주의, 보편적 주체나 보편적 이성, 이원론, 데카르트에 의해 주창되고 뉴턴에 의해 체계화된 기계적 세계관", "자연을 지배하는 하나의 법칙의 발견, 인과율과 결정론", "합리성", "계몽에 대한 열광과 진보에 대한 믿음"(위의 글, 174면) 등이 그것이다.

56 김윤식, 『문협정통파의 사상구조: 한국근대문학사상연구 2』, 아세아문화사, 1994, 101면.

57 노철, 앞의 글, 160면.

58 "근대주의의 말로에서 도달된 과학 만능주의와 물질 지상주의와 기계 문명주의 등은 고대에 있어서의 신화적, 미신적 제신의 우상처럼, 중세에 있어서의 계율화한 전제신의 압제

근대성은 김동리 소설의 특징적 자질로 부각되어 왔다. 「역마」는 여러 의미에서 반근대성을 구현하지만,[59] 본 논문은 자아와 개인의 우상화에 반대한다는 의미에서의 반근대성에 주목하며, 바로 그것에서 교육의 실마리를 발견하고자 한다. 즉 「역마」를 교육하면서 학업 스트레스의 원인이 자아와 개인의 우상화임을 깨닫게 하고 그것의 폐단을 일깨운 이후, 인문교육으로서 근대성의 주요 자질을 설명하고, 자아와 개인의 우상화가 근대성의 산물임을 발견하게 할 수 있다. 또한 김동리의 「역마」가 어떤 식으로 반근대성을 구현하는지 이해시키고, 반근대적 의식 체계가 치유의 가능성을 열어준다는 점을 보여준다.

이때 소포클레스의 희곡 「오이디푸스 왕」을 상호텍스트로 사용할 수 있다. 「오이디푸스 왕」은 운명의 위력을 다룰 뿐만 아니라 반근대성을 노정하는 면에서도 「역마」와 유사하다. 이는 「오이디푸스 왕」의 교육적 상호텍스트로서의 적실성을 승인한다. 라이오스와 이오카스테는 아들 오이디푸스를 버린다. 오이디푸스가 아버지를 죽이고 어머니

처럼, 또다시 한 개 새로운 근대적 우상이 되어 인간에게서 꿈과 신비와 낭만과 그리고 구경적인 욕구를 박탈하게 되었다. 여기서 인간은 이 과학주의, 물질주의, 기계주의를 비판하고 이를 초극하고자 하는 새로운 의욕에 도달하게 된 것이며 이것이 곧 제3휴머니즘이란 표어로써 대표되는 제3세계관의 지향이라 일컫는 것이다."(김동리, 「본격문학과 제3세계관의 전망」, 『문학과 인간: 김동리 전집 7』, 민음사, 1997, 92면.)

59 각 논자에 따라 근대성이 의미하는 바는 다르다. 김윤식의 논의에서 근대란 "일차적으로는 자본주의 생산양식의 성취와 민족국가 건설을 지향점으로 하는 인간의지"(김윤식, 『문협정통파의 사상구조』, 101면)이며, 노철의 논의에서 "근대란 이성적 사유가 정신과 물질을 이원화한 데카르트적 세계관에서 비롯된 것으로, 정신과 물질 사이에 모호한 존재를 추방시킨 세계"(노철, 앞의 글, 150면)다. 김동리의 논의에서 근대는 "과학주의, 물질주의, 기계주의"(김동리, 「본격문학과 제3세계관의 전망」, 92면)이다. 각 논의에서 근대성은 자본주의 성립과 민족국가 건설 의지, 이성 중심주의, 과학 만능주의와 물질 지상주의로 의미화된다.

와 결혼할 것이라는 신탁의 실현을 막기 위해서였다. 장성한 오이디푸스는 같은 예언을 듣는데, 예언의 실현을 피하고자 양부를 떠난다. 그럼에도 불구하고 극적인 방식으로 예언은 모두 이루어진다.[60] 라이오스, 이오카스테, 오이디푸스 모두 운명에서 벗어나려는 의지와 철저히 계산된 합리적 이성으로써 인간적 노력을 기울였음에도, 운명은 인간의 의지 · 이성 · 노력을 비웃듯이 자신을 실현한다. 결국 오이디푸스는 제 눈을 찔러 실명한다. 오이디푸스는 원래 스핑크스의 수수께끼를 풀 정도로 지혜와 이성에 자신만만했다. 두말할 나위 없이 그 지혜와 이성은 한계를 드러냈다. 눈이 대체로 인간 이성에 대한 제유로 통용되었음을 고려할 때, 그의 실명은 인간의 무력과 이성의 한계를 웅변한다.[61] 따라서 작품 자체가 근대성 비판과 동궤에 서 있다. 문학교육은 「오이디푸스 왕」을 상호텍스트로 읽히면서 「역마」와 유사성을 찾게 하고, 반근대성의 자질을 설명하면서 「오이디푸스 왕」이 어떻게 반근대성을 구현하는지 발견하게 하며, 그것과 「역마」의 반근대성을 비교하게 하면서 작품과 삶에 대한 보다 풍부한 이해와 통찰로 이끌 수 있다.

　지금까지 청소년의 심리적 현실과 적극적으로 소통하는 문학교육, 인문교육과 접목하는 문학교육의 가능성을 타진하기 위해 「역마」 교육에서 청소년의 학업 스트레스에 주목할 것을 제안하고, 활용 가능한 인문학적 내용을 제시했다. 이상의 내용을 실제 문학교육에 어떻게 활용할지 간간이 논했으나, 간략하게 정리하고자 한다. 문학교육은 우

60　소포클레스, 「오이디푸스 왕」, 『오이디푸스 왕』, 강대진 역, 민음사, 2009 참조.
61　강유정, 「콜로노스 숲에서의 글쓰기, 눈먼 오이디푸스의 소설」, 『오이디푸스의 숲』, 문학과지성사, 2007, 22-24면 참조.

선 작품의 이해에서 시작하는데, '세 갈래 길'과 '콧노래' 아닌 다른 부분들, 가령 '성기의 발병'이나 '성기의 형형한 눈' 등에 주목하면서 문학적 이해를 돕는다. 이후 학업 스트레스에 관심을 환기하면서 성기의 처지와 학생의 현실을 연관 짓는다. 다음에 인문교육을 수행하는데, 예컨대 에크하르트의 사상을 간략하게 예시하면서 핵심 내용을 파악하게 하고, 그것과 「역마」의 어떤 부분이 어떻게 연관되는지 찾게 하며, 본인의 문제에 어떻게 적용할지 생각하게 한다. 이 절차는 범박하게 말하자면, 지금까지 논한 인문학 자료들의 교육적 활용에 공히 적용될 수 있으며, 그 절차의 뼈대는 〈인문학 자료 이해-자료와 작품의 연관점 찾기-학생 본인의 문제에 적용하기〉로 간추려진다.[62] 사실 구체적인 방법 설계는 교육 내용의 구축에 비해 단순한 작업이다. 문제는 교육 내용 자체의 심화와 다양화이며, 향후에도 이것이 지속적인 관심과 노력을 요청한다고 보인다.

---

[62] 이때 앞서 논의한 사안을 모두 교육 내용으로 도입해야 한다는 강박은 불필요하다. 지금까지 본 논문은 실제 교육 현장에서 남김없이 실현되어야 할 학습목표를 제안한 것이 아니라, 교육 현장에서 부분적으로라도 참조점을 제공할 교육 내용의 가능성을 가급적 풍부하게 제시하는 데 주안점을 두었다. 구체적 교육 방법의 설계보다는 교육 내용의 다양화와 심화가 보다 근본적이고 시급한 작업이라고 판단했기 때문이다. 다양화·심화된 교육 내용이 구축되면 구체적인 방법들은 자연스레 도출될 것이다.

5. 맺음말

김동리의 「역마」를 구현한 문학 교과서의 학습활동을 분석한 결과, 세 갈래 길과 콧노래의 의미 등으로 교육 내용이 정형화되었고, 활동들과 학습목표의 유기적 연관성이 희박했다. 특히 문학의 내면화를 이끌 만한 활동이 부족했는데, 이에 학생 자신의 당면 문제를 연상하게 하는 활동의 구상이 요청된다. 학습목표를 구현하기 위해 고안된 활동들이 지나치게 단순·소박한 점도 문제적인데, 이는 교육 내용이 다양화·심화되어야 할 필요성을 제기한다. 교과서에 제시된 주제는 올바르지만, '운명에의 순응'이라는 주제는 학생들 입장에서는 모호하고 추상적으로 수용되기 쉽다. 이에 작품과 학생 현실 사이에 연결 고리를 제시해야 할 당위가 더욱 부각된다.

이 논문은 학생의 정신적 성장과 심리 치유를 위해 문학교육이 학생의 심리적 현실에 주목하고 인문교육과 제휴하기를 제안한다. 구체적으로 우선 학생들이 자신의 문제인 학업 스트레스를 떠올리게 하고, 자기 의지의 좌절이라는 점에서 자신의 학업 스트레스와 성기의 상황의 유사성을 발견하게 하며, 자아의 비대화가 문제의 원인이라는 사실과 자아에서의 해방 또는 자기중심주의의 극복이 치유의 방식이 된다는 사실을 깨닫게 한다. 이 과정에서 종교의 핵심 원리에 관한 인문학적 지식, 에크하르트와 키에르케고르의 사상 등을 중심으로 인문교육을 수행할 수 있다. 문제의 원인에 대한 통찰 역시 치유에 효과적으로 기여하는 바, 성과사회와 1970년대 근대화 기획에 관한 참고 자료를 사용하면서 성적 지상주의의 기원을 통찰하게 유도한다. 또한 근대성에 관한 지식과 연계하여 학업 스트레스가 근대성의 그늘과 연관됨을 깨닫게 하고, 소포클레스의 「오이디푸스 왕」을 상호텍스트로 사용할 수 있다.

　이상이 심리 치유를 위해 인문교육을 경유한 문학교육의 가능성이다. 현재 문학교육에서 교육 내용이 빈약하다는 판단 하에, 교육 내용의 확충과 보강에 중점을 두었다. 낙관적으로 기대한다면 이 연구결과는 비단 학생의 심리 치유뿐만 아니라 창의적·비판적 사고력 계발에도 기여할 수 있다고 보인다. 실상 심리 치유나 비판적·창의적 사고력은 공존 불가능한 개념이 아니다. 선행연구에서 누차 논했거니와, 심리 치유에 인문학적 통찰력의 기여도가 상당히 높다는 사실은 필자의 지론이기도 하다. 한편 문학교육은 중고등학교의 전유물이 아니기에, 차후 학교 바깥의 문학교육의 장에서도 이 연구결과가 긍정적으로 응용되기를 소망한다.

문학교육과 인문교육의 제휴를 위한 시론(試論)

-이윤기의 「숨은그림찾기 1-직선과 곡선」을 중심으로-

1. 머리말

청소년의 현실과 밀접하게 교감하면서 그 정신적 성장을 유인하는 문학교육의 이상은 지속적으로 주목되어야 한다. 이 가치의 타당성에 관해서는 다수의 동의가 이루어졌으나[1], 문제는 방안의 축적이다. 이를 위해 제재나 교육 방식의 갱신은 여전히 시급한 관심을 요하는 사안이다. 구체적으로 청소년의 현실을 직접적으로 다룬 작품을 새로이 발굴하여 제재로 선택하거나, 기존에 명작으로 알려졌으나 얼핏 청소년

---

[1] 이러한 이상에 동의하는 학자들은 무수히 많아서 일일이 거론하기 힘들 정도이다. 가령 우한용에 따르면, 문학교육은 무엇보다도 문학을 읽는 '나'를 주목해야 한다. 독자인 '내'가 가치 있는 체험을 해야 제대로 된 독서이다. 문학의 효용은 내면의 변화를 이끌어내는 데 있다. 경탄의 감정으로 문학을 읽고 삶의 근원적 에너지를 얻어 존재의 변환을 도모하는 일이 '문학을 하는 것'이다.(우한용, 「문학교육의 목표이자 내용으로서 문학능력의 개념, 교육 방향」, 『문학교육학』 28, 한국문학교육학회, 2009, 10-19면 참조.) 이밖에도 김혜영 역시 문학교육의 중요한 목표가 "문학작품에 대한 해석을 통해 삶의 의미를 발견하고 이를 통해 자신의 삶을 해석하는" 것이라고 논한다.(김혜영, 「교과서 현대소설 제재의 교육 내용 연구」, 『우리말교육현장연구』 10-1, 우리말교육현장학회, 2016, 54면.)

의 현실과 관련 없어 보이는 작품에서 청소년의 현실과 연계하는 고리를 발견해야 할 것이다.[2] 이 논문은 후자의 한 가능성을 보이려고 한다. 이 논문은 비교적 최근의 명작으로 인정되지만 성인들의 이야기로 보이는 작품에서 청소년의 심리적 현실과 관련하여 교육할 여지를 발견하고 그것을 토대로 문학교육 방안을 제안하려고 한다. 구체적으로 1990년대의 명작인 이윤기의 「숨은그림찾기 1-직선과 곡선」(이하 「숨은그림찾기」)을 중심으로 기존 교육 방식을 고찰하고, 개선 방안을 제시하고자 한다. 근래 고등학교 문학 교과서에 수록된 이 작품은 1998년 동인문학상을 수상했다. 문학상 수상 작품이 교육적 정전으로 정착할 가능성이 높다는 사실을 고려할 때, 후일의 정전이라 할 수 있는 이 작품의 교육방안에 대한 고민은 일정한 의의를 지닐 것이다.

작가적 중요성에도 불구하고 이윤기는 본격 학술논의의 장에서 그다지 관심을 받지 못했다.[3] 국문학 분야에서 소수의 연구물이 제출되

---

2 청소년의 현실과 밀접히 연관된 문학교육을 구상하기 위해서 제재의 갱신이나 방안의 갱신이 필요하다는 의견은 박수현, 「문학교육 텍스트로서 한강의 「채식주의자」」, 『국제어문』 82, 국제어문학회, 2019, 312면 참조. 유사한 맥락에서 정재림에 따르면, 문학교육의 패러다임이 '교사-지식 중심'에서 '학습자-활동 중심'으로 이동하면서, 교과서 제재 선정에서 학습자의 관심과 흥미가 문학성이나 문학사적 위상보다 중요한 것으로 부상했다. 가령 대중문학처럼 학습자가 흥미를 느낄 작품을 제재로 선택하자는 주장이 등장하는데, 이는 문학성에 대한 고려가 부족하다는 비판에 직면한다. 흥미성과 문학성의 딜레마에서 매력적인 돌파구가 청소년 문학이나, 아직 양질의 청소년 문학이 충분히 확보되지 못했다는 한계가 있다. 결국 정재림은 기존의 텍스트를 청소년 문학적 관점에서 읽을 것을 제안한다.(정재림, 「문학교육에서 청소년 문학의 위상과 교육적 가치」, 『인문사회과학연구』 19-1, 부경대 인문사회과학연구소, 2018, 290-292면 참조.) 이러한 견해에 본 논문은 적극적으로 동의한다.

3 이윤기(1947~2010)는 수백 권의 번역서를 출간한 기념비적인 번역가이고, 『그리스·로마 신화』 해설을 비롯하여 신화에 관한 방대한 저작을 상재한 신화학자이며, 성서·불경 해설서 등을 낸 저술가이자, 세상을 떠날 때까지 단편 49편, 장편 7편, 에세이집 9권을 발

었을 뿐, 문학교육 분야의 선행연구는 전무한 실정이다. 본격 학술논의의 장에서 이윤기 소설들에 대한 최초의 연구결과를 제출한 이상진에 따르면, 그의 작품들은 "사건의 진행으로서의 서사이기보다 하나의 명제를 논증해나가는 과정"에 가까우며, "미적 형상화의 충동보다는 논리적 설득으로 세상을 계몽하려는 충동이 우세"[4]하다. 이 논의는 이윤기 소설의 수사학적 특징을 광범위한 논거를 통해 정치하게 밝힌다는 점에서 의의를 지닌다. 「숨은그림찾기」 한 편만을 분석한 연구물을 유일하게 제출한 이가원은 이 작품이 "보이는 것과 실체의 차이에 대한 교훈을 통해 삶을 바라보는 진지한 성찰을 요구"[5]하고 결말의 반전을 통해 "극적 아이러니를 완성하며", "독자들이 발견의 과정을 통해"[6] 주제를 깨우치게 한다고 논한다. 이 논의는 「숨은그림찾기」의 미학적 특징인 아이러니가 작가의 주제의식과 긴밀하게 연관되는 점에 주목한다는 점에서 의의를 가진다. 두 선행연구 모두 합당한 문제의식 아래 타당한 논의를 펼치지만 문학교육적 고려는 전혀 보이지 아니한다. 이러한 실정은 「숨은그림찾기」가 문학교육적 정전으로 아직 호출되지 아니한 사정을 고려하면 납득할 만하지만, 이 작품의 문학교육적

표한 열정적인 소설가이다. 1990년대 중반부터 소설가로서 주목받기 시작하여 두 차례나 주요 문학상을 수상했고, 독일어로 번역된 그의 단편집은 스위스와 독일 등지에서 심리분석의 탁월함으로 호평받기도 했다. 그러나 그는 작품의 수월성에 비해 정당한 관심을 못 받았다 할 수 있는데, 번역가로서의 명성이 지나치게 높아서 소설가로서의 성취를 가려버린 탓이 크다.(이상진, 「설득의 기술, 로고스(logos)의 수사학-이윤기 단편소설의 수사학적 특성」, 『한국문학논총』 63, 한국문학회, 2013, 238-239면 참조.)

4   위의 글, 266면.
5   이가원, 「이윤기 소설에 나타난 삶의 은유와 아이러니-「숨은그림찾기1: 직선과 곡선」을 중심으로」, 『한국문예비평연구』 53, 한국현대문예비평학회, 2017, 108면.
6   위의 글, 121면.

적절성을 신뢰하는 이 논문의 시각에서는 아쉬운 일이 아닐 수 없다. 이 논문은 이윤기의 「숨은그림찾기」의 문학교육적 활용을 논구한 최초의 논의로서 일정한 의미를 가질 것이다.

문학교육 방안 개선을 고민할 때 시급한 주목을 요하는 사안들 중 하나가 교육 내용의 다양화이다.[7] 작금의 문학교육의 내용이 과거의 것을 반복적으로 계승한 채 정형화된 사실의 문제점을 선행연구에서 논했거니와[8], 교육 내용의 심화와 다변화는 지금 당장 획기적인 노력을 기울여서 해결해야 할 과제이다. 기존의 학습목표와 학습내용을 계승한 채 교육 방법적 기술의 다양화를 고민하는 연구도 물론 필요하다. 가령 학생의 흥미를 보다 쉽게 유도할 수 있는 다채로운 매체나 질문법의 활용 가능성을 제시하는 연구들이 그 사례이다. 그런데 기존의 교육 내용에 접근하는 길을 재미있고 편안하게 만드는 작업보다는 교육 내용 자체를 혁신적으로 보강하는 작업이 더욱 긴요하다고 생각한다. 교육할 '무엇'을 과거의 것으로 고정한 채 '어떻게'에 관해 아무리 진지하게 고민한다 하더라도, '무엇' 자체에 지각 변동이 일어나지 않는 한 교육은 제자리에 머무르기 쉽다. 근본적으로 교육의 내용을 풍성하게 확장하는 일이 무엇보다 시급하다. 이에 대한 관심이 의외로

---

7 선주원에 따르면, '교육 내용'은 일종의 지식의 구조라고 할 수 있다. 교육 내용은 학교 안에서뿐만 아니라 바깥에서도 활용될 수 있다. "교육내용은 특정한 학습목표에만 한정되지 않고, 특정 범주의 지식 내용을 포함하여 그 밖의 여러 자질의 요소들이 여러 층위에서, 살아 움직이는 현상 속에서 논의되어야 한다. 이는 '교육내용'이 고정적 실체라는 고정 관념에서 벗어나 '살아 움직이는 현상으로서의 교육내용', '교육내용의 과정적 역동성'을 강조하는 관점으로의 전환을 전제한다."(선주원, 「소설 해석의 세 가지 방법에 따른 소설교육의 내용 구안」, 『새국어교육』 95, 한국국어교육학회, 2013, 628-629면.)

8 박수현, 「문학교과서와 정전 교육의 재구성-최인훈의 『광장』을 중심으로」, 『문학교육학』 64, 한국문학교육학회, 2019 참조.

희박한 현 실정에서, 이 논문은 교육 내용의 심화와 다변화에 기여하고자 한다. 그 방편의 일환으로 인문학적 지식을 교육 내용으로 도입하기를 제안한다. 인문교육과 제휴하는 문학교육의 가능성을 타진하자는 것인데, 이는 학생들의 인문학적 통찰력을 배양하여 자아 성찰과 정신적 성장을 견인할 수 있을 것이다.

2. 공식적인 교육의 사례

「숨은그림찾기」의 공식적인 교육 방식을 고찰하기에 앞서 내용을 정리해 본다. 재외 한인학자인 '나'는 책을 집필하기 위해서 한국에 온다. 은사 일모 선생의 주선으로 '운담 프로그램'의 수혜자가 되어서 경주 호텔에서의 숙식을 지원받는다. 호텔의 하 사장은 소문난 구두쇠에 지독한 편견의 소유자다. '나'는 호텔에 숙박하면서 하 사장의 사람 됨됨이를 면밀히 관찰하여 기록에 남긴다. 집필을 마친 '나'는 오천 여 권의 책을 하 사장 호텔의 제일 큰 방에 보관하면서 보관료를 지불하기로 하고 미국으로 떠난다. 그런데 이상한 소문이 들려와서 확인해 보니 하 사장은 약속과 달리 오천 여 권의 책을 재래식 화장실에 보관하고 있었다. '내'가 애지중지하던 책들은 화장실의 습기를 잔뜩 빨아들인 채 잘 썩은 똥구린내를 풍기고 있었다. '나'는 상처로 갈기갈기 찢긴 마음을 이기지 못하여 일모 선생을 찾는다. 하 사장에 대한 원망을 늘어놓는데, 일모 선생은 도리어 '나'를 꾸짖는다. '내'가 흥청망청 돈을 쓰는 모습에 하 사장이 실망했다는 것이며, 그럴 여유가 있었더라면 '나'는 운담 프로그램의 지원을 거절했어야 옳았다는 것이다. 이윽고 '나'는 운담 프로그램의 시혜자가 하 사장이었다는 사실을 알게 되며, 충격에 빠진다.

이 작품은 2012 고시 교육과정에 따른 고등학교 문학 교과서에 수록되었다. 구체적으로 〈문학과 성찰〉이라는 제목의 대단원 아래, 〈문학과 타자 이해〉라는 중단원의 제재로 사용되었다. 교과서가 제시한 중단원의 학습목표는 다음과 같다. "문학 작품을 통해서 자아를 성찰하고 타자를 이해할 수 있다." "문학 작품을 통해서 삶의 다양성을 수용할 수 있다."[9] 작품을 수록한 중단원명과 그 학습목표를 볼 때, 이 작품이 이른바 '타자 이해' 교육의 제재로 활용되었음을 알 수 있다. 이상을 표로 제시하면 다음과 같다.

대단원	중단원	중단원 학습목표
V. 문학과 성찰	3. 문학과 타자 이해	문학 작품을 통해서 자아를 성찰하고 타자를 이해할 수 있다. 문학 작품을 통해서 삶의 다양성을 수용할 수 있다.

이 작품이 수록된 단원은 〈문학과 삶〉 영역의 "문학을 통하여 자아를 성찰하고 타자를 이해하며 삶의 다양성을 이해하고 수용한다"[10]는 성취기준을 구현한다. 이러한 성취기준에 따라 교과서가 무엇을 어떻게 교육하는지 즉 교육 내용을 확인하려면 학습활동을 점검해야 한다. 학습활동은 제재의 기본 내용을 이해하는 활동에서부터 학습목표를

---

9 윤여탁 외, 『고등학교 문학』, 미래엔, 2014, 355면.

10 교육과학기술부, 『국어과 교육과정: 교육과학기술부 고시 제2012-14호 [별책 5]』, 2012, 138면.

실현하는 활동을 아우르기에, "해당 제재를 통해 도달해야 할 교육 내용이 무엇인가를 보여주는 준거"나 다름없기 때문이다.[11] 그런데 학습활동은 질문만으로 구성되어 있다. 그 질문에 대한 답을 함께 살펴보아야 공식적인 교육 내용을 파악할 수 있는데, 바로 교사용 지도서가 그 답을 마련한다. 다음에서 이 작품에 대해 공식적인 문학교육이 설계한 교육 내용을 확인하기 위해 교사용 지도서의 예시 답과 함께 교과서의 학습활동을 살펴보려고 한다. 우선 「숨은그림찾기」에 따르는 학습활동은 다음과 같다.

1. 이 소설의 등장인물을 중심으로 다음 활동을 해 보자.
   (1) 기자와 하 사장이 면담을 한다고 가정하고 하 사장의 입장이 되어 물음에 답해 보자.(책을 화장실에 보관한 이유에 대한 질문)
   (2) 일모 선생이 전화를 받은 뒤에 '나'가 참담함을 느낀 이유는 무엇일지 말해 보자.
2. 일모 선생의 말을 중심으로 다음 활동을 해 보자.
   "우리가 직선이라고 여기는 것이 과연 직선이겠는가? 혹시 곡선의 한 부분을 우리가, 자네 말마따나 대롱 시각으로 보고는 직선이라고 하는 것은 아닐 것인가? 자네는 혹시 큰 곡선을 작은 직선으로 본 것은 아닐 것인가."
   (1) '직선'과 '곡선'에 해당하는 하 사장의 삶이 무엇인지 정리해 보자.
   (2) 일모 선생의 말을 통해 드러내고자 하는 의미가 무엇인지 말해 보자.
3. 삶의 다양성 측면에서 '숨은 그림 찾기'가 필요한 이유를 써 보자.

---

11 김혜영, 앞의 글, 39-40면 참조.

4. 소설 '뫼비우스의 띠'의 일부를 읽고, 이 글의 '교사'가 '숨은 그림 찾기'의 '나'에게 해 줄 말을 떠올려 말해 보자.[12]

학습활동은 제재 내용의 이해를 돕는 활동, 목표에 도달하는 활동, 학습내용을 심화·적용하는 활동으로 구성된다.[13] 이를 학습활동의 3단 구성이라고 규정할 수 있을 것이다. 이러한 학습활동의 3단 구성은 교과서 제작 시 여간해서는 깨지지 않는 원칙이나 다름없다. 여기에서 가장 중요한 것은 이른바 '목표 활동'이다. 3단 구성에서 가운데 자리를 차지하는 이 활동은 학습목표를 구현하도록 세심하게 설계되었을 뿐 아니라, 작품의 주제 파악을 유도하며, 결과적으로 핵심적인 교육 내용을 포함한다. 위에 제시한 「숨은그림찾기」의 학습활동에서 활동 1은 기본적인 내용 파악을 유도하고, 활동 4는 심화 학습을 도모한다. 교육 내용을 명료하게 보여주는 활동은 2와 3이므로, 아래에서 그것을 집중적으로 살펴보려고 한다.

활동 2-(2)는 일모 선생의 말을 통해서 드러나는 의미를 묻는다. 일모 선생이 이 작품에서 교사 혹은 멘토로 기능한다는 점을 고려할 때 이 질문은 작품의 주제를 파악하도록 유도한다. 이에 대해 지도서는 "다른 사람의 삶의 한 면만 보고 성급하게 상대를 판단할 것이 아니라 타인의 삶을 이해하려는 자세가 필요하다"[14]는 예시 답을 제시한다. 요컨대 지도서는 이 작품의 주제를 타인을 성급하게 평가하지 말고 신중

---

12 윤여탁 외, 앞의 책, 371-373면 참조.
13 김혜영, 앞의 글, 43면 참조.
14 윤여탁 외, 『고등학교 문학 교사용 지도서』, 미래엔, 2014, 371면.

하게 이해해야 한다는 도덕적 당위 즉 타자 이해의 윤리로 한정짓는
다. 후에 논하겠지만 이 작품의 주제를 보다 더 심도 깊고 풍부하게 파
악할 수 있는데, 공식적 문학교육이 그것을 타자 이해의 당위로 한정
한 현장은 아쉬움을 남긴다. 작품의 주제를 타자 이해의 윤리로 한정
짓는 시각은 활동 3에서도 발견된다. 활동 3은 '숨은 그림 찾기'가 필
요한 이유를 묻는데, 지도서는 다음과 같은 예시 답을 제공한다. "삶의
다양성을 인정하는 사회를 만들기 위해서는 다른 사람의 삶에서 '숨은
그림'과 같은 부분이 무엇인지 생각해 보고 이해하려는 태도를 지녀야
하기 때문이다."[15] 이 예시 답은 활동 2-(2)에 대한 예시 답, 즉 작품의
주제로 지목한 내용을 반복한다.

교과서가 주목하는 것은 '알고 보니 좋은 사람'인 하 사장을 편벽한
수전노로 오해했던 '나'의 오류이다. 교과서는 학생들로 하여금 '내'가
하 사장을 오해했다가 이해하는 과정을 본받아 타인을 신중하게 이해
하는 태도를 기를 것을 강조한다. 이러한 교육 내용은 실상 교과서 식
타자 이해 교육의 전형적인 내용을 추수한다. 거의 모든 교과서의 타
자 이해 교육은 〈타인에 대한 오해-미덕의 발견-이해〉라는 정형화된
패턴을 따른다. 타인을 처음에 못마땅하게 여겼는데 그가 착하거나 불
쌍한 사람임을 발견하여 호감을 품게 된다는 정형화된 구조의 소설이
타자 이해 단원의 단골 제재로 쓰이며, 교과서는 학생이 그러한 이야
기를 본받아 실제 삶에서 동일한 구조로 타인을 이해할 것을 종용한
다. 여기에서 일단 타자 이해 구조의 정형성이 그 신뢰도에 의문을 제
기한다. 무엇이든 정형화되었다는 것은 현실의 복잡다단함을 은폐한

---

15 위의 책, 372면.

채 생기 잃고 감흥 없는 패턴으로 전락했다는 혐의에서 자유로울 수 없다. 교과서 식의 「숨은그림찾기」 독법 역시 이러한 정형성의 그늘을 거느린다. 이 작품에서 교과서 식으로 '타자 이해'를 강조한다면, 학생들은 공감과 통찰보다는 도덕의 주입을 체험할 것이다.

또한 진정한 타자 이해는 이렇게 쉽고 간단하지 않다. 실생활에서 타인과의 갈등은 보다 복잡하고 첨예하다. 특히 이해했다고 생각했던 가까운 타인 예컨대 가족이나 친한 친구에게서 갑자기 발견되는 낯선 면이 학생에게는 더욱 문제적인데,[16] 실제로 이런 문제를 겪는 학생들은 막연히 '타자를 이해해야 한다'는 죽은 당위보다는 자신의 난감함에 대한 이해와 공감을 구할 것이다. 자신처럼 또는 자신보다 극단적인 갈등을 겪은 사례를 보며 고통의 보편성을 느끼고 왜 그러한 갈등이 일어났는지 통찰하면서 문제를 해결하는 것이 보다 요긴하다. 요컨대 '타자를 이해하자'는 막연하고 추상적인 도덕의 주입은 학생들에게 공허한 구호로 수용될 뿐 현실적인 문제 해결에 그다지 도움을 주지 아니한다.[17]

'타자 이해'로 정향된 독법은 작품 이해에서도 난관을 만들어낸다. 작품의 주제를 '타자를 신중하게 이해하자'로 한정지으면 이해해야 할 타자는 선(善)으로 등극하기 쉽다. 착한 사람을 오해했음을 반성하고

---

16 타자 이해 단원의 전반적인 문제점에 관해서는 박수현, 「문학 교과서의 타자 이해 단원 연구-2012 고시 교육과정에 따른 고등학교 문학 교과서를 중심으로」, 『현대문학이론연구』 67, 현대문학이론학회, 2016 참조.

17 공허한 도덕 주입의 무용성과 고통의 보편성 인식, 통찰을 통한 심리 치유 과정에 대한 보다 상세한 논의는 박수현, 「청소년의 연애 심리 치유를 위한 문학교육 방안 연구」, 『한국어문교육』 25, 고려대 한국어문교육연구소, 2018 참조.

그의 착함을 발견하고 인정하자는 것이 타자 이해 교육의 취지이자 정형화된 패턴이므로, 이해해야 할 타자는 결국 선으로 자리 잡는 것이다. 이렇게 보면 착한 하 사장을 오해했던 '나'는 악(惡)으로 귀결된다. 이러한 선악의 이분법은 공교롭게도 지도서의 작품 해설에서 명료하게 드러난다. 지도서는 '나'를 "지식인이라는 자부심에 젖어서 다른 사람의 삶을 제대로 이해하지 못"하고, "책을 읽고 쓰는 일이 고상한 일이라고 생각하며 이런 점을 이해하지 못한 하 사장을 멸시"[18]하는 인물이라고 해설한다. 이에 반해 하 사장은 "구두쇠라는 평을 들으며 아낀 돈을 문인들을 위해 장학금으로 내놓"으며, "세속적 삶에 충실하지만 제대로 돈 쓰는 법을 알고 있"[19]는 인물이라고 설명한다. 이 설명은 '나'를 지식인의 허위를 구현하면서 타인을 섣부르게 멸시하는 교만한 인물로, 하 사장을 세속적이지만 타인에게 선행을 베풀 줄 아는 대인(大人)으로 규정한다. '나'를 악의 자리에, 하 사장을 선의 자리에 배치하려는 의도가 다분히 두드러진다.

그런데 이렇게 접근하면 작품 이해에서 빈 곳이 발생한다. 하 사장의 선행을 '내'가 몰랐던 것은 사실이고 그것을 알았을 때 '내'가 충격을 받은 사실도 수긍 가능하다. 그렇다고 하사장의 행동이 다 용납되는가? 괴팍한 성품으로 인해 이런저런 비상식적이고 불편한 행동을 일삼거나 결정적으로 '내' 책을 화장실에 보관한 일은 그가 운담 프로그램의 시혜자라는 사실만으로 합리화되지 않는다. 보관료까지 받았음에도 약속을 어기고 책을 화장실에 보관한 행동은 어쨌든 선하지 않

---

18 윤여탁 외, 『고등학교 문학 교사용 지도서』, 365면.
19 위의 책, 365면.

은데, 교과서는 하 사장을 '알고 보니 좋은 사람'으로 이해하도록 강요한다. 또한 하 사장이 보기에 '내'가 흥청망청 소비했다지만, '내'가 과연 그렇게까지 낭비를 일삼았는지 확신하기 어렵다. 설사 '내'가 낭비한 것이 사실이라 하더라도, 벌은 지나치다. 결국 '내'가 '알고 보니 경망한 사람'이라는 교과서의 결론도 이해하기 어렵다. 이상은 실제 수업에서 학생들이 직접적으로 토로한 난관이기도 하다. 학생들은 하 사장이 좋은 사람이며 '내'가 나쁜 사람이라는 결론에 혼란스러워 한다.

이러한 혼란은 작품 이해의 초점을 하 사장에게 무리하게 맞추었기 때문에 발생한 것으로 보인다. 주제 파악을 유도하는 활동 2-(2) 직전에 교과서는 '직선'과 '곡선'에 해당하는 하 사장의 삶이 무엇인지 정리하자는 활동 2-(1)을 배치한다. 이 활동은 주제 파악으로 이끄는 징검다리에 해당한다. 지도서는 다음과 같이 예시 답을 제시한다. 하 사장의 '직선'은 "천박한 수전노, 병적인 양생주의자, 대롱으로 세상을 바라보는 대롱눈을 지닌 사람"이고, '곡선'은 "가난한 문인들을 후원하는 '운담 프로그램'에 장학금을 대는 인물"[20]이라는 것이다. 교과서는 주제 파악을 유도하는 활동에서 하 사장의 미덕 또는 악덕에 초점을 맞추면서 그의 선악 여부를 중핵적인 사안으로 배치한다. 즉 '하 사장이 나쁜 사람인가, 좋은 사람인가?'라는 문제를 전면으로 부각하다 보니, '처음에는 나쁜 사람, 알고 보니 좋은 사람'이라는 결론으로 향할 수밖에 없다. 이렇게 도출된 주제는 '악인인 줄 알았던 사람이 알고 보니 선인이다'라는 교과서 식 타자 이해의 전형적인 구도를 답습하면서, 학생들의 작품 이해를 방해한다. 문학교육의 공식적 구도에 무리

---

20 위의 책, 371면.

하게 맞추어 작품을 해설한 결과, 오히려 작품 이해에 난점을 제공한 것이다.

문제는 하 사장이 아니라 '나'다. 이 작품에서 중요한 것은 하 사장의 됨됨이가 아니라 '내'가 받은 충격이다. 이 논문은 우선 작품 이해의 초점을 하 사장에게서 '나'로 이동하기를 제안한다. '나'를 조명한다면, 위의 활동에서 직선과 곡선의 의미도 다르게 파악할 수 있고, 소설의 주제 역시 '나'의 입장에서 기원한 무엇으로 추출할 수 있다. '하 사장이 악인인 줄 알았는데 알고 보니 선인이더라'라는 사실을 조명하는 케케묵은 독법을 폐기하고, '내' 내면에서 일어난 일에 보다 주목한다면 작품을 더욱 풍요롭게 교육할 수 있을 것으로 보인다.

3. 청소년 심리, 인문교육, 문학교육

1) 작품 해석 재론(再論)

'나'는 하 사장의 면면을 다 알았다고 자신만만했다. 소설은 하 사장의 성격을 보여주는 일화들로 대부분의 지면을 채우고 있다. 다시 말해서 사람 공부에 관심이 많은 '내'가 평범하지 않은 하 사장의 됨됨이를 관찰하고 판단하는 과정이 이야기를 전개하는 주축이나 다름없다. 이것은 작가의 포석으로 보인다. 한 인간에 대한 '나'의 관찰과 판단의 여정은 주제를 도출하는 데 필수불가결한 징검다리가 된다. '나'는 결국 이런 결론을 내린다. "돈에 관한 한, 천민 졸부가 극성을 부리는 이 시대를 위하여 검박한 삶의 본을 보이는, 희귀한 미덕의 소유자. 하지만 정신의 경우, 어쩐지 단 하나의 잣대로만 세계의 모습을 해석하는 듯한 모노코드 난수표의 소유자. 인식의 지평 넓히기를 한사코 거절하는 사람, 자기의 인식 너머 새로운 세계가 있음을 용인하기를 끝까지 거절하는 사람……."²¹ (189) 이런 식으로 '나'는 하 사장에 대한 인식과 판단을 마무리했다고 믿는다.

그런데 반전은 자신만만했던 '내'가 무언가를 놓쳤다는 데서 비롯된다. 놓친 것은 "그렇다면 그러는 자네는 하 사장 눈에 어떻게 비쳤을까?"(195)라는 질문이다. 교과서의 해석대로라면 '내'가 놓친 것은 운담 프로그램의 시혜자라는 하 사장의 정체 혹은 미덕이겠지만, 신중하게 보자면 그것보다는 하 사장 눈에 비친 자신의 모습이다. 하 사장은 '내'가 자신을 찾아갔을 때 고급 위스키와 쇠고기를 사간 일, 양주를 포함하여 술을 많이 사다 마신 일, 맥주를 상자 째 사놓고 외국 손님들과 나누어 마신 일, 하 사장을 데리고 나가 한 상 떡 벌어지게 대접한 일을 근거로 '나'를 흥청망청 돈을 써대며 여유가 있음에도 경제적 지원을 받는 뻔뻔한 인물로 인식하고 판단하고 있었다. 이것은 '내'가 전혀 짐작하지도 못했던 일이었다. '나'는 하 사장을 꼼꼼하게 관찰하고 정확하게 판단했다고 생각했으나 자신이 하 사장에게 어떻게 비쳤을지는 조금치도 상상하지 못했던 것이다. "자네가 화를 내고 있는 상황에는 하 사장에 대한 고려가 송두리째 빠져 있다"(196)는 일모 선생의 지적은 타당하다. '나'는 자신의 분노에만 골몰했을 뿐, 하 사장의 입장에서 그가 자신을 어떻게 바라보고 판단했는지, 자신에게 왜 화가 났는지 고려하지 않았기 때문이다.

---

21 텍스트는 이윤기, 「숨은그림찾기 1-직선과 곡선」(『나비 넥타이』, 민음사, 1998)이다. 앞으로 이 텍스트에서 인용 시 인용문 말미 괄호 안에 면수만을 표기한다.

앞서 보았듯 교과서는 하 사장이 옳으며 '내'가 그르다는 식으로 몰아간다. 그런데 '내'가 흥청망청 돈을 쓴 것처럼 보였다고 해서 약속을 어기고 책을 화장실에 보관한 하 사장의 행동은 상식적으로 옳다고만 할 수는 없다. '내'가 과연 흥청망청 돈을 썼는지 그것이 그렇게 큰 잘 못인지도 확신하기 어렵다. 하 사장에 대한 '나'의 인식과 판단이 불완 전했듯, '나'에 대한 하 사장의 인식과 판단 역시 온전하지 못하다. 이 런 판국에 교과서는 '나'에 대한 하 사장의 판단만 옳은 것으로 배치하고 하 사장이 운담 프로그램의 시혜자라는 사실로 모든 논쟁거리를 덮어버리며 하 사장의 미덕에 방점을 찍는다. 이런 식의 이해는 학생들을 혼란에 빠트린다. 여기에서 중요한 것은 하 사장의 인식과 판단 역시 '나'의 인식과 판단만큼 편벽되었다는 점을 인정하는 것이다. 결국 하 사장과 '내'가 각기 상대방에 대한 인물평을 제출하는데 누구의 인물평이 더 옳은가, 또는 하 사장과 '나'의 사람 됨됨이가 누가 더 나은 가 하는 문제는 중요하지 않다.

중요한 것은 타인을 자신만만하게 판단했던 '내'가 타인이 자신을 어떻게 판단하는지 전혀 알지 못했다는 사실이며, 그 사실을 깨달았을 때의 충격이다. 타인을 다 알았다고 생각했지만 정작 자신에 대해서는 하나도 몰랐다는 점을 발견했을 때의 충격이 진실로 주목을 요한다. 사람은 자기 식대로 타인을 바라보고 인식하는 가운데, 타인이 자신을 어떻게 바라보고 인식하는지 알지 못한다. 타인에 대한 앎에 자신만만 하지만, 정작 자신에 대해서는 잘 모른다. 실은 타인에 대한 인식 또한 자신의 주관적인 시각에 의해 창조된 가상일 뿐, 타인 그 자체에 대한 투명한 앎이 아니다. 이는 타인의 위치로 자리바꿈을 거절한 채 자기 만의 시각을 과신할 때 일어나는 일이다. 하여 이러한 사정을 시각과 인식의 자기중심성이라고 일컬을 수 있다. 이는 특별히 악하고 모자란 사람에게서 발견되는 오류가 아니라 거의 모든 사람이라면 태생적으로 가지는 한계다. 시각과 인식의 자기중심성은 인간의 본성에 새겨진 내재적 한계라고 할 수 있다.

"배울 나이가 지났는데도 배우기를 거절했다는 데 문제가 있다. 자네는 너무 고상한 일을 하느라고 발밑 분별을 제대로 하지 못한 셈인가."(196) 일모 선생의 이러한 말은 인간 인식의 허구성을 꼬집는다. "고상한 일"은 타인과 세상에 대한 인식과 판단에 골몰하는 일을 뜻한다. 즉 앎의 욕구가 강한, 지식인인 '내'가 하 사장을 알려고 수행했던 면밀한 관찰과 파악의 작업을 의미한다. "발밑 분별을 제대로 하지 못한"다는 것은 자신이 남들에게 어떻게 비치는지, 자신이 누구인지 모른다는 뜻이다. 또한 일모 선생은 하 사장이 책을 화장실에 보관한 일로 '내'가 상처받은 것이 '나'의 "이기심 때문이기가 쉽다"(161)고 지적한다. 책이 '나'에게는 우상이지만 하 사장에게는 그냥 물건이기 때문이다. 책을 애지중지하는 심리는 자신만의 주관적 취향에서 비롯한 자신만의 진실일 뿐, 누구에게나 보편타당한 심정이 아니다. 하 사장 입장에서는 그저 물건일 뿐인 책을 화장실에 보관했다고 해서 죄책감을 느낄 사안이 아닌 것이다. '나'의 고통은 자신만의 개별적 취향을 보편타당한 진리로 배치하는 마음에서 비롯되었으니, 이는 자신의 부분적 진실을 전체의 진실로 자리매김한다는 점에서 이기심이나 다름없다. 이렇게 인간의 인식과 판단은 각자에게만 옳은 부분적 진실, 각자를 위한 이기적 진실이기 쉽다.

결말의 마지막 문장은 이렇다. "무서운 일이다. 잃어버린 물건이 내가 이미 뒤짐질해 본 곳에 있을 수도 있다는 것은."(197) "이미 뒤짐질해 본 곳"은 다 파악했다고 생각한 무엇이다. "잃어버린 물건"은 반드시 알고 싶은 또는 알아야 하는 무엇이다. 즉 "잃어버린 물건이 내가 이미 뒤짐질해 본 곳에 있을 수도 있다"는 상황은 샅샅이 알아봐서 앎을 마무리했다고 생각했으나 중요한 것은 미처 보지 못한 채로 지나가는, 그러면서도 다 알았다고 자신만만해 하는 인식의 한계를 지적한다. 즉 인간의 시각과 인식은 모든 것을 거머쥐었다며 오만에 빠지지만 늘상 구멍을 지니는데, 이 구멍은 어지간해서는 보이지 않는다. 이러한 정황은 "무서운 일"로 지칭된다. 흠 없다고 자신만만했던 자기 인식에 뚫린 구멍을 사후에 보는 일은 충격이고 공포다. 바로 이 구멍이 제목에 쓰인 "숨은그림"의 의미이기도 하다.

이러한 형편은 '나'나 하 사장 모두에게 마찬가지다. '나'에 대한 하 사장의 인식과 판단 역시 자기의 취향과 의지에서 비롯되었으므로 투명하고 완벽하지 않다. 자신만의 주관적 시각으로 세상을 바라보고 정작 자신에 대해서는 무지하다는 점에서 하 사장과 '나'는 동궤에 서 있다. 되려 '나'는 그것을 깨달았으되 하 사장은 그것을 알지 못하므로, '나'는 결코 하 사장보다 도덕적으로 열등하지 않다. 교과서가 제시하는 대로 착한 하 사장을 오해했던 '나'의 오류가 소설의 주제가 아니다. 인간의 내재적 한계인 시각과 인식의 자기중심성이 진정한 주제에 가깝다. 문학교육은 이상의 분석을 일차적으로 교육 내용으로 도입할 수 있다. 학생들에게 앞의 인용문들을 제시하고, 그 해석을 유도하면서 주제를 도출하게 한다.

2) 청소년의 현실과 심리

앞서 논한 주제를 고려한다면 이 소설은 타자 이해 단원보다는 자아 성찰 단원의 제재로 보다 유용한 것으로 보인다. 시각과 인식의 자기 중심성에 대한 통찰은 자아 성찰의 계기로 적절하고도 폭넓게 활용될 수 있다. 이 소설을 계기로 학생들의 자아 성찰을 유도하려면 청소년의 현실과 연결 고리를 마련해야 한다. 앞서 자신의 인식과 판단에 자신만만했지만 정작 자신은 타인의 눈에 어떻게 비치는지 알지 못하는 가운데, 자신에 대한 타인의 인식과 판단을 발견했을 때의 충격이 중요하다고 논했다. 청소년들의 일상에서 이러한 정황은 흔하다. 예컨대 소위 '뒷담화'라는 상황은 청소년에게 매우 익숙하다. 가령 사람에 관해 논평하기를 즐기며 말솜씨까지 좋은 한 청소년이 있다. 그는 많은 친구들과 교사들의 장점과 단점에 대해 열렬히 논평한다. 그러면서 가끔 남들은 자신을 어떻게 논평하는지 상상한다. 그런데 우연한 기회에 알게 된 자신에 대한 평판은 자신의 상상과 너무나 다르다. 자기는 생각지도 못했던 방향으로 남들은 자신에 대해서 논평하고 있었던 것이다. 이때의 충격이 「숨은그림찾기」 결말에서의 '나'의 충격과 상통한다. 문학교육은 이러한 현실적인 상황을 예로 들어서 학생들이 '나'의 사연과 충격을 자신을 돌아보는 계기로 활용하도록 유도할 수 있다.

사실 앞의 정황은 청소년에게 아주 익숙하다. 청소년은 타인의 입장으로 자리를 바꾸어 사태를 바라보거나 다방면에서 두루두루 세계를 고찰하는 일에 능숙하지 않다. 청소년은 그 어느 때보다 자신만의 시각을 과신하기 쉽다. 자신에 대해서도, 자기만의 주관적인 잣대로 인식하며 판단하고, 자신에 대한 타인의 인식과 판단을 전혀 짐작조차 못한다. 이는 「숨은그림찾기」의 '나'의 경우와 같다. 청소년이 스스로 그린 자기 이미지와 타인들이 자신을 보는 이미지 사이의 거리는 종종 아주 멀다. 이를 청소년 특유의 자기중심성이라고 봐도 좋을 것이다. 성장한다는 것은 자기가 생각하는 자기와 남이 생각하는 자기 사이의 간극을 좁힌다는 것을 뜻한다. 이쯤에서 청소년 특유의 자기중심성에 관한 심리학적 지식을 교육 내용으로 도입하는 것도 바람직하다. 청소년이 소설을 통해 자기의 현실적인 문제를 떠올리고, 심리학의 도움을 받아 문제의 본질을 통찰하도록 유도하는 것이다.

청소년기는 인간의 전 생애 중에서 자기중심성이 특별히 강한 시절로 알려져 있다. 청소년은 급격한 신체적·정서적 변화로 인해 자신의 외모와 행동에 지나치게 몰두한다. 자신에게 열렬히 몰두한 나머지 자신의 관심사가 곧 타인의 관심사라고 믿는다. 즉 자신과 타인의 관심사를 구분하지 못한다. 청소년은 자기비판에 열중하다가도 동시에 자기도취에 흠뻑 빠진다. 자신이 매력적이라고 믿는 것과 타인이 매력적이라고 생각하는 것을 구별하지 못하기 때문에 유치하고 변덕스러워지며 요란한 옷차림에 빠져들기도 한다.[22] 멋있어 보이려고 큰 소리를 지르거나 도발적인 행동을 하는 것도 같은 맥락에서다. 모든 사람들이 자신을 보고 있다고 믿기 때문에 자의식이 강하며, 늘 불안하다.[23] 청소년기 자기중심성의 원인에 대해서는, 형식적·조작적 사고의 발달로 인한 결과라는 견해도 있고, 부모로부터의 심리적 독립에 따른 갈등이 방어적 행동으로 표현된 결과라는 의견도 있다.

---

22 정옥분, 『청년발달의 이해』, 학지사, 2017, 167-168면 참조.
23 F. Philip Rice·Kim Gale Dolgin, 『청소년심리학』, 정영숙·신민섭·이승연 역, 시그마프 레스, 2018, 102-103면 참조.

청소년의 자기중심성을 보여주는 두 가지 대표적인 현상이 있다. 청소년은 '상상적 관중'을 만들어내어 자신은 무대 위에 선 주인공인 양 행동하고, 타인들을 모두 구경꾼이라고 생각한다. 자신이 타인의 관심의 초점이라고 생각하는 면에서 타인은 관중이고, 실제로는 그렇지 않다는 점에서 상상적이다. 상상적 관중은 타인의 눈에 띄고 싶은 욕망과 병행하며 시선 끌기 행동으로 표출된다. 청소년기 자기중심성을 보여주는 또 다른 현상은 '개인적 우화'이다. 청소년은 자신의 감정과 사고가 너무나 독특해서 아무에게도 이해받지 못할 것이라고 상상한다. 이는 자신이 아주 중요하고 특별한 인물이라는 믿음인데, 이것이 자신에게만 통용된다는 의미에서 개인적이고, 현실성이 없다는 점에서 우화이다. 예컨대 첫사랑의 경우 청소년은 어느 누구도 자신처럼 아름답고 숭고한 사랑을 경험하지 못했을 것이며, 이별 후의 절망과 고통을 누구도 겪지 못했을 것이라고 생각한다. 청소년은 성장함에 따라 모든 사람이 제 나름대로 관심사를 가진다는 점을 이해하고 상상적 관중을 진짜 관중으로 대체하면서 자기중심성에서 점차 빠져나오고, 친밀한 관계를 맺는 가운데 자기 경험의 보편성을 깨달으면서 개인적 우화를 극복하게 된다.[24]

「숨은그림찾기」에서 타인에 대한 '자신의' 인식에만 골몰한 나머지 자신에 대한 '타인의' 인식에는 무지했던 '나'의 행각은 청소년기 자기중심성을 떠올리기에 충분하다. 타인의 인식에는 관심을 두지 않고 자신의 인식의 틀에만 갇혀 있었기 때문이다. 청소년은 자신의 상상과 인식을 과대평가한 나머지 타인의 자리로 옮겨가서 상황을 보려고 하

24 정옥분, 앞의 책, 168-171면 참조.

지 아니한다. 타인의 자리에서 보려고 하지 않는 것 중 중요한 것이 자신에 대한 판단이다. 타인이 자신을 어떻게 바라보고 판단하는지 청소년은 정확하게 알기 어렵다. 청소년은 자신에 대해서 그 어느 때보다 관심을 많이 기울이지만, 타인의 인식과 판단을 진지하게 고려하지 않기에, 자신에 대한 치명적인 오해에 빠지기 쉽다. 자신에 대한 막대한 관심에도 불구하고 바로 그것 때문에 자신을 가장 모른다는 아이러니가 발생하는 것이다. 문학교육은 앞의 심리학적 자료와 더불어 이러한 교육 내용을 제시하면서 청소년이 자기중심성을 깨닫고 한 단계 성장하도록 이끌 수 있다.

3) 인문교육의 가능성

문학 과목 교육 내용을 구축할 때 청소년 심리학뿐만 아니라 인문학적 지식을 적극적으로 도입하는 것은 퍽 유용하다. 역사와 철학 등 인문학과 문학의 친연성에 대해서는 잘 알려져 있고[25], 인문교육을 경유한 문학교육의 가치를 선행연구에서 논한 바 있거니와[26], 이는 현 교육과정의 이상에서도 멀지 않다. 현 교육과정은 "문학과 인접 분야의 관계를 바탕으로 작품을 이해하고 감상하며 평가한다"[27][12문학02-03]거나, "작품을 공감적, 비판적, 창의적으로 수용하고 그 결과를 바탕으로

---

25 일례로 우한용은 이렇게 논한다. "문학이 언어예술이라는 점 때문에 의미의 예술이고 따라서 역사와 철학에 가깝다는 것은 부정할 수 없는 문학의 본질 요건이다."(우한용, 앞의 글, 10면.) 또한 "문학의 영토는 인간이 언어를 통해 가치를 발굴하는 형상화의 영역 안에서 다양한 분화를 지속한다."(위의 글, 13면.) 이러한 언명 역시 문학을 문학 자체로만 교육하기보다는 인접 학문과의 연계 하에 교육하자는 본 논문의 취지를 지지한다.

26 박수현, 「청소년의 연애 심리 치유를 위한 문학교육 방안 연구」 참조.

27 교육부, 『국어과 교육과정: 교육부 고시 제2015-74호 [별책5]』, 2015, 125면.

상호 소통한다"[28] [12문학02-04]는 성취기준을 제시한다. 직전 교육과 정도 "문학이 예술, 인문, 사회 등 인접 분야와 맺고 있는 관계를 이해한다"[29]는 성취기준을 제시하면서, 인문·사회 등 인접 학문과 연계한 문학교육의 가치를 직접적으로 거론했다. 이처럼 문학을 문학만으로 독립적으로 교육하기보다 인접 학문과 제휴의 장에서 교육하자는 생각은 폭넓은 동의를 얻은 것으로 보인다. 이에 따라 이 논문은 우선 인문학과 제휴한 문학교육의 가치에 주목할 것인데, 이것이 작품의 비판적·창의적 수용과 학생의 비판적·창의적 사고력 발달에 기여한다는 사실은 상세한 논증을 필요로 하지 않을 것이다. 문학교육과 인문교육의 제휴의 타당성에 대해서는 재론의 여지가 없다 하더라도, 문제는 문학교육에 도입할 인문교육의 내용이다. 지금까지 문학작품의 문학적 해설에 관련하여 축적된 자료는 많지만, 문학교육과 제휴를 위해 발굴된 인문교육적 자료는 아직 희소하다. 이 논문은 문학교육에 접목할 인문교육적 자료의 축적에 기여하고자 한다.

앞서 「숨은그림찾기」의 주제로 언급했던 인간 시각과 인식의 자기 중심성은 동서고금을 통해 인문학자들이 진지하게 성찰했던 바다. 일례로 사르트르는 서양철학사를 통틀어 면면히 계승되었던 시각과 인식의 자기중심성을 이렇게 반성했다. 그리스 시대 이래 서양 철학에서 상정한 타자는 나의 생각이라는 매개를 통해서만 비로소 나의 지평에 출현하는 타자, 결국 나의 생각의 양태일 뿐인 타자, 나의 표상에 불과한 타자에 지나지 않았다. 의식은 본성상 타자를 자기 지평 위의 대상

---

28 위의 책, 126면.
29 교육과학기술부, 앞의 책, 136면.

으로 만들고자 한다. 의식은 타자성의 뇌관을 삭제하고 타자를 하나의 대상으로서 동일자에 포섭하고자 투쟁한다. 인식론적 차원에서 타자에 접근할 경우 타자와 나는 외적 관계밖에는 가질 수 없으며, 그러므로 유아론의 위협에서 숙명적으로 자유로울 수 없다.[30]

본래 인간은 어지간해서는 타자의 본색을 투명하고 온전하게 알기 힘들다. 타자성이란 어떻게 해도 알 수 없는 신비로운 무엇이다. 그런데 주체는 타자를 자신이 이해할 수 있는 무엇으로 만들고자 하는 본성을 숙명적으로 지닌다. 이때 주체가 타자를 자신이 이해 가능한 무엇으로 만든다는 것은 자신의 지평 안에서 타자를 자신의 의식에서 파생된 무엇으로 만든다는 것, 자신의 기존 지식 중에서 타자와 닮은 것을 골라내어 타자에게 연결시킨다는 것이다. 여기에서 '자신의'라는 말이 자주 등장함에 유의할 필요가 있다. 이처럼 타자 인식 과정에서 주체 자신의 의식이나 기존 지식 등 주체의 내면이 결정적으로 중요하게 작동한다. 결국 타자 인식이란 주체 자신의 모상(模像)을 타자에게 덧씌우는 일과 다르지 않다. 주체는 타자에 대하여 자신을 투영한 이미지를 상상했을 뿐인데, 그것으로써 타자를 이해했다고 믿는다. 자신의 인식 범위의 한도 안에서만, 주관적인 의지와 취향이 섞인 자기의 앎을 투영하여 타자를 상상하고는 그것을 타자의 본질이라고 믿어버리

---

30 서동욱, 『차이와 타자』, 문학과지성사, 2000, 205-210면 참조. 우리는 세계 안의 대상을 우리의 것으로 소유한다. 즉 대상을 동일자의 동일성으로 통합한다. 그러나 표상되지 않는 타자는 한정지을 수 없는 것, 곧 무한자다. 사르트르는 주관의 힘이 어떻게도 그의 지평 위에 자리 잡게 할 수 없는, 어떤 표상의 형식 속에서도 거머쥘 수 없는 타자의 현존을 발견하였다. 레비나스 또한 사르트르와 같이, 우리가 표상으로 세울 수 있는 세계 내의 대상과 반대되는 의미로 타자를 나의 힘이 어떻게 한정할 수 없는, 세계에 대해 초월적인 자로 이해한다.(위의 책, 199-206면 참조.)

는 것이다. 여기에서 '타자'를 철학적 의미가 아닌, 일상적 의미로 이해해도 유효하다. 가령 일상에서도 사람들은 자신을 투영한 이미지를 타인에게 부착하고는 그것이 타인의 본색이라고 믿는다. 예컨대 자신의 미덕을 투사해서 타인을 좋은 사람이라고 상상하고, 악덕을 투사해서 타인을 나쁜 사람이라고 상상한다. 타자에 대한 인식과 판단에서 주관성이 차지하는 역할은 막중하다. 타자에 대한 인식과 판단은 결국 자신을 투영한 상상의 산물이며, 자신을 확장한 결과에 불과하다. 이러한 통찰은 동양철학적 사유에서도 발견된다.

한 금강경 해설에 의하면, 사물의 판단은 인간의 의지와 욕망에 의해 추동된다. 인식과 판단은 개인적 집착과 편견의 산물이므로 객관적일 수 없다. 이것은 자아의 감옥과 같다. 사물은 늘 개인의 관심과 목적의 자장 안에 있다. 인간은 자신의 관심, 욕구, 주장, 그리고 권력의 의지를 통해 주변을 인식하고 자신의 세계를 구축하는데, 이 주관적 환상을 있는 그대로의 객관적 세계라며 착각한다. 불행은 여기에서 시작된다. 이렇게 의지와 표상으로 드러나는 주관적 환상이 상(相)이고, 객관적 실재가 법(法)이다. 우리는 자아의 주관적 환상 즉 상(相)의 자장 안에서 그 편견에 의지하며 산다. 이러한 불교의 통찰은 쇼펜하우어의 사상과도 맥이 닿는다. 쇼펜하우어에 의하면 보려는 욕망이 눈을 만들고 들으려는 의지가 귀를 만든다. 세계는 주관적 의식으로부터 파생되었거나 그 활동의 결과다. 즉 법(法)이 아닌 상(相)이 세계를 구성한다.[31] 지각이라는 것 자체가 "자동적으로 무엇인가를 향해 '선호'하는 행동이 포함되어 있고, 자기 이해와 자기 주장, 그리고 자기 강화

---

31 한형조, 『붓다의 치명적 농담』, 문학동네, 2011, 129-137면 참조.

와 자기 확대와 연관되어 있다. 이것은 이기적이지 않기(無我)가 어렵다."[32]

위의 통찰처럼 인간의 지각 자체가 자기 주장을 강화하고 자기를 확대하는 데 이로운 방향으로 편중해서 발생한다. 인간은 사물을 볼 때 사물 그 자체를 투명하게 보지 않고, 자신의 관심, 욕망, 의지, 이해관계를 투사해서 세계를 지각한다. 같은 사건이라도 개개인의 관심사나 이해관계에 따라 다르게 해석된다. 사람은 자기가 보고 싶은 면만을 보고, 그 시각을 결정하는 것은 자기의 취향과 욕구이다. 부처를 보고 싶은 사람은 부처를 보고 돼지를 보고 싶은 사람은 돼지를 본다. 또는 부처가 필요한 사람은 부처를 보고 돼지가 필요한 사람은 돼지를 본다. 또한 사람은 세계에 대한 인식을 결국 자기 강화나 자기 확대의 밑거름으로 사용한다. 즉 무언가를 인식한 결과를 자기의 신념, 취향, 욕망을 강화하는 데 이용한다. 결국 인식은 인식하는 자의 영토를 확장하는 데 봉사한다. 사물과 세계뿐만 아니라 타인의 경우에도 마찬가지다. 사람은 자신의 욕망과 의지를 투사해서 타인을 왜곡해서 인식한다. 가령 자신의 두려움을 투사해서 타인을 미워하며, 소망을 투사해서 타인을 좋아한다. 타인에 대한 인식은 자신의 내면 투사의 산물인 경우가 많다.

이는 「숨은그림찾기」에서 상대방에 대한 '나'와 하 사장의 인식에 모두 적용된다. 하 사장에 대한 '나'의 인식과 판단에는 스스로의 내면 투사가 상당히 크게 작용했다. '나'는 학자로서 깊고 넓은 앎에 대한 욕

---

32 E. Conze, *The Diamond Sutra*, Harper Touchbooks, 1958, p. 35; 한형조, 앞의 책, 134면에서 재인용.

구와 취향을 지녔기에 그 욕구와 취향을 하 사장에게 투사했다. '나'는 하 사장을 "인식의 지평 넓히기를 한사코 거절하는 사람"(189), "대롱으로 세상을 보는 대롱눈"(195)으로 파악했다. 이런 판단에 '내'가 들이민 잣대는 '인식의 지평 넓히는 일에 관심이 있는가' 여부였고, 그 잣대는 앎을 지극히 선호하는 지식인 특유의 취향과 욕구에서 비롯되었다. 즉 하 사장에 대한 '나'의 인식은 투명한 것이 아니라 자신을 투사한 상상의 결과 곧 자신의 연장에 불과했다. 하 사장도 마찬가지다. 그 역시 근검절약에 대한 욕구와 취향을 타인을 인식하는 데 투사했기에 '나'를 흥청망청 돈을 쓰는데다 형편이 좋으면서도 경제적 지원을 마다하지 않은 뻔뻔한 인물로 파악한 것이다. '나'에 대한 하 사장의 인식 역시 자신을 투사한 이미지, 자신의 확장에 불과했다.

이 경우 상대에 대한 판단은 둘 다 투명하다고 할 수 없다. '나'나 하 사장이나 자신에 대한 상대의 인식을 알았을 때 그것이 옳다고 마냥 수긍하기 어려웠을 것이다. 두 가지 인식 모두 있는 그대로 타인에 대한 투명한 앎이 아니라 인식하는 자 자신을 투사한 이미지에 가깝기 때문이다. 또한 두 사람 모두 상대에 대한 인식을 자기 강화와 확대에 이용했을 것이다. 상대의 결점을 비판하면서 자기의 취향과 의지를 확고하게 강화한다는 뜻이다. 예컨대 '나'는 하 사장에 대해 사고의 편협함을 비판적으로 보았는데, 그러면서 사람이란 역시 넓고 깊은 앎을 추구해야 한다는 자신의 가치관의 정당성을 재차 확인하며 자기를 강화했을 것이다. 이처럼 누구나 자신만의 욕구와 취향을 투영하여 타인을 인식하고 판단하며, 인식과 판단은 각자의 자기 강화와 자기 확장에 기여할 뿐 객관적이고 투명하기가 대단히 어렵다. 문학교육은 이러한 통찰을 교육 내용으로 채택할 수 있고, 이때 상기 인문학적 지식을 보조 자료로 사용할 수 있다.

  청소년이 시각과 인식의 자기중심성을 절실하게 깨닫는다면, 그것을 현실 생활에서 다양한 발견으로 발전시킬 수 있다. 구체적으로 마음을 다스리거나 인간관계를 개선하는 데 적용할 수 있다. 가령 누군가에 대한 미움과 비난은 청소년들에게 흔한 상황이며, 청소년의 정신 건강을 위협하는 주요한 요인 중 하나다. 문학교육은 이러한 상황을 상기시키면서 미움 즉 누군가가 나쁘다는 인식과 판단이 과연 투명한 것인지 의문을 제기할 수 있다. 청소년은 누군가가 자신에게 치명적인 해를 끼친다고 생각해서 또는 그가 태생적으로 확실하고도 과도한 악덕을 지녔다고 믿어서 그를 미워하고 비난한다. 그런데 왕왕 그가 생각하는 누군가의 악덕은 자신의 두려움의 투사물 또는 자신의 악덕의 투사물일 수 있다. 그가 비난하는 누군가는 그의 생각만큼 그렇게 나쁜 사람이 아닐 수 있다는 뜻이다. 청소년은 종종 자기만의 시각과 인식에 갇혀 있기에, 타인에 대한 인식과 판단이 자기 자신의 연장이라는 생각에 미처 이르지 못한다. 이때 문학교육이 청소년에게 빈번하게 발생하는 실제 상황을 연상시키고, 앞의 인문학적 자료를 이용하여 시각과 인식의 자기중심성을 상기시킨다면, 청소년이 정신적으로 성장하는 데 도움을 줄 수 있다. 인문교육과 제휴한 문학교육으로 인해 청소년은 문학의 이해, 인문학적 소양의 함양, 자아 성찰, 정신적 성장 등을 한꺼번에 도모할 수 있다.

4. 맺음말

이 논문은 청소년의 현실과 연계하여 그 정신적 성장에 기여하는 문학교육 방안의 축적에 기여하고자 이윤기의 「숨은그림찾기」에 대한 공식적인 문학교육 방식을 검토하고 개선 방안을 제안한다. 이는 얼핏 청소년의 현실과 무관해 보이는 작품에서 청소년 현실과의 연결 고리를 발견하려는 시도이자, 인문교육과 제휴하는 문학교육의 가능성을 탐색하는 일련의 작업의 일환이기도 하다.

공식적인 문학교육은 「숨은그림찾기」의 주제를 타자를 성급히 판단하지 말고 신중히 이해하자는 윤리적 당위로 한정짓는다. 이러한 방향은 타자 이해 교육의 정형성을 따르는데, 이는 학생에게 그다지 유용하지 않고 작품 이해에서 가볍지 않은 혼란을 야기한다. 이 논문은 「숨은그림찾기」에서 인간의 내재적 한계인 시각과 인식의 자기중심성에 주목하기를 제안한다. 이는 청소년의 심리와 연계해서 교육할 지점을 마련한다. 문학교육은 소설의 상황을 통해 청소년의 실제 현실을 연상시키고, 청소년기 자기중심성에 대한 심리학적 지식을 보조 자료로 도입하여 청소년의 자기 이해를 도울 수 있다. 이 논문은 인문교육과 문학교육의 제휴의 가치를 지지하며, 문학교육에 활용 가능한 인문교육 자료의 축적에 기여하고자 시각과 인식의 자기중심성에 관한 동서양 철학에서의 성찰을 참고 자료로 제시한다. 이러한 인문학적 지식의 도움으로 청소년은 당면한 현실적 문제에 대한 통찰력을 기르고 마음을 다스릴 수 있다.

교육 내용을 제안할 때 뒤따르는 오해가 있다. 논의한 사항을 남김없이 교실에서 구현해야 한다는 전제이다. 이 전제에 따르면 지금까지 논구한 사안은 한두 차시 안에 소화하기 힘든 비현실적인 교육 내용이 될 것이다. 그러나 이 논문의 작업은 모든 학생이 반드시 도달해야 할 학습목표를 제안한 것이 아니라 교육 현장을 풍성하게 만들기 위해서 참고 자료를 제시한 것에 가깝다. 본문에서 청소년의 현실과 연계한 교육방안의 축적, 문학교육과 접목할 인문교육 자료의 축적이 시급한 과제라고 논했거니와, 이 연구결과가 예의 방안과 자료의 축적에 조금이나마 기여하고 교육 현장에 부분적으로라도 참조점을 제시한다면 더 바랄 나위가 없다.

문학교육 텍스트로서 한강의 「채식주의자」

1. 머리말

주지하다시피 한강의 연작소설 『채식주의자』는 2016년 맨부커 인터 네셔널 부문 수상작이다. 작가 한강은 뒤이어 2017년 장편소설 『소년 이 온다』로 이탈리아의 말라파르테 문학상을 수상했다. 한강은 현재 한국 작가들 중에서는 아마도 세계적으로 가장 뜨거운 관심을 받는 작 가일 것이다. 한강의 국제적인 지명도에 문학교육도 무심하지 않아서 2015 개정 교육과정에 따른 고등학교 문학 교과서는 『채식주의자』 중 첫 번째 연작인 「채식주의자」를 수록하였다. 『채식주의자』 중의 한 작 품이 문학 교과서에 수록된 것은 이번이 처음이다.

이는 환영할 만한 일이 아닐 수 없다. 작품의 풍부한 문학교육적 가 치에도 불구하고, 그 파격성과 도발성 때문에 교과서 진입이 쉽지 않 으리라는 세간의 편견을 뒤집는 개혁적인 처사라 할 수 있다. 이는 도 덕적이고 무난한 작품을 수록해야 한다는 교과서 편찬계의 암묵적인 이데올로기를 파쇄한 면에서 더욱 바람직하다. 예의 이데올로기는 학생의 내면과 소통하고 그 정신적 성장을 돕는 문학교육 혹은 학생에게 현실적으로 유용하고 심리적으로 풍부한 효과를 산출하는 문학교육의 실현을 가로막는 장벽이기 때문이다.[1] 아마도 이런 혁명적 처사는 이 작품의 국제적 유명세에 힘입은 바 클 것이다. 그렇다면 교과서 편찬 진으로 하여금 교과서 제작의 편협한 룰을 혁파하게 한 이 작품의 유명세에 감사할 일이다.

그러나 「채식주의자」의 교과서 구현 양상은 적절한가. 그 교육방안은 과연 학생들의 성장에 유용하도록 설계되었는가. 이 논문은 이 질문에서부터 시작한다. 이 논문은 중편소설 「채식주의자」의 교과서 구현 방식을 살펴보고, 적절한 교육방안을 제시하고자 한다. 특히 청소년의 현실적인 문제와 소통하며 그 마음을 어루만지는 교육방안을 제안하려고 하는데, 이는 청소년의 정신적 성장과 심리 치유에 기여하는 교육방안을 개발하는 일련의 작업 중의 하나이기도 하다.

「채식주의자」를 문학교육 측면에서 고찰한 연구는 아직 제출되지 않았다. 작품의 유명세만큼 다양한 연구성과들이 제출되었으나 아직까지 작품론의 수준에 머무른다.[2] 따라서 이 논문은 「채식주의자」의

---

1   문학 교과서의 과도한 도덕 지향성에 관해서는 박수현, 「도덕과 문학교육-2011 개정 교육과정에 따른 고등학교 문학 교과서 고찰」, 『어문론집』 64, 중앙어문학회, 2015 참조. 이 논문은 특히 교과서에 도덕적이고 교훈적인 제재가 대거 수록되었다는 점을 지적한다.(위의 글, 474-475면 참조.) 김창원도 문학 교과서가 지나치게 보수적이어서 새로운 작품을 발굴하는 데 인색하다고 지적한다.(김창원, 「문학교육의 성격과 문학 교과서의 지향-제7차 고등학교 「문학」 교과서의 점검과 논의」, 『국어교육학연구』 27, 국어교육학회, 2006, 199면 참조.) 문학교육이 과도한 도덕 지향성을 탈피하여 학생의 현실적 고민과 소통할 제재 또는 방안을 발굴해야 한다는 논의는 박수현, 앞의 글 참조.
2   한강의 『채식주의자』에만 주목한 본격적인 학술논문은 다음과 같다. 정미숙, 「욕망, 무너지기 쉬운 절대성-한강 연작소설 『채식주의자』의 욕망분석」, 『코기토』 64, 부산대 인문

문학교육적 적용을 모색하는 첫 번째 연구로서 의의를 지닐 것이다. 이 작품에서 가부장적 폭력 나아가 살생을 내면화한 육식 문화 전반에 대한 저항, 그리고 남녀 이분법을 넘어 모든 생명의 생존 본능을 되살리고자 하는 열망에 주목한 페미니즘/에코페미니즘적인 접근과 개의 살생이라는 트라우마의 발현 양상에 주목한 정신분석학적 접근이 선행연구의 대종을 이룬다. 최근에는 이 작품에 드러난 폭력을 남성적·문명적 폭력으로 한정한다기보다 인간 본연의 폭력성으로 봐야 한다는 연구가 제출되었다. 이들은 이 작품에서 "인간 본연의 잔혹성에 대한 인지와 그 극복 의지"[3] 혹은 "인간의 섭생으로 인한 본질적 폭력성"[4]에 대한 거부 등의 주제에 주목한다.

본 논문은 「채식주의자」에 인간 본연의 폭력성에 대한 저항이 드러

학연구소, 2008; 한귀은, 「외상의 (탈)역전이 서사-한강의 『채식주의자』 연작에 관하여」, 『배달말』 43, 배달말학회, 2008; 이찬규·이은지, 「한강의 작품 속에 나타난 에코페미니즘 연구-『채식주의자』를 중심으로」, 『인문과학』 46, 성균관대 인문학연구원, 2010; 신수정, 「한강 소설에 나타나는 '채식'의 의미-『채식주의자』를 중심으로」, 『문학과환경』 9-2, 문학과환경학회, 2010; 김지훈, 「한강의 『채식주의자』에 나타난 자기서사와 자기실현의 문제-서사의 주체를 중심으로」, 『한민족어문학』 73, 한민족어문학회, 2016; 오정란, 「한강 『채식주의자』의 언어기호론적 해석」, 『인문언어』 18, 국제언어인문학회, 2016; 조윤정, 「한강의 『채식주의자』에 나타나는 인간의 섭생과 트라우마」, 『인문과학』 64, 성균관대 인문학연구원, 2017; 오은영, 「한강의 『채식주의자』-'나'로부터의 탈출은 가능한가?」, 『세계문학비교연구』 59, 세계문학비교학회, 2017; 배병훈, 「한강의 『채식주의자』에 나타난 '근원적 상실'과 우울·자살충동의 상관관계 연구-로버트 제이 리프턴의 '형성화' 개념을 중심으로」, 『문학과종교』 22-3, 한국문학과종교학회, 2017; 김용남, 「한강 「채식주의자」 속 이미지 연구-폭력적 이미지를 중심으로」, 『한국문화기술』 24, 단국대 한국문화기술연구소, 2018; 심진경, 「변신하는 주체와 심리적 현실로서의 환상-한강의 『채식주의자』를 중심으로」, 『세계문학비교연구』 65, 세계문학비교학회, 2018; 이상우, 「한강의 『채식주의자』에 나타난 실재계 연구」, 『한국언어문학』 108, 한국언어문학회, 2019.

3 오정란, 앞의 글, 186면.
4 조윤정, 앞의 글, 8면.

난다는 몇몇 선행연구들의 의견과 맥을 함께 하지만, 특히 '일상의 폭력들'에 주목하려고 한다. 인간 본연의 폭력성에 주목한 선행연구들은 문학교육적 고려를 전혀 하지 않았고, 이에 따르는 당연한 문제지만 청소년의 현실과의 연결 고리를 제시하지 않았다. 또한 일상의 폭력성이 드러난 구체적인 장면에 대해 숙고하지 않았고 구체적으로 어떤 폭력들이 드러나는지 세목화하지 않았다. 청소년의 심리와 연계된 문학교육을 구상하기 위해서는 작품에 드러난 폭력의 유형에 대한 세밀한 고찰이 필요하다. 본 논문은 「채식주의자」에 문학교육적 시각으로 접근하며, 작품에 드러난 일상의 폭력들의 세부를 세밀하게 고찰하고, 그 각각을 청소년의 현실과 심리 치유에 접목할 방안을 제시한다는 점에서 선행연구들과 차별된다.

「채식주의자」의 교육방안을 제안할 때 문학교육이 청소년의 정신적 성장과 심리 치유에 기여해야 한다는 명제를 원칙으로 삼고자 한다. 이 원칙은 적지 않은 연구자들의 동의를 얻고 있지만 문제는 구체적인 방안의 축적이다. 청소년들의 현실적인 고민과 소통하며, 그들의 실제 삶과 높은 연관성을 유지한 채 그들의 정신적 성장과 심리 치유를 돕는 문학교육 방안의 개발이 시급하다.[5] 이를 위해 교과서 수록 소설의 교육 방식을 재검토하여 청소년의 정신적 성장에 기여하는 새로운 교육방안을 제안하는 작업과 청소년의 심리와 보다 적극적으로 소통할 수 있는 새로운 제재를 발굴하는 작업이 필요하다. 즉 방안의 갱신이나 제재의 갱신이 필요한 상황인데, 이 논문은 우선 첫 번째 계열

5　청소년의 정신적 성장과 심리 치유를 위한 문학교육의 가치와 필요성에 관한 예증은 박수현, 앞의 글 참조.

즉 방안 갱신 작업의 일환으로 기획된다. 한편 교육방안 구안 시 학생들이 작중인물의 심리에 공감하면서 고통의 보편성을 느끼고 자신의 혼란스러운 심리를 명료히 인식하며 그 원인을 통찰하면서 치유한다는 기제를 고려한다. 또한 심리학적 지식을 문학교육의 참고 자료로서 적극적으로 사용할 것을 제안한다.[6]

　구체적으로 이 논문은 「채식주의자」에서 청소년들이 맞닥뜨리는 일상의 폭력 나아가 학교 폭력의 문제와 연계하여 교육할 지점을 발굴하여, 그것을 토대로 교육방안을 제안하고자 한다. 「채식주의자」는 작품 내적으로 청소년의 현실과 심리에 공명을 일으킬 만한 지점을 다수 내장하나, 문학교육은 이를 간과했다. 작품이 워낙 국제적인 지명도를 얻고 있다 보니, 문학교육은 작품의 세계적인 유명세만을 고려한 교육방안을 제시한다. 이는 작품 자체의 풍부한 교육적 가능성을 고려하면 아쉬운 일이 아닐 수 없다. 그 국제적인 유명세가 오히려 이 작품과 청소년 현실의 소통 가능성을 방해한 셈이다. 작품 내적으로 청소년의 심리에 공명할 교육방안을 본격적으로 논하기 전에 우선 현행 교과서에서 이 작품을 어떤 방식으로 교육하는지 살펴보고자 한다.

6　소설을 통한 심리 치유가 일어나는 기제와 문학교육에서 심리학적 지식 사용의 효용성에 관한 자세한 논의는 박수현, 「청소년의 연애 심리 치유를 위한 문학교육 방안 연구」, 『한국어문교육』 25, 고려대 한국어문교육연구소, 2018 참조.

2. 교과서에 구현된 「채식주의자」

이 장에서는 「채식주의자」의 공식적인 교육 방식을 고찰하기 위해서 현행 문학 교과서에 이 작품이 구현된 양상을 살펴본다. 「채식주의자」는 2015 개정 교육과정에 따른 고등학교 문학 교과서들 중 한 권[7]에 수록되었다. 이 교과서에서 「채식주의자」가 실린 대단원과 중단원, 그에 따른 학습목표와 성취기준은 다음과 같다.

대단원	Ⅳ. 한국 문학의 위상
중단원	3. 한국 문학의 다양성과 역동성
학습 목표	세계화 및 변화의 양상을 중심으로 한국 문학의 역동적인 미래를 탐구한다.
성취 기준	[12문학03-06] 지역 문학과 한민족 문학, 전통적 문학과 현대적 문학 등 다양한 양태를 중심으로 한국 문학의 발전상을 탐구한다.

위에서 보듯 「채식주의자」는 한국 문학의 발전상을 탐구한다는 다소 거창한 성취기준과 더불어 교과서에 진입했다. 이 성취기준은 2015 개정 교육과정에 새로이 등장했다. 성취기준 해설은 "공간적으로는 국가 단위의 한국 문학에만 국한하지 않고 지역 문화의 총체로서 한국 문학을 이해하"[8]며, "시간적으로는 문자로 기록된 전통적인 문학과 디지털화된 새로운 문학의 관계 및 변화 양상 등을 다양하게 살펴보고 미래의 한국 문학이 나아갈 바를 탐색해 보도록 지도한다"[9]고 안내한

---

7 김동환 외, 『고등학교 문학』, 천재교과서, 2019.
8 교육부, 『국어과 교육과정: 교육부 고시 제2015-74호 [별책5]』, 2015, 129면.
9 위의 책, 129면.

다. 즉 한국 문학의 발전상을 탐구한다는 성취기준은 공간적 의미와 시간적 의미를 지니는데, 공간적으로는 한국 문학의 세계화를 지향하고 시간적으로는 디지털 시대 미래 한국 문학의 향방을 탐색하자는 취지를 가진다고 이해해도 무방할 것이다.

위의 학습목표와 성취기준만 봐서는 교과서가 「채식주의자」를 통해 무엇을 어떻게 교육하는지 짐작하기가 쉽지 않다. 보다 구체적인 교육 방식을 알아보기 위해서 교과서의 학습활동과 교사용 지도서의 예시 답안을 참조하고자 한다. 작품에 대한 교육 방식을 가장 뚜렷하게 확인하는 경로는 학습활동이다. 교과서 저자들은 성취기준을 염두에 두고 그것을 효율적으로 실현할 수 있게 학습활동을 제작한다. 성취기준은 학습활동의 방향과 양상을 설정할 때 근간에 놓인 그야말로 기준이다. 성취기준은 학습활동을 산출한 모태이며, 학습활동은 성취기준을 구체적으로 구현하는 육체라고 할 수 있다. 실제 교육 현장에서도 많은 교사들이 학습활동을 중심으로 수업을 전개하므로, 학습활동은 수업 진행의 중추라고도 할 수 있다.[10]

교과서는 「채식주의자」에 따른 학습활동으로 크게 다섯 문항을 제시한다. 그 중 1번은 단순히 작품 내용의 이해를 돕는 활동이고, 5번은 작품과의 연관성이 희박한 응용 차원의 활동이라 논의를 생략한다. 주목을 요하는 활동은 2번, 3번, 4번으로 다음과 같다.

---

[10] 유사한 맥락에서 김창원은 이렇게 논한다. "문학 교과서에서 학습 활동을 어떻게 짜는지의 문제는 문학교육을 통해 무엇을 달성하고자 하는가의 문제와 직접 연관된다. 같은 작품이라도 초점을 달리해서 활동 계획을 짤 수 있고, 그에 따라 최종 결과도 달라지기 때문이다."(김창원, 앞의 글, 200면.)

2. 영혜와 등장인물들의 태도와 관련하여 아래 활동을 해 보자.

(1) 주위 사람들이 영혜를 바라보는 관점에 어떤 문제가 있는지 말해
보자.

(2) 주위 사람들의 생각을 전혀 고려하지 않고 행동하는 영혜의 태도
를 긍정적인 측면과 부정적인 측면으로 나누어 분석해 보자.

3. 다음 자료는 이 작품이 외국의 문학상을 받은 소식을 전하는 기사들이
다. 이를 참고하여 아래 활동을 해 보자.(자료 생략)

(1) 외국인들이 이 작품을 높이 평가하고 있는 이유를 정리해 보자.

(2) 한국 문학을 세계에 알리는 데 번역이 중요한 역할을 한다는 주장
을 어떻게 생각하는지 말해 보자.

(3) (1), (2)를 참고하여 한국 문학의 세계화를 위해서는 어떤 노력이
필요할지 이야기해 보자.

4. 다음은 전자책으로 출판된 이 작품의 소개 문구 및 화면의 일부이다.
전자책의 특성에 주목해서 살펴보고 아래 활동을 해 보자.(자료 생략)

(1) 종이책을 읽을 때와 전자책의 음성으로 들을 때 어떤 차이가 있을
지 말해 보자.

(2) 전통적인 감상 활동과 비교할 때 전자책을 통한 감상 활동의 장점
이 무엇일지 이야기해 보자.

(3) 앞으로 새로운 문학이 나타난다면 어떤 모습이 될지 친구들과 의
견을 나누어 보자.[11]

전통적으로 교과서 저자들은 단원의 성취기준에 가장 부합하는 활

---

11 김동환 외, 앞의 책, 322-324면.

동을 일련의 활동들 중에서 중앙에 배치한다. 위에서도 성취기준에 합치하는 활동은 3-(1), 3-(2), 3-(3)이다. 이들은 "지역 문학과 한민족 문학, 전통적 문학과 현대적 문학 등 다양한 양태를 중심으로 한국 문학의 발전상을 탐구한다"[12문학03-06]는 성취기준에 의거하여 제작된 활동들이다. 구체적으로 이 활동들은 외국인들이 이 작품을 높게 평가하는 이유, 한국 문학의 세계화를 위해 필요한 노력 등을 묻고 있다. 이는 상기 성취기준의 공간적·시간적 의미 중에서 공간적 의미를 구현한다. 즉 한국 문학의 세계화를 통한 발전상을 모색하도록 고안된 활동인 것이다. 「채식주의자」의 외국에서의 성공과 지명도를 고려하면 이 작품을 토대로 한국 문학의 세계적 발전상을 탐색하자는 취지는 수긍할 만하다.

하지만 고등학생들이 한국 문학의 세계화 방안을 고민하는 것이 긴요한가 하는 의문을 피할 수 없다. 상기 활동에 대한 예시 답안을 살펴보면 의문은 보다 확대된다. 외국인들이 이 작품을 높게 평가하는 이유를 묻는 활동 3-(1)에 대한 예시 답안은 다음과 같다. "간결하고 서정적이면서도 날카로운 문체로 개인을 옭아매는 모든 관습과 폭력적인 삶에 대한 거부, 삶과 죽음이라는 인간 본연의 보편적인 문제를 주제로 다루면서도 한국 문화의 고유성의 관점을 잘 유지하고 있기 때문이다."[12] 요컨대 「채식주의자」가 인간 본연의 보편적인 문제를 다루면서도 한국 문화의 고유성을 잘 유지하기에 외국인들에게 높게 평가받았다는 것이다.

이 답안의 교육에서의 적절성은 후술하기로 하고, 그 신빙성부터

---

[12] 김동환 외, 『고등학교 문학 교사용 지도서: 하』, 천재교과서, 2019, 371면.

논하자면 적지 않은 문제를 발견할 수 있다. 이 예시 답안이 제시하듯 「채식주의자」에 인간의 보편적 문제가 드러난다는 의견은 수긍할 만하지만 한국 문화의 고유성이 나타난다는 해석은 이해하기 어렵다. 「채식주의자」에는 한국 문화의 특수성이 별다르게 나타나지 않는다. 교과서에 제시된 주제인 '소수의 취향에 대한 다수의 불인정' 즉 다수의 횡포는 전 세계 어디서나 목도되는 보편적인 현상이다. 이는 "한국 문학과 외국 문학을 비교해서 읽고 한국 문학의 보편성과 특수성을 파악한다"[12문학03-05]는 유서 깊은 성취기준에서 파생된 해석 관습을 어색하게 그리고 습관적으로 추수하고 복사한 결과 나타난 부정확한 해석이다.[13] 예의 성취기준에 부합하기 위해서 작품에서 한국 문학의 특수성을 간취해야 한다는 강박에서 비롯된 오독인 셈이다.

한편 한국 문학의 세계화를 위해서 필요한 노력을 묻는 활동 3-(3)에 대한 예시 답안은 다음과 같다. "세계인이 공감할 만한 소재를 적용하여 우리 문화의 고유성을 잘 담아낸 작품을 다른 언어를 쓰는 사람

---

13 조혜숙에 따르면, 한국 문학을 세계 문학과 연결하여 '한국 문학의 보편성과 특수성'을 학습 내용으로 설정한 것은 4차 교육과정부터다. 이후 5차·6차·7차 교육과정, 2009 개정·2011 개정 교육과정을 통해 '보편성과 특수성' 개념은 면면히 교육과정에 등장했다. 1960년대 이후 국문학계에서는 자생적 근대화를 입증하여 민족 문화의 가치를 발견하려는 노력이 지대했다. 이는 한국 문학의 주변부성을 극복하기 위한 노력의 일부였다. 세계 문학과의 관련 속에서 한국 문학을 이해하려는 것은 일종의 콤플렉스 극복 시도였다. 식민지 시대를 거치면서 한국 문화의 민족적 정체성이나 자긍심 확립에 대한 고민이 지대했는데, 이 고민의 결과가 우리 교육과정에만 나타나는 '보편성과 특수성'이라는 개념이다. 이는 한국 문학을 일관되고 동일한 성격을 가진 고유한 것으로 규정한다는 점, 국민 혹은 민족이라는 개념이 배타성을 지닐 수 있다는 점 등에서 문제적이다. '한국 문학의 특수성'을 학습 내용으로 삼는 것은 바람직하지 않다.(조혜숙, 「문학 교육과정 성취기준 중 '보편성과 특수성' 개념에 관한 연구」, 『한국어문교육』 19, 고려대 한국어문교육연구소, 2016, 72-87면 참조.) 이러한 조혜숙의 관점에 본 논문은 대체적으로 동의한다.

들이 잘 이해할 수 있도록 번역해 내야 한다."[14] 요컨대 한국 문학의 세계화를 위해서 보편성과 특수성을 고루 갖춘 작품을 잘 번역해야 한다는 것이다. 한국 문학의 세계화라는 중차대한 문제에 대한 복안으로는 지나치게 상투적이고 소략하다. 그런데 고등학생 입장에서 이 이상으로 참신하고 심오한 복안을 제시할 수 있을까. 더욱이 경제나 사회 수업이 아닌 문학 수업에서 말이다.

사실 답변의 질보다 더 문제되는 것은 질문 자체의 적정성이다. 한국 문학의 세계화 방안을 고등학생에게 고민하라고 주문하는 것 자체가 무리해 보인다. 이 과제는 고등학생의 능력을 벗어난다. 고등학생은 번역을 잘 해야 한다는 등 상투적인 답밖에 내어놓을 것이 없는데, 그런 상투적 답안을 반복하는 것은 교육적으로 그다지 의미 없다. 그것은 성공적인 경우 학생의 행정가·사업가적 상상력을 계발할 수 있을지언정 문학의 본질적 기능과 연관된 효과를 산출하지는 못한다. 한국 문학이 해외에서 인정받은 이유에 대한 분석과 해외에서 성공을 거두기 위한 발전 전략에 대한 고민은 정책 입안자나 출판 사업가들의 몫으로 보인다. 고등학생 입장에서 이 문제의식은 유용하지도 적절하지도 않다. 무엇보다 이 질문은 문학의 본질과 무관하다. 즉 학생이 작품을 더 잘 이해하거나 작품과 자신의 삶을 연계시켜 정신적으로 성장하거나 고통을 치유하거나 문학의 본질을 깨닫는 등 유용한 결실을 얻는 데 상기 질문은 하등 기여하지 못한다.

활동 4는 종이책과 전자책의 차이, 전자책을 통한 감상 활동의 장점, 미래의 새로운 문학의 모습에 관해서 질문한다. 이는 위에서 논한

---

14 김동환 외, 『고등학교 문학 교사용 지도서: 하』, 372면.

성취기준의 시간적 차원을 고려하여, 디지털화된 새로운 문학을 살펴보고 미래의 한국 문학의 모습을 상상하자는 취지로 제작된 활동이다. 지도서는 미래의 문학작품이 "전자책 형태로 출간되는 경우가 많아지고, 멀티미디어를 기반으로 한 변형된 양식의 문학 작품 창작도 빈번하게 이루어질 것이다"[15]라는 예시 답안을 제시한다. 이 역시 누구나 상상할 수 있는 상투적인 답안이다. 이 활동 또한 고등학생에게 유용하지도 적절하지도 않으며, 문학의 본연적 기능에 입각한 교육과 무관해 보인다. 학생들이 앞날의 한국 문학의 모습을 그 매체 차원에서 상상해 본다 한들 심리적·정신적으로 얻을 것이 많지 않아 보인다. 한국 문학의 세계화 전략이라는 문제의식이 교육적으로 공허한 만큼, 미래의 한국 문학에 대한 상상이라는 화두 역시 공허하다.

무엇보다 이는 「채식주의자」의 풍부한 교육적 가능성, 즉 학생의 현실적 심리와 교감하면서 정신적 성장을 도울 수 있는 가능성을 놓치고 있기에 아쉽다. 교과서 저자들은 「채식주의자」의 해외에서의 성공이라는 작품 외적 사실만 지나치게 조명한 나머지 작품의 다른 가치를 간과한다. 국제적 지명도라는 축복이 작품의 교육에서는 오히려 걸림돌로 작용한 셈이다. 세계적 명성이라는 작품 외적 사실에 대한 편파적 조명보다는 작품 내적으로 청소년 심리와 소통할 지점에 주목하는 교육방안의 개발이 절실히 필요하다.

활동 2는 그나마 작품 내적으로 유의미한 접근을 시도한다. 주위 사람들이 영혜를 바라보는 관점의 문제점을 묻는 활동 2에 관한 지도서의 예시 답안은 다음과 같다. "주위 사람들은 모두 육식을 허용하는 삶

---

15 위의 책, 372면.

의 태도를 지니고 있기 때문에 채식을 고수하는 영혜에 비해 다수를 차지하고 있다. 다수의 사람들이 소수의 사람들에게 가하는 이질성에 대한 거부는 비록 물리적인 폭력은 아닐지라도 심리적 압박이자 폭력으로 작용할 수 있다."[16] 요컨대 이 작품에 이질적인 소수를 거부하고 배제하는 다수의 폭력이 드러난다는 것이다. 이것은 교과서가 작품 해설 등을 통해 명시한 주제이기도 하다. 이는 작품에 내장된 주요한 주제들 중 하나로, 상기 독법은 오독이라고 할 수 없다.

하지만 아쉬운 점이 없지 않다. 현실에서도 많은 청소년들이 소수자의 취향이나 의지를 지녔다는 이유로 다수에 의해 배제되고, 소외감으로 상처받는다. 이런 현실을 고려하면, 상기 주제는 교육 방식에 따라 학생들의 현실과 교감할 여지를 다채롭고 깊게 마련해 줄 수 있다. 하지만 교과서는 비록 주제를 잘 짚어내기는 했지만, 그 주제와 학생의 심리적 현실과 연결할 고리를 마련하지는 아니한다. 학생의 심리적 현실과의 교감은 한국 문학의 발전상을 탐구하자는 성취기준과 무관하고, 이 작품은 한국 문학의 발전상을 증언하는 예시로서만 지나치게 조명받고 있기 때문이다.

그나마 작품의 주제를 학생의 삶과 연결하도록 고안된 문항은 주위 사람들을 고려하지 않고 행동하는 영혜의 태도의 긍정성과 부정성을 분석하라는 활동 2-(2)이다. 긍정성으로 "자신의 삶에 대한 주체적인 태도", 부정성으로 "주위 사람들과 더불어 어울려 사는 포용적 태도"의 "결여"[17]를 제시하는 예시 답안에서도 알 수 있듯이, 이 질문에 대

---

16 위의 책, 371면.
17 위의 책, 371면.

한 대답으로 상식적인 도덕 차원 이상의 것이 나오기 힘들다. 이 활동은 「채식주의자」와 학생의 실제 삶의 연결 고리를 만들기 위해서 영혜의 도덕성에 대한 판단을 요구하는데, 영혜의 도덕성은 「채식주의자」에서 전혀 중요하지 않은 문제이다. 인물의 도덕성에 대한 판단은 우리나라에서 유서 깊은 문학적 도덕주의에서 비롯된 문제의식이나, 청소년의 정신적 성장에는 오히려 해로운 화두다. 인물의 도덕성을 판단하는 학습은 상투적 도덕의 공허한 재확인에 그칠 뿐더러, 문학을 통한 도덕의 주입은 학생들에게 문학이 자신의 삶과 관련 없는 공자님 말씀이라는 왜곡된 인식을 심어 줄 뿐 아니라, 자신의 고통에 대한 죄책감이나 소외감을 유발한다.[18] 청소년의 심리 치유를 위해서는 차라리 영혜처럼 소수의 취향을 고집해서 배제되었던 경험이나 소외감에 괴로웠던 경험을 이야기하자는 활동이 요긴해 보인다.

「채식주의자」는 학생의 심리적 현실과 교감할 여지를 폭넓게 마련한다. 이를 고려하면, 그 파격성과 도발성에도 불구하고 교과서가 오랜 도덕적 강박을 혁파하고 이 작품을 제재로 사용한 사실은 고무적이다. 하지만 현재 이 작품의 교육 방식은 한국 문학의 발전상을 모색하자는 공허한 성취기준에 종속되어서, 학생의 심리적 현실과 소통할 여지를 마련하지 못한다. 이는 교육방안의 문제라기보다 성취기준 자체의 문제인지도 모른다. 한국 문학의 발전상을 모색하자는 성취기준은 문학 외적 사실에 주목한 것으로서 문학교육의 본질과 무관하다. 그것은 청소년이 문학의 본질적 기능을 깨닫거나 문학을 경유하여 자아를 성찰하고 통찰력을 기르며 스스로를 치유하거나 문학 애호의 심성을

---

18 도덕을 강요하는 문학교육의 폐해에 관해서는 박수현, 「도덕과 문학교육」 참조.

기르거나 그 어느 유용한 가치에도 기여하지 못한다.

3. 청소년의 심리적 현실과 연계한 교육방안

이 장에서는 「채식주의자」를 텍스트로, 학생의 심리적 현실과 깊게 교
감하는 교육방안을 제안하고자 한다. 이를 위해서 일단 이 작품에서
학생의 심리적 현실과 접속하는 요인이 무엇인지 조명하고, 이후 이
를 근간으로 청소년의 심리 치유를 도모하는 교육방안을 제안하려고
한다. 이 과정에서 청소년의 현실을 설명하면서 심리학적 지식을 다
소 참조할 것인데, 이는 본 논의를 정당화하기 위함이기도 하지만 교
육 현장에서의 쓸모를 고려해서이기도 하다. 전술한 바 이 논문은 향
후 문학교육에서 심리학적 지식의 도입을 지지하므로, 언급된 심리학
적 지식이 교육 현장에서 참고 자료로 활용되기를 소망한다.

1) 텍스트와 청소년 심리/현실의 접점
심리 치유와 정신적 성장에 기여하는 교육방안 구안에서 텍스트와 청
소년의 심리/현실이 만나는 접점을 발견하는 것은 핵심적인 사안이
다. 실은 이 접점만 찾아내면, 구안 작업은 반 이상 수행한 것이나 다
름없다. 이 절에서는 「채식주의자」에서 청소년의 현실이나 심리에 공
명할 연결 고리를 발견하는 데 주력한다. 이 논문이 주목한 연결 고리
는 텍스트에 나타난 '일상의 폭력들'이다. 이 논문은 「채식주의자」에
인간 본연의 폭력성에 대한 거부가 나타난다는 선행연구[19]와 맥을 같
이 하지만, 방향을 조금 틀어서 인간 본연의 폭력성보다 일상의 폭력

들이 나타나는 다양한 정황에 더 초점을 맞춘다. 인간의 폭력성에 대한 추상적인 성찰보다 그것이 드러나는 구체적이고 현실적인 상황을 고려해야 청소년 현실과의 심리적 접점을 마련하기가 보다 용이해지기 때문이다. 우선 다음에서 「채식주의자」에 드러난 일상의 폭력들을 세목화하고 그것을 청소년 사회에서의 폭력과 연관지어 고찰하려고 한다.[20]

(1) 거친 말 또는 언어 폭력

영혜의 채식 고집은 모종의 꿈 때문이고, 꿈꾸기는 남편의 거친 말 때문에 시작되었다. 즉 영혜는 남편의 거친 언사 때문에 갑자기 일상의 폭력을 견딜 수 없어졌고, 그래서 광적인 채식에 빠져들었다. 아래 장면에서 남편은 영혜에게 사나운 말을 서슴없이 내뱉는다. 비단 아래 장면에서가 아니더라도 남편은 냉랭한 말을 일상적으로 사용한다.

> ⑦ 그 꿈을 꾸기 전날 아침 난 얼어붙은 고기를 썰고 있었지. 당신이 화를 내며 재촉했어.
>
> 제기랄, 그렇게 꾸물대고 있을 거야?
>
> 알지, 당신이 서두를 때면 나는 정신을 못 차리지, 다른 사람이 된 것

---

19 오정란, 앞의 글; 조윤정, 앞의 글.

20 필자는 이전에 「채식주의자」에 관한 짧은 칼럼을 시사주간지에 게재한 바 있다.(박수현, 「진보는 상처받은 마음에서 비롯된다」, 『한겨레 21』, 한겨레신문(주), 2018.12.17.) 다음의 논의는 위의 글과 유사한 얼개를 가진다. 하지만 본 논문은 문학 교과서를 고찰하고, 문학교육적 고려 아래 작품을 분석하며, 청소년의 심리적 현실에 관해 다방면으로 조사·연구하고, 문학교육 방안을 제안한 점에서 위의 글과 차별된다. 무엇보다 위의 글은 본격 학술 논의가 아니며, 대중 독자를 상대로 한 짧은 글이다.

처럼 허둥대고, 그래서 오히려 일들이 뒤엉키지. 빨리, 더 빨리. 칼을

쥔 손이 바빠서 목덜미가 뜨거워졌어. 갑자기 도마가 앞으로 밀렸어.

손가락을 벤 것, 식칼의 이가 나간 건 그 찰나야. (중략)

두 번째로 집은 불고기를 우물거리다가 당신은 입에 든 걸 뱉어냈지.

반짝이는 걸 골라 들고 고함을 질렀지.

뭐야, 이건! 칼조각 아냐!

일그러진 얼굴로 날뛰는 당신을 나는 우두커니 바라보았어.

그냥 삼켰으면 어쩔 뻔했어! 죽을 뻔했잖아!(26-27)[21]

    (가)는 비단 남편의 폭력적인 성품을 보여줄 뿐 아니라, 일상에 만연한 폭력의 한 양태를 제시한다. 일상은 모질고 사나운 말로 가득 차 있다. 모질고 사나운 말은 사람들이 그것에 더 이상 문제의식을 느끼지 않을 만큼 일상화되어 있지만 폭력임에는 틀림없다. 사람들은 거친 말로써 강해 보이고자 하며, 권력의 위계구도에서 수위를 차지하고 싶어한다. 평화와 평등에의 의지보다 타인을 굴복시키려는 권력욕이 거친 언사를 추동한다.

    영혜가 남편의 거친 말 때문에 인간의 폭력성을 견딜 수 없어서 광적인 채식에 빠져들었다니, 혹자는 영혜가 과하다 생각할지 모른다. 하지만 성정이 여린 어떤 사람에게 사나운 말 한마디는 무시무시한 파괴력을 발휘한다. 때로 그것은 삶에의 의지까지 앗아갈 수도 있다. 특

---

21 텍스트는 다음과 같다. 한강, 「채식주의자」, 『채식주의자』, 창비, 2017. 앞으로 이 책에서 인용 시 인용문 말미에 면수만을 표기한다. 텍스트에 이탤릭체로 표기된 부분은 이 논문에서도 그대로 이탤릭체로 쓰기로 한다.

히 청소년은 대개 성인보다 예민한 감수성을 가지고 있기에, 폭력적인 말 한 마디의 위험에 더 가까이 노출되어 있다. 바로 여기에서 이 소설과 청소년 심리의 접점을 발견할 수 있다.

중고등학교에서도 학생들의 거친 말은 만연해 있다. 심한 경우 거친 말은 학교 폭력의 수준으로 비화한다. "위협하거나 모욕적인 말, 비아냥이거나 조롱의 말"[22] 등은 언어 폭력에 해당하며, 언어 폭력은 학교 폭력의 대표적인 양태이다. 요사이 큰 문제로 부상한 사이버 폭력 중 첫 자리에 놓이는 것도 "공격적 문자·메일 보내기, 협박·조롱하기, 욕설로 싸움하기(모욕하기)"[23] 등 언어 폭력이다. 한편 욕설은 청소년들의 전형적인 의사소통 방법이자 고유한 언어문화로 인식될 정도로 심각하게 보편화되어 있다.[24] 욕은 듣는 사람에게 자존감을 떨어뜨리고 마음을 우울하게 하는 폭력이다.[25]

안타깝게도 학생들 사이에서도 권력욕과 위계구도는 성인들 사회와 마찬가지로 보편화되어 있다. 학생들은 은연중에 권력의 수위에 자리하고자 하며, 이를 위해 '센 척'하고 싶고, 그리하여 모질고 사나운 말을 의도적으로 사용한다. 가령 욕설의 경우에도, 청소년들은 친구들 사이에서 세게 보이고 싶고, 주변 아이들을 무시하는 마음을 드러내기 위해서 욕을 사용한다. 욕하는 아이는 상대방이 자신을 피하면, 자신의 강함 때문에 상대방이 자신을 존중하고 인정하는 것이라고 착각

22　정여주 외,『학교폭력 예방 및 학생의 이해』, 학지사, 2018, 26면.

23　위의 책, 35면.

24　강희숙·양명희,「청소년의 욕설 사용의 심리적 기제 및 순화 방안」,『한국언어문학』79, 한국언어문학회, 2011, 255-256면 참조.

25　이보경,『트라이앵글의 심리』, 양철북, 2018, 37면 참조.

한다.[26]

이처럼 많은 청소년들이 거친 말로 친구에게 상처 입히며, 상처 입히는 일을 자신의 능력으로까지 착각한다. 이때 거친 말에 상처받지만 그것을 되받아쳐서 함께 거친 말을 사용하지 못하는 학생, 받은 대로 돌려주지 못하는 학생, 거친 말 사용에 거부감을 느끼는 학생, 무엇보다 거친 말 아래 잠복한 권력욕을 혐오하는 학생은 여러 겹으로 상처를 받는다. 이렇게 폭력에 노출되었으면서도 덩달아 폭력을 휘두르지 못하는 학생들은 영혜의 심리에 공감할 수 있다.

(가)는 학교에 만연한 언어 폭력에 대한 관심을 환기하고, 학생들이 자신의 마음을 들여다보게 유도할 수 있다. 우선 상처받은 학생은 유사한 상황에서 상처받은 사람이 또 있었다는 사실을 확인함으로써 고통의 보편성을 느낄 수 있다. 문학교육은 그들에게 거친 말이 싫은 이유를 생각해 보게 하며, 거친 말 근간에 놓인 권력욕을 발견하게 이끄는 동시에, 권력욕을 거부하는 심리를 지지해 줄 수 있다. 더 욕심을 낸다면 거친 말로 상처 주는 학생들에게 자신의 권력욕을 통찰하게 하며, 권력욕을 가지게 된 원인까지 생각해 보게 유인할 수 있다. 지나친 권력욕 근저에는 분노나 열등감이 있기 쉬운데, 학생이 그것을 발견하기까지 한다면 금상첨화다. 학생의 마음 통찰을 유도하는 과정에서 상기 논한 심리학적 지식을 보조 자료로 사용할 수 있다.

---

26 위의 책, 37면 참조. 청소년이 '남들이 나를 만만하게 볼까 봐' 욕설을 사용한다는 연구결과도 있다. 욕설이 자기 방어의 기제로 작용하며, 자신의 힘과 존재감을 과시하고 싶은 학생들은 욕설을 의도적으로 심하게 사용하기도 한다.(강희숙·양명희, 앞의 글, 268면 참조.)

(2) 권위에 의한 강압과 지배욕

앞서 청소년의 거친 말 이면에 권력욕이 놓여 있다고 했거니와, 심할 경우 권력욕은 지배욕으로 발전하며 이것은 심각한 형태로 현현하기도 한다. 그것은 거친 말 이상으로 물리적인 폭력으로 비화한다. 이런 물리적인 폭력은 학교 폭력에서 가장 문제되는 유형이다.[27] 앞서 허두를 떼었듯 「채식주의자」는 학교 폭력으로 상처받은 학생들에게 공감할 여지를 넓게 마련하는데, 이제부터 그것을 본격적으로 고찰하고자 한다.

"월남전에 참전해 무공훈장까지 받은 것을 가장 큰 자랑으로 여기는" 아버지는 "목소리가 무척 크고, 그 목소리만큼 대가 센 사람"(38)이다. 아버지는 영혜가 열여덟이 되기까지 종아리를 때리며 키웠다. 아버지는 상당히 권위적인 성품의 소유자인 것이다. 영혜의 육식 거부가 알려지자 아버지는 영혜에게 억지로 고기를 먹인다.

> (나) 처형이 장인의 오른팔을 잡았다. 장인은 이제 젓가락을 내던지고, 손으로 탕수육을 들고 아내에게 다가갔다. 아내가 엉거주춤 뒷걸음질치는 것을 처남이 붙잡아 바로 세웠다. (중략)
> 처형이 장인을 잡은 팔힘보다 처남이 아내를 잡은 팔힘이 셌으므로, 장인은 처형을 뿌리치고 탕수육을 아내의 입에 갖다댔다. 입을 굳게

---

[27] '학교 폭력'이라는 용어보다 먼저 광범위하게 사용된 괴롭힘(bullying)이란, 미국심리학회의 정의에 따르면, "어떤 사람이 의도적이고 반복적으로 다른 사람에게 상처나 불편감을 주는 공격적 행동의 한 형태"(정여주 외, 앞의 책, 15면)이다. 학교 폭력은 신체 폭력, 언어 폭력, 따돌림, 강요, 금품 갈취, 성폭력, 사이버 폭력 등으로 유형화된다.(위의 책, 24면 참조.)

다문 채 아내는 신음소리를 냈다. 뭔가 말하기 위해 입을 벌리면 그것
이 들어올까봐 말조차 하지 못하는 것 같았다. (중략)
고통스럽게 몸부림치는 아내의 입술에 장인은 탕수육을 짓이겼다. 억
센 손가락으로 두 입술을 열었으나, 악물린 이빨을 어쩌지 못했다.
마침내 다시 화가 머리끝까지 치민 장인이 한번 더 아내의 뺨을 때렸다.
"아버지!"
처형이 달려들어 장인의 허리를 안았으나, 아내의 입이 벌어진 순간
장인은 탕수육을 쑤셔넣었다.(50-51)

(나)는 '권위에 의한 강압'으로 특정되는 일상적 폭력을 보여준다. 사
회는 수평적이지 않다. 사회는 각종 위계로 촘촘히 구조화되어 있으
며, 많은 경우 높은 위치의 인간이 낮은 자리의 인간에게 복종을 요구
한다. 타인을 제 뜻대로 움직이고 조종하며 착취하고 지배하는 것이
이른바 강자들의 소망이요 특성이다. 슬프게도 이런 위계구도와 지배
욕은 청소년 사회에서도 낯설지 않다.

자신이 속한 집단에서 우위를 차지하고 싶은 마음은 보편적이고, 이
는 모든 인간의 기본 욕구라고 할 수도 있다. 청소년도 나름의 방식으
로 자신들의 세계에서 힘을 얻기 위해 노력한다. 그런데 힘을 향한 욕
구는 종종 왜곡된다. 어떤 청소년은 친구들을 조종하거나 지배하면서
힘을 얻고자 한다. 힘센 아이들은 손쉽게 물리적인 힘으로 타인을 조
종하려고 한다.[28] 이런 청소년에게 물리적 폭력은 '힘의 과시'이다.[29] 이

---

28 이보경, 앞의 책, 59면 참조.

29 나이토 아사오, 『이지메의 구조』, 고지연 역, 한얼미디어, 2013, 64면 참조. 청소년은 폭력

렇게 힘을 향한 무한한 의지들이 격돌하며 피 흘리는 현장이 학교다.

특히 학교 폭력의 가해자들은 권력에 대한 욕구를 강하게 지니고 타인에 대한 정복과 통제를 즐기며 폭력으로 인해 자아존중감이 높아진다고 믿는다.[30] 또한 청소년의 지배욕과 집단 따돌림 가해 행동은 비례 관계에 놓인다. 지배욕이 강할수록 집단 따돌림 가해 행동을 더 유발한다는 것이다. 지배욕이 강한 청소년들은 또래 집단 내에서 자신의 주도적 위치를 확립하고 유지하기 위해 집단 따돌림 가해를 자행한다.[31] 이처럼 학교 폭력과 지배욕은 밀접한 연관관계에 놓인다.

지배욕이 강한 학교 폭력의 가해자, 그 정도까지는 아니더라도 어떤 식으로든 또래들을 부리고 조종하기를 즐기는 권력 지향적 성품의 친구들 때문에 상처받는 청소년이 분명히 존재한다. 타인을 지배하기도 타인에게 지배당하기도 원하지 않는 청소년, 권력 투쟁 자체를 혐오하는 청소년, 수직적 위계구도 보다 수평적 평화를 사랑하는 청소년은 상처를 받을 수밖에 없다. 권력 투쟁에서 실제로 억압과 폭력의 희생자가 된 학생의 상처는 두말할 나위가 없다.

을 강자의 징표로 생각하기도 한다. 폭력에 의해 전능감 즉 자신이 힘으로 충만하고 모든 것이 구제될 것 같은 무한의 감각을 얻으려고 한다. 전능은 애초에 착각이고 그 형태가 없다. 그러나 전능에 젖어버린 사람은 집요하게 전능을 구현하려고 한다. 전능을 구현하기 위해 다른 사람을 조종하려고 한다. 그러나 이는 실패가 예견된 소망이다. 폭력의 피해자는 자신의 의지를 완전히 말살할 수 없다. 피해자가 독자적인 의지를 구현하려는 것을 감지하기만 해도 가해자는 큰 충격을 받는다. 이는 스스로 통제할 수 없는 피해의식과 분노로 이어진다.(위의 책, 73-83면 참조.)

30 정여주 외, 앞의 책, 19면 참조.

31 이은희·강은희, 「청소년들의 지배성, 우월감, 자기찬미, 신뢰결핍과 집단따돌림 행동간의 관계」, 『한국심리학회지: 건강』 8-2, 한국건강심리학회, 2003, 340면 참조. 이 참고문헌에 쓰인 '지배성'을 본 논문에서는 논의의 흐름에 맞추어 '지배욕'으로 바꾸어 썼다.

(나)는 학생들에게 또래들의 강압적 행동 또는 지배욕을 상기시킬 수 있다. 이 장면을 통해서 학생은 친구의 강압적 행동 때문에 상처받았던 경험을 떠올리고, 그것이 불편했던 이유를 생각할 수 있다. 영혜는 아버지의 강압을 더 이상 견디기 어려워서 손목을 그었다. 또래의 지배욕과 강압적 행동 때문에 상처받은 학생은 이러한 영혜의 심리에 공감하면서 고통의 보편성을 인식할 수 있다. 더 나아가 강압적 행동으로 친구들에게 상처 주는 학생들에게는 자신이 왜 그러했는지 성찰하게 할 수 있다. 성공적인 경우 그들이 자신의 지배욕과 그것의 형성 원인까지 통찰하게 이끌 수 있을 것이다. 이를 위해서는 심리학적 지식의 교육이 더불어 필요하다.

(3) 복수심과 폭력의 악순환

영혜가 아홉 살 때 기르던 개가 영혜의 다리를 물어뜯었다. 아버지는 개를 응징하느라 오토바이 뒤에 매달고 동네를 일곱 바퀴 돌았다. 오토바이가 돌면서 땅에 끌린 개는 비참하게 죽었다. 아버지는 죽은 개로 국을 끓여 잔치를 벌였다.

> (다) 내 다리를 물어뜯은 개가 아버지의 오토바이에 묶이고 있어. (중략) 아버지는 녀석을 나무에 매달아 불에 그슬리면서 두들겨패지 않을 거라고 했어. 달리다 죽은 개가 더 부드럽다는 말을 어디선가 들었대. 오토바이의 시동이 걸리고, 아버지는 달리기 시작해. 개도 함께 달려. 동네를 두 바퀴, 세 바퀴, 같은 길로 돌아. 나는 꼼짝 않고 문간에 서서 점점 지쳐가는, 헐떡이며 눈을 희번덕이는 흰둥이를 보고 있어. 번쩍이는 녀석의 눈과 마주칠 때마다 난 더욱 눈을 부릅떠.

나쁜 놈의 개, 나를 물어? (중략)

그날 저녁 우리집에선 잔치가 벌어졌어. 시장 골목의 알 만한 아저씨

들이 다 모였어. 개에 물린 상처가 나으려면 먹어야 한다는 말에 나도

한입을 떠넣었지.(52-53)

(다)는 일상에 만연한 폭력 중 '복수'를 보여준다. 일상은 자잘한 복수심으로 점철되어 있다. 사람들은 자신이 당한 것을 잊지 않으며, 꼭 되갚아줘야 한다고 생각한다. 청소년 사회에서도 복수심은 많은 폭력적인 행동들을 야기한다. 일례로 학교 폭력의 가장 큰 원인이 복수심 때문이다.

집단 따돌림 피해를 많이 경험할수록, 집단 따돌림 가해를 자행한다. 피해자들은 좌절감에 대한 적대와 분노 반응으로서 공격 행동을 한다. 이들의 지배적 정서는 분노로서 좌절감이 분노를 유발하고 분노가 공격 행동으로 나타난다.[32] 복수심은 비행 청소년의 대표적인 심리 중 하나이기도 하다. 그들은 자신에게 상처를 준 당사자에게 앙갚음하거나, 아무런 관계없는 제삼자에게 복수심을 투사하여 그를 괴롭힌다. 더 나쁜 경우로, 자신과 비슷한 처지의 아이들에게서 자신과 닮은 면을 보는 것이 싫어서 그들을 공격하기도 한다.[33]

이토록 청소년 사회에서도 복수심과 복수 행동은 만연해 있다. 이때 어떤 청소년은 또래 사이에 널리 퍼진 복수의 연쇄에 지치고 상처받는다. 그들은 복수의 원환에 가담하고 싶지 않고, 단지 일련의 복수들을

---

32 위의 글, 343면 참조.
33 이보경, 앞의 책, 179면 참조.

혐오할 뿐이다. 이러한 청소년들의 상처받은 마음에 (다)는 공명을 일으킬 수 있다. 이 장면은 학생들이 누군가의 복수심 또는 복수 행동 때문에 고통스러웠던 경험을 연상하는 계기를 제공한다. 그리고 또래들의 복수심과 복수 행동이 왜 견디기 힘들었는지, 자신이 꿈꾸는 사회는 무엇인지 생각하게 할 수 있다.

연쇄되는 복수심의 결과는 폭력의 악순환이다. 일상 그리고 청소년 사회는 종종 폭력의 원환으로 점철된다. 영혜가 바라보는 세상도 그러하다. 영혜는 "헛간 속의 피웅덩이"(27)에 비친 자신의 얼굴을 본다. 얼굴 주변은 온통 피웅덩이다. 영혜가 보기에 주위는 폭력으로 가득 찬 세계인 것이다.

> (라) 누군가가 사람을 죽여서, 다른 누군가가 그걸 감쪽같이 숨겨줬는데, 깨는 순간 잊었어. 죽인 사람이 난지, 아니면 살해된 쪽인지. 죽인 사람이 나라면, 내 손에 죽은 사람이 누군지. 혹 당신일까. 아주 가까운 사람이었는데. 아니면 당신이 날 죽였던가……(36)

(라)에서 영혜는 누군가를 살해하거나 자신이 살해당하는 꿈에 시달린다. "내 손으로 사람을 죽인 느낌, 아니면 누군가 나를 살해한 느낌"(37) 때문에 괴로워한다. 이는 영혜가 바라보는 일상이 폭력으로 촘촘히 물들었음을 보여준다. 일상은 죽이거나 죽임을 당하거나 둘 중 하나다. 성악설과 진화론에 기대지 않더라도 사회는 아귀다툼과 이전투구의 장이다. "네가 고기를 안 먹으면, 세상사람들이 널 죄다 잡아먹는 거다"(60)라는 영혜 어머니의 말은 약육강식의 원칙을 보여준다.

청소년 사회도 예외는 아니다. 어떤 청소년들은 살아남기 위해서 누군가를 해쳐야 하고, 해치지 않으면 자신이 해침을 당한다고 생각한다. 죽임이라는 극단적인 행위가 아니더라도, 모욕·조롱·소문 퍼트리기·따돌림 등 각종 사소한 폭력적인 행위로 누군가를 공격한다. 가령 사이버 세상은 청소년들의 공격성이 만개하는 장이다. 자존심이나 이미지를 지키기 위해서 청소년은 결연하게 싸운다. 상대방을 공격해서 무력화시키지 않으면 자신이 회복 불가능한 패배에 빠진다고 생각한다. 문제는 이러한 폭력의 악순환이 나쁜 아이들만의 세계가 아니라 평범한 일상에도 만연해 있다는 것이다. 아주 작은 모임에서도 크고 작은 신경전이 벌어지며 사소한 공격 행위들이 자행된다.

이때 어떤 청소년은 이러한 아귀다툼의 문화에 하염없이 상처받는다. 사랑과 평화를 꿈꾸는 청소년은 이런 폭력의 악순환에 가담하고 싶지 않으며, 폭력으로 존재 증명을 해야 하는 세상에서 고통스러울 뿐이다. 당하지 않기 위해서 공격해야 하는 일상의 법칙 바깥을 꿈꾸지만 그 바깥은 존재하지 않는 것만 같다. 이렇게 절망스러운 청소년의 상처를 어루만지는 데 이 소설이 사용될 수 있다.

문학교육은 일상에 내재한 끊임없는 폭력의 악순환에 상처받은 영혜의 심정에 청소년이 공감하도록 유도할 수 있다. 구체적으로 (라)의 꿈을 제시한 후 그 꿈 근저에 놓인 영혜의 심리 즉 주변을 온통 폭력의 도가니로 느끼는 심리를 이해하게 한다. 주변의 크고 작은 폭력들로 인해 상처받았던 경험을 떠올리게 하며, 폭력에 폭력으로 대응하지 못했다면 왜 그러했는지 생각해 보게 한다. 이 과정에서 학생은 고통의 보편성을 느끼고 자신의 마음을 통찰할 수 있다.

(4) 방관자의 죄책감

광기로까지 흐른 영혜의 육식 거부는 일상적 폭력들에 대한 혐오 때문이기도 하지만 죽은 개를 아무렇지도 않게 먹었다는 트라우마, 폭력에 가담했다는 트라우마 때문이기도 하다. 앞서 보았듯 영혜는 아홉 살때 기르던 개가 자신을 물었다는 이유로 처참하게 죽는 광경을 목도했다. 뿐만 아니라 죽은 개로 끓인 국을 맛있게 먹었는데, 그때의 심경을 이렇게 회상한다. "아무렇지도 않더군. 정말 아무렇지도 않았어."(53) 이 사건은 영혜에게 죄책감을 심어주었다. 아홉 살이었던 영혜는 당시에 그 사건의 폭력성을 인지하지도 이해하지도 못했다. 그 사건은 영혜가 결혼 생활을 영위할 때까지 오랜 시간에 걸쳐 그녀의 무의식에 잠복한 채 모습을 드러내지 않았다. 그러나 결혼 생활 중 어느 날 그 사건은 반복되는 꿈의 형태로 존재를 주장하기 시작했다.[34]

> (마) 아픈 건 가슴이야. 뭔가가 명치에 걸려 있어. (중략) 아무리 길게 숨을 내쉬어도 가슴이 시원하지 않아.
> 어떤 고함이, 울부짖음이 겹겹이 뭉쳐져, 거기 박혀 있어. 고기 때문이야. 너무 많은 고기를 먹었어. 그 목숨들이 고스란히 그 자리에 걸려 있는 거야.(60-61)

(마)에서 보듯 영혜는 아홉 살 때 먹은 개뿐만 아니라 지금까지 먹은 모든 고기들에 대해 죄책감을 느낀다. 이는 부지불식간에 다른 생명에게 저지른 살해, 또는 폭력에 대한 죄책감이다. 폭력에 가담했다는

---

34 조윤정, 앞의 글 참조.

죄책감은 자기 안의 폭력성에 대한 자각으로 이어진다. "입 안에 침이 고여. 정육점 앞을 지날 때 나는 입을 막아. 혀뿌리부터 차올라 입술을 적시는 침 때문에."(42) 영혜가 채식을 시작한 이유는 정확히 말해서 자신의 살의 때문이다. 육식은 자신의 살의를 상기시키기에 그것을 거부했던 것이다. 즉 영혜가 육식에 저항한 일차적인 이유는 폭력적인 세상을 혐오했기 때문이지만, 더 본질적인 이유는 자기 안의 폭력성을 인지하고 거부했기 때문이다.

영혜의 죄책감은 청소년에게도 공명을 일으킬 수 있다. 전술했듯 폭력적인 언사와 행동이 오고가는 학교의 일상에서 어떤 청소년은 또래의 폭력에도 상처받지만 자기 안의 폭력성도 예민하게 인지하고 죄책감을 느낀다. 특히 학교 폭력의 경우, 많은 학생들이 학교 폭력의 피해자를 방관했다는 죄책감을 느낀다. 실은 학생 중 대다수가 이에 속할 것이다.

피해자를 섣불리 도와주었다가 자신도 당할까 봐 두려워서 숨죽이며 지켜보는 청소년들은 방관자이지만 죄책감과 불안감 속에서 심리적인 상처를 입는 피해자이기도 하다. 그들은 교사와 사회에 대한 불만, 자신에 대한 불안, 죄책감 등에 시달린다.[35] 방관자는 "가해자에 대한 분노와 걱정스러움을 느끼기도 하고, 피해자에 대한 미안함과 안쓰러움을 가지기도 한다. 자신과 같은 방관자들을 보면서 동질감을 느끼지만 행동하지 않는 양심이라는 생각에 불만족스러워한다."[36]

이렇게 학교 폭력을 방관했다는 이유로 죄책감을 느끼는 학생들에

---

35 이보경, 앞의 책, 203-204면 참조.
36 정여주 외, 앞의 책, 292면.

게 (마)는 교육의 실마리를 제공한다. 학생들에게 영혜가 광기에 빠져든 중요한 이유가 폭력에 가담한 사실에 대한 죄책감임을 발견하게 하고, 폭력을 방관하면서 죄책감을 느꼈던 경험을 떠올리게 한다. 학교폭력을 방관했을 때의 자신의 심리를 통해 영혜의 심리를 이해하게 하고, 영혜의 심리에 비추어 자신의 심리를 더욱 명료하게 파악하게 유도한다. 이런 과정에서 학생들은 고통의 보편성을 인식할 수 있다.

특히 영혜의 경우처럼 죄책감은 의식의 수면 아래 오랫동안 은닉되어 있기 쉽기에 학생들은 자신이 죄책감을 느끼는지 인지하지 못할 수 있다. 즉 정체를 모르는 혼란스러운 감정에 괴로워하지만 그것이 죄책감인지 모를 수 있다. 이유 없는 우울, 불안, 분노, 자기 비하 등에 사로잡혀 허우적거리는데 그 원인이 죄책감인지 알지 못한다는 것이다. 이런 학생들은 우선 혼란스러운 심리의 정체를 명료하게 통찰해야 한다. 영혜의 경우처럼 죄책감이 오랜 기간 잠복해 있다가 세월이 흐른 후 병적인 행동을 유발한다는 심리학적 지식을 교육함으로써 학생들에게 자신의 숨겨진 마음을 뚜렷하게 발견하고 명료하게 통찰하는 계기를 제공할 수 있다.

2) 참고 자료와 학습활동

이상의 논의를 토대로 교육방안을 보다 구체화하기에 앞서, 우선 교육 현장에서 활용 가능한 참고 자료에 관해 고찰하고자 한다. 일단 심리학적 지식에 주목할 수 있다. 지금까지 「채식주의자」와 학생 현실의 연관을 논하면서, 심리학적 지식을 다소 참조했다. 거친 언사 이면에 놓인 권력욕, 강압적 행동 근간의 지배욕, 학교 폭력을 추동하는 복수심, 방관자의 죄책감, 은닉된 죄책감의 발현 양상 등이 그것이다. 이러한 심리학적 지식이 교육 현장의 적재적소에서 보조 자료로 활용된다면, 학생들이 자신의 마음을 통찰하는 데 도움을 줄 것이다.

또한 청소년 사회에서의 폭력을 소재로 한 영화나 수기를 참고 자료로 사용할 수 있다. 일단 학교 폭력 체험 학생들의 수기나 인터뷰 자료, 학교 폭력을 소재로 한 영화 등을 참조할 수 있다. 여기에서 짚고 넘어가야 할 것은 이 논문에서 다룬 청소년 사회의 폭력이 비단 학교 폭력이라 지정되는 문제적 상황에만 국한되는 것이 아니라는 점이다. 얼핏 폭력처럼 보이지 않는, 지극히 사소하고 일상적인 폭력에 상처받은 마음도 중대한 교육적 관심사이다. 따라서 학교 폭력이 아니어도 청소년 사회의 일상적·미시적 폭력과 그것을 마주했을 때의 심리를 다룬 영화나 소설을 참고 자료로 활용하는 것도 가능하다.

교육방안은 구체적인 학습활동의 지지를 받아야 공고해지는 바, 상기 논의를 토대로 가능한 학습활동들을 제안하고자 한다. 앞서 논한 다섯 장면을 제시하고, 그 각각에 따른 활동을 대략적으로 예시하면 다음과 같다. 다음은 가능한 활동의 얼개일 뿐이고 실제 교육 현장에서는 각각의 현실에 맞게 다양하게 변주한 활동을 사용할 수 있다. 또한 이 활동들은 가능성의 확장 차원에서 제안하는 것이므로, 모두 현실화해야 한다는 압박은 불필요하다.

장면	활동
(가)	1. 이 장면에서 영혜가 어떤 심정을 느꼈을지 생각해 보자. 2. 남편의 말은 상당히 거칠다. 여기에서 우리 삶의 어떤 측면을 연상할 수 있는가? 3. 위와 같은 상황에서 상처받았던 경험이 있다면 이야기해 보자. 4. 그런 상황에서 왜 상처받았을까? 5. 내가 만일 거친 말로 친구들에게 상처를 주었다면 왜 그랬을까?
(나)	1. 이 상황을 설명해 보자. 2. 위와 같은 상황을 주변에서 경험한 적이 있다면 이야기해 보자. 3. 나를 자신의 마음대로 조종하려는 친구들 때문에 상처받았던 경험이 있다면 이야기해 보자. 그때 나는 왜 상처받았을까? 4. 친구를 마음대로 조종하고 싶었던 적이 있다면 무엇 때문에 그랬을지 생각해 보자.
(다)	1. 이 장면은 인간의 본성 중 무엇을 이야기하는지 생각해 보자. 2. 위와 같은 심리와 상황을 학교에서 느낀 적이 있다면 이야기해 보자. 3. 복수심과 복수 행위가 견디기 힘들었다면 왜 그랬을까? 4. 자신이 꿈꾸는 사회에 대해 상상하고 그것에 대해 글을 써 보자.
(라)	1. 이 장면은 영혜의 꿈의 일부다. 꿈의 상황을 설명해 보자. 2. 영혜가 어떤 심리를 느끼기에 그러한 꿈을 꾸는지 생각해 보자. 3. 이 꿈과 유사한 상황을 의미하는 문장을 소설에서 찾아보자. 4. 영혜와 같은 마음을 느낀 적이 있었다면 이야기해 보자.
(마)	1. 영혜가 가슴이 아프다고 느끼는 이유는 무엇일까? 2. 너무 많은 고기를 먹었다는 영혜의 고백과 영혜의 광기의 관계를 설명해 보자. 3. 생활하면서 학교 폭력을 당하는 친구에게 미안하다고 느낀 적이 있다면 이야기해 보자. 4. 이유 없이 우울이나 자괴감을 느낀 적이 있는가? 왜 그랬을까? 혹시 학교 폭력을 당하는 친구에게 미안해서 그런 심정을 느끼지 않았을까? 이에 관해 생각해 보자.

4. 맺음말

한강의 「채식주의자」는 그 국제적 유명세 덕분인지 2015 개정 교육과정에 따른 고등학교 문학 교과서에 처음으로 수록되었다. 이는 교과서 편찬계의 유서 깊은 도덕적 강박을 혁파한 처사로 고무적인 현상이다. 지금까지 이 논문은 한강의 「채식주의자」의 교과서 구현 양상을 살펴보고 청소년의 심리적 현실과 교감할 수 있는 교육방안을 제안하였다.

교과서는 이 작품을 한국 문학의 발전상을 탐구하는 성취기준을 구현하는 단원에 배치하였다. 학습활동은 이 작품을 토대로 한국 문학의 세계화 방안을 탐색하거나 미래의 한국 문학의 모습을 상상하게 유도한다. 이런 활동은 학생의 역량을 넘어설 뿐만 아니라 학생에게 긴요하지 않다. 본질적인 문학교육과 무관하며 학생들의 정신적 성장이나 심리 치유에 유용하지 않아 보인다. 이런 활동은「채식주의자」의 국제적 유명세 덕분에 제작된 것으로, 작품의 세계적인 명성이 그 적절한 교육을 방해하는 걸림돌로 작용한 사례이다. 이외의 활동은 작품 내적인 접근을 부분적으로 마련하나, 이 역시 학생들의 심리적 현실과의 유용한 연결 고리를 마련하지 않거나 무의미한 도덕적 판단만을 요구한다.

이 논문은 학생들의 심리적 현실과 교감하는 교육방안을 제시하기 위하여, 이 작품에 드러난 일상의 폭력들에 주목하였다. 영혜가 광적인 채식에 빠져든 일차적 이유는 남편의 거친 말 때문이다. 이는 청소년 사회에 만연한 언어 폭력 그리고 권력욕과 연계하여 교육할 지점을 마련한다. 권위적인 성품의 아버지가 육식을 거부하는 영혜에게 강압적으로 고기를 먹이는 장면은 청소년들에게 또래들의 지배욕과 강압적 행동으로부터 상처받은 경험을 연상시킬 수 있다. 영혜가 어릴 적 아버지가 개를 도살하는 장면은 청소년 사회에 만연한 복수심을 상기시킬 수 있고, 이로 인해 상처받은 청소년들의 공감을 유도할 수 있다. 죽이거나 죽임을 당하는 영혜의 꿈은 청소년들에게도 엄연한 현실인 폭력의 악순환에 대해 생각할 여지를 제공한다. 영혜의 광기와 밀접히 연관되는 죽은 개에 대한 트라우마는 학교 폭력 방관자의 죄책감에 공명할 수 있다. 특히 자신의 혼란스러운 마음의 정체를 모르는 학생들에게 통찰의 기회를 부여할 수 있다.

　이상 이 논문에서 제안한 교육방안이 당장 공식적인 문학 교과서의 장으로 진입하기 어려울지도 모른다. 하지만 지금까지 논한 학생의 현실과 심리, 그리고 그것과 작품의 연관 관계가 교육 현장에 작은 참고자료로서 기능하거나 더 좋은 교육방안을 구안하는 데 영감을 제공한다면 그것만으로도 보람은 충분하다. 또한 작금의 문학교육은 공식적인 교실에서만 이루어지지 않는다. 여러 대안적 문학교육의 장이 그 가능성을 실험중이거니와, 그곳에서 이 방안이 활용된다면 그것으로도 의미 있을 것이다. 이 연구결과가 당장이 아니더라도 후일의 공식적이거나 비공식적인 문학교육의 방향을 구상하는 데 일조한다면 더 바랄 나위가 없다.

참고문헌

1. 기본 자료

(1) 소설

김동리, 「역마」, 『무녀도/황토기: 오늘의 작가 총서 1』, 민음사, 2008.

김영하, 「당신의 나무」, 『엘리베이터에 낀 그 남자는 어떻게 되었나』, 문학과지성사, 2002.

신경숙, 「화분이 있는 마당」, 『모르는 여인들』, 문학동네, 2011.

윤대녕, 『은어낚시통신』, 문학동네, 1994.

이윤기, 「숨은그림찾기 1-직선과 곡선」, 『나비 넥타이』, 민음사, 1998.

이장욱, 「고백의 제왕」, 『고백의 제왕』, 창비, 2010.

최인훈, 『광장/구운몽』, 문학과지성사, 1997.

한 강, 『채식주의자』, 창비, 2017.

아르투어 슈니츨러, 「사랑의 묘약」, 『사랑의 묘약』, 백종유 역, 문예출판사, 2004.

(2) 교과서 · 교사용 지도서 · 교육과정

교육과학기술부, 『교육과학기술부 고시 제2009-41호에 따른 고등학교 교육과정 해설 국어』, 2009.

_____, 『국어과 교육과정: 교육과학기술부 고시 제2012-14호 [별책5]』, 2012.

교육부, 『국어과 교육과정: 교육부 고시 제1997-15호 [별책5]』, 1997.

_____, 『국어과 교육과정: 교육부 고시 제2015-74호 [별책5]』, 2015.

교육인적자원부, 『국어과 교육과정: 교육인적자원부 고시 제2007-79호 [별책05]』, 2007.

권영민 외, 『고등학교 문학』, 지학사, 2014.

김동환 외, 『고등학교 문학』, 천재교과서, 2019.

_____ , 『고등학교 문학 교사용 지도서: 하』, 천재교과서, 2019.

김윤식 외, 『고등학교 문학』, 천재교육, 2014.

김창원 외, 『고등학교 문학』, 동아출판, 2019.

_____ , 『고등학교 문학』, 두산동아, 2014.

류수열 외, 『고등학교 문학』, 금성출판사, 2019.

박종호 외, 『고등학교 문학』, 창비, 2014.

방민호 외, 『고등학교 문학』, 미래엔, 2019.

우한용 외, 『고등학교 문학』, 비상교과서, 2014.

윤여탁 외, 『고등학교 문학 교사용 지도서』, 미래엔, 2014.

_____ , 『고등학교 문학』, 미래엔, 2014.

이숭원 외, 『고등학교 문학』, 좋은책 신사고, 2014.

정재찬 외, 『고등학교 문학』, 지학사, 2019.

_____ , 『고등학교 문학』, 천재교과서, 2014.

조정래 외, 『고등학교 문학』, 해냄에듀, 2014.

한철우 외, 『고등학교 문학』, 비상교육, 2014.

_____ , 『고등학교 문학』, 비상교육, 2019.

2. 논문

강선영, 「고소설 교육의 문제점과 개선방향 연구-2011 개정 교육과정에 따른 고등학교 〈문학〉 교과서를 중심으로」, 연세대 교육대학원 석사논문, 2015.

강유정, 「윤대녕 소설에 나타난 제주의 상징성 연구-토포스(topos)로서의 제주」, 『한국문학이론과 비평』 16-3, 한국문학이론과 비평학회, 2012.

강희숙·양명희, 「청소년의 욕설 사용의 심리적 기제 및 순화 방안」, 『한국언어문학』 79, 한국언어문학회, 2011.

고영남, 「청소년의 생애목표와 삶의 만족의 관계-의미추구와 의미발견의 매개효과」, 『한국교육학연구』 23-4, 안암교육학회, 2017.

국은순·이민용, 「청소년 인성교육을 위한 문학치료 프로그램의 효과-공감능력
과 학교적응력 향상을 중심으로」, 『인문과학연구』 49, 강원대 인문과학
연구소, 2016.

김경호, 「결핍과 치유-관계성에 대한 성찰」, 『인문과학연구』 28, 강원대 인문과
학연구소, 2011.

김광은, 「성인 애착 유형과 요인에 따른 성격 특성 및 스트레스 대처방식」, 『한
국심리학회지: 상담 및 심리치료』 16-1, 한국심리학회, 2004.

김광은·이위갑, 「연애관계에서 성인 애착 유형 및 요인에 따른 관계 만족」, 『한
국심리학회지: 상담 및 심리치료』 17-1, 한국심리학회, 2005.

김교헌, 「남자의 질투와 여자의 질투-연인 관계에서의 질투의 성차」, 『한국심
리학회지: 건강』 9-4, 한국심리학회, 2004.

김도희, 「치유로서의 소설 읽기-신경숙의 『딸기밭』을 중심으로」, 『인문학연구』
22, 경희대 인문학연구원, 2012.

김미영·김수지, 「교양소설로서의 『광장』과 교육적 의미」, 『문학교육학』 52, 한
국문학교육학회, 2016.

김민아, 「문학 과목의 자아 성찰 교육 내용 연구-고등학교 문학 교과서의 제재
와 학습 활동 분석을 중심으로」, 이화여대 교육대학원 석사논문, 2014.

김성진, 「인물 중심의 장편 소설 감상 교육 연구-"광장"에 형상화된 이명준의
기능을 중심으로」, 『국어교육』 118, 한국어교육학회, 2005.

김수경, 「대학생을 위한 독서치료의 적용과 평가」, 『한국도서관·정보학회지』
39-3, 한국도서관·정보학회, 2008.

김영애, 「『광장』의 문학교과서 수록 양상 연구」, 『현대소설연구』 69, 한국현대
소설학회, 2018.

김용남, 「한강 「채식주의자」 속 이미지 연구-폭력적 이미지를 중심으로」, 『한국
문화기술』 24, 단국대 한국문화기술연구소, 2018.

김정우, 「2015 국어과 교육과정의 선택과목 '문학'의 변화와 개선 방안」, 『문학
교육학』 55, 한국문학교육학회, 2017.

_____, 「고등학교 문학 과목 교육과정의 내용과 구조」, 『국어교육』 131, 한국

어교육학회, 2010.

김종회·강정구, 「대학생의 자아정체감 확립을 위한 독서교육론-문학을 중심으로」, 『한국문학이론과 비평』 46, 한국문학이론과 비평학회, 2010.

김지영, 「소설이 '가벼움'을 획득하는 두 가지 방식-조세희와 윤대녕의 문체를 중심으로」, 『Journal of Korean Culture』 17, 한국어문학국제학술포럼, 2011.

김지훈, 「한강의 『채식주의자』에 나타난 자기서사와 자기실현의 문제-서사의 주체를 중심으로」, 『한민족어문학』 73, 한민족어문학회, 2016.

김창원, 「2015 교육과정을 통해 본 국어과 교육과정 발전의 논제-영역과 내용 체계」, 『국어교육학연구』 51-1, 국어교육학회, 2016.

_____, 「문학 교과서 개발에 대한 비판적 점검-제7차 고등학교 「문학」 교과서를 예로 들어」, 『문학교육학』 11, 한국문학교육학회, 2003.

_____, 「문학교육의 성격과 문학 교과서의 지향-제7차 고등학교 「문학」 교과서의 점검과 논의」, 『국어교육학연구』 27, 국어교육학회, 2006.

김현숙, 「신경숙 소설 『모르는 여인들』에 나타난 여성적 타자성 연구」, 한국교원대 석사논문, 2013.

김혜영, 「교과서 현대소설 제재의 교육내용 연구」, 『우리말교육현장연구』 10-1, 우리말교육현장학회, 2016.

노 철, 「반근대주의와 신명(神明)의 사회적 의미-김동리의 단편 소설을 중심으로」, 『어문논집』 34, 민족어문학회, 1995.

류수열, 「2015 개정 국어과 교육과정 문학 영역의 논리」, 『국어교육학연구』 51-1, 국어교육학회, 2016.

박기범, 「고등학교 문학 교과서의 현대소설 제재 분석-2009 개정 교육과정에 따른 검정 교과서를 중심으로」, 『문학교육학』 37, 한국문학교육학회, 2012.

_____, 「고등학교 문학 교과서의 현대소설 제재 분석-2012 고시 교육과정에 따른 검정 교과서를 중심으로」, 『한국언어문학』 89, 한국언어문학회, 2014.

박수현, 「'문학의 본질' 교육에 관한 재고(再考)-이장욱의 「고백의 제왕」과 한강의 『채식주의자』를 활용하여」, 『우리어문연구』 67, 우리어문학회, 2020.

_____, 「1970년대 계간지 『文學과 知性』 연구-비평의식의 심층구조를 중심으로」, 『우리어문연구』 33, 우리어문학회, 2009.

_____, 「김승옥·최인훈 소설에 나타나는 '내적 분열' 양상 연구」, 고려대 석사논문, 2006.

_____, 「도덕과 문학교육-2011 개정 교육과정에 따른 고등학교 문학 교과서 고찰」, 『어문론집』 64, 중앙어문학회, 2015.

_____, 「문학 교과서의 타자 이해 단원 연구-2012 고시 교육과정에 따른 고등학교 문학 교과서를 중심으로」, 『현대문학이론연구』 67, 현대문학이론학회, 2016.

_____, 「문학교과서와 정전 교육의 재구성-최인훈의 『광장』을 중심으로」, 『문학교육학』 64, 한국문학교육학회, 2019.

_____, 「문학교육 텍스트로서 한강의 「채식주의자」」, 『국제어문』 82, 국제어문학회, 2019.

_____, 「문학교육과 인문교육의 제휴를 위한 시론(試論)-이윤기의 「숨은그림찾기 1-직선과 곡선」을 중심으로」, 『한국융합인문학』 8-3, 한국융합인문학회, 2020.

_____, 「심리 치유를 위한 문학교육 연구-윤대녕의 「은어 낚시 통신」을 중심으로」, 『우리문학연구』 53, 우리문학회, 2017.

_____, 「청소년의 연애 심리 치유를 위한 문학교육 방안 연구」, 『한국어문교육』 25, 고려대 한국어문교육연구소, 2018.

박재연·정익중, 「인문계 고등학생의 학업문제가 자살생각에 미치는 영향-개인수준의 위험요인과 보호요인의 매개역할을 중심으로」, 『한국아동복지학』 32, 한국아동복지학회, 2010.

배병훈, 「한강의 『채식주의자』에 나타난 '근원적 상실'과 우울·자살충동의 상관관계 연구-로버트 제이 리프톤의 '형성화' 개념을 중심으로」, 『문학과종교』 22-3, 한국문학과종교학회, 2017.

백지혜, 「윤대녕 소설의 노스텔지어 미학-『은어낚시통신』을 중심으로」, 『한국
　　　 문학과 예술』 9, 숭실대 한국문예연구소, 2012.

선주원, 「소설 해석의 세 가지 방법에 따른 소설교육의 내용 구안」, 『새국어교
　　　 육』 95, 한국국어교육학회, 2013.

송명희, 「상처 치유에 이르는 길-신경숙의 「부석사」를 중심으로」, 『국어국문학』
　　　 163, 국어국문학회, 2013.

신상희, 「하이데거의 초연한 내맡김」, 『철학』 62, 한국철학회, 2000.

신수정, 「원시적 열정의 재현과 오리엔탈리즘에 대한 항의-한국현대소설과 동
　　　 남아시아」, 『한국문예비평연구』 39, 한국현대문예비평학회, 2012.

_____, 「한강 소설에 나타나는 '채식'의 의미-『채식주의자』를 중심으로」, 『문학
　　　 과환경』 9-2, 문학과환경학회, 2010.

심진경, 「변신하는 주체와 심리적 현실로서의 환상-한강의 『채식주의자』를 중
　　　 심으로」, 『세계문학비교연구』 65, 세계문학비교학회, 2018.

양현진, 「신경숙 소설의 공간 지향성과 주체 인식-마당과 빈집의 의미를 중심
　　　 으로」, 『현대문학이론연구』 54, 현대문학이론학회, 2013.

오은영, 「한강의 『채식주의자』-'나'로부터의 탈출은 가능한가?」, 『세계문학비교
　　　 연구』 59, 세계문학비교학회, 2017.

오정란, 「한강 『채식주의자』의 언어기호론적 해석」, 『인문언어』 18, 국제언어인
　　　 문학회, 2016.

우한용, 「문학교육의 목표이자 내용으로서 문학능력의 개념, 교육 방향」, 『문학
　　　 교육학』 28, 한국문학교육학회, 2009.

원경림 · 이희종, 「청소년기 학업스트레스가 자살생각에 끼치는 영향에서 학
　　　 교유대감, 우울 및 불안의 매개효과-교사유대감을 중심으로」, 『청소년
　　　 학연구』 26-9, 한국청소년학회, 2019.

이가원, 「이윤기 소설에 나타난 삶의 은유와 아이러니-「숨은그림찾기1: 직선과
　　　 곡선」을 중심으로」, 『한국문예비평연구』 53, 한국현대문예비평학회,
　　　 2017.

이근영, 「외국인을 위한 한국 문학과 한국 문화에 대한 고찰-김동리의 「역마」에 나타난 정(情)과 한(恨)의 문화를 중심으로」, 『국문학논집』 21, 단국대 국어국문학과, 2011.

이대규, 「소설 교육과 텍스트 내면화-「驛馬」와 관련지어」, 『현대문학이론연구』 7, 현대문학이론학회, 1997.

이미선, 「소설에 나타난 '길'의 상징 교육 방법 연구-『만세전』·「삼포 가는 길」·「역마」를 중심으로」, 서강대 교육대학원 석사논문, 2012.

이상우, 「한강의 『채식주의자』에 나타난 실재계 연구」, 『한국언어문학』 108, 한국언어문학회, 2019.

이상진, 「설득의 기술, 로고스(logos)의 수사학-이윤기 단편소설의 수사학적 특성」, 『한국문학논총』 63, 한국문학회, 2013.

이은경, 「중독을 유발하는 사회와 교육 그리고 치유 가능성에 대한 탐구-클리어 지침과 영성교육을 중심으로」, 『신학과 실천』 66, 한국실천신학회, 2019.

이은희·강은희, 「청소년들의 지배성, 우월감, 자기찬미, 신뢰결핍과 집단따돌림 행동간의 관계」, 『한국심리학회지: 건강』 8-2, 한국건강심리학회, 2003.

이종섭, 「장편소설의 교과서 수용 방안 연구-최인훈의 〈광장〉을 예로 들어」, 『중등교육연구』 57-1, 경북대 중등교육연구소, 2009.

이찬규·이은지, 「한강의 작품 속에 나타난 에코페미니즘 연구-『채식주의자』를 중심으로」, 『인문과학』 46, 성균관대 인문학연구원, 2010.

이호형, 「2011 개정 국어과 교육과정의 비판적 이해와 교과서 구현 방안-국어 Ⅰ·Ⅱ를 중심으로」, 『한국문학연구』 42, 동국대 한국문학연구소, 2012.

전영숙, 「문학치료 기법의 학교 현장 적용」, 『문학치료연구』 2, 한국문학치료학회, 2005.

전흥남, 「신경숙 소설의 문학치료학 관점의 적용 가능성 고찰-『딸기밭』에 나타난 '애도의 서사'와 적용을 중심으로」, 『어문연구』 89, 어문연구학회, 2016.

정미숙, 「욕망, 무너지기 쉬운 절대성-한강 연작소설『채식주의자』의 욕망분석」,『코기토』64, 부산대 인문학연구소, 2008.

정미영, 「삶의 의미의 두 요인에 관한 연구-의미추구와 의미발견의 기능과 효과」,『한국기독교상담학회지』24-1, 한국기독교상담심리학회, 2013.

정재걸·홍승표·이승연·백진호·이현지, 「제4차 산업혁명과 청소년 마음교육 프로그램 개발-영혼의 돌봄을 중심으로」,『사회사상과 문화』23-1, 동양사회사상학회, 2020.

정재림, 「문학교육에서 청소년 문학의 위상과 교육적 가치」,『인문사회과학연구』19-1, 부경대 인문사회과학연구소, 2018.

정재찬, 「문학교육을 통한 개인의 치유와 발달」,『문학교육학』29, 한국문학교육학회, 2009.

_____, 「치유를 위한 문학 교수 학습 방법」,『문학교육학』43, 한국문학교육학회, 2014.

정현숙, 「2011 개정 국어과 교육과정에 따른 문학 영역과 교과서의 양상-고등학교 〈국어〉 I II 교과서에 수록된 현대소설을 중심으로」,『돈암어문학』27, 돈암어문학회, 2014.

정호웅, 「김동리 소설과 화개-「역마(驛馬)」에 대한 새로운 해석을 중심으로」,『문학교육학』30, 한국문학교육학회, 2009.

_____, 「문학교실에서의 「광장」 읽기」,『문학교육학』32, 한국문학교육학회, 2010.

조윤정, 「한강의『채식주의자』에 나타나는 인간의 섭생과 트라우마」,『인문과학』64, 성균관대 인문학연구원, 2017.

조혜숙, 「문학 교육과정 성취기준 중 '보편성과 특수성' 개념에 관한 연구」,『한국어문교육』19, 고려대 한국어문교육연구소, 2016.

_____, 「문학교육과 '선악'의 문제에 관한 연구」, 고려대 박사논문, 2013.

천도현, 「시조의 교육적 가치 활용 양상에 대한 연구-2011 개정 교육과정 〈문학〉 교과서의 '학습 활동'을 중심으로」, 연세대 교육대학원 석사논문, 2014.

천혜정, 「여대생의 체험을 통해 본 이성교제의 의미」, 『가족과 문화』 17-3, 한국가족학회, 2005.

최미숙, 「국어 교과서 제재 선정 및 수정 방안 연구-문학 제재를 중심으로」, 『독서연구』 5, 한국독서학회, 2000.

최영자, 「윤대녕 소설에 나타난 환영적 메커니즘」, 『현대문학의 연구』 44, 한국문학연구학회, 2011.

최유진, 「고등학교 문학 교과서의 문학사 교육 연구-단원 구성 및 학습활동을 중심으로」, 이화여대 교육대학원 석사논문, 2014.

최준영, 「고등학생 보충·야간자율학습과 학업스트레스, 주관적 만족감, 가출 및 자살충동 간의 관계」, 『사회연구』 16, 한국사회조사연구소, 2008.

최지현, 「2015 개정 교육과정과 문학 교과서의 도전」, 『청람어문교육』 57, 청람어문교육학회, 2016.

최호석, 「고전소설 교육의 소통을 위한 제언-2011 개정 국어과 교육과정에 따른 『문학』 교과서의 제 문제」, 『한어문교육』 30, 한국언어문학교육학회, 2014.

한귀은, 「외상의 (탈)역전이 서사-한강의 『채식주의자』 연작에 관하여」, 『배달말』 43, 배달말학회, 2008.

한금윤, 「대학생의 연애, 결혼에 대한 의식과 문화 연구-언론 보도와 대학생의 '자기서사' 쓰기의 간극을 중심으로」, 『인간연구』 28, 가톨릭대 인간학연구소, 2015.

한호정·이상우, 「문학치료의 교육적 적용에 관한 논의」, 『비평문학』 47, 한국비평문학회, 2013.

함진선·이장한, 「성별과 애착유형이 연애 질투에 미치는 영향」, 『한국심리학회지: 일반』 26-2, 한국심리학회, 2007.

홍대식, 「한국 대학생의 사랑스타일과 이성상대 선택준거」, 『한국심리학회지: 사회 및 성격』 10-2, 한국심리학회, 1996.

3. 단행본

(1) 국내서

강유정, 『오이디푸스의 숲』, 문학과지성사, 2007.

고익진, 『불교의 체계적 이해』, 새터, 1995.

구인환 외, 『문학교육론』, 삼지원, 2007.

권보드래·김성환·김원·천정환·황병주, 『1970 박정희 모더니즘-유신에서 선데이서울까지』, 천년의 상상, 2015.

김대행 외, 『문학교육원론』, 서울대학교출판문화원, 2013.

김동리, 『문학과 인간: 김동리 전집 7』, 민음사, 1997.

김상봉, 『도덕교육의 파시즘-노예도덕을 넘어서』, 길, 2005.

김용진 외, 『학생선택형 교육과정 운영을 위한 과목 안내서』, 한국교육과정평가원, 2018.

김윤식, 『문협정통파의 사상구조: 한국근대문학사상연구 2』, 아세아문화사, 1994.

_____, 『사반과의 대화: 김동리와 그의 시대 3』, 민음사, 1997.

김현희 외, 『독서치료』, 학지사, 2001.

민병배·남기숙, 『의존성 성격장애와 회피성 성격장애』, 학지사, 2000.

박수현, 『망탈리테의 구속 혹은 1970년대 문학의 모태』, 소명출판, 2014.

_____, 『서가의 연인들』, 자음과모음, 2013.

_____, 『심연의 지도』, 21세기북스, 2013.

박인기 외, 『문학을 통한 교육』, 삼지원, 2005.

변학수, 『문학치료』, 학지사, 2015.

_____, 『통합적 문학치료』, 학지사, 2006.

서동욱, 『차이와 타자』, 문학과지성사, 2000.

신영복, 『강의』, 돌베개, 2019.

오강남, 『종교란 무엇인가-신의 실체에서 종교 전쟁까지』, 김영사, 2013.

오탁번·이남호, 『서사문학의 이해』, 고려대학교출판부, 1999.

이보경, 『트라이앵글의 심리』, 양철북, 2018.

이선영 편, 『문학비평의 방법과 실제』, 삼지원, 2011.

정여주 외, 『학교폭력 예방 및 학생의 이해』, 학지사, 2018.

정옥분, 『성인·노인심리학』, 학지사, 2008.

_____, 『성인·노인심리학』, 학지사, 2013.

_____, 『청년발달의 이해』, 학지사, 2003.

_____, 『청년발달의 이해』, 학지사, 2017.

한형조, 『붓다의 치명적 농담』, 문학동네, 2011.

허혜경·김혜수, 『청년발달심리학』, 학지사, 2002.

(2) 번역서

F. Philip Rice · Kim Gale Dolgin, 『청소년심리학』, 정영숙·신민섭·이승연 역, 시그마프레스, 2009.

_____, 『청소년심리학』, 정명숙·신민섭·이승연 역, 시그마프레스, 2018.

G. W. F. 헤겔, 『정신현상학』, 임석진 역, 한길사, 2005.

H. M. 마르쿠제, 『이성과 혁명』, 정항희 역, 법경출판사, 1991.

J. C. 네마이어, 『정신병리학의 기초』, 유범희 역, 민음사, 1997.

John Fox, 『시치료』, 최소영 외 역, 시그마프레스, 2005.

M. 스캇 펙, 『아직도 가야할 길』, 신승철·이종만 역, 열음사, 1991.

Nicholas Mazza, 『시치료 이론과 실제』, 김현희 외 역, 학지사, 2005.

나까무라 하지메·나라 야스아끼·사또오 료오준, 『불타의 세계』, 김지견 역, 김영사, 2005.

나이토 아사오, 『이지메의 구조』, 고지연 역, 한얼미디어, 2013.

노자, 『노자』, 김학주 역, 을유문화사, 2000.

대한불교조계종 교육원 편, 『아함경』, 조계종출판사, 2000.

데이빗 A. 씨맨즈, 『상한 감정의 치유』, 송헌복 역, 두란노, 1996.

루이스 로젠블랫, 『탐구로서의 문학』, 김혜리·엄해영 역, 한국문화사, 2006.

마거릿 폴, 『내면아이의 상처 치유하기』, 정은아 역, 소울메이트, 2013.

마스타니 후미오, 『불교개론』, 이원섭 역, 현암사, 2003.

마이스터 에크하르트, 『마이스터 에크하르트 독일어 논고』, 요셉 퀸트 편역, 이
    부현 역, 누멘, 2009.

브루노 베텔하임, 『옛이야기의 매력 1』, 김옥순·주옥 역, 시공주니어, 2014.

소포클레스, 『오이디푸스 왕』, 강대진 역, 민음사, 2009.

쇠얀 키에르케고르, 『공포와 전율-코펜하겐 1843년』, 임춘갑 역, 치우, 2011.

십보라 쉑멘, 『공격적인 아동과 청소년을 위한 독서치료』, 정춘순·문지현 역,
    한국독서치료연구소, 2014.

아리스토텔레스, 『시학』, 천병희 역, 문예출판사, 1993.

_____, 『정치학/시학』, 나종일·천병희 역, 삼성출판사, 1995.

에리카 J. 초피크·마거릿 폴, 『내 안의 어린아이』, 이세진 역, 교양인, 2011.

자크 라캉, 『욕망 이론』, 권택영 편, 민승기 외 역, 문예출판사, 1998.

장자, 『장자』, 오강남 역해, 현암사, 2006.

제임스 그리블, 『문학교육론』, 나병철 역, 문예출판사, 1988.

칼 G. 융·에릭 H. 에릭슨, 『현대의 신화/아이덴티티』, 이부영·조대경 역, 삼
    성출판사, 1993.

칼 G. 융 외, 『인간과 상징』, 이윤기 역, 열린책들, 1996.

페니베이커 J. W., 『털어놓기와 건강』, 김종한·박광배 역, 학지사, 2008.

프랑코 모레티, 『세상의 이치』, 성은애 역, 문학동네, 2008.

한병철, 『피로사회』, 김태환 역, 문학과지성사, 2012.

헨리 나우웬, 『상처 입은 치유자』, 최원준 역, 두란노, 1999.

4. 기타

남진우, 「존재의 시원으로의 회귀」, 윤대녕, 『은어낚시통신』, 문학동네, 1994.

박수현, 「우주가 내게서 등을 돌릴 때」, 『한겨레 21』, 한겨레신문(주), 2019. 5. 6.

_____, 「진보는 상처받은 마음에서 비롯된다」, 『한겨레 21』, 한겨레신문(주),

2018.12.17.

이성환, 「근대와 탈근대」, 김성기 편, 『모더니티란 무엇인가』, 민음사, 1999.

이진경, 「자크 라캉-무의식의 이중구조와 주체화」, 이진경 외, 『철학의 탈주』, 새길, 1995.

장석주, 「도망가는 〈나〉와 〈나〉를 부르는 산란중인 〈그녀〉들-윤대녕론」, 『작가세계』 13-4, 세계사, 2001.

황도경, 「미끄럼틀 위의 삶 혹은 소설-윤대녕 소설에 묻는다」, 『작가세계』 13-4, 세계사, 2001.

출처

이 책에 수록된 논문들의 출처를 다음과 같이 밝힌다.

「도덕과 문학교육-2011 개정 교육과정에 따른 고등학교 문학 교과서 고찰」, 『어문론집』 64, 중앙어문학회, 2015.

「'문학의 본질' 교육에 관한 재고(再考)-이장욱의 「고백의 제왕」과 한강의 『채식주의자』를 활용하여」, 『우리어문연구』 67, 우리어문학회, 2020.

「청소년의 연애 심리 치유를 위한 문학교육 방안 연구」, 『한국어문교육』 25, 고려대 한국어문교육연구소, 2018.

「소설로 읽는 치유학 개론-신경숙의 「화분이 있는 마당」을 중심으로」, 『우리문학연구』 68, 우리문학회, 2020.

「다양성과 전문성 진작을 위한 문학교육 연구-김영하의 「당신의 나무」를 중심으로」, 『국제어문』 87, 국제어문학회, 2020.

「심리 치유를 위한 문학교육 연구-윤대녕의 「은어 낚시 통신」을 중심으로」, 『우리문학연구』 53, 우리문학회, 2017.

「문학교과서와 정전 교육의 재구성-최인훈의 『광장』을 중심으로」, 『문학교육학』 64, 한국문학교육학회, 2019.

「치유를 위한 소설교육과 정전의 재해석-김동리의 「역마」를 중심으로」, 『비교한국학』 28-2, 국제비교한국학회, 2020.

「문학교육과 인문교육의 제휴를 위한 시론(試論)-이윤기의 「숨은그림찾기 1-직선과 곡선」을 중심으로」, 『한국융합인문학』 8-3, 한국융합인문학회, 2020.

「문학교육 텍스트로서 한강의 「채식주의자」」, 『국제어문』 82, 국제어문학회, 2019.